MERIDIANE

Aus aller Welt

Band 123

Tymofiy Havryliv

Wo ist dein Haus, Odysseus?

Roman

Aus dem Ukrainischen von
Harald Fleischmann

Ammann Verlag

Die Originalausgabe erschien 2006 unter dem Titel *De tvij dim, Odisseju?*
im Piramida-Verlag, Lemberg.

Die Übersetzung wurde gefördert vom Literarischen Colloquium Berlin
mit Mitteln der Stiftung Pro Helvetia.

Erste Auflage

Satz: Gaby Michel, Hamburg
Druck und Bindung: CPI – Clausen & Bosse, Leck
ISBN 978-3-250-60123-4

Tymofiy Havryliv

Wo ist dein Haus, Odysseus?

Teil I

DIE STADT AM STROM

Das Wetter für den morgigen Tag

Ich werde wach von der Fülle des Lichts, mit der die Morgensonne das Zimmer durch die geriffelte Baumwolloberfläche der herabgelassenen Jalousien vollpumpt. In der ersten Tageshälfte Sonne und Hitze, in der zweiten Donner und Regen. Am Nachmittag ziehen Wolken auf; gekräuselt, einsam auf längst zugeschlagenen blauen Lesebuchseiten weidend, treibt sie der himmlische Hirte in die Koppel; sie ballen sich, türmen sich auf, erlangen die erforderliche Homogenität und metallene Schwere, verwandeln sich zu einer einzigen grauen Masse, der Regen platzt los. Zwei Wochen schon hält sich das Wetter an diesen unerbittlichen Rhythmus, kein falscher Schlag, kein falscher Takt. Man könnte meinen, es legt das Examen für ein Dasein in tropischen Gefilden ab, bereitet sich auf das Ereignis vor, von dem es nicht überrumpelt werden möchte, das es nicht unvorbereitet treffen soll.

Die Erderwärmung kommt, das Leben wird leichter für alle … Obdachlosen, die frieren. Mammuts und Dinosaurier werden aus ihren Reservaten in den Enzyklopädien zurückkehren, COMEBACK OF MAMMOTH AND DINOSAUR, das Gras wird sprießen, und die Farbtafeln zwischen den Seiten werden sich leeren, wie sich die Städte leeren werden, ohne Warten auf die Barbaren. Namen und Dinge werden auseinanderdriften, getragen von verschiedenen Strömungen, und am Ende wird das Seil, das sie zusammenhält, ermüdet von der Spannung, reißen. Das Nördliche Eismeer wird nördlich bleiben, aber aufhören, Eismeer zu sein; um seine Nördlichkeit werden sich andere Bedeutungen und neue Konnotationen ranken, wie Algen und Polypen um den Rumpf eines gesunkenen Schiffs; bleiben werden Salzwasser, Meeresflora und Meeresfauna, nur werden sie anders sein, keine Walrösser mehr auf Eisschollen, vor allem aber keine Eisschollen mehr, obwohl ... Vielleicht gehen beide zugleich unter. Verschwinden werden Eisbären und karelische Birken, schmelzen die Iglus und das ewige Eis. Nur Grönland, Grönland allein wird in die Harmonie von Wesen und Namen eintreten. Aus dem Lexikon werden dreiundzwanzig Wörter zur Bezeichnung der Vielfalt dessen herausfallen, wofür es im Wörterbuch meiner Sprache nur ein Wort gibt: Schnee, und einige Epitheta obendrein. Der Dezember in Buenos Aires wird nicht viel anders sein als der Dezember in Berlin.

Epigraph

Kassiopeia war die Frau des Äthiopierkönigs. Ob sie tatsächlich so schön war? Jedenfalls erzürnt ihre Souveränität die Götter und beleidigt die Nymphen, die sich für die Allerschönsten hielten. Der Tsunami, das »Meerungeheuer«, das Poseidon Kassiopeia zur Strafe sandte, verwüstet weite Küstenstriche. Um sich reinzuwaschen, bietet das königliche Paar seine Tochter Andromeda. An einen Felsen geschmiedet, wartet sie auf ihr schreckliches Ende. Da wendet sich das Blatt, und die Situation löst sich in ganz unerwarteter, dem obligaten Ende geradezu entgegengesetzter Weise auf. Perseus, der Held, erscheint auf Pegasus und rettet Andromeda, die seine Frau wird. Dies also das Epigraph: Perseus, Pegasus und Andromeda.

Verdorbenes Frühstück

Das Wetter zwang mich, meinen Tagesablauf zu ändern. Während ich früher in der Regel vormittags nicht ausging, versuche ich jetzt, alle Angelegenheiten vor Punkt dreizehn Uhr, ja besser noch vor Punkt zwölf Uhr zu regeln. Hier ist wohl eine kurze Erklärung nötig, was »Angelegenheiten regeln« bedeutet. Es bedeutet, zwischen Barock und Rokoko, zwischen Renaissance und Coca-Cola, romanischen Arkaden und Marlboro-Nescafé-Sonnenschirmen von Straßencafés flanierend, ein Pizzastück zu essen beim Italiener an der Ecke, einer Bohnenstange, die meine Vorstellung von dem, wie ein echter Italiener auszusehen hat, zum Kippen brachte. Denn alles, was mir bislang in die Hände gekommen war, waren übersetzte Romane ohne Illustrationen gewesen. Oder auch ein Schnitzel zu essen, ein *Cordon bleu vom Schwein,* im *Schnitzel-House,* gegenüber der Pizzeria des dürren Italieners, ein Döner Kebab *»mit scharf, mit sehr scharf«* vor der appetitlichen Bäckerei, in der ich mir vor dem Heimgehen zwei knusprige Semmeln kaufe, eine fürs Abendessen (die wird tatsächlich knusprig sein), eine fürs Frühstück. Diese wird über Nacht ihre Knusprigkeit verlieren, Verrat begehen an sich selbst und an dem wohlbeleibten Bäcker. Die Luft wird ihr ausgehen, wie dem Helium-Luftballon, den ich gestern von einem Straßenclown bekam und der sich nicht um die Gravitationsgesetze scherte, an der Zimmerdecke kleben blieb, am nächsten Morgen aber, mit den ersten Sonnenstrahlen, unglücklich und zerknautscht dalag, wie der oder die neben dir, wenn du nach einer vom Kuppler Abend eingerichteten romantischen Nacht wach wirst. Der Abend, ein Meister der Illusionen! Keinen Erfolg bringen meine verzweifelten Versuche, die Knusprigkeit durch Einschieben in die Mikrowelle wiederherzustellen, ich kompromittiere die Semmel endgültig, dazu noch mich und den wohlbeleibten Bäcker, der von all dem aber auch gar nichts ahnt. Als die Glastür vorsichtig aufgeht, strömen Rauch und Geruch nach Angebranntem heraus: Willkommen in der großen weiten Welt, in der Schule des Alltags, an der Fakultät für Gegenstände des täglichen Gebrauchs, im Kurs für Fortgeschrittene! Schön und warm ist sie, knusprig, backfrisch. Als ich sie aufschneide, um sie mit Butter zu bestreichen, sehe ich, daß nicht alles in Ordnung ist, ganz und gar nicht, der Mensch denkt immer, es ist alles in Ordnung, in Wirklichkeit aber stellt sich heraus, daß nichts in Ordnung ist, gar nichts. Beim Bild, das sich mir bietet, mich die Verzweiflung holt: die Ränder weiß, die Mitte angekohlt (im Zustand der Erschütterung neige ich zum Reimen), und das bedeutet, daß mein Frühstück aus einer grünen Tasse schwarzen Tees bestehen wird und ich in Zukunft nur eine Semmel kaufen werde, fürs Abendessen. Was das Frühstück betrifft, so werden gewisse Umstellungen und Änderungen unter Einsatz der Bratpfanne vonnöten sein oder aber das Studium der sich wie moderne Poesie lesenden, nüchtern und konkret abgefaßten Bedienungsanleitung auf fünfundzwanzig Seiten.

Inventaraufnahme Interieur

Es ist Zeit, die Ausstattung meines Zimmers zu beschreiben. Neben Bratpfanne, Mikrowelle, grüner Tasse und einer Packung Schwarztee mit Elefant und Inder auf dem zweiten (oberen) Brett eines weißen Schranks ist noch das Wasser im Hahn zu erwähnen. Jedes Mal, wenn ich den Hahn hebe, fließt Wasser ohne Unterlaß – mein Hahn wird nicht gedreht, sondern angehoben, er läßt sich um bis zu neunzig Grad seitwärts bewegen, je nachdem, ob ich heißes oder kaltes Wasser wünsche; ich muß zugeben, es beunruhigt mich, daß sich der Hahn nicht drehen, sondern heben läßt, dieses an und für sich vernachlässigenswerte

Detail stürzt mich in einen grammatikalisch-hydrotechnischen Konflikt, den ich mir sehr gern erspart hätte: »Ich drehe den Hahn auf« zu sagen wäre falsch, denn in Wirklichkeit hebe ich ihn auf, wenn ich aber andererseits jemandem sagte »Heb den Hahn auf«, so würde er mich nicht verstehen und bestenfalls seine Blicke über den Boden streifen lassen, vielleicht hat er sich ja gelöst, ist auf den Boden gefallen, kommt ja vor, vielleicht unter den Schrank gerollt, so daß man sich bücken müßte, in die Knie gehen, mit der Hand tasten, mit dem Besenstiel herumfahren, und selbst wenn wir ihn zu zweit dann fänden, hieße das noch nicht, daß wir ihn selbst wieder montieren könnten, ohne den Installateur zu holen, und auf den Installateur zu warten heißt ein ganzes Wochenende ohne Wasser dazusitzen, denn das Wasser muß abgesperrt werden, wenn die Hütte nicht überflutet werden soll, und am Wochenende tut keiner auch nur einen Handgriff. Leider rann das Wasser trotzdem, mehr noch, sickerte bis ins untere Stockwerk durch. Jedenfalls aber war, neben allem anderen, auch Wasser vorhanden.

Um beim Thema der Freude über das Wasser zu bleiben: Die Prozedur des Hahn-Anhebens vollzog ich zu unterschiedlichen Tageszeiten, in der Hoffnung, den Hahn einmal zu überraschen und ohne Wasser anzutreffen, aber es gelang mir nicht, das Wasser rann und rann, von gleicher Farbe, von gleichem Druck, etwas, was mein Vorstellungsvermögen überstieg. Ungläubig rannte ich ins Badezimmer, hob den Wasserhahn auch dort an, beide Wasserhähne, beim Waschbecken und bei der Badewanne, hielt die Hand darunter, prüfte das Wasser mit den Fingern, als wäre es Erdöl – ich könnte Ölscheich werden und wäre mit Amerika befreundet –, ich lief hin und her, aus dem Zimmer ins Bad und aus dem Bad ins Zimmer, bis das Telefon läutete und ich eine halbe Stunde am Hörer hing. Abgehängt wurde ich erst durch ein Klopfen an der Tür (die Klingel funktionierte nicht), auf der Schwelle erschien, unter sommerlichem Panamahut mit gestreifter Krempe, seine Ehefrau, eine Minute später aber der schnauzbärtige Kara Hassan höchstselbig.

Die Brücke über die Drina

Er lud mich zu Spaziergängen ein. Wir unternahmen lange Wanderungen. Immer tat sich Neues auf. Einmal führte er mich auf eine Brücke. Sie wurde im elften Jahrhundert gebaut, erklärte er mir. Was für ein mächtiger Stein, hörst du? Ich stützte mich auf das Geländer. Unten brauste und schäumte das Wasser. Weißt du, wie viele Eroberer sie ausgehalten hat, fragte er. Weißt du, wie viele Flüchtlinge über sie gegangen sind? Kein Eroberer hat sie zerstört. Sie alle wußten, daß sie eines Tages zurückkommen müßten, ganz gleich, auf welchem Ufer sie standen. Jetzt aber, kürzlich, ist sie zerstört worden. Es gibt sie nicht mehr. Worauf aber stehen wir dann, entfuhr es mir aufgeregt. Auf der Brücke, die es nicht gibt. Die nichts mehr verbindet.

Sachverhaltsdarstellung

Warum soviel über Wasser? Was ist so Besonderes daran, daß es fließt? Was sollte es sonst machen? Ist es nicht seine Bestimmung zu fließen? Wenn du siehst, wie es fließt, scheint alles zu fließen: die Zeit und die Jahre, aus denen sie besteht. Und sogar die Dinge, von denen man nicht meinen würde, daß sie fließen. Während du dem Gedanken nachhängst, wie es kommt, daß alles fließt, beginnt das Bauerngoulasch in der verschweißten Plastikpackung im Backrohr zu fließen, das du in deiner Zerstreutheit auf zweihundertzwanzig statt auf hundertdreißig Grad eingestellt hast. Das war ein andermal. Ich lebe bei Bagdad, auf den Seiten von »Tausend und einer Nacht«, der Karren, auf dem ich in die Stadt fahre, knarrt, keine Oase in Sicht, aber mein Maultier kommt tagelang ohne Trinken aus. In die Stadt fahre ich selten. Nur wenn der Bürgermeister gewählt wird; ich habe einmal in der Stadt gewohnt, und das Wahlrecht ist das einzige, was mir geblieben ist. Ich wähle, und der Bürgermeister verspricht, Gärten der Semiramis anzulegen, aber es gibt kein Wasser, das ihm erlauben würde, sein Versprechen einzulösen.

Inventaraufnahme Interieur (Fortsetzung)

Noch zwei Worte zum Wasserhahn, um das Thema endlich auszuschöpfen – »ausschöpfen« paßt hier übrigens ausgezeichnet, denn in den nächsten anderthalb Stunden tat ich nichts als Ausschöpfen und Trockenwischen. Beim Wasserhahn konnte ich die Beobachtung machen, daß der Hebel, den ich hob und senkte, aber auch die Metallnase und das Rohr, auf dem die Metallnase und der übrigens an eine H&M-Kappe erinnernde Hebel saßen, immer vorbildlich glänzten, wohingegen die beiden Wasserhähne im Bad seit langem erblaßt waren von den kalkigen Sommersprossen, die Dutzende eingetrockneter Wassertropfen hinterlassen hatten. Warum, geriet ich ins Brüten, war der eine Wasserhahn sauber, die beiden anderen im Bad aber schmutzig? Wodurch hatte sich der in der Küche eine solche Vorrangstellung verdient?

Jetzt aber genug von Wasserhähnen. Der Hahn in der Küche und das metallene Spülbecken eröffneten die Einbauküchenparade, zu der auch Hängeschränke, ein eingebauter E-Herd und ein eingebauter Kühlschrank gehörten, und zwar alles schneeweiß, einschließlich der Wände und der Decke, mit Ausnahme des Holzbodens, dem das Natur-Pur-Privilegium vorbehalten war, das ihn vor einer emulsiven Zukunft schützte. Neben dem

Wasserhahn lag ein Schwamm, ein kariertes Geschirrtuch hing da, weiter ein Pril, Waschmittel plus Seife, dermatologisch getestet, ein innovatives Produkt aus den chemischen Laboratorien von Henkel und Fenchel, Gamble and Gamble. Was sich nicht alles in diesen Schränken fand! Waschpulver und Reste von Sonnenblumenöl, Reis, und Salz, das mich verblüffte, als ich sah, wie es, ausgestreut, nach allen Seiten kullerte, ich haschte nach den verfluchten weißen Minierbsen, sie entschlüpften mir zwischen den Fingern, machten sich im Zimmer breit, versteckten sich in den unzugänglichsten Schlupfwinkeln, ich jagte ihnen nach, bis ich auf ihnen ausrutschte, wie auf Rollschuhen davonglitt und das Gleichgewicht verlor (ich bin kein Rollschuhläufer, um das ein für allemal klarzustellen); die Pünktchen führten sich auf, als wären sie nicht Salz, sondern Quecksilber, argentum vivum, was nichts Gutes verheißt, außer umgehende Räumung der Wohnung und Demerkurisation. Lange suchte ich nach der Ursache und wurde schließlich auf der Verpackung fündig: Error 536. Es handelte sich um jodiertes Salz, woraus ich einen möglicherweise falschen Schluß zog, eine möglicherweise falsche Diagnose stellte: Jodinsuffizienz. Dann gab es da noch grob gemahlenen schwarzen Pfeffer, ein aufgerissenes Päckchen Reis, Salzstangen, dunkle Sojasauce (Bestandteile: Wasser, Sojabohnen 20 %, Mehl, Salz, Zucker, Farbstoff E150c, Geschmacksverstärker E631 und E627, nach Bedarf beizumengen), ein Bügeleisen und allerlei anderen Kram. Und – dieser Umstand verdient eine Extraerwähnung, ja einen eigenen Satz – Reste von doppelt gemahlenem Tchibo-Kaffee, das wertvollste Stück meiner Erbschaft. Es war die milde Variante, mit meinem Lieblingsgoldaufdruck, einer gefüllten Tasse im Vordergrund und einer alterslosen Dame am Tisch vor einer nicht näher gekennzeichneten, am ehesten südlichen Landschaft im Hintergrund. Es war so wenig übrig, daß ich mir davon keinen Kaffee machte. In grober Verletzung der

Regeln für das Einatmen von Düften preßte ich meine Nüstern gegen die Packungsöffnung. Ich hob ihn mir auf für die Seele, zum Trinken kaufte ich mir einen anderen, übrigens auch von Tchibo. Der Schrank, in dem sich dieser Überfluß fand, bildete den rechten Abschluß der Küchenwand. In den anderen waren in loser Ordnung Küchenutensilien untergebracht, die auf der Tür des ersten Schranks in einem Register, das ich hier unverändert abdrucke, genauestens erfaßt waren:

4 Gläser
4 Tassen + Untertassen
4 Suppenteller + 4 Fleischteller
3 Salatschüsseln
4 Messer, Gabeln, Löffel, Teelöffel
1 Schneidbrett
2 Küchenmesser
4 Schöpflöffel
1 Besteckset
1 Wasserkessel
1 Bratpfanne (Alu)
3 Töpfe + Deckel (Alu)

Legitimation

Ich lud mir Gäste ein. Sie kamen immer zu dritt. Der vierte war ich, der Hausherr. »Guten Tag, Herr Samotny!« – »Begrüße Sie, Herr Noman!« – »Gesund bleiben, Herr Bentrovato!« – »Wann haben wir uns das letzte Mal gesehen?« – »Da lag noch Schnee auf den Feldern.« – »Schon gehört, daß Herr Vadász einen Hasen geschossen hat?« – »Der Salat ist heute noch köstlicher als beim letzten Mal.« – »Und erst der Wein... der Schlag soll mich treffen, aber der kann nur aus Italien sein.« – »Sie waren in Italien auf Urlaub? An der Riviera natürlich?«

Inventaraufnahme Interieur (Fortsetzung)

Im großen und ganzen stimmte die Inventarliste mit der Küchenwirklichkeit überein. Es gab da noch eine ziemlich zerkratzte Teflonpfanne, die das Inventar aus unerfindlichen Gründen jedoch mit beredtem Schweigen überging.

Die Einbauküche nahm eine ganze Wand des Raumes ein. Auf weiteren zwei Wänden hingen zwei Bilder moderner Künstler, das eine in dunkleren, das andere in helleren Tönen. Das hellere Bild war um einiges größer und reflektierte in künstlerischer Weise die umgebende Wirklichkeit, das heißt die Küche, auf die es blickte. Die Fenster an der vierten und letzten Wand hatten jede Menge verschiedener Haken und metallener Schnörkel, für deren Öffnen und Schließen ich morgens und abends jeweils zehn Minuten meiner Zeit veranschlagen mußte. Es waren doppelte Fenster, dazwischen Stoffjalousien. Die Fenster gingen auf den Park am Hang hinaus.

Inventaraufnahme Exterieur

Im Park wuchsen Holundersträucher, um die hohen Stämme der Eschen rankte sich Efeu. Den Park bewohnten Eichhörnchen, die hüpften von Ast zu Ast, mir stockte der Atem, wenn ich sah, wie ein Eichhörnchen loshüpfte, der Ast hinter ihm nachwippte, und ich mir mit Schrecken vorstellte, wie es sich irrt und abstürzt, aber schon landete es auf einem anderen Ast, die Eichhörnchen liefen flinker, als man auf der Erde laufen kann; nach und nach gewöhnte ich mich daran, meine Angst erschien unbegründet und verflüchtigte sich, und so ließ ich mich allmorgendlich, die Ellbogen auf dem Fensterbrett und während der Kaffee durch die Filtermaschine tropfte, vom graziösen Schauspiel der Verfolgungsjagden rühren, mit dem es keines der großen Rennen aufnehmen kann. Denn wie könnte aus einem Ochsen Jupiter werden? Ein Ast des letzten Baums war an einem Fenster der Wohnung angebunden, in der Abd Ar Rahmanov wohnte.

Im Park kamen natürlich eine Unmenge Insekten, Käfer, Gewürm und Holzbohrer vor; letzteren machte der Specht das Leben zur Hölle, indem er sie unter der Rinde herauspickte. Beim ersten Klopfen ergriffen sie in Panik die Flucht, rannten und wuselten hin und her, versteckten sich und zitterten und fielen zuletzt vor lauter Grausen in Ohnmacht. Von Angst gelähmt, wurden sie vom Specht geschnappt, und da trat für einen Augenblick Ruhe ein; eine Minute später ging das Klopfen wieder los, und dementsprechend auch der Vorgang des Auseinanderlaufens, das Gerenne und Gewusel, Verstecken und Zittern. Und all das wiederholte sich Tag für Tag. Die Population nahm unaufhaltsam ab, weniger wegen der aufgefressenen Verwandten als wegen der ewigen Angst, in der man lebte, der ständigen Spannung und dem Frevel, der die Zahl der Infarkte und Todesfälle im besten Alter in die Höhe trieb, die Lust an der Fortpflanzung vergällte, zur Emigration zwang und schließlich einen Massenexodus auslöste, der in schwarzen Lettern in den in Rinde gehauenen Annalen der Borkenkäfer verzeichnet bleibt.

Inventaraufnahme Interieur
(Fortsetzung)

Spinnen krochen durch die offenen Fenster in den Raum, spannen in den Ecken ihre Netze und erstarrten in geduldiger Erwartung; Fliegen, die hereinflogen, verfingen sich hie und da in einem Spinnennetz; beengt von den Wänden und benebelt von den Küchendüften, verloren sie Intuition und Orientierung, verhaspelten sich im fein gesponnenen Geflecht, und schon kam die

Spinne, eilig und ungelenk, ein tapsiges Ungeheuer unterwegs zu seiner Mahlzeit.

Abends, wenn das Licht brannte, kreisten die Mücken und Schmetterlinge um die Lampen, verbrannten sich die Flügel, fielen auf den Boden, wo sie noch lange herumkrochen, bevor sie ins Nichts eintauchten. Ich ließ die Jalousien herunter, dennoch schafften sie es, sich durch die engen Spalten an den Rändern zu zwängen, es wurden ihrer immer mehr, und in Augenblicken moralischer Labilität spielten sich Hitchcock-Szenen ab, die mich lange nicht einschlafen und mich von einer Seite auf die andere wälzen ließen. Da streckte ich dann den Arm nach der Tischlampe, knipste sie an, kroch auf allen vieren zum schlitzäugigen Samsung, der am Fuß meines Bettes stand, drückte den Knopf, nahm die Fernbedienung, drückte einen anderen Knopf, wechselte die Kanäle, der Fernseher zischte, über den Bildschirm rannten Ameisen (Fortsetzung des Insektenthemas), ein Kanal funktionierte, wenn auch schlecht, der Bildschirm flimmerte, die Schauspieler machten sich an die Imitation eines Geschlechtsakts, er legte seine Hand auf ihre Brust, sie hielt seinen Hintern, er strich über ihren Bauch, sie nestelte an seiner Hose, schlaff und flau, ungeschickt und eckig, gezwungen und unnatürlich. Wäre ich der Regisseur gewesen, ich hätte ihnen schon Beine gemacht.

Nicht weit vom Haus war eine Satellitenantenne, offenbar hatte sie seit längerem den Geist aufgegeben, aber deswegen ließ sich keiner graue Haare wachsen; wer hierherkam, kam, um zu schreiben (zu malen) und nicht um fernzusehen, die Schriftsteller schreiben, aber lesen nicht, zitierte ich, und noch weniger sehen sie fern, fügte ich von mir aus hinzu. Ich drückte den Knopf, legte die Fernbedienung zurück und stieg in eine neue Runde des schmerzensreichen Kampfes um Schlaf.

Abd Ar Rahmanovs Landsleute

Als erstes zeigten sich Arme. Mit den Muskeln spielend, faßten sie nach dem Zaun und zogen den Körper nach; ein Kopf, umwunden von einer Piratenbinde, zwischen den Zähnen ein Langmesser, geriet ins Blickfeld, die scharfe Schneide funkelte im Mondeslicht, noch ein Paar Hände tauchte auf, ein drittes, viertes, zehntes, hundertstes, die sich an den Zaun klammerten, ihre Körper hochzogen, um sie auf die andere Seite zu bugsieren, später verlor ich den Überblick, es waren ihrer im Hof schon eine ganze Menge, die wuchs und wuchs, sie näherten sich dem Eingang, von hinten drängten neue nach, eine Scheibe flog, das Parkett im Flur knarrte, andere, die es nicht durch den schmalen Gang schafften, kletterten durch die Fenster, eine wahre Flut. Ich wollte schreien, wollte schreien: »Anker hoch!«, aber die Angst schnürte mir die Kehle zu, ich brachte nichts heraus, ich war unfähig, mich zu rühren, dort, zwei Schritt weg, in der Lade, lag mein Retter, ein Messer, damit hatte ich heute Fisch geschnitten, nur einen Ruck, ganz in der Nähe, aber die Kluft zwischen mir und dem Messer in der Lade, das möglicherweise noch nach Lachs roch, wuchs mit jeder Sekunde, unerträglich war der Horror vor dem Unvermeidlichen. Mit einem Mal legte sich das aufgewühlte Meer der Körper, auf der Türschwelle stand Abd Ar Rahmanov in einer weißen Toga, auf dem Kopf eine schwarze Piratenbinde mit Totenkopf und gekreuzten Knochen. »Bonjour toujours, s'il vous plaît«, dröhnte Abd Ar Rahmanov. »S'il vous plaît, bonjour toujours«, geriet das Meer in Bewegung und teilte sich. Mit stolzgeschwellter Brust, langsam und feierlich schritt Abd Ar Rahmanov in Richtung Hoftor, Stufe um Stufe, höher und höher, an seinem Hals einen Schlüssel, womit er das Tor öffnete. Er trat zurück und ließ Männer herein, die ein aufgespießtes und gehäutetes Lamm mit sich trugen.

Auf dem Hof bildete sich ein Kreis, ein Feuer entflammte, knisternd fielen Fetttropfen vom Fleisch in die Flammen, es erklangen Lieder, zuerst traurig und getragen, dann aber beschleunigte sich das Tempo bedrohlich, die Lieder klangen wie die Vorboten einer unbekannten Schlacht, das Meer begann zu kochen, der Gesang hatte es in Wallung gebracht, und schon marschierte man und stand über der Stadt, die in den Schlaf des Nichtwissens gehüllt dalag. Die Berghöhe war die Tribüne, hoch oben, sie waren darunter, mit ihren schwarzen Piratenbinden und langen Messern. Was tue ich bloß hier oben? Komm doch zu dir! Ich stand neben Abd Ar Rahmanov und winkte gleich ihm zum Gruß. Was tue ich nur hier oben, und was bedeutet das alles, dachte ich, während ich nach unten schaute. »Ruhm den Gerberas!« donnerten plötzlich die Worte Abd Ar Rahmanovs. »Hurra«, quoll die Begeisterung herauf, »es lebe die freie und entzückende Blume!« »Hurra«, schrie man von unten, und ich wunderte mich, wie man mit einer Waffe im Mund so schreien konnte. Ich wandte den Blick nach unten, aber anstelle von Messern zwischen den Zähnen hielten sie Heugabeln in den Händen, und in ihren zu keinem Kompromiß bereiten Gesichtern hingen lange Kosakenschnauzbärte. Ich erkannte Verwandte und Bekannte, erblickte meinen Verleger und wollte ihm zurufen: »Was machst denn du da«, aber in derselben Sekunde verschwand alles, unten verschwand alles, ein Unten hörte zu existieren auf, es gab nur uns beide, Abd Ar Rahmanov und mich, über einem dunklen Abgrund hängend, über einem gähnenden dunklen Abgrund, ohne Tribüne, ohne auch nur ein Brett unter den Füßen. Nur noch ein einziger unerträglicher Augenblick bis zu unserm schrecklichen Fall.

Inventaraufnahme Exterieur
(Fortsetzung)

Mit einer Machete bewaffnet, bahne ich mir den Weg durch Lianen und Feuermohn, immer tiefer ins Gestrüpp, ich bewege mich gegen den Uhrzeigersinn, das geht schneller, und vor allem beweise ich damit zu Fuß die Existenz sphärischer oder wenigstens konischer Oberflächen. Ich komme da an, von wo ich weggegangen bin, nur von der anderen Seite her, sorgsam verstecke ich die Machete, um die Touristen nicht zu verscheuchen, die sich von der Idylle betäuben lassen, sich jeden Moment in Vögel mit ausgebreiteten Flügeln zu verwandeln drohen: Einen winzigen Augenblick noch, und sie kreisen über die orange-dachziegelige Stadt, mit schwingenden Flügeln, große und kleine Kondore, die mitten in der Luft stoppen, mit angehaltenem Atem, noch unvertraut mit dem neuen Gefühl, aber in vollen Zügen genießend, die lachen und in wohltönenden Zungen reden. »Nie hätte ich ein Vogeldasein für so angenehm gehalten.« – »Mama, Mama, schau!« – »Vielleicht fliegen wir noch ein Stück? Laß uns doch weiterfliegen. Was dort wohl ist, jenseits des Gebirges?« – »Anja, hörst du mich? Fuchtle doch nicht so mit den Flügeln herum. Ich werde dich jedenfalls nicht tragen.«

Während sie sich so nett unterhalten, schicke ich ihnen mein einnehmendes Lächeln, hole die Schlüssel aus der Gesäßtasche meiner Khaki-Shorts, mache das Tor auf, stelle fest, wer der Empfänger des auf dem Boden liegenden Briefes in A4-Format ist, und mache auf dem bis zu einem gewissen Grad ja nicht mehr unbekannten Hof halt, in dessen Mitte ein mit prallen Früchten voller, ausladender Nußbaum steht. Einen Schritt vor mir befindet sich ein von einem Brunnenkasten umgebener Brunnen mit Goldfischen. »Laß mich frei, ich schenke dir, was du dir wünschst.« – »Ich wünsche mir aber gar nichts.« – »Nichts wünschst du dir?« wundert sich das Goldfischchen. – »Nun gut, dann verwandle mich auch in einen Fisch.« – »Wenn ich dich in einen Fisch verwandle, dann schwimmst du im tiefen, weiten Meer, wo dich der Hai frißt, der Piranha aufspießt, der Wal verschlingt, womit dein Fischsein ein jähes Ende nimmt.« – »Dann laß mich ein Wal sein.« – »Für einen Wal bist du zu klein.« – »Dann laß mich ein kleiner Fisch sein, der in diesem Brunnen schwimmt.« – »Für diesen Brunnen bist du zu groß.« – »Dann laß mich zu gar nichts werden. Laß mich so, wie ich bin.« – »Wie du willst«, sagte das Goldfischchen und tauchte ab.

Der Hof lag etwas unter dem Weg, in einer Senke, und wenn ich bei Tisch saß und aß, beglotzten mich die Touristen schamlos, und die unverfrorensten knipsten mit ihren Fotoapparaten herum oder probierten es mit der Videokamera. Eine auf dem Flohmarkt bei einem alten Ramschhändler erworbene Tafel mit einem durchgestrichenen Fotoapparat, die ich beim Eingang angebracht und in die ich kurze Zeit große Hoffnungen gesetzt hatte, half nicht. Die Tafel enttäuschte meine Erwartungen, und es blieb mir nichts übrig, als mich damit abzufinden. Jedes Mal, wenn ich jetzt mit der Mahlzeit fertig war, stand ich auf, verzog die Lippen zu einem Grinsen, rückte die Fliege am Hals zurecht, bestieg das zirkustaugliche Einrad, trat in die Pedale, solange mir die Puste nicht ausging, und verbeugte mich zuletzt nach allen Richtungen. Manchmal war vorsichtiger Applaus zu hören. In diesen Fällen sagte ich *»merci, thank you, danke«,* wenn er aber etwas großzügiger ausfiel, setzte ich noch ein *»beaucoup«, »very much«, »schön«* oder *»sehr«* dazu.

Der Hof war mit Flußkieselsteinen ausgelegt, die knirschten, wenn man darauf ging. Wenn es nach Regen aussah, hatten Bänke und Tisch in die geräumige Nische unter der Überdachung gebracht zu werden, wo weitere Bänke und Stühle, unvermeidliche Attribute unserer Gelage, standen. Bewacht wurden sie von Spinnen, die viel größer waren als die, die sich im Zimmer eingenistet hatten. Majestätische Spinnen mit kriegerischen Mustern auf den gewölbten flaumigen und glatten Rücken. Außer uns verirrte sich niemand hierher. Und uns kannten sie. Vielleicht hielten sie uns für ihre Herren, oder wenigstens für Fliegen, große Fliegen, so groß, daß sie nüchtern feststellen mußten, daß derart gigantischem Getier nicht beizukommen war.

Hinten gab es eine Metalltür mit dickem mattem Glas. Ich wollte immer hineingelangen, mich lockte das Licht, das nächtens aus dem Inneren glomm, doch fanden sich nie Schlüssel dazu. Ich kannte die Erzählungen über die Welt, die dahinter lag, unheimlich wurde einem davon, aber den Wunsch, dorthin vorzudringen, konnten sie nicht besiegen, die Versuchung war größer als der Schrecken über die gehörten Geschichten. Es war der Eingang zu den Kasematten, die in Höhlen mit zahlreichen Verzweigungen weiterführten, dunkle Tropfstein-Labyrinthe, Geheimgänge, die unter dem Mittelmeer verliefen und nach Vorder-, Mittel- und Hinterasien führten; es gab eine Abzweigung, die nach Ägypten führte, in ein koptisches Kloster, in dem die Mönche alte Manuskripte aufbewahrten und abschrieben. Jene Höhlen waren Krypten der ersten Christen, in denen sie sich vor den Verfolgungen durch die Imperatoren und deren Statthalter versteckt hielten. Und wenn die Zeit kommt, werden die Türen für einen Moment aufgehen, um die letzten Weggefährten aufzunehmen.

Oft kamen Katzen. Sie lagen dann in der Sonne, dehnten sich, streckten die Pfoten von sich und schlummerten sanft. Ich kann mir den Hof ohne die selbstverliebten Tiere nicht vorstellen. Der Hof ohne sie ist nur der halbe Hof. Selbst wenn sie sich aus dem Staub machen, bleibt ihre Projektion im Hof, ihr haariger Eidos, genauso wie in ihren buschigen Katzenköpfen der Eidos von Whiskas bleibt, der sie immer wieder zum Napf hierher zurückkommen läßt.

Interieur, Exterieur und Foxterrier

Einmal huschte ein Hund über den Hof. Wedelte mit dem Schwanz, lief in den Hausflur, hinterließ auf dem Teppich seine Visitenkarte (»ich war da«), bellte laut, nachdem er den Katzengeruch geschnuppert hatte, bis ihn seine Besitzer holten: *»Petzi, Petzi, na komm schon.«*

Inventaraufnahme Interieur (Schluß)

In Fällen wie dem mit dem Foxterrier ist es gut, nicht zu vergessen, die Tür zu meiner vorübergehenden Behausung zuzuschlagen, die aus einem kurzen Gang, den Sanitäreinrichtungen (alles in einem) und dem Zimmer besteht, in das ich nach Benützung der Sanitäreinrichtungen zurückkehre. Das Wichtigste, mit Ausnahme der Küche, ist natürlich der Arbeitsplatz. Arbeitsplätze sind immer wieder an unglaublichen Metamorphosen beteiligt. Ich kann mich an einige Fälle erinnern, in denen ein Arbeitsplatz und der, der ihn einnahm, in direkten Kontakt traten, leichtsinnig eine intime Beziehung eingingen, in- und miteinander verwuchsen, ihre Kreisläufe zu einem Kreislauf vereinten, einen geschlossenen Zyklus bildeten, in siamesischer Einheit verschmolzen, was dann immer ein schlechtes Ende nahm. Sobald man sie trennte, traten Verfall und Absterben ein, so daß man zum Zwecke der Vermeidung vorhersehbarer Folgen den betreffenden Unglücksraben gemeinsam mit dem Arbeitsplatz hinaustrug. Vielleicht waren es diese bitteren Erfahrungen, die mich dazu brachten, meinen Arbeitsplatz von Zeit zu Zeit zu wechseln; mal sitze ich am Computer, Mails verfassend oder abschickend, oder bei meinem Lieblingssport Surfen, mal sitze ich am Zeitungstischchen, mal im blauen Fauteuil mit den Metallfüßen, mal liege ich stundenlang im Bett, träumend und schreibend, ich verbringe da ziemlich viel Zeit. Wenn man berücksichtigt, daß das Bett auch der Ort des Schlafes ist und – last but not least – das Territorium der Liebe (eines der Territorien, es gibt noch andere, in geschlossenen und offenen Räumen, und neben den Territorien gibt es noch Aquatorien; ein Aquatorium des geschlossenen Raums wäre etwa die Badewanne oder der Jacuzzi-Whirlpool), dann geschehen die wichtigsten Momente des Lebens auf einer von einem Leintuch bespannten Matratze. Das Bett ist schließlich ein Ort der Begegnung, ein Tempel, in dem Eidos und Eros, Bewußtsein und Unbewußtes, Ich und Über-Ich, der Mensch und seine Libido aufeinandertreffen. Im Bett liegend und auf das Polster gestützt, jongliere ich mit der Fernbedienung; bei jedem Ein- und Ausschalten gibt Stand Samsung Bey ein Signal von sich, eine Akkordfolge, die an das Signal erinnert, mit dem auf Bahnhöfen um Aufmerksamkeit gebeten wird, um Ankünfte und Abfahrten zu melden, Verspätungen und Änderungen der Bahnsteige, um Geldstrafen für Rauchen an unerlaubten Plätzen oder das unvorschriftsmäßige Wegwerfen von Abfall anzudrohen, um vor der Überlassung von Gepäckstücken an Unbekannte wie auch der Übernahme von Gepäckstücken Unbekannter zu warnen, oder um aufzufordern, Kinder nicht unbeaufsichtigt zu lassen und das Gepäck in der Aufbewahrung abzugeben, die ja vierundzwanzig Stunden offen ist, *rund um die Uhr,* und am Ende der Unterführung stehen Ihnen ein Videosaal, Karaoke und Varieté zur Verfügung, die nächste Vorstellung beginnt Punkt einundzwanzig Uhr.

Das Zimmer ist von Drähten durchzogen. Ich bin im Pentagon. In der Präsidentenadministration. Ich versuche, den Verlauf all dieser Drähte, von denen es eine Unmenge gibt, dicke und dünne, blaue und schwarze, zu verfolgen. Ein Teil führt zum Computer, zu Lexus und Faxus, ein Teil zum Kaktus, der mir zu Weihnachten als Christbaum herhalten mußte, andere zum schlitzäugigen Samsung, zu Brotschneidemaschine und Kühlschrank, zu Kaffeemaschine und Kaffeemühle, zum Videorekorder »JVC« und zum Micro Sensitive System »KGB«. Aber wo führte der Rest hin? Die Drähte auf dem Boden verhedderten sich mit den Drähten auf den Bildern, freundlichen Gaben von Künstlern als Zeichen des erfolgreichen Abschlusses ihres Aufenthalts. Eines schönen Tages wird die Idylle der heimeligen Stille von einem Anruf frech unterbrochen, ich stürze mich auf den Hörer, und die Falsettstimme des Adjutanten seiner Exzellenz setzt allem ein Ende: »Herr Präsident, ein Umsturz im Land! Die Armee hat einen Eid auf Kara Hassan geschworen. Das Eliteregiment hat Sie verraten. Die Nationalgarde ist auf und davon. Die Opposition hat nicht den geringsten Bimmel, pardon, Bammel vor uns.«

Die meisten Drähte führten aber zu den Lampen, die dem Zimmer spezifische Merkmale eines

Fotoateliers

verliehen. Auf hohen und schlanken Ständern, am Tischrand befestigt oder auf dem Boden stehend, in matten Kugeln von der Bühne hängend oder an der Wand verschanzt, ließen sie vollkommene Schnitte von Licht und Schatten entstehen, Trapeze und Rhomben unterschiedlicher Intensität, die auf eine gerade Linie zuliefen, auf den Goldenen Schnitt. In dieser unsichtbaren Zaubertür erschien SIE, die Verlockungen ihres Körpers vom eleganten Top gerade soweit bedeckt, daß sie noch mehr lockten, ein Modegeschöpf durch und durch, Haute Couture aus dem Hause Herrgott; unter dem feinen Stoff zeichneten sich die dunklen Knospchen ihrer Brust ab und ließen mich in süße Raserei verfallen. Ich befreite sie von den erotischen Kleidungsresten, wurde verrückt, als ich ihr das Höschen runterzog, das sie mir dann auf »ihn« hängte, worüber wir lachten, ich fotografierte sie, fing ihre biegsamen Linien ein, ihre Finger, hinter denen die Brustwarzen dreist und fordernd hervorlugten, wir nahmen einander, lange und oft, auf dem Tisch und in der Badewanne, auf dem Boden und vor dem Spiegel, auf der Bank und auf dem Bett, ich drang ein und kam raus, sie stöhnte, ich haschte nach ihren abschüssigen Knusperknospen, wir waren selig, wir öffneten uns, drangen ineinander ein, lösten uns auf, reisten zu einem unbekannten Stern, unsere Linien kreuzten sich im Apogäum, es war unser Höhepunkt, unser Zenit, unsere Sternstunde, der Gipfel des Chomolungma und Kamasutra, ihr aber war es nicht genug, da begann sie mit den Fingern zu arbeiten, ich liebkoste das feuchte schwarze wilde Tier, umschmeichelte die entfesselte Bestie, sie straffte sich, Bäche rannen an ihr herab, weiteten sich und schwollen zu Niagarafällen an, und das trieb mich dazu, sie nochmals und nochmals zu lieben. Dann fotografierte ich sie von neuem, und dann ... dann verschwand sie über dieselbe goldene Linie, am Schnittpunkt von Licht und Schatten. Das Fotoalbum ist das einzige Corpus delicti unserer ungestümen und flüchtigen Liebe. Und ein Brief an sie, der bis heute bei mir liegt. Ich wußte nicht, wohin ich ihn noch hätte schicken können. Ich hatte versucht, ihn abzuschicken, war Hals über Kopf zur Post gelaufen, als ob ich zu spät käme, als ob sie zum letzten Mal offen wäre, als ob sie ein für allemal geschlossen würde, als hätte jemand beschlossen, diese bürgerliche Institution abzuschaffen. Außer Atem stürmte ich hinein, die Bediensteten verfolgten mich mit unruhigen und aufmerksamen Blicken, ich warf den Brief hin und sagte: »Expreß, sofort!« Der Bedienstete nahm den Brief unter die Lupe: »Aber da fehlt ja die Adresse.« – »So soll es auch sein!« – »Wir übernehmen keine Post ohne ordnungsgemäß angegebene Adresse.« – »An Milena«, schrie ich und faßte ihn, über den gelben Schaltertisch, der uns trennte, hinweg an der Kehle. Alles endete auf dem Polizeiposten, und ohne die Einmischung meiner allmächtigen und mit Engelsgeduld gewappneten Gönner Mac und Lu wäre ich im besten Fall mit der Ausweisung und einem fünfhundertjährigen Einreiseverbot davongekommen.

Plus zwei Zeugen, Abd Ar Rahmanov und Kara Hassan

»Hallo, Königin!

In dieser Nacht wurde ich von einer Explosion wach, mit großem Geklirre gingen die Fensterscheiben zu Bruch, ich flog gegen die Wand. Als ich meine Sinne wieder halbwegs beisammenhatte, langte ich instinktiv nach dem Revolver unter dem Kissen, ich tastete herum, doch war unter dem Kissen kein Revolver, plötzlich krachte es noch einmal, die Welle drückte mich gegen die Blumenwiese auf den Tapeten, und das Ganze wiederholte sich dreimal: Explosion, blendendes Licht, Druckwelle. Mit Mühe machte ich die Nachttischlampe an, es war genau Mitternacht. Wenn ich richtig verstehe, schoß man aus einem alten königlichen Vorderlader anläßlich des Abschlusses des Festivals ›LA STRADA‹. Gegen Morgen begann es zu regnen, und jetzt, während ich schreibe, regnet es immer noch, offenbar wird es durchregnen bis zum Abend.

Erinnerst Du Dich an Abd Ar Rahmanov, der in der Wohnung gegenüber wohnte, und an Kara Hassan unter uns? Das sind die beiden, die zum Abschiedsessen einluden, bei dem sie ihre berühmten, mit Gerbera-Blättern bestreuten Gerichte servierten. Ich hatte noch keine Zeit, Dir von ihnen zu berichten. Die Idee zu dem Abschiedsessen war offensichtlich von Abd Ar Rahmanov gekommen. Abd Ar Rahmanov ist passionierter Hobbykoch. Zugegeben, seine kulinarischen Experimente enden oft mit Gestank und Rauchwolken im Fenster; dem Geruch nach schließe ich dann auf Melanzani, Pfeffer, Lammfleisch, Tomaten und Knoblauch. Einmal wälzte sich so dichter Rauch durchs Fenster, daß Touristen die Feuerwehr riefen und wir dann durch den Schaum waten mußten, weil der sich nicht auflösen wollte. Die Feuerwehrleute holten Abd Ar Rahmanov heraus, dem die Haare wie Drähte zu Berge standen, ich sprang aus dem Fenster in den Park, weniger wegen der Gerüche Abd Ar Rahmanovs als wegen des Schaums, in dem man hätte ersticken können. Dabei zerdrückte ich die wilden Erdbeeren von Kara Hassan, deren Anblick auch mir immer viel Freude gemacht hatte. Abschied von Abd Ar Rahmanov feierten seine Landsleute, einnehmende und fröhliche Jungs. Ich habe den Eindruck, daß die Stadt mindestens zu einem Viertel aus Landsleuten Abd Ar Rahmanovs besteht. Hättest Du Theodosius Galaktionowitsch gekannt, könnte ich Dir sagen, daß Abd Ar Rahmanov ihm ähnelt, Du Dir bloß Theodosius Galaktionowitsch, nur dunkler, vorzustellen brauchst. Abd Ar Rahmanov hat seinen ersten Roman geschrieben, der im Herbst erscheint. Ich würde ihn Dir gerne schenken. Du kannst sicher Französisch, denn um mein Französisch steht es gar nicht gut, français pas parler. Mir kommt sogar vor, Du bist in Frankreich geboren, wenn mich nichts täuscht, hast Du gesagt, Du bist im Westen des Departements Youkraine, Präfektur Lyon, geboren. Ich erinnere mich an jedes Deiner Worte, jede Deiner Gesten, jeden Deiner Blicke, jede Linie Deines Körpers, Deine Pfirsichhaut, das Aroma Deiner heißen Bäche, das mir keine Ruhe läßt, mich bei Tag und Nacht verfolgt. Ich stieß die Fenster auf, um möglichst viele Gerüche Abd Ar Rahmanovs hereinzuholen, doch kam kein noch so exotisches Gewürz und keine noch so exquisite Gewürzmischung gegen dieses Aroma auf, die mußten klein beigeben vor den Wohlgerüchen aus dem himmlischen Garten, auf dessen Rosen sich Tau bildete, wenn ich Dir beim Ausziehen zusah, und die feucht wurden unter der Berührung meiner gleichsam über die Tastatur gleitenden Finger. Außerdem ist Abd Ar Rahmanov Regisseur, der seit langem hartnäckig auf die Chance wartet, in der Heimat einen Film über seine Gerbera-Landsblumen zu drehen, weshalb man ihm schon dreimal nach dem Leben getrachtet hat, aber Allah hatte Mitleid und führte ihn trocken aus dem Treibsand der Wüste heraus. Zurückgeblieben sind seine Kinder und seine Frau. Abd Ar Rahmanov erzählte, daß er bei einem Besäufnis in Köln einen Schriftsteller, das heißt einen Schriftsteller aus meiner Weltgegend, kennengelernt hat, einen umgänglichen Burschen mittleren Alters mit Haaren, die zu einem Pferdeschwanz zusammengefaßt waren, und der mehrere Sprachen spricht. Ich kenne einige Schriftsteller mit Pferdeschwanz und einige Schriftsteller, die mehrere Fremdsprachen sprechen, habe aber keine Ahnung, wer es sein könnte, der zugleich einen Pferdeschwanz hat und mehrere Fremdsprachen spricht, in der Regel sprechen Schriftsteller ja keine Fremdsprachen, und noch weniger sprechen sie. Schriftsteller schreiben. In mir keimte der Verdacht, daß es K. war, als ich aber den Namen ›K.‹ nannte, zuckte Abd Ar Rahmanov mit keiner Wimper.

Hier ist es wunderbar. Das einzige, was mich ständig betrübt, ist, daß Du nicht da bist. Ich mache die Lampen an, versuche mich zu erinnern, wie es damals war, stelle sie auf dieselben Plätze wie damals, ich warte auf Dein Erscheinen, aber Du bist nicht da, ich nehme den Telefonhörer, wähle eine Nummer, aber welche Nummer, zum Teufel, soll ich wählen? Ich suche nach Spuren Deiner Anwesenheit, wenigstens irgendeiner Kleinigkeit, die Du vielleicht vergessen hast, an die ich mich klammern könnte, die das Knäuel entwirren und Dich zu mir bringen könnte. Ich bin bereit, alle Spürhunde Seiner Kaiser-königlichen Majestät, der Europäischen Union und unserer Milchstraße auf die Fährte zu setzen, aber wonach sollten sie suchen? Nach der Ideallinie des Goldenen Schnitts? Welcher Geometer kann sie fehlerlos berechnen? Wer findet und öffnet die Tür zu Dir, die ich noch immer und ewig liebe? Du fragtest nach dem mit dem Schnurrbart. Sein Schnurrbart hat Dich beeindruckt. Aber Du wirst ihn nicht verstehen, ihn nicht verstehen können. Den wirklichen Kara Hassan wirst Du nicht kennen, wenn Du nicht Kusturica kennst, den Franzosen Emir Kusturica, Deinen Landsmann, wie Du siehst. Sicherlich kennst Du den. Ich bin bereit, mir einen Schnurrbart wachsen zu lassen, einen schwarzen oder roten, wenn Du nur zurückkommst. Ich werde Dich finden. Ich werde Frankreich auf den Kopf stellen. Wenn nötig, verwandle ich mich in Napoleon Bonaparte, werde bis in Dein Departement, in Deine Präfektur marschieren, ich werde Dich finden, hörst Du! Wir werden Dich gemeinsam suchen. Cherchez la femme. Alle Zeitungen werden in allen Sprachen auf Seite eins in Schriftgröße 72 die von uns, mir und IHM, bestellte Anzeige drucken, sie wird auf jeder Website auftauchen, CNN und BBC, EURONEWS und AL-JAZIRA, UNIAN und Dein LE MONDE LYONNAIS werden die Nachrichten damit anfangen und beenden, sie wird als neue Begrüßung verwendet und überall und immer zu hören sein. Sie wird zur Kennmelodie von Radio und Fernsehen, die Grenzer werden sie anstelle des Passes verlangen, die Zöllner im Gepäck danach suchen, die Drogensüchtigen auf den Schwarzmärkten, die Drogenbarone werden sie auf fruchtbaren, dem Amazonaswald abgerungenen Feldern anbauen, Demonstranten sie auf Demonstrationen vorantragen, in großen Lettern wird sie auf den Transparenten wehen, Präsidentschaftsanwärter werden damit ihren Wahlkampf und Wahlkrampf beginnen, man wird ihr Denkmäler errichten und sie in Liedern besingen, Künstler werden sie anstelle der Porträts lächelnder Diktatoren malen, Kosmonauten werden mit ihrer

Hilfe die Verbindung zur Erde halten, die gigantischen Teleskope Nevadas und Granadas werden sie in ferne Galaxien senden, bis zu den weitesten Sternen, die keiner mit freiem Auge sieht. Man wird sie vertonen und statt der Nationalhymnen spielen, mit ihr die Olympiaden in Salt Lake City, Melbourne und Gluchowytschi eröffnen, und mit ihr sie beschließen, Teenager werden sie ihren sommersprossigen Mädchen als Liebespfand schenken, sie wird die Armee der Liebenden be- und ganze Heere entwaffnen, mit ihren Worten werden die Soldaten feindlicher Einheiten im Waffenstillstand miteinander sprechen, im Krieg wird sie zur bedrohlichsten Waffe, auf Trauungen wird man sie mit Orgelbegleitung spielen, Kastratenchöre mit ihren engelsgleichen Stimmen werden sie singen. Sie wird überall erklingen, es wird vor ihr kein Verstecken geben, und niemand wird sich vor ihr verstecken wollen. Sie wird das Universum durchschneiden und erfüllen, die Welt retten und zugrunde richten, Alpha und Omega sein, Albade und Serenade, Mittwoch und Freitag, Januar und Februar, Sonne und Stern, an ihr wird jedes überflüssige Wort abgleiten, sie wird alles sagen, wird jeden Eingang zieren zu Freudenhäusern und Justizpalästen, man wird mit ihr Schulstunden und Parlamentshearings beginnen, Sitzungen von Untersuchungsausschüssen und Folklorefestivals, man wird sie für die besten Leistungen auf dem Gebiet der Luftfahrt und Kybernetik, der Gentechnik und Physik unbekannter Körper, Perikardie und Poesie als Preis verleihen, nach ihr Überschallflugzeuge und unsichtbare U-Boote nennen, der Dalai Lama in Tibet und der Papst in Rom werden sie rezitieren, Stewardessen und Stewards die Fluggäste an Bord der Überschallmaschinen damit begrüßen. Alchemisten und Almoraviden, Agronome und Agrarier, Astrophysiker und Geologen werden danach suchen. Man wird sie finden und wieder verlieren, um sie wieder zu suchen, zu finden und zu verlieren. Sie kann nicht

nicht sein, denn ohne sie kann nichts sein. Ganz sicher wirst Du sie sehen. Ganz sicher wirst Du sie hören. Ganz sicher wirst Du sie spüren, und dann wirst Du nicht anders können, als Dich endlich zu melden.«

GAF

Ein anderes Stück Draht führte ins OFFICE. Das Office war auf der Spitze des Berges untergebracht, mit Fenstern ringsum, das ganze mehrstöckige Gebäude erinnerte an einen riesigen Flughafen, es war auch ein Flughafen, es war nicht nur ein Flughafen, es war ein Autohafen, es war schlicht und einfach ein Hafen. Auf den über das Dach gezogenen Landebahnen landeten Jets und Airbusse, Boeings und Concordes, Ruslans und Ludmilas, Mrijas und Antonows, die breiten Gewässer wurden von an- und ablegenden Schiffen mit überdimensionalen Rümpfen durchfurcht, gigantische Kräne luden Frachtgut ein und aus, Tausende bis an die Zähne bewaffnete Wachleute standen auf den Landungsbrücken, Hunderte taten Dienst auf den Booten der Küstenwache, Dutzende Hubschrauber hingen in der Luft. Hypermoderne Satelliten sandten Informationen an die zentrale Leitstelle, wo sie von Rechnern mit Milliarden Megabyte Speicherkapazität gesammelt und verarbeitet wurden. Zehntausende arbeiteten dort, Tausende Maler standen vor digitalen Staffeleien, in klimatisierten Konferenzsälen fanden Konferenzen statt, an virtuellen runden Tischen wurden Seminare abgehalten, in Galerien wurden Ausstellungen eröffnet, in Hunderten Pavillons standen die Künstler und erklärten ihre virtuellen Bilder, skulpturalen Darstellungen und Installationen, nebenan, in benachbarten Räumlichkeiten, liefen Nonstop-Auktionen und Go-go-Dancing, in anderen Stockwerken lagen Restaurants, Sushi-Bars und Einkaufszentren, täglich kamen Hunderttausende Besucher aus allen Ecken und Enden unserer Erde und der benachbarten Galaxien in THE GLOBAL ART FACTORY.

Judit und das Haupt des Holofernes

Am Mittwoch kam Judit mit den Kindern. Wir hatten keine bestimmte Uhrzeit vereinbart. Mit Kindern weiß man nie so genau, wann man da ist. Unterwegs begannen sie zu raufen, und Judit mußte sich einmischen, um sie mit Mühe endlich voneinander zu trennen. Auf dem letzten Wegstück – Judit war fast schon glücklich, daß diesmal nichts Schlimmeres geschehen war –, als sie nur noch einmal nach rechts abbiegen mußten, liefen sie plötzlich, wie auf Verabredung, nach links, Judit rief nach ihnen, rannte ihnen nach, drohte und erwischte sie schließlich erst mitten im Wald, von wo sie gut zwanzig Minuten zur Abzweigung zurückgehen mußten. Das Herz raste ihr von der ungestümen und nutzlosen Jagd.

Schon einen ganzen Monat war Judit auf den öffentlichen Verkehr angewiesen. Auf dem Weg vom Kindergarten war sie auf der Radetzkystraße unterwegs gewesen, die Sprößlinge wetzten auf der Rückbank hin und her und machten sich wie lästige Fliegen an ihrem Hals zu schaffen, so daß Judit sie verscheuchen mußte. Plötzlich verlor sie die Kontrolle über das Fahrzeug. Wie immer geschah alles blitzschnell. Die Kinderhände verdeckten die Sicht, und der Ford Scorpio donnerte, wie nicht anders zu erwarten, in eine Pappel. Diese Pappel war vor hundertfünfundzwanzig Jahren anläßlich seines Besuchs in der Stadt und zum Zeichen seiner grenzenlosen Sympathie für deren Einwohner von Graf Pomeranz von Mecklenburg gepflanzt worden. Nicht genug damit, daß der fast neue Wagen nur mehr fürs Alteisen taugte, wegen der verfluchten Pappel fiel eine drakonische Strafe an, als hätte sie sich von Hunderten anderer Pappeln unterschieden, die von den Gemeindebediensteten von Zeit zu Zeit ausgelichtet und hin und wieder auch gefällt wurden. Und dabei war Judit im Grunde ihrer Seele unendlich froh: Die Kinder waren mit Kratzern und mit dem Schrecken davongekommen, sie selbst mit einer Beule auf der Stirn. Hätten die Airbags nicht funktioniert, wären die Folgen weitreichender gewesen.

Als es an der Tür klingelte, legte ich gerade die Kuchenstücke auf den Teller. Es waren echte Linzer Schnitten mit Johannisbeercreme. Wir hatten vereinbart, in der Kneipe etwas zu trinken, aber ich hatte beschlossen, zuerst daheim bei einer Tasse Kaffee – aus den ominösen grünen Tassen, deren eine hier bereits Erwähnung gefunden hat – über dies und jenes zu plaudern.

»Na, wie geht's?« – »Beinahe fabelhaft.« – »Und, stellst du sie mir endlich vor?« – »Judit, ich kann sie dir beim besten Willen nicht vorstellen. Es gibt sie nicht.« – »Wo ist sie denn hin?« – »Ich weiß nicht, ob sie überhaupt irgendwohin ist.« – »Wie bitte?« – »Ich weiß eben nicht, wo sie ist.« – »Du spinnst. Schläfst, und weißt nicht, mit wem?« – »Ich weiß es nicht, Judit.« – »Nicht einmal, wie sie heißt?« – »Ich weiß es nicht. Sie hat nur gesagt: ›Nenn mich Milena, einfach Milena‹, aber ich bin nicht sicher, ob das ihr richtiger Name ist.« – »Tschechin?« – »Französin.« – »Oh, là, là.« – »Departement Youkraine, Präfektur Lyon. Mehr weiß ich nicht.«

Während wir uns so unterhielten, ließen die Kinder die Zeit nicht ungenützt verstreichen. Erst schütteten sie die Erde aus dem Blumentopf auf die Turnmatte und fütterten ihn dann mit Fischkonserven und Leberpasteten, die sie aus dem Kühlschrank erbeutet und im Handumdrehen geöffnet hatten. Ich verfluchte die bourgeoise Industrie, die gedankenlos Konserven, die jeder Rotzbub kinderleicht aufkriegt, in Massenproduktion herstellt, verfluchte sie dafür, daß sie sich eine Armee von Parasiten hält, die forscht, wie man Blechdosen so verschließen kann, daß sie jeder

Rotzbub kinderleicht aufkriegt. Das Mädchen hielt die Pflanze, und der Bub leerte den Inhalt der Dosen sorgfältig in den Topf, bevor er die leeren wieder in den Kühlschrank verfrachtete. Später, bei Tisch, riefen sie: *Onkel, Onkel, schau* (was für ein Onkel bin ich denn schon?), ich drehte mich ihnen unwillig zu, wobei ich meinen Unwillen hinter einer freundlich lächelnden Maske verbarg, und im selben Augenblick kamen auf mich, der ich keine Zeit auszuweichen hatte, dicke Brotkugeln zugeschossen. Später dann, als es schon dunkel war, das Schloß von Dutzenden mächtiger Scheinwerfer beleuchtet, und wir die Kneipe, wo es natürlich auch nicht ohne Flecken auf meinen weißen Sonntagshosen und Cremespritzern auf meinem Hemd abgegangen war, verlassen hatten und mich schon der Schlaf übermannte, brachte ich sie zum Lift, wo wir uns verabschiedeten: »Paß auf«, meinte Judit zum Abschied, und ich wußte nicht, worauf ich aufpassen sollte. – *»Pfiat di.«*

Der Lift

Seinethalben hatte man einen Schacht in den Fels gebohrt. Er verband oben und unten, das Schloß und die Stadt. Bei jeder Fahrt mit dem Lift betrachtete ich die Fledermäuse ringsum, und die Angst packte mich, ich könnte steckenbleiben, oder, schlimmer noch, die Fledermäuse könnten die Metallseile durchnagen, und in wenigen Sekunden wäre alles zu Ende. Ich wollte nicht, daß alles zu Ende war. Ich mochte und mag Geschichten mit Fortsetzung. Ich erinnerte mich, daß Oma erzählte, wie ihr die Mäuse über den Winter den neuen Pflug aufgefressen hatten, und diese Erinnerung goß Öl ins Feuer. Daran rankten sich die Geschichten vom siebenbürgischen Grafen Dracula, die sich irgendwie mit den Fledermäusen verbanden, und so glänzten auf meiner Stirn kalte Schweißtropfen, wenn der Lift ankam und ich mich unter dem sternbedeckten, heiteren, bewölkten oder sonstwie Himmelszelt wiederfand.

Und einmal passierte es. Der Lift blieb hängen. Durch das runde Glas des Dachs, durch das ebenso runde Glas des Bodens und durch das Glas der Wände sah ich das schwarze Steinplateau unter mir und die gähnende Leere über mir, ich drückte auf alle Knöpfe, machte mich der Videokamera bemerkbar, die, wie eine Tafel kündete, zu Ihrer, also zu meiner, Sicherheit sowie zur Verhinderung von Vandalismus (auch ich bin gegen Vandalismus) installiert war, aber natürlich funktionierte nichts. Ich sah, wie der Lichtpunkt oben blasser wurde, und als er endgültig erlosch, hörte ich draußen Fledermausflügel rascheln, sie kreisten um das Glas, hinter dem ich mich befand, flogen dagegen, und ich hörte, wie sie zueinander sagten: »Ist er nicht süß?«

Doktor Werner Werner

Der Weg zu ihm führte an Arbeitszimmern mit offenen Türen vorbei, in denen bemühte Gehilfen sich an Papierbergen zu schaffen machten; mir schien, daß der Korridor nie endete, ewig weiterlief, und ich träumte, ich träte auf der Stelle, während die offenen Türen zu beiden Seiten an mir vorbeiglitten, immer neue ankündigend und hinter mir verschwindend. Der schlechte Scherz fand aber ein Ende, der Film seinen Abspann, und wir waren da. Es war zugleich ein Ende und ein Beginn, das Ende des Korridors und der Beginn von dessen letztem, und wie sich zeigte, wichtigstem Raum. Erst hier wurden die Papiere nach sorgfältiger Prüfung auf ihren schicksalsträchtigen Weg ins Leben geschickt. Hier, an einem breiten, von oben bis unten in Drähte gehüllten viktorianischen Tisch (führten die Drähte aus meiner Wohnung, deren Verlauf ich nicht hatte nachvollziehen können, vielleicht hierher, kam es mir in den Sinn, und sogleich versuchte ich, diese zur ungelegenen Zeit kommende Hypothese wieder zu verwerfen), voller Telefone, Faxgeräte, Steuerpulte und Sprechanlagen, lächelte er, während er eine Bewegung in unsere Richtung machte und uns dabei die Hände über den Tisch entgegenstreckte: »Doktor Werner Werner.« – »Magister Stefan Stefan«, wäre es mir fast entfahren, auch wenn ich das dann natürlich nicht sagte, obschon es mich fürchterlich juckte und ich mich kaum zurückhalten konnte. Zu sehr erinnerte mich die Situation an den sprichwörtlichen Witz über den neuen Russen in Baden-Baden: »Nice to meet you.«

Von Doktor Werner Werner hieß es, er könne alles. Dieses magisch klingende »er kann alles« machte mich zugegeben mehr als neugierig. Von ihm erzählte man, daß er jeden kenne und die britische Königin es sich als Ehre anrechne, die an ihn gerichteten Einladungen zu den Empfängen im Buckingham Palace eigenhändig zu unterzeichnen, die er im übrigen, wie es die Etikette vorsieht, mit Dank ablehnte.

Wir tranken Kaffee, er fragte nach meinen Erfolgen und woher ich die Sprache so gut könne, worauf ich bescheiden antwortete, daß ich sie schon wieder gründlich vergessen, da allzu lange nicht praktiziert hätte. Während er noch fragte, schaffte er es zugleich, die Telefonate zu beantworten, von denen die Apparate heißliefen, und die Dokumente, die man rein- und raustrug, durchzusehen, abzufertigen und in besonderen Fällen mit seiner geschwungenen Unterschrift zu signieren, und stets nahm er das Gespräch genau mit der Silbe wieder auf, die jener folgen mußte, bei der ihn eine dringliche Angelegenheit wieder einmal unterbrochen hatte.

Er verhielt sich mir gegenüber außerordentlich wohlwollend. Er liebte das Land, aus dem ich kam, liebte seine Berge und Wiesen, seine Wälder und Täler, die Enten in den Teichen und die Störche auf den Holzrädern, die rosa Ferkel mit Ringelschwänzchen und ihre ungewaschenen Hirten, die schmucken Mädchen und trachtenbehemdeten Burschen – und das war auch die einzige sentimentale Note in der strengen Fuge seines Lebens, die er allerdings wieder und wieder anschlug.

Wenn ich aber ganz aufrichtig bin, so hatte mich neben dem Wunsch, den Mann, der alles kann, zu sehen, noch ein höchst eigennütziges Motiv hierher geführt, das für mich ein Gewicht erlangt hatte, neben dem ich, wenn notwendig, jeden noch so unwiderstehlichen Wunsch leicht überwunden hätte. Und als er endlich fragte: *»Was kann ich für Sie tun?«*, da brach es aus mir heraus, als fürchtete ich in meiner Begeisterung, er könne die Frage zurücknehmen: »Helfen Sie mir, Herr Doktor. Ich muß SIE finden.« *»Ja, ja, das kriegen wir schon hin«*, klopfte er mir väterlich auf die Schultern. Leider ist daraus dann aber nichts geworden. Sein Optimismus hatte mich getäuscht. Getäuscht hatten mich die Drähte, Telefone und Faxgeräte, getäuscht die Gehilfen, die nie täuschten, die in der Vergangenheit nie getäuscht hatten und in Zukunft nie täuschen würden. Er konnte tatsächlich alles, aber SIE finden konnte er nicht.

Damals wußte ich das noch nicht. Ich nahm von ihm Abschied, unendlich dankbar für die Hoffnung, die er so großmütig in mein wie ein Grashalm im Herbst geknicktes, freudloses Herz geflößt hatte. Als ich ihn verließ, spielten für mich Amoretten und Lemuretten auf ihren Schalmeien, und mir wurde so leicht, daß mir sogar die Reproduktion der »Rastenden Jäger« gefiel, die in elegantem schwarzem Rahmen an der weißen Wand des ansonsten in strengem Stil gehaltenen Büros hing, so daß ich mich selbst fragte: Ist denn das nicht schön, liegt denn nicht darin der wahre Sinn, muß man denn wirklich immer nach irgend etwas streben, irgend jemanden kritisieren, ist es nicht ein Verbrechen, ständig mit sich unzufrieden zu sein, und schwebt dir denn insgeheim, im Grunde deines Herzens, zu dem verschlungene Labyrinthe von Gefäßen und Kapillaren führen, nicht auch eine versöhnliche Stimmung wie auf diesen Bildern als Ideal vor? Oder etwa nicht?

Es war einmal ein König Stach, der ging auf wilde Jagd.

Sie pfiffen, daß man hätte glauben können, das Rad der Geschichte sei geplatzt und daraus purzle das Tatarenjoch, ein neuer Ansturm der Barbaren, ihre einzige Möglichkeit, sich auszuleben, bevor man sie zurückstopft, das Loch am Rad flickt, und sie durch Vulkanisierung bis zum nächsten Zwischenfall wieder von der Bildfläche nimmt. Sie rückten in breitem Halbrund vor, von zwei Seiten, die Reiter zu Pferd, in ihrem inneren Ohr ein immer lauter schallendes Horn, ihre Jagdhunde hörten es, scharwenzelten mit gespanntem Körper, bereit, noch rascher loszuspringen, als dies von ihnen verlangt wurde. Und tatsächlich sprengten sie schneller und schneller dahin, als hätte jemand einen Knopf betätigt, um sie auf Hochtouren zu bringen, das Horn im inneren Ohr blies voller und voller, sie verloren das Gefühl für Zeit und Raum, verwandelten sich in begeisterungspralle Kugeln und verschwanden; es verschwanden Muskeln und Jagdgewänder, Pferde und Knochen, von ihren Köpfen, die ebenso verschwanden, flatterten die Hörner hoch, die weit oben zu einem einzigen riesigen Horn verschmolzen, aus dem den nunmehr gänzlich Verschwundenen geblasen wurde, übrig aber blieb nur die eine und große, unaufhaltsame und unwiderstehliche IDEE DER BEGEISTERUNG. Sie verlangte Opfer, schrie nach Brot, forderte Spiele, faß und schnapp zu! Und wenn es keinen anderen Ausweg gab, entwich die Seele dem Körper, flog in die Höhe und sah zu, als hätte das alles nichts mit ihr zu tun, wie man da unten den Körper zerfletschte und zerfetzte, ihren eigenen Körper; sie tauschte Platz mit der Idee der Begeisterung, und da erlosch die Idee, während die Seele in der Luft Kreise zog, immer höher und höher, ein warmes lumineszierendes Staubkorn.

Krieg der Fleischfresser und Fuchsjäger

»Darf's ein Schnitzel sein? Bouletten? Pasteten? Ein Kotelett? Oder Speck?«

Man weiß nicht, wer und wie als erster den Zankapfel warf. Wie auch immer, er tat es verstohlen und unbemerkt, der Apfel kam ins Rollen, und dort, wo er rollte, bildete sich eine Trennlinie, die breiter und tiefer wurde, bis sich schließlich ein Abgrund auftat, der die zwei Ufer trennte. Alle, die sich auf der einen Seite wiederfanden, waren Fleischfresser, alle auf der anderen Seite – Fuchsjäger. Freilich kam es vor, daß zu Beginn einige Fuchsjäger zufällig (woher sollten sie von dem Abgrund so schnell erfahren haben?) am Ufer der Fleischfresser geblieben waren, während sich eine Gruppe Fleischfresser mitten unter den aufgebrachten Fuchsjägern fand. Aber da wurden sie eben ruck, zuck in den Tartarus geworfen, über dem die Geier kreisten, Beute witternd und im Wissen, daß es nicht die letzte sein würde. Seit damals sind viele Fleischfresserschädel und Fuchsjägerleichen im dunklen Schlund gelandet. Zu beiden Seiten entstand eine Grenze mit Stacheldraht. Die Wächter der Fleischfresser und die Wächter der Fuchsjäger wachten darüber, daß ihn keiner durchbrach, um etwa eine Brücke zu schlagen, wenn aber eine Verbindung entstand, so zerhackten sie zornig das Seil, und die Brücke stürzte ins tiefe Loch. Die Fuchsjäger untersagten ihren Fuchsjägerlein, mit den Fleischfresserchen zu spielen, und den fuchsjägerischen Backfischen verbot man jegliches Techtelmechtel mit dem fleischfressenden Jungvolk. Die Fleischfresser hielten es nicht anders, auch wenn die gegenseitigen Verbote angesichts des Stacheldrahts und tiefen Schlundes durchaus überflüssig waren. Der Krieg wurde lange und erbittert geführt. Die Fleischfresser beschuldigten die Fuchsjäger der Barbarei, welche ganz und gar nichts mit Zivilisiertheit zu tun habe, beschuldigten sie der Unfähigkeit und des mangelnden Willens, ihre niederen Instinkte zu zügeln, diesen im Gegenteil hemmungslos Lauf zu lassen, und das – unerhört! – im Zeitalter von Tampax und Telex. Sie initiierten sogar ein karitatives Projekt, das alle Fleischfresserfamilien rege unterstützten und in dessen Rahmen man den Fuchsjägern humanitäre Hilfe in Form von Computerspielen zukommen ließ, die – so die Auffassung der Fleischfresser – einen Ersatz für die schändliche Verfolgung von Füchsinnen und Füchsen bieten sollten. Das erzürnte die Fuchsjäger nur noch mehr, sie warfen den Fleischfressern vor, den Balken im eigenen Auge pharisäerhaft zu übersehen, und schickten ihnen in den Schlachthäusern illegal beschaffte Fotos und Videoaufnahmen zu, worauf die Fleischfresser wiederum antworteten, daß illegal beschafftes Material juristisch irrelevant sei, und den Fuchsjägern in Plastikbehälter verschweißte Reste von rotbraunem Fell mit eingetrocknetem Blut zustellen ließen.

Ihr Kampf war völlig überflüssig. Ihre wirkliche Bedrohung waren die

Vegetarier.

Im Gehen wippten sie wie Grashalme, den Stoffrucksack mit orientalischen Mustern auf den hageren Schultern. Wenn sie sich öffentlich küßten – und sie küßten sich gerne vor aller Welt –, hoben ihre nackten Füße von der Erde ab, und für einen Augenblick schwebten sie. Im Frühling blühten Blumen in ihren Händen, Blätter grünten in ihren Fingern; im Herbst waren ihre Häupter trauben- und kürbisgeschmückt, und anstelle der Feder, die andere auf ihren Jägerhut stecken, sah man goldene Ähren. Im Winter verschwanden sie, als hätte es sie nie gegeben, im Sommer aber füllten sie die Plätze und Parks der Stadt.

Stadt und Schloß

Sie lag im Süden des Nordens und im Norden des Südens, und damit war alles gesagt. Daraus ergaben sich die strukturellen und substantiellen Besonderheiten, die Lage in Zeit und Raum gab die Parameter vor. Vom Strom weg, der, das Quellwasser mit sich führend, durch die Stadt floß, verliefen Straßen von Helden und Heerführern, Stämmen und Völkern, Kosaken und Pflanzen. Manche hießen nach heimischen Landschaften, als wollten sie den Tag vorwegnehmen, da diese nichts als reine Poesie sein würden, wie die Handwerksberufe, nach denen auch so manche Straße der Stadt benannt war. Die Straßenbahnen ratterten hinter dem Rücken der Passanten, die Uhren maßen das Vergehen der Zeit, die Wetterhähne zeigten die Windrichtung an, Flüchtlinge aus fremden Gegenden und Kontinenten, aus unfähigen Vaterländern, die sich in ihren Köpfen zu Phantasiegebilden voll Schrecken und Sehnsucht ausgewachsen hatten, verkauften spätabends an Straßenkreuzungen Zeitungen, auf Plätzen und an Haltestellen erschienen die Blätter von morgen mit den Nachrichten von morgen, Anzeigetafeln fixierten die ozon- und CO_2-Werte in der Luft, die Thermometer maßen die Temperatur, die Barographen und Barometer den Druck, die Hygrometer die Feuchtigkeit, die Architekten die Oberflächenneigung, die Straßenbahner die Exaktheit der Gleisspuren. Bei den ersten Regentropfen stellten die Besitzer der kleinen Läden Ständer auf, in denen Regenschirme mit Preisschildern steckten. So mancher Passant kaufte einen, manche warteten den Regen lieber in einer Passage oder einem Kaffeehaus ab, und manche hatten einen

Schirm schon dabei, zogen ihn aus dem Rucksack, Einkaufswagen oder der Tasche, spannten ihn mit betriebsamer Miene durch leichten Knopfdruck auf und eilten ungerührt weiter.

Ich schlenderte durch diese Stadt, kreuz und quer, kaute dabei an einer ihrer mit feinen Salzkörnern bestreuten Brezeln, trieb mich in ihren Straßen und abfallenden Gassen herum, auf den Vorplätzen von Kirchen und in italienischen Innenhöfen, saß auf den Terrassen ihrer Cafés und in den Kellern ihrer Restaurants, und wenn die Dämmerung dichter wurde, wanderte mein Blick jedes Mal unwillkürlich von der Straße nach oben, dorthin, wohin ich zurückkehren sollte. Mechanisch zählte ich die beleuchteten halbkreisförmigen Terrassen, sah die Ziegelmauern und den Uhrturm mit seinem riesigen Leuchtzifferblatt. Dort, unterhalb, stand das Haus, in dem ich wohnte, das aber dem Blick verwehrt blieb.

Die Stadt und das Schloß, das Vorhandensein dieser Korrespondenz, dieser bürgerlich-aristokratischen Verbindung, brachte mich ordentlich in Verwirrung, rief das Motiv des Doppelgängertums wach und verursachte mir Zustände der Kontamination und Vertauschung, in denen ich nicht wußte, wo ich mich befand. Dann sagte ich: »Wie schön es daheim ist, und ihr behauptet, daß dies und jenes nicht paßt, dieses fehlt und es an jenem mangelt. – Nichts fehlt! Seht doch, wieviel Licht, werft doch einen Blick auf dieses Wunder, auf diese Pflastersteine, diese Vitrinen, auf die Denkmäler und Plätze, Geleise und Brücken, Menschen und Häuser, Skooter und Fahrräder, Briefträger und Polizisten, die dich an der Kreuzung deines Lebens freundlich und verständnisvoll nach Hause und nicht ins Kommissariat bringen, die dich ausziehen und in dein Bett legen, wo du lang und süß schlafen wirst, wo du süße Träume träumen wirst, als deren Protagonisten sie auftreten, die Beschützer deiner und der Stadt, gestiefelte Georgs, die den Drachen bezwingen.« Und wenn dich Schlag Mittag endlich die Wanduhr weckt, du dich streckst und aufstehst, dich kalte Wassertropfen kitzeln und in der Kaffeemaschine der Kaffee blubbert, dann gibt es kein Halten mehr: »La vita è bella«, wirst du sagen, »la vita è bella«, wirst du immer lauter rufen; zugleich aber wirst du selbst alles zerstören, denn eine plötzlich von nirgendwo auftauchende Melodie legt sich unter die Worte, ein Lied beginnt, dessen Fortsetzung du nicht verhindern kannst, weder die Töne noch den fatalen Text, der dich um deine Ruhe bringt, dieses »MA LEI ...«. Es wird dir den Kaffee verleiden und in deinem Herzen eine Sonnenfinsternis verursachen. Und statt eines bejahenden »UND SIE AUCH!« wird, einer Nadel auf der sich drehenden Schallplatte gleich, unabweisbar die Frage an dir schaben, alt wie die Welt und neu wie die Mode: »WO ABER IST SIE?«

Der gefundene Penny

Wer kennt nicht das Liedchen vom Penny in der Börse, wer hat es nicht gesungen, gesummt und gepfiffen? Die Kinder in den Kindergärten kennen es und die Schüler in den Schulen, die Studenten auf den Bänken und die Dirigenten in den Orchestergräben, die Großen und die Kleinen kennen es, die Männer und die Frauen, Alter und Geschlecht kümmern es nicht, es ebnet den Weg und schafft Hindernisse beiseite. Es hilft durchs Leben, greift dir unter die Arme, führt dich über Sümpfe und Tümpel, wäre es nicht, würden Uhren und Straßenbahnen stillstehen, die Läden zusperren und die Schlagbäume runtergehen, die Sonne würde sich verdunkeln und der Mond verstecken, und es hilft sogar irgendwie, IHRE Abwesenheit zu ertragen, obwohl es gerade in diesem Punkt, wenn es um SIE geht, nicht alles hält, was es verspricht, und sagen muß: »Ich passe.«

Er lag auf dem granitenen Schachbrett des Trottoirs, als ich fast an ihm vorbeigegangen wäre. Aber mit der Sonne und der Netzhaut meiner Augen bildete er ein magisches Dreieck, blitzte auf, und so bemerkte ich ihn. »Nimm mich«, bat er, und ich konnte nicht umhin, ihn aufzuheben, mißtrauisch um mich blickend, ob mich wohl niemand dabei sah. Ich hob ihn vor meine Augen und betrachtete ihn näher. »Du kannst sprechen«, ich war ganz durcheinander. »Nicht nur das«, erwiderte er, »ich kann springen und tanzen, kullern und klingeln. Kennst du das Märchen vom schlauen runden Kolobok?« – »Was für ein Kolobok?« – »Nur keine Sorge! Mit mir kann dir nichts passieren. Außerdem kenne ich viele interessante Geschichten, ich bin eine richtige Fundgrube für einen Schriftsteller wie dich. Ich erinnere mich an die Schicksale aller Menschen, die mich je besaßen.« – »Tatsächlich?« – »Ich kenne Geschichten, von denen niemand weiß. Also, paß auf mich auf!« – »Wie soll ich auf dich aufpassen?« – »Indem du mich liebst und auf Hochglanz polierst.« – »Und wenn ich von dir Abschied nehmen muß, weil ich dich gegen eine Brezel oder eine Hühnerkeule eintausche?« – »Bist du mir ein guter Herr, komme ich zu dir zurück.« Jetzt sah ich ihn mir aufmerksamer an. Er hatte gelbe Ränder, aber in der Mitte war er weiß. Auf dem weißen Hintergrund prangte eine elegante Eins, deren Fußspitze allerdings in der gelben Umfassung steckte, Sterne gab es, oben und unten, die offenbar auf Saiten aufgefädelt waren, unter denen sich ein Bruchstück der europäischen Landkarte abzeichnete, auf der Rückseite standen das Jahr, noch eine Eins, nur kleiner, die gleiche Aufschrift, und ein Porträt von Wolfgang Amadeus Mozart. Aber gerade mit Mozart war nicht alles so lupenrein. Absonderliche Dinge geschahen mit ihm: Einmal war er wirklich Mozart, einmal ein Vitruviusscher Atlant, einmal verwandelte er sich in fliegende Schwäne, dann in eine Harfe, einen Adler, eine Eule, einen Baum oder in Zierrosen, bald wieder nahm er menschliche Gestalt an, war aber nicht mehr Mozart, sondern Juan Carlos I., Albert II., Rainier III., Prinz Henry, der Pontifex, Königin Beatrix oder, zu guter Letzt, das Wappen von San Marino. Warum habe ich ihn nicht sofort weggeworfen? Hatte all der Zauberspuk nicht gereicht, um mich Böses wittern zu lassen? Mich zu überzeugen? Mußte ich ihn denn in mein Taschentuch wickeln und in die Hosentasche stecken? Ihn dann mit mir herumtragen? Hätte ich ihn nicht wenigstens auf eine Bank legen können, einen Safe dafür mieten? Wäre das nicht sicherer für ihn und gefahrloser für mich gewesen? Hast du ihn denn nicht sowieso verloren und zugleich dich selbst nicht retten können? Wäre das nicht der optimale Weg gewesen, Kalamitäten zu vermeiden? Hatte man denn nicht schon voraussehen können, daß Kalamitäten nicht zu verhindern sein würden? Sagt denn nicht Mama immer: »Hebe nie was vom Boden auf. Was runterfällt, gehört nicht dir und wird nie dein werden.« Wäre es nicht klüger gewesen, auf die Stimme der Weisheit zu hören?

Bis spätabends trieb ich mich in der Stadt herum, um Angelegenheiten zu regeln, und kehrte erst heim, als die Serpentinen zu mir hinauf von schwach schimmernden Laternen erleuchtet wurden.

Die Geschichte vom Penny
(Fortsetzung)

Vom Himmel fiel ein Penny, immer größer werdend, flog direkt auf mich zu, ich suchte das Weite, erreichte mit Not das nächstbeste Tor, das zufällig, und zu meinem riesengroßen Glück, nicht versperrt war, und beobachtete voll Schrecken, wie die riesengroße, an Dinosaurier-Eier erinnernde Münze auf die Erde donnerte, wie die Pflastersteine Funken schlugen und sich an der Absturzstelle ein Krater bildete. Aber wie kam es, daß er plötzlich bei mir war? Daß ich ihn in der Hand hielt? Instinktiv spreizte ich die Hand und zog sie jäh zurück, als hätte ich mich an einem Stück glühenden Eisens verbrannt, aber er haftete an mir, klebte an der Handfläche und ließ sich nicht abschütteln. Ich lief davon. Ich wollte ihn in den Opferstock beim Eingang der Franziskanerkirche werfen, aber eine unbekannte Stimme ließ mich erbeben: »Dem Kaiser gib, was des Kaisers!« Welchem Kaiser? Wo finde ich mitten in der Nacht einen Kaiser? Ich lief und lief, und mir schien, das Laufen werde nie enden, aber irgendwie stand ich plötzlich auf der Brücke, holte mit aller Kraft aus und schleuderte ihn in den Strom. Er flog, pfiff und drehte sich im Flug mit vorwurfsvollem Blick mir zu, ich aber freute mich und seufzte erleichtert, als wäre ein Berg von meinen Schultern genommen.

Einkaufsliste

Am Morgen wachte ich früh auf, trotz des späten Schlafengehens, und so versuchte ich, mit einer seit Kinderwagentagen bewährten Methode, mich wieder einzuwiegen, aber weder das Schaukeln noch das Sich-hin-und-her-Wälzen brachten etwas, ich hatte keinen Schlaf mehr, das frühe Erwachen war kein Irrtum, sondern die Folge von physisch-somatischen Selbstregulierungsprozessen. Ein Zahn machte mir zu schaffen. Trotzdem wollte ich nicht unter der Decke hervor, griff nach einer Zeitschrift, womit ich den üblichen Rhythmus verletzte, demzufolge die Wochenmagazine während des Frühstücks, zum Kaffee, durchgeblättert wurden. Durch den Griff nach der Zeitschrift fiel ein Stück Papier zu Boden, das, wie sich zeigte, eine Liste mit Lebensmitteln war. Ich hob sie auf, um sie noch einmal minuziös durchzugehen, ob ich nichts Notwendiges vergessen und nichts Überflüssiges aufgeschrieben hatte.

Milch
Cornflakes (mit Nüssen und Honig)
Brot
Packelsuppe (mit Spargel)
Frankfurter Würste (2 Packungen à drei Stück)
Käse (10 Packungen, 5 natur, 5 gewürzt)
Reis
Butter
Tchibo-Kaffee (mit Kamelen)
Maresi
Joghurt (1 Erdbeer-, 1 Marille-)
Linzer Schnitte (Johannisbeer-)
ein Stück Wassermelone

Es war Samstag. Das Wetter versprach reichlich Sonne. Ich frühstückte, warf mir den Rucksack, in den ich zwei Plastiksäcke getan hatte, über den Rücken, schlug die Tür zu und ging.

Das Fest des Kaufens und Verkaufens

Meine Aufmerksamkeit wurde von den Fahnen in Anspruch genommen. Sie hingen überall: vor Ämtern und Tankstellen, Geschäften und Denkmälern, auf Kreuzungen und an Haltestellen, entlang der Straßen und Brücken, von den Balkons politischer Parteizentralen und privater Unternehmen, aus den Fenstern des Zivilinvalidenverbands und der Investoren der Hypothekenbank, der Gesellschaft der Hundezüchter und der Initiative zum Verbot von Kampfhunden, der Vereinigung der Jäger und der Bewegung gegen die Waljagd, der Internationalen Freundschaftsgesellschaft und des Versicherungsvereins auf Gegenseitigkeit, der Redaktionen der Musikzeitschrift »GRAMMOPHON« und der Literaturzeitschrift »GRAPHOMAN«, auf der Spitze des Schloßbergs und auf seinen Terrassen, sogar die

Straßenbahnen fuhren mit Fähnlein geschmückt. Von oben schien es, die Stadt versinke in Fahnen.

Unten herrschte ein sonderbares Treiben. Ein Ehepaar, das schnell ging, ja fast lief, als es mich überholte, warf mir – bevor es im aufgewühlten Menschenmeer wieder verschwand – auf meine Frage nach der Ursache für die Fahnen und das Gedränge, das – wie man von weitem sah – stellen- und zeitweise in heilloses Durcheinander überging, rasch das magische Wort zu: AUSVERKAUF.

Hunderte und Tausende Arme rafften, was das Zeug hielt, einander beschimpfend und wegstoßend, die Kleinen nutzten den Vorteil ihrer Körpergröße, indem sie unter Armen, Schoß und Scham hindurchschlüpften, die Großen ihren Nachteil, indem sie den Überblick über den Nachschub an Waren behielten und ihre Familienmitglieder darauf ansetzten. Die Stadt war einem Ameisenhaufen gleich, in den der Bär seine Tatze gesteckt hatte. Von den Straßen an der Peripherie und aus der Umgebung kamen immer neue Bewohner, verschlafen und verspätet, Hilfs- und Hoffnungstruppen. Priester standen auf den Kirchplätzen und riefen verzweifelt: «Halt! Besinnt euch, ihr Wahnsinnigen!« Aber wen interessierte das schon. Niemand besann sich. War etwa nicht klar, wohin sie liefen? In die Menschen war, wie in die biblische Herde, der Geist des Pennys gefahren.

Alles kochte. Die Feuerwehr löschte Konfliktherde, die Polizei machte Jagd auf Diebe, die gefaßten Diebe versuchten die Brieftaschen unbemerkt wegzuwerfen, die nicht gefaßten hoben sie flink auf, um ihre Natur- oder Kunstledersammlung zu erweitern, die Psychotherapeuten trösteten die bestohlenen und vom Getriebe erschöpften Menschen und zankten sich mit den Psychoanalytikern, die Dirigenten dirigierten Blaskapellen, riesige Autobusse dienten als provisorische Gepäckaufbewahrung, mobile Restaurants versorgten die Ausgehungerten und Entkräfteten, Zauberkünstler zeigten ihre Tricks, Tierbändiger bändigten Tiere, aber niemand und nichts war imstande, das aufgewühlte Menschenmeer zu bändigen. Die Sanitäter brachten die Verletzten weg und fingen die Opfer von Schlaganfällen und Knockouts gerade noch auf, die Rettungsleute leisteten Erste Hilfe, die Bestattungsinstitute – letzte. Und zwar sofort, ohne von der Kassa wegzugehen. Alle kamen zum Einsatz, alles kochte und tobte, so ging es dahin, lustig drehte sich das Schwungrad des Lebens, ohne Langeweile, ohne Pause und ohne Stillstand.

An den Überwachungsmonitoren saß keine Seele, die die Muskeln hätte spielen lassen. Es geschah das große Geschäft, alle Kräfte waren mobilisiert und an die Front geworfen, die Printer druckten neue Preise mit zehnmal höheren als den üblichen, Verkäuferhände strichen sie dann effektvoll durch und setzten die halbierten Beträge darunter. Die Menschen aber, die geblendeten Menschen kauften und rissen sich die Dinge aus den Händen, ich selbst raffte, was sich mir bot, das, und das, und das noch, so was hast du noch nie gehabt noch gesehen, nimm, nimm, flinker, da schiebt sich schon eine gierige Hand dazwischen, was tust du da, Trottel? Wozu brauchst du das, kamen wie ein Echo de profundis schwächer und schwächer werdende Signale, aber ich konnte nicht mehr stehen bleiben, wirbelte wie ein Veitstänzer, wie ein Huzule auf einer Hochzeit, bis sich mein Kopf zu drehen begann, mir schwarz vor den Augen wurde und ich spürte, wie ich das Gleichgewicht verlor, die Erde unter meinen Beinen wankte und der Himmel über meinem Kopf sich in ein ungestümes, um die Sonne kreisendes Ringelspiel verwandelte. Ich sammelte meine letzten Kräfte, ich siegte über mich. Ein rasender Löwe, warf ich mich auf die Bündel, zerrte und riß daran, stopfte einen Abfallkorb voll und drehte den Rucksack um. Es krachte, knitterte und barst. Es flogen T-Shirts und Jeans, Pullover und Sakkos, Briefpapier und Ansichtskarten, Tennisbälle und Taucheranzüge, Ersatzteile und Uhren, Sonnenbrillen und Schuhcreme, Slipper und Deodorants, Rasierer und CDs, Henna und Waschpulver, Kleiderstoffe und Schmieröle, Trommelstöcke und Mantelknöpfe, Futterale für Fotoapparate und Fische für das Aquarium, bunte Tüten mit Shampoos und Uhu-Klebstoff, Silberohrringe und Wasserfilter, Handtücher und Hosengürtel, Präservative, Tampons und Einlagen, ein glasierter Krug fiel zu Boden und zerbrach, der Bart des Kaisers zersprang in zwei Teile. Nichts als weg, weg von hier, weg aus dieser Hölle. Ich stürmte davon, so schnell meine Beine es zuließen, ohne auch nur einen einzigen Blick zurück.

Hochwasser

So war die zweite Woche zu Ende gegangen. Danach begannen die Regenfälle. Mit einem Mal und ohne Vorwarnung hatte es sich die Natur überlegt, änderte ihren Entschluß, nahm Abschied vom Experiment und durchbrach ihren gewohnten Rhythmus, die Meteorologen, nach dem samstäglichen Ausverkauf verbeult und verbunden, schliefen, stöhnten im Schlaf und ahnten von nichts. Man hatte alles in der Welt vergessen, um so mehr auch den sonntäglichen Gottesdienst. Und dabei stieg und stieg das Wasser. Zuerst verschwanden die Weiden, die am Flußufer standen, im Wasser, dann verstopfte sich die Kanalisation, ein paar Bäume wurden weggespült, unter anderem die Pappel, die Graf Pomeranz von Mecklenburg vor hundertfünfundzwanzig Jahren anläßlich seines Besuchs in der Stadt und zum Zeichen seiner grenzenlosen Sympathie für deren Einwohner gepflanzt hatte, mehrere tiefer hängende Brücken wurden zerstört, und bald schoß das Wasser auf die Straßen, überschwemmte Weinkeller und Bierstuben und stand in den Kellern der Wohnhäuser bis zur Decke. Es gluckste und gurgelte, führte Schlamm und Lehm mit sich, stieg höher und höher, bis es gegen die Decke drückte, nach oben drang und in den ersten Stockwerken Seen bildete, in denen Tisch-, Schrank- und Bettbeine standen und Stühle ertranken.

Ich weiß nicht, welche Gänse Rom gerettet haben, die Stadt aber wurde von einem wagemutigen Feuerwehrmann gerettet, der, auf seinem Dienstkanapee eingeschlummert, vom Wasser geweckt wurde, das an seinen Fußsohlen kitzelte, die über die zu kurz geratene Holzbank ragten. Von seiner Heldentat sollten später Legenden berichten, man würde Romane schreiben und Filme mit eigens komponierter Musik drehen, Schüler würden Aufsätze schreiben und die Dichter des Landes ihn in Versen besingen, Zuckerbäcker würden sich zu einer nach ihm benannten Torte inspirieren lassen und Schokoladenbarone sein Abbild in Milchschokolade produzieren, Reisebüros würden Hochwasser-Rundfahrten anbieten mit der Möglichkeit, die Heldentat zu wiederholen, sein lächelndes Antlitz würde Reklametafeln für Mayonnaise schmücken, und am Hauptplatz der Stadt würde sich sein Denkmal in Bronze erheben.

Das alles würde später kommen, damals aber zögerte er tatsächlich keinen Moment – die trübe Flüssigkeit, die den Raum überflutete, mobilisierte seine Kräfte, er hörte die kreischende Stimme seines seligen Instruktors im Ohr, und schon war er auf den Beinen, drückte die Scheibe aus dem Fenster, das sich nicht mehr öffnen ließ, schlüpfte wie ein riesiger Aal durch die ziemlich enge Öffnung und quetschte sich in den Raum, in dem die Knöpfe der Steuerung leuchteten, in wenigen Augenblicken wird es einen Kurzschluß geben, der Strom ausfallen, aber noch schwimmt er und faßt nach dem roten Hebel, den er mit aller Kraft nach unten drückt.

In der Stadt heulten die Sirenen auf, und die Kirchenglocken begannen zu läuten, ich, der ich ebenfalls nichtsahnend im Bett gelegen hatte, erwachte. Mein innerer Instruktor schlummerte allerdings auch nicht, machte mir Beine, zwang mich, Hose und T-Shirt überzuziehen, den Paß und Vorräte für zwei Tage (mehr hatte ich nicht) einzustecken, stieß mich auf den Gang, und schon sprang ich über die Stufen, rüttelte an der Kasemattentür in der festen Absicht, mich vor einer atomaren Bedrohung zu verbergen, aber die Tür war fest versperrt, hinter mir, an der Schwelle des Hauses, das ich erst vor einem Augenblick verlassen hatte, tauchte Abd Ar Rahmanov auf, und einen Wellenschlag später stand aufgewühlt Kara Hassan daneben. Schweigend warfen wir uns Blicke zu. Wir hatten keine Ahnung, was los war und was wir zu tun hatten. Der erste, der zu sich kam, war Abd Ar Rahmanov, der im Zimmer verschwand, den Fernseher aufdrehte, aber der funktionierte nicht mehr, wie auch die Sirenen mit einem Mal verstummt waren, da lief Kara Hassan die Stiege hinunter, brachte seinen Empfänger, einen alten Transistor, von dem er sich nie trennte und der ihn in seinem Katakombendasein während des Peloponnesischen Kriegs treu begleitet hatte, er drehte an den Knöpfen, bis wir die aufgeregt-feierliche Stimme des offiziellen Radiosprechers aus der Hauptstadt, Jürgen Leviathan, hörten, der die Meldung über das die Stadt heimsuchende Hochwasser verlas.

Gemeinsam stürzten wir alle drei zur Mauer, und vor uns, da unten, bot sich das schreckliche Schauspiel der versinkenden Stadt. Sie glich einem sterbenden Schwan, groß, stolz und völlig hilflos. Kähne schwammen, Hausdächer waren zu Flößen geworden, und nur eine Handvoll Hochhäuser hielt sich auf ihren Stahlbetonbeinen, vereinzelt wehten Bäume, die die Flut noch nicht mitgerissen hatte, wie Trauerfahnen in der Ferne. Hunderte Menschen kauerten auf diesen letzten Inseln von Land und Hoffnung. Dutzende klammerten sich an Balken oder andere Gegenstände, die sich und sie über Wasser hielten. Die Vegetarier saßen mit gekreuzten Beinen und zugepreßten Augen auf großen Lotosblüten. Die Vögel kreisten und fanden keinen Landeplatz. Todmüde landeten sie schließlich auf den strohblonden Köpfen der Vegetarier.

Nicht wenige fanden Rettung an den Hängen zum Schloß. Sie kletterten herauf, und bald war unser Haus ein Flüchtlingslager. Naß und erschöpft kamen sie an, klapperten mit den Zähnen, wir gaben ihnen trockene Tücher, schrubbten sie, die jederzeit in posttraumatische Depressionen zu verfallen drohten, ab, am wichtigsten war, sie nicht depressiv werden zu lassen, am wichtigsten war, den Kreislauf zu durchbrechen, der sie zugrunde richten und die anderen demoralisieren könnte. Wir machten Feuer im Hof und spannten Schnüre, auf denen die ausgewrungene Wäsche trocknete, in Kesseln machten wir Wasser heiß, mit dem wir Tee und Kaffee aufgossen. Abd Ar Rahmanov holte aus dem Gefrierfach seines Kühlschranks leckeres Lammfleisch, das er in Reserve hielt, wir brieten es und kochten Suppe. Die Stimmung war gerettet, und die Rettung der Stimmung ist gleichbedeutend mit der eigenen Rettung, der Rettung von Menschen, wenigstens derer, die bei uns waren, den anderen konnten wir kaum helfen. Man kann nicht behaupten, daß wir nichts machten. Wir machten, was wir konnten. Leintücher, Betten- und Polsterüberzüge drehten wir zu Seilen zusammen, mit denen wir uns hinunterließen, dorthin, wo das Wasser klatschte und schäumte, und so retteten wir diejenigen, die von den Wellen angespült worden waren, so retteten wir Erwachsene und Kinder. Auf dem Wasser trieben Küchenmixer und Korkenzieher, Zierblumen und Zipfelmützen.

Das Hochwasser wollte nicht enden. Die Panik wuchs, als schon die dritte Terrasse unter Wasser stand. Wir begannen Bäume zu fällen und ein Schiff zu bauen. Bald war es fertig. Wir nannten es »ARCHE«. Alle fanden wir Platz darin. Von jedem

Getier nahmen wir ein Paar auf, nur den Elefanten, der aus dem Tiergarten geflohen war, nahmen wir allein. Wir stießen von der Bergspitze ab, die bald unter Wasser verschwinden sollte, und fuhren los. Zweifel überfielen mich. »Warum, warum«, fragte ich, »mußte das geschehen?« Und wiederum ertönte die Stimme: »Sodom und Gomorrha!« – »Nicht doch, Herr«, flehte ich, »rette sie. Es sind gute Menschen, gastfreundlich, und sie können schön singen. Man nennt sie Nachtigallen. Du hast sie selbst einst so genannt. Sie wußten nicht, was sie tun. Auch ich – so gestehe ich – konnte der Versuchung nicht widerstehen. Rette sie!« – »Sie haben die Ewigkeit vernachlässigt und sich der Unzucht hingegeben.« – »Herr, Du warst lange nicht da. Sie haben Dich vergessen.« – »Kein Grund, um den Moloch von Tand und Plunder anzubeten. Sie haben vergessen – ich werde sie eben erinnern!« – »Herr«, schoß es mir durch den Kopf, »rette SIE.« – »Dummkopf, sie ist nicht hier. Sie war nie hier.« – »Sie war aber hier!« – Da lachte herrlich der Herr, und das Wasser begann zu sinken, und die Stadt war gerettet.

Die Kastanienbäume erlebten eine zweite Blüte, ihre weißen Kerzen leuchteten neben den stacheligen und beinahe reifen Früchten. Das hatte es vorher nie gegeben und wird es später nie geben. Es war ein Sieg des Lebens über die Elemente, des Vergebens über das Vergehen, des Lachens über die Angst. Üppig schoß das Gras in die Höhe, die schlammgedüngten Felder standen bald in vollen Ähren, die Spatzen zwitscherten, und die Hofhunde kläfften, das Straßenpflaster war wieder trocken, und die Straßenbahnen fuhren wieder. Die Boutiquen machten wieder auf, und ihre Besitzer standen lächelnd in der Tür. Die Bauern holten die Traktoren aus der Scheune, die Milchwagen lieferten Milch, und in den Regalen stand wieder Joghurt. Es schien die Sonne, zerzauste Wolken zogen vorüber, die Pfadfinder machten sich in den Wald auf und die Verliebten ins Kino zur Abendvorstellung. Die Katzen im Hof unserer Behausung rieben sich aneinander, miauten, machten es sich bequem, räkelten sich und kugelten über den Boden. Wir hatten ihnen den Glauben an ihren Eidos zurückgegeben.

Gedanken an SIE

Ich dachte an SIE, es war traurig, daß wir in dieser gesegneten Zeit, wo das Leben triumphierte und die Priester die Predigt mit den Worten »freuet euch, ihr Kinder« anhoben, nicht beieinander waren, mir fehlte sie so sehr, bislang war es mir nicht gelungen, die Fäden des ungewöhnlichen Dialogs zu entwirren. Wie auch immer, ich war zumindest froh, daß sie während des Hochwassers nicht hier war, daß sie anderswo war. Ich glaubte fest daran, daß ich sie finden würde, wir uns begegnen würden, daß es ein Happyend geben würde und unsere Geschichte »to be continued« sei. Ich beabsichtigte, wenigstens noch ein Fotoalbum von ihr zu machen, ein Drehbuch zu schreiben und einen Film zu drehen, natürlich mit ihr in der Hauptrolle. Ich wollte Drehbuchautor und Regisseur sein, sogar Schauspieler wäre ich gern gewesen, aber das wäre wohl zuviel geworden, doch an einen Partner für sie mochte ich nicht denken, der Gedanke rief gemischte Gefühle hervor und rührte an ein Dilemma, in das KUNST und LIEBE geraten können, wo ich doch immer bestrebt war, ihnen gleiches Recht zuzugestehen, sie auszusöhnen und keine von ihnen zu vertreiben. In meiner Naivität schien mir, und es scheint mir noch immer, daß ein Ausgleich zwischen ihnen möglich ist, sie einander brauchen, anregen und inspirieren, daß es sich hier um keine einander ausschließenden Größen handelt, sie sich vielmehr gegenseitig beleben, daß sie zwar verschieden sind, man sich jedoch absprechen kann über Einflußsphären und Demarkationslinien, und daß selbst bei einer

Überschreitung der Demarkationslinien zuletzt immer beide profitieren.

Haus der Erinnerung.
Zu ebener Erde. Das Examen

Als ausdruckslose Silhouetten schwammen die hohen weißen Fenster und der H-förmig angelegte Hof an mir vorüber. Ich erinnere mich deutlich an das Gefühl, obwohl ich nie damit gerechnet hatte, man könnte sich auch an Gefühle erinnern, nicht nur an Handlungen, sondern auch an Stimmungen und Gerüche. Zugleich mit uns erinnert sich unser Körper. Man braucht nur an eine Zitrone zu denken, und schon riechen wir sie, spüren den sauren Geschmack, obwohl weit und breit keine Zitrone da ist. Ich hatte nie darüber nachgedacht, daß die Erinnerung an Gefühle ganz unmittelbar geschehen kann, im Maßstab 1:1, sie aber auch gewisse Metamorphosen durchmachen und beispielsweise von Farbtönen ausgelöst werden kann. Ich hatte nie daran gedacht, daß die Erinnerung als solche eine Lebensquelle ist, der Sauerstoff, den unsere Fasern brauchen. Daß sie uns nicht in Depressionen treibt, wie man mit Blick auf ihren Status fürchten könnte, sondern im Gegenteil das Fundament bildet, aus dem der Augenblick des Sprechens erwächst, denn ist das Leben nicht ein Augenblick des Sprechens? Zugleich glaube ich nicht, daß sie uns Rahmenbedingungen aufzwingt, Linien einer Kristallfalle zeichnet, die kein Radierer mehr wegradiert. Eher scheint mir, von ihr gehen Impulse aus, die unsere Flugbahn beeinflussen, an ihrer Entstehung beteiligt sind, manchmal entscheidend, wenn auch nicht ausschließlich. Letztendlich hängt alles von uns ab, von tausend anderen Faktoren, an die sich die Erinnerung, uns beeinflussend, anpassen muß.

Es mußte wohl ein Examen sein, das in keinem Lehrplan vorgesehen war. Ich fand mich auf einer Bank, aber es war eine Kindergartenbank, niedrig und hell, mit einem dreieckigen Ausschnitt in den seitlichen Stützlatten, und ebensolchen dreieckigen Ausschnitten an den abgerundeten Enden des lackierten Bretts, auf dem wir saßen. Die Bänke waren hintereinander aufgestellt, in leichtem Halbkreis, wie in einem Heimkino. Wir befanden uns alle an der Grenze von der Kindheit zur Reife, waren keine Teenager mehr, aber auch noch keine Erwachsenen. Das heißt, wir waren keine Erwachsenen mehr. Wir fühlten uns erwachsen, aber unserem Erwachsensein fehlte der Stempel im Paß des Lebens. Es gab keine urkundliche Bestätigung. Es fehlte die formelle Anerkennung. Die Pässe waren verlorengegangen oder für ungültig erklärt worden. Wir hatten natürlich keinerlei Ahnung, weder davon, daß die Pässe fehlten, noch davon, daß wir jemals welche hatten. Rundherum lagen Spielsachen, wir saßen und warteten, irgend etwas Wichtiges lag in der Luft. Der Augenblick zog sich in die Länge, niemand kam, der Klarheit hätte schaffen können, den Knoten zerschlagen, uns wenigstens irgend etwas sagen. Die Requisiten der Kindheit existierten unabhängig von uns, wir existierten irgendwie parallel dazu, es gab eine Kontrollinie, die, wie sehr wir sie auch in die Länge zogen, doch nie die Parallele berührte, und wir spürten das deutlich. Es war, als wären die beiden Dimensionen auf einer Ebene zu liegen gekommen.

Wir standen, gingen umher und unterhielten uns. Das Gefühl ließ uns nicht los, daß jeder von uns mehr als der andere wußte, ein geheimnisvolles ES kannte, das in den eigenen Händen zum Trumpf wurde, den man aber nicht ausspielen konnte, über den man weder verfügen noch befehligen konnte. So paradox es sein mag, dieses geheimnisvolle ES war es, das uns verband, gleichberechtigt machte und gleichgewichtig, das unsere Zehen, unabhängig von Haarfarbe, Größe und ihrem, der Zehen, Geruch, an einer einzigen geraden Linie ausrichtete.

Da aber tauchte Figur X auf, eine Größe, groß und unnahbar; der Wolframfaden, der zwischen ihren oberen Spitzen eingeklemmt war, blitzte auf: »N'mrgen!« – »N'mrgen«, antworteten wir im Chor. Begleitet wurde sie von Figur Y, einer Schleuder, rasant und zielsicher, mit der Lausbuben auf Spatzen schießen. Nach der knappen Begrüßung kam Figur X ohne weitere Umschweife zum Kern der Sache, der in ausführlichen Erklärungen bestand, die mehr nach Anweisungen klangen; ohne auch nur ein Wort zu hören, wurde mir völlig klar, worum es ging. Ich begriff, daß jeden Moment der entscheidende Augenblick eintreten konnte, die entscheidende Prüfung, das EXAMEN. Figur Y, die daneben stand und assistierte, gab nützliche Empfehlungen, denen wir aufmerksam lauschten, und manche machten sich auch Notizen. »Enn dr prfgsorsitznde kmt, stet alls uf. Abn allkpiert?« – »Okay«, nickten wir zum Zeichen, daß wir kapiert hatten.

Wir saßen in einem anderen Raum, die klare Farbaufteilung war verschwunden, die Farben wurden verschwommener und unbestimmter, sie formten ein Panorama, in dem die Grautöne dominierten. Wir warteten auf das Öffnen des Kuverts und die Bekanntgabe der Themen, auf die Unterbrechung der Stille durch die Amtshandlung, aber da wachte ich auf. »Was soll denn das? Ich habe die Universität abgeschlossen! Bin Kandidat der Wissenschaften, Dozent«, schoß es mir durch den Kopf, und ich schrie – den absurden Dschungel mit seinen Hindernissen, die einen im Traum von den eigenen Worten trennen, hinter mir lassend – mit voller Kraft: »Was soll denn das? Ich habe doch die Universität abgeschlossen! Bin Kandidat der Wissenschaften! Dozent bin ich!«

Mezzanin. Der Vektor

Das Wichtigste ist die Wahl der richtigen Richtung. Solange wir keine Richtung wählen, verharren wir in einem Punkt. Die gewählte Richtung eröffnet die Perspektive. Mit der Wahl der Richtung machen wir den Punkt zum Ausgangspunkt, rollen, in aller Bescheidenheit, die Papyrusrolle unseres Lebens und Werks auf, unseres Kokettierens mit dem Sein – so meinen wir, wir hätten Gott am Bart gekitzelt. Eine falsch gewählte Richtung stellt uns vor eine schreckliche Aufgabe: nämlich die Papyrusrolle wieder einzurollen. Das birgt zudem große Unsicherheit. Erstens gibt es keine Garantie, daß wir, sofern wir einen anderen Papyrus entrollen, eine bessere Richtung wählen, und zweitens gibt es schon gar keine Garantie, daß wir überhaupt die Möglichkeit haben, noch eine Rolle zu entwickeln. Einigermaßen deprimierend, das alles, es schreit nach Wachsamkeit. Wachsam müssen wir sein. Wir haben kein Recht zu irren. Wir müssen den richtigen Papyrus zur richtigen Zeit entrollen. Andernfalls halsen wir uns unweigerlich Unannehmlichkeiten auf. Oder, wie man so sagt, kriegen beide Stiefel bis oben mit Dreck voll.

Wenn die Sonne aufgeht, dann ist es, als fühlten wir die Rundheit unseres Planeten, dann ist es, als fühlten wir überhaupt. Untertags, mehr noch gegen Abend, werden die Gefühle stumpfer. Aus all dem phantastischen Meer an Blumen denken wir an die eine, die sich am Morgen öffnet, um sich abends, wenn es wieder dunkelt, zu schließen. Nie denken wir an die Narzissen, die im Frühling aufblühen, um bald danach zu verwelken. Wir können ihr Leben nicht prospektiv einschätzen. Alles, oder fast alles, wozu wir fähig sind, ist Retrospektive. Ohne Retrospektive aber keine Prospektive, und schließlich auch keine Perspektive. Wenn wir zurückblicken, schaffen wir in Wirklichkeit eine Prospektive, jenen Teil von ihr, der sich ins Gebiet der Retrospektive verschoben hat, dort das Heimatrecht für sich gewählt hat: Der Mensch ist doch frei, sich die Heimat zu wählen. Und wenn der Mensch dies kann, weshalb nicht die Blume? Warum ist die Blume nicht frei, sich eine Heimat zu wählen? Warum sprießt sie anderswo nicht? Warum sprießt sie anderswo nur, wenn man Treibhausbedingungen schafft, was nichts anderes heißt als Nachahmung von Heimat? Warum kann sich ein Element der Metapher erlauben, was sich das andere Element nicht erlauben kann? Aber die Kartoffel, werden Sie einwenden, die Tomaten, der Mais? Was kann ich darauf schon antworten? Nichts anderes als: Sicherlich, meine Herrschaften! Sicherlich haben Sie recht: Das ist nahrhaft, das ist nützlich, das ist notwendig. Mehr noch, es schmeckt teuflisch gut.

Die Melonen aber. Die Melonen haben Sie vergessen. Sie haben die Melonenkulturen ignoriert. Dabei breiten sie sich als blumige Ligaturen über Ihr Manuskript aus. Man darf sie nicht ignorieren. Sie sind unser Süden. Unser taufeuchter Morgen in der Steppe, wenn wir aufwachen, den Tau von der Bekleidung schütteln, die Schlafsäcke einrollen, die Zelte abbauen, wenn wir weiterwandern und uns nichts dazu bringen kann, an der Richtigkeit des gewählten Wegs zu zweifeln. Wir sind von seiner Richtigkeit überzeugt, und wenn wir überzeugt sind, kann uns der Zweifel nichts anhaben. Der Zweifel mag keine harten Oberflächen und Betondecken. Kraftlos zerschellt er daran, während die Überzeugung den Beton durchstößt, ihr überschüssiges Selbst in die Atmosphäre ausstößt, in ihrer Grenzenlosigkeit die fruchtbaren Böden des Stromlandes überflutet, Kraftwerke baut und die Laufrichtung ganzer Flüsse umdreht. Aber wo sind wir? Wo ist unsere Überzeugung? Wer hat es gewagt, den Papyrus einzurollen? Wir sind hier nicht in der Steppe und rollen in der Morgendämmerung den Schlafsack ein! So einfach ist das nicht. Es ist sogar schwieriger, als ein Zelt aufzustellen. Viel schwieriger. Sie haben sich völlig verrannt. Wissen Sie nicht mehr, wo es langgeht? Welcher Faden gehört denn hier wohin? Man kann Kartoffeln nicht dort anpflanzen, wo Reis wächst, und Weizen neben Kakao. Man kann die Heimat nicht dort imitieren, wo sie nicht ist. Wenn Sie anfangen, sie dort zu suchen, wo sie nicht ist, kann Ihnen kein Freud und kein Adler helfen. Denn man kann sich nicht gleichzeitig in zwei Richtungen, zudem entgegengesetzte, bewegen. Nehmen Sie Aufstellung auf dem Asphalt, beruhigen Sie sich, sammeln und konzentrieren Sie sich und versuchen Sie, gleichzeitig in zwei Richtungen zu gehen. Mit einem Bein dahin, mit dem anderen dorthin. Soviel ich probiere, es klappt nicht, im besten Fall bleibe ich stehen, im schlimmsten falle ich um. Sie haben es geschafft? Kompliment! Sie sind der Sieger. Haben die Million gewonnen. Hier ist Ihr Scheck.

Erster Stock. Schwellen

Bevor ich über die Schwelle trete, halte ich mir jedes Mal mit den Fingern die Nase zu. Mit den Jahren ist mir diese einfache Prozedur so in Fleisch und Blut übergegangen, daß ich mir die Nase sogar dann automatisch zuhalte, wenn ich über ganz andere Schwellen trete, sagen wir die eines Hotels oder Ministeriums, die mit meiner eigenen außer der Idee der Schwelle nichts gemein haben.

Ich halte mir also die Nase zu und trete, ohne Zeit zu verlieren, ins Haus, nehme zwei, nach Möglichkeit drei, und in besonders sportlichen Momenten vier Treppenstufen auf einmal, Hauptsache, ich bin schnell in der Wohnung. Manchmal, wenn die eine Hand besetzt ist, weil sie die Tasche mit Milch, Doktorskaja-Wurst und Schwarzbrot hält, und die andere mit den Schlüsseln jongliert, lasse ich die Nase selbstverständlich aus und begnüge mich damit, daß ich den Atem anhalte.

Sie meinen, es ist wegen der alten Hania, auf deren Fensterbrett Selbstgebrannter brodelt? Oder wegen Vitalik, dem Junggesellen um die Sechzig, von dem ständig Uringestank ausgeht? Wegen Daria mit ihren ungewaschenen Meerschweinchen oder gar Daria selbst, die sich auch nicht wäscht? Vielleicht nimmt meine Misanthropie tatsächlich einmal derartige Ausmaße an, aber zur Zeit halte ich mir die Nase nicht deswegen zu, weil einzelne Gerüche, unverwechselbare Identitätsmerkmale aus den Wohnungen in den Gang strömen und dort ein unvergleichliches Bukett bilden, der Aufmerksamkeit eines Parfümeurs mit einer Schwäche für radikale Düfte würdig, und nicht einmal deswegen, weil dieses unwiederholbare Bukett die Odeurs aus dem Keller verdirbt, wo es ständig naß ist, das Wasser kniehoch steht und wo im vorletzten Jahr der Ingenieur von der Wohnungsverwaltung ertrank, der Säufer, Nichtsnutz und Tagedieb, dessentwegen man jetzt an jedem Jahrestag den Priester aus der griechisch-katholischen Kirche holt, um den Ort mit Weihwasser zu besprengen? Ich halte mir die Nase zu, weil ich den ätzenden Geruch des Fusels nicht vertrage, den die Magistratsabteilung für Hygiene und Seuchenbekämpfung in ihrem Feldzug gegen das Ungeziefer, das sich in dieser unglaublichen Orangerie bestens vermehrt, systematisch versprüht, womit sie sozusagen die Folgen bekämpft, aber nicht ihre Ursachen – und sollte mir eines Tages jemand die Frage stellen: »Wo ist für Sie Heimat?«, wäre zweifellos eine Antwortvariante: »Dort, wo man den Heldentod im Kampf mit den Folgen stirbt, ohne die Ursachen zu bemerken.«

Dabei bin ich überglücklich, daß das Wasser nie über die in der Mauer markierte Wasserstandslinie steigt. Das hieße nämlich, daß es um uns schlecht bestellt ist und unser buntes Schiff auf Grund geht.

Was aber ist dort, hinter der Tür, die hinter mir zugeht? Das, meine Herrschaften, weiß niemand.

»Solche Kirschen habe ich noch nie gesehen«, dachte ich. »Solche Kirschen habe ich noch nie gesehen«, rief sie, und zwar im selben Moment, in dem ich es dachte. »So reife Kirschen!« – »Ja, richtig schwarz. Wie Klumpen von dunklem Harz.« – »Niemand pflückt sie.« – »Wie schade.« – »Mir hat man immer rote gekauft.« – »Wir haben sie immer selbst gepflückt. Wir schlichen uns schon in den Garten, wenn sie noch grün waren. Wir konnten es nie erwarten, daß sie reif wurden. Wir aßen immer schon das grüne Zeug. Pflückten es, zogen Grimassen und aßen.«

Wir gingen über einen geschotterten Pfad, ein Salamander räkelte sich in der warmen Sonne, Waldameisen trugen weiße Kapseln mit ihren Erben darin, genauer gesagt mit der Idee ihrer Erben, ihrem Logos. Je weiter wir kamen, um so mehr entzog sich unser Haus dem Blick, unser Haus, das einer Krabbe mit zerschlagenem Panzer ähnelte. Es war ein unwirkliches Gebäude. Es stand direkt am Bach, und Tag und Nacht war durch die geöffneten Fenster das Rauschen des schnell fließenden Wassers zu hören. Vor dem Eingang wuchsen Tannen, und wenn ich mir die Gebirgsidylle ansah, begann ich zu begreifen, warum die Huzulen, selbst wenn sie das Schicksal auf die Bananenplantagen Costa Ricas oder in den maghrebinischen Sand verschlägt, das Lied »O Tanne, meine süße Tanne« singen und, je länger sie auf den Plantagen oder in der Sandwüste sitzen, um so wehmütiger an den Cachaça-Abenden das Lied von der Tanne ertönt.

Allerdings machten nicht der Bach, die Tannen oder die Gummizwerge, die da und dort hervorschauten, das Haus unwirklich, sondern es war seine Physiologie. Wir waren Zeugen und Mitwirkende seines Intimlebens. An zikadenwarmen Abenden hörten wir, wie in den unter seiner rauhen weißen Haut versteckten Gefäßen sein Quellblut, leicht angereichert mit Chlor, pulsierte. Wir hörten, wie es atmete. Sein Atem hatte seine jugendliche Reinheit schon längst verspielt und war von einem Röcheln begleitet, das uns zwang, uns um seinen Gesundheitszustand zu sorgen. Immer mehr erinnerte es an einen schwindsüchtigen Alten – man mußte irgendwas unternehmen.

Bald verschwand das Haus endgültig aus unserem Gesichtsfeld. Am Wegesrand wucherten Kletten, und Feldhamster gingen spazieren. Wildkirschen wuchsen, bitter im Geschmack, und die Brombeeren begannen sich dunkel zu färben. Die Bäume wurden höher, der Wald dichter. Je tiefer wir eindrangen, desto illusorischer wurde das Ziel unserer Wanderung, Faune riefen, Nymphen lachten, und mit seinen Flügeln raschelte ein Greif. Wir gingen, gingen und gingen, und unserem Gehen war kein Ende. Auf einer Lichtung stand eine windschiefe Hütte, das Dach hing durch, die Schindeln morsch, das Holz schwarz. Der Wind beutelte die in den Angeln quietschende Tür. Ein verwilderter Hund lief herum, und wir hörten noch lange sein verrücktes Gebell. Die letzten Wegmarken in Form von an Baumstämme genagelten Holzschildern und farbigen Markierungen lagen schon weit hinter uns. Wir gingen auf gut Glück. Wir hinterließen Einkerbungen und in Baumrinde geritzte Aufzeichnungen: »25. Juli. Die Nacht auf dem Baum verbracht.« – »26. Juli. Essen Waldbeeren.« – »27. Juli. Sind erschöpft. Geben die Hoffnung nicht auf. Gehen weiter.« – »28. Juli. Konnten viele Pilze sammeln. Schafften es, Feuer zu schlagen. Haben die Pilze im Feuer geröstet und gegessen. Sahen tote Verwandte. Sie hat lange mit Oma gesprochen.« – »29. Juli. Wir gehen weiter. Tragen das Feuer.« – »30. Juli. Es gab Regen. Fürchteten, daß das Feuer erlischt.« – »31. Juli. Wie weit sind wir schon gegangen?« – »1. August. Ein Nest gefunden. Vogeleier geschlürft. Übelkeit.« – »5. August. Sind auf eine große Lichtung geraten. Haben in der Sonne bis zum Abend geschlafen.« – »12. August. Wieder ein altes

Spiel entdeckt. Raten die Namen von Städten und Ländern.« – »24. August. Tag der Unabhängigkeit.« – »30. August. An diesem Tag kamen wir sonst immer vom Meer zurück.« – »17. September. Das Feuer ist erloschen.«

Wir gingen, schlugen Feuer, machten Rast. Wir wußten, das Wichtigste war weiterzugehen. So würden wir auch im Gedächtnis der dankbaren Nachkommen bleiben. Eines schönen Morgens hatten wir die verschlafene Vorstadt verlassen, um uns auf den Weg zu machen, um ein gemeinsames Ziel anzusteuern. Genau so würden wir in der Erinnerung bleiben: Reisende, unterwegs nach dem geheimnisvollen Schulerdobel.

Dritter Stock. Emu und Kaschmir

Die Sonne brannte, ein Orchester spielte, die Blumen blühten teppichweise, der Triumphbogen glänzte, die Fiaker klapperten, und die Touristenströme wälzten sich dahin. Mitten in der unübersehbaren Menge sah ich plötzlich uns – sie und mich. Sie lachte, und ich aß ein Karamel-Magnum, ließ sie schlecken, dann legte ich meine Hand auf ihre aprikosefarbene Schulter und drückte sie an mich, danach verlor ich uns unvorsichtigerweise aus den Augen.

Es war Mitte Juni. Die Sonne hielt sich im Zenit, und wir hatten keine Lust, zu Hause zu sitzen und den zweiten Monat hindurch dieselbe einförmige Musik aus dem geöffneten Fenster des gegenüberliegenden Hauses zu hören. Die abgedroschene Melodie und die herrliche Sonne trieben uns hinaus, Parks und Augärten zu entdecken, uns am Lindenblütenduft zu berauschen und die Eichhörnchen zu füttern, den Passanten und uns gegenseitig zuzulächeln. Eine Brise wehte, verirrt in dem architektonischen Labyrinth, aus dem sie einen Ausgang suchte. Wir hielten ihr unsere Gesichter hin, rannten ihr entgegen und haschten nach ihren Liebkosungen, wir sattelten den launenhaften Gaul des Glücks, mußten unser Geschick als Reiter zeigen und fingen den Tag, die Sonne und den Wind. Wir nahmen die U-Bahn, und die metallene Raupe schlängelte sich sanft von Station zu Station und brachte uns zur Sommerresidenz. Und als es aus dem Lautsprecher »Itzi. Tsoooo« hieß, standen wir schon beim Ausgang, in der Erwartung, daß die Raupe ganz zum Stehen kommt und die Türen freigibt.

Dieses Mal gingen wir nicht in die Wagenburg, das hoben wir uns für trübere Tage auf, zu ihrer beachtlichen Sammlung zählten Dutzende Diligencen, die zentnerweise mit Geschichte ausgepolstert und zugleich federleicht waren, dort gab es sogar den Wagen Napoleons, ich habe dir doch geschrieben, daß ich Napoleon werde, und wenn ich es bin, werde ich seinen Wagen nehmen und dich aus deinem Käse- und Weinland holen. Ich werde dich mitnehmen, ein für allemal. Wir werden zurückkommen und die EU-Grenze gen Osten wie einen Bogen dehnen, wie ein Präservativ spannen. Wir werden sie an unseren korsischen Radwagen heften, und sie wird erst dort zum Stehen kommen, wo wir stehen bleiben. Wir werden aber nicht stehen bleiben. Wir werden weitersausen. Ein außer Rand und Band geratener Sausewind. Halt werden wir nicht eher machen, als wir die letzten Strohdächer des Grenzweilers Michailivske hinter uns gelassen haben. Vielleicht rasen wir weiter, bis Wladiwostok und Woodstock, Melbourne und Antanariva. Wir werden den kleinen europäischen Mythos in einen großen Bund der unzerstörbaren sechs Kontinente verwandeln. Wir werden also nie stehen bleiben.

Wir gingen durch das erste Tor, das zweite, das dritte. Wir ließen die verschlungenen Wege des Irrgartens hinter uns, wir benahmen uns wie Verliebte, ach was, wir benahmen uns eben verliebt, gingen durch die Hauptallee, ich aß mein Eis. – In dem

Moment sah ich sie, das heißt, ich sah uns, dich und mich. »Servus«, warf ich mir ein Lächeln zu. – »Hallo, hallo.« – »Du gehst schon heim?« – »Ich spaziere seit dem Vormittag durch die Gegend.« – »Wir sind gerade erst gekommen.« – »Viel Spaß.« – »Dir auch. Aber willst du nicht mit uns kommen?« Gerne wäre ich mitgekommen, wie hätte ich mich jedoch uns selbst anschließen können? Mich mir selbst anschließen? Sie gingen weiter. Ich sah ihnen nach.

Früher einmal liefen oben viele Emus umher. Sie scharrten lustig mit den Füßen, wenn sie sprangen, und sprangen, wenn sie scharrten. Jetzt gab es nur mehr ein einziges Tier, groß und wichtigtuerisch. Wir brachten ihm Kekse. Es streckte den Schnabel durch den Zaun und schnappte gierig nach dem Futter. Der Zaun störte es, denn es brachte den Schnabel zwischen den Latten nicht richtig auf. Wir stellten uns auf Zehenspitzen, um die Kekse über den hohen Zaun hinüberzureichen. Das gefiel ihm schon besser. Es kaute nie, warf das runde Backwerk im ganzen in seinen Riesenschlund und schluckte sofort. Kein Wunder, daß es Schluckauf bekam.

»Orest, Orest, hörst du mich?« rief ich leise, als sie sich gerade abgewandt hatte (ich fürchtete immer, irgendwann würde sie mich für verrückt halten und unsere Beziehung würde daran zerbrechen). Der Vogel drehte mir interessiert den Kopf zu. »Orest, ich bin's.« Der Vogel sah mich aufmerksam an, prüfend ließ er seine Augen auf mir ruhen. Er hat mich erkannt – so schien mir, und ich war richtig froh –, er ist es, hundertprozentig, nur will er sich nicht verraten, vor den Touristen. Welch einen Skandal das gäbe, kann man sich gar nicht vorstellen! »Orest, hab keine Angst, es ist niemand da, wir sind allein«, versuchte ich es noch einmal, und er reagierte. Er reagierte! »Mir geht es gut hier. Besser als in deiner beschissenen Heimat. Hier füttert man mich. Und nicht nur mit Keksen«, konnte er sich einen Seitenhieb nicht verkneifen. »Orest, sag so was nicht. So was sollst du nicht sagen. Aber ich freue mich für dich. Ich bin schon einen Monat hier. Wir sehen uns. Mach's gut inzwischen!«

»Was hast du gesagt?« – »Nichts. Nur, daß ich dich liebe, Schätzchen.« Und das war nicht gelogen, ich liebte sie wirklich.

Vierter Stock. Von YKK

Falls Sie gedacht haben, hier wäre vom Adel die Rede, etwa von Yppolitus Karl von Kammerstein, so haben Sie sich geirrt, auch wenn Sie dabei nicht ganz daneben getroffen, sondern nur kapp an der schwarzen Scheibe der Wahrheit vorbeigezielt haben, weshalb Sie auch nicht enttäuscht zu sein brauchen. In Wahrheit geht es... aber alles der Reihe nach.

Eine Bekannte hatte mich gebeten, einen Kinderoverall für den Winter mitzunehmen. (Ah, diese Bekannten! Du kannst ihnen einfach nichts abschlagen, ist ja auch angenehm, sich beim Kaffee mit ihnen die Zeit zu vertreiben.) Sie hatte mich gebeten, also mußte es geschehen. Warum auch nicht? In der Praxis ergaben sich jedoch Probleme mit Kinderoveralls im allgemeinen, und solchen für den Winter im besonderen. Es gab keine. Da waren massenweise Sommerhemdchen und Sandalen, sogar erste Muster der Kinderherbstmode, aber keine Winteroveralls, was man gewissermaßen auch verstehen konnte. Nachdem ich mich ergebnislos in Kindergeschäften, Mini- und Supermärkten umgetan hatte, sah ich mich genötigt, die Kinderabteilung des Kaufhauses Y&P im Zentrum der Stadt aufzusuchen, wozu ich meine neuen Jeans sowie mein messerscharf gebügeltes schönstes Hemd anzog. Allein die Tür des Geschäfts, Glas und Gold, hatte es in sich. Unter den wachsamen Blicken der Security (rochen die wirklich jeden Fremden?) studierte ich lange den Plan, bis ich entdeckte, was ich brauchte. Die Kinderabteilung befand sich im vierten und letzten Stock. Ich fuhr mit der Rolltreppe, schaute und staunte über den Warenozean ringsum.

Noch war ich im vierten Stock nicht angekommen und noch hatte ich nicht versucht, mich zu orientieren, als eine rothaarige Matrone auf mich zusteuerte: *»Kann ich Ihnen helfen? Can I help you? Vam pamotsch?«* – «Ich suche einen Kinderoverall für den Winter«, sagte ich ohne Hoffnung. – »Die Winteroveralls sind dort drüben. Wenn Sie bitte mit mir kommen«, schwebte sie schon davon, während ich hinterherzockelte, Blicke voller Schrecken auf die Preisschilder werfend. Da saß ich ja ordentlich in der Tinte. Je mehr sie mich umschwirrte, um so mehr wuchs mein Selbstbewußtsein, so daß ich gar nicht merkte, wie neben mir ein Einkaufswagen rollte, gefüllt mit Overalls, Hauben, Strumpfhosen, Hemdchen und Söckchen. »Freund, wach auf! Das kannst du nie bezahlen!« Aber ich wachte nicht auf. Ich spürte die eigene Bedeutung. Noch nie hatte man mich derart umschwirrt. Der Einkaufswagen füllte sich unbarmherzig, sie fragte mich, woher ich käme und für wie lange ich da sei. Ich antwortete, woher ich käme (»Ich komme aus der Ukraine«), worauf sie sagte »Na, wunderbar« und sich nach dem Wetter erkundigte (»Wie ist so das Wetter bei Ihnen in Rußland?«). Ich berichtete vom Wetter bei uns, sie sagte »Ja, natürlich« und fragte nach dem Alter des Kindes, als ob das noch irgendeine Bedeutung gehabt hätte, denn mit diesem Einkaufswagen hätte man, vermutete ich nicht ohne Grund, einen ganzen Kindergarten, alle Altersstufen hindurch, ausstatten können. Schließlich kamen wir zur Kasse. *»Ich bitte um Entschuldigung.* Könnten Sie mir das alles zur Seite legen, ich habe meine Brieftasche vergessen«, hob ich verwundert meine Arme, nicht ohne zuvor theatralisch auf meine Hosentaschen geklatscht zu haben. »Sie können gerne mit Kreditkarte bezahlen.« – »Ja, wissen Sie, ich habe sie dummerweise im Hotel gelassen. Mit der Brieftasche. Das heißt, in der

Brieftasche. Ich habe sie immer in meiner Brieftasche.« – »In welchem Hotel sind Sie denn abgestiegen«, ließ sie nicht locker. Ich mußte ein Fünfstern-Hotel nennen, das einzige in der Stadt. Ich dachte, das würde sie beruhigen, aber da kannte ich die menschliche Psyche schlecht. Es stachelte ihren Eifer nur noch mehr an, und sie schleppte mich in den dritten Stock mit der Damenunterwäsche, wozu sie eigentlich kein Recht hatte. Sie hatte kein Recht, ihre Abteilung zu verlassen. Aber bei einem solchen Kunden... Mit Rücksicht auf diesen Kunden vergaß sie alles andere, außer die Prozente. »Schauen Sie nur. Schauen Sie sich diesen wunderbaren BH an. Sie werden Ihre Frau damit« – offenbar wollte sie etwas ganz anderes sagen, da sie eine Sekunde lang stockte, um schließlich hinzuzufügen – »glücklich machen. Er ist von YKK.« – ›Meinetwegen vom YAA! Nur laß mich endlich aus deinen Klauen‹, dachte ich, während ich laut versetzte: »Wunderbar. Geben Sie ihn dazu«, worauf sie aus irgendeinem Grund nicht einen, sondern einen ganzen Stoß voll Büstenhalter schnappte und auf den bedrohlich wachsenden Haufen warf. – »Schauen wir weiter!«

Als ich sah, daß man uns zur Unterstützung einen zweiten Einkaufswagen heranrollte, begriff ich, daß es Zeit war, die Krawatte festzuziehen. *»Packen Sie nun bitte alles ein. Ich bin gleich wieder da. Ich hole meine Kreditkarte.«* Ich war froh, daß sie, erschöpft und benommen vor lauter Begeisterung, auf keine weiteren Extravaganzen kam, wovor ich mich mehr als fürchtete.

Fünfter Stock. Copa Kagrana

Ich hatte immer davon geträumt, mich im hundertersten Stock eines Wolkenkratzers zu befinden. Was für eine Aussicht! – hatte ich mir vorgestellt, und allein vom Gedanken wurde mir schwindlig. Hollywood mit seinen Special Effects und beweglichen Kameras hatte Öl ins Feuer meines Wunsches gegossen, ebenso die Erzählungen meines Vaters, dem mein Großvater in Amerika einiges gezeigt hatte. Nach dem elften September aber erlosch dieser Wunsch, der mir an den Fersen gekribbelt und meinem Herzen zugesetzt hatte, wie von selbst, und wenn ich mir in Mußestunden so manches filmische Massenprodukt ansah, konnte ich mich eines unbehaglichen Gefühls nicht erwehren: Mir wurde da eine Wirklichkeit gezeigt, die mit großem Effekt aufgehört hatte, Wirklichkeit zu sein.

Gleichzeitig wurde mir klar, daß die Aussicht aus normalen Hochhäusern nicht viel schlechter sein konnte, ich also nicht viel zu verlieren hatte. Alles hing von der Lage und den Wetterbedingungen ab, die die Perspektive aufrissen, versperrten, änderten oder verzerrten.

Ich stand im fünften Stock eines Gebäudes aus den späten sechziger Jahren: Beton, Metall und Glas, am Fuß des Schloßbergs, mit dem Rücken zum Schloß. Die Luft war rein, nicht übersättigt von Feuchtigkeit, die das Blickfeld mit grauen Nebelvorhängen einengt. Vor mir eine prächtige Aussicht, eine weite Perspektive – ich wußte nicht, wie viel Retrospektive darin war. Eine Proportion, die mir partout keine Ruhe läßt. Ich sah Meeressandstrände inmitten der Ebene, die leichte Brise, welche die Wasseroberfläche zu einer Gänsehaut kräuselte, und dort, jenseits des Meeres, spielte sich das Leben der Megapolis ab, mit ihren Wolkenkratzern, Dampfschiffen, Denkmälern und Konzerten, teuren Hotels und preiswerten Pensionen, dem Parlament und den Museen, ihren Kathedralen, mehrstöckigen Parkhäusern, Schleusen, Theatern, Cabriolets, unterirdischen Diskotheken und Gartenrestaurants, ihrer U-Bahn und den auf dem Dach des städtischen Krankenhauses landenden Helikoptern, den Brücken über den Fluß und dem Fluß selbst, den Passagieren an den Anlegestellen unter sommerlichen Panamahüten, den

Cafés am Kai mit ihren an den Cafétischen sitzenden Besuchern, den Schwänen im Überschwemmungsgebiet und Fischern am Ufer, den braungebrannten Nudistinnen an den Stränden, die mit geschlossenen Augen von ihren braungebrannten Nudisten träumten, und den Türken, die in Großfamilien am Holzkohlengrill zauberten, dem Freilichttheater, das, wenn es dunkel wurde, mit den Mücken und Schmetterlingen zum Leben erwachte, den Eis- und Getränkeverkäufern an ihren mobilen Ständen, der Autobahn und den dichten Hagebuttensträuchern, der Bergkette und dem Barockkloster im Hintergrund.

Vor mir lag die Copa Kagrana, mit Jugend und Musik. Die Zeit wird vergehen, und sie wird ins Wasser tauchen wie ein Tiefsee-U-Boot. Die Kraken mit ihren Saugnäpfen werden die Fenster belagern und die fröhliche Gesellschaft beobachten, Fische werden im Vorbeischwimmen haltmachen, Haie, Algen, Moos und Polypen sich auf ihrer wasserdichten Hülle niederlassen, Wilhelm Hauff wird Legenden über sie dichten, wie einst über den Fliegenden Holländer, Kapitän aber wird zweifellos der bärtige, unsterbliche NEMO sein.

Sechster Stock. Mac Ronalds

«Die Morgendämmerung ist doch überall gleich«, werden Sie trocken und lakonisch sagen. »Nein«, werde ich leidenschaftlich widersprechen, »sie ist überall verschieden.« Und um sogleich das deutlichste Beispiel anzuführen, das jede weitere Diskussion überflüssig macht, werde ich fortfahren: »Vergleichen Sie die Morgendämmerung der Zivilisation mit der gestrigen Morgendämmerung.« Und wenn ich mich dann schon zum Gehen gewandt haben werde, wird mich Ihr Satz einholen: »Gerade die gestrige Morgendämmerung unterschied sich von der Morgendämmerung der Zivilisation kaum. Gewissermaßen war gestern die Morgendämmerung unserer Zivilisation.« – »Daß ich nicht lache!« – »Gestern wurde Mac Ronalds eröffnet.«

Er hatte recht. Mac Ronalds, diese glänzende Erfindung der menschlichen Zivilisation, galt als Reformlokomotive. Wenn in Ihrer Stadt ein Mac Ronalds aufmachte, so hieß dies, daß sich etwas geändert hatte und sich noch viel mehr ändern würde. Als Mac Ronalds die Zivilisation auf den alten Kontinent brachte, spuckten alle darauf, organisierten Demonstrationen und Aktionen des zivilen Widerstands, die Roten Brigaden verübten gemeinsam mit der Irischen Republikanischen Armee, den baskischen Separatisten und den bis an die Goldzähne bewaffneten Kämpfern aus den Reihen der ukrainischen Nationalisten in der Emigration terroristische Anschläge, mit Fahrzeugen, die sie mit Dutzenden Kilo Sprengstoff gespickt hatten, ließen sie Mac-Ronalds-Filialen, die gerade erst am Vortag mit Musik, Fahnen und Luftballons eröffnet worden waren, hochgehen, wobei unzählige noch nicht durchgebratene Fleischbällchen und Hühnerbeine in die Luft flogen. Altkontinentale Produzenten engagierten die besten altkontinentalen Schauspieler, um mit aufwühlenden altkontinentalen Filmen auf die Tränendrüsen der altkontinentalen Bürger zu drücken, deren Welt mit dem Auftauchen von Mac Ronalds im Verschwinden begriffen war. In der Tat rannten die Tränen in Strömen, sie hätten das Bett von Seine und Po, Rhein und Themse füllen können. Alle weinten bitterlich, nur die Kinder wollten nicht weinen, und wenn sie doch weinten, so aus dem entgegengesetzten Grund. Sobald sie den Eltern entschlüpfen oder die Schule schwänzen konnten, liefen sie zu Mac Ronalds, um dort ihr Taschengeld zu lassen. Wenn das die Eltern gewußt hätten! Allerdings, sie sollten es bald genug erfahren!

»Was hättest du gern zu deinem Geburtstag?« – »Ich möchte ins Mac Ronalds.« – »Kommt nicht in Frage! So etwas will ich nicht mehr hören! Vergiß diesen Mac Ronalds! Ein für allemal!«

Zu dem Zeitpunkt kam ein erprobtes Geschütz der Kinder zum Einsatz. Fünf, zehn, fünfzehn Minuten lang. Als ersten verwundete es in der Regel den Vater der Familie, den kraushaarigen Jean, rotblonden Hans, rundlichen Giulio, stupsnasigen Jeronimo. »Jeannette-Brunhilde-Stracciatella-Juana, Liebste. Ist doch nicht wert, sich wegen Mac Ronalds die Nerven und den Kindern den Geburtstag zu verderben. Wenn es für unseren kleinen Lyonel-Charles-Benito-Carlos so wichtig ist, warum sollten wir ihm das kleine Vergnügen nicht schenken. Das Leben ist kompliziert genug. Wozu es sich noch komplizierter machen?« – »Wenn ihr wollt, dann geht. Aber ohne mich!« – »Aber Jeannette-Brunhilde-Stracciatella-Juana, es ist doch der Geburtstag deines Kindes!« – »Ich gehe nicht, und Schluß damit!« – »Jeannette-Brunhilde-Stracciatella-Juana, Herzchen, ärgere dich doch nicht. Warum sollten wir nicht einmal selbst hingehen und es ausprobieren. Dann wissen wir richtig Bescheid.« – »Ich weiß auch so Bescheid!« – »Nur unserem kleinen Lyonel-Charles-Benito-Carlos zuliebe ...« In diesem Moment steckte der kleine Lyonel-Charles-Benito-Carlos die Nase aus dem Zimmer, in das er zu Beginn der Diskussion in Tränen aufgelöst gerannt war, um zu lauschen und den nahenden Sieg auszukosten.

Wir sehen die kleine Familie, wie sie die Straße entlanggeht, voran der strahlende Lyonel-Charles-Benito-Carlos, etwas dahinter versucht der kraushaarige Jean, rotblonde Hans, rundliche Giulio, stupsnasige Jeronimo den Arm um seine Jeannette-Brunhilde-Stracciatella-Juana zu legen. Jeannette-Brunhilde-Stracciatella-Juana sträubt sich.

Die Familie bei Mac Ronalds. Ein Plastiktisch – auf den Plastiktabletts verpackte Mac Ramburgers, Mac Rishies, Mac Rickens und große Plastikbecher voll brauner Oa-Ola. Nur Jeannette-Brunhilde-Stracciatella-Juana hat nichts bestellt. Der kraushaarige Jean, rotblonde Hans, rundliche Giulio, stupsnasige Jeronimo blickt traurig und mit leichtem Vorwurf seine geliebte Gattin an, während er sich von dem Tablett bedient, reinbeißt und kaut. »Weißt du, ich muß sagen, so übel schmeckt das gar nicht.« – »Himmel, laß die Serviette in Ruhe. Lyonel-Charles-Benito-Carlos, du ißt ja schon die Serviette mit.«

Bei uns, so muß gesagt werden, spielte sich das Erscheinen von Mac Ronalds ganz anders ab. Seine Ankunft wurde mit Massenwallfahrten gefeiert. Er wurde zu einer richtigen kleinen Kirche. Natürlich nur für den Leib, aber immerhin. Er war die Schwalbe der Hoffnung auf bessere Zeiten. Die Erwachsenen mochten ihn nicht weniger als die Kinder. Endlich, nach Jahrzehnten unterdrückter Erwartungen, konnten die Mamas und Papas nachholen, was ihnen das militaristische Imperium und seine großen und kleinen Mißgeburten, allerlei Inskis und Ovs, vorenthalten hatten, aber was waren diese Suffixe schon? Sie stöberten in alten Schränken und quietschenden Kästen, fanden die abgewetzten Jeans und Jeansjacken ihrer pickeligen und protestgeladenen Jugend, die ihnen irgendwann einmal ihre amerikanischen Onkels und Tanten, Großväter und Großmütter geschickt hatten und derentwegen sie zum Schuldirektor bestellt und von der Universität geschaßt worden waren, sie schlüpften hinein, den Bauch tapfer zusammenzwängend, und »entflogen ins Land der Vergangenheit«.

Siebenter Stock. Der Dichter und seine Verehrer

In vielen Jahren wird eine Stele mit seinem Profil, geprägt von der markanten Nase und den bulldoggenartig herabhängenden Wangen, für die Touristen aus anderen Ländern, Kontinenten und Galaxien davon künden, daß ... Na, das ist nicht schwer zu erraten, wenn auch noch nicht mit Sicherheit gesagt werden kann, wie die Aufschrift klingen wird, weil ja die Vorstellungen hinsichtlich der endgültigen Formulierung auseinandergehen und niemand weiß, wer zuletzt die Oberhand behalten wird. Genau läßt sich sagen, welche Gedichtzeilen darunter eingraviert sein werden, man kann diese Zeilen zitieren, jeder kennt sie, kein Lehrplan und kein Lesebuch kommen ohne sie aus, keine Abschlußprüfung kann als bestanden gelten, wenn der Prüfling sie nicht aus dem Gedächtnis rezitieren kann. Der russische Präsident beginnt damit, um Eindruck zu schinden, seine Staatsbesuche, zum Abschluß seiner Staatsbesuche werden sie vom amerikanischen Präsidenten, der auch in guter Erinnerung bleiben will, zitiert, und dem Präsidenten Akistans kritzelt sein Sekretär die muttersprachliche Transkription auf einen Fetzen Papier, damit auch er seinen Aufenthalt, dem russischen und dem amerikanischen Kollegen gleich, damit einleiten und abschließen kann.

Diese Art der Instrumentalisierung des Vermächtnisses hervorragender Dichter ist nicht neu. Die Geschichte kennt Tausende Beispiele, wie man Dichterworte aus dem Kontext reißt, durch den Fleischwolf dreht, zu eigenen Zwecken benutzt, in der Regel mit dem Ziel der Erlangung von Macht und Profit, was letzteres auch nichts anderes als Macht ist, unweigerlich zur Erlangung von Macht oder zumindest zum Wunsch, sie zu erlangen und festzuhalten, führt, gleichgültig welcher Art Macht, wann und wieviel. Die Nachkommen der Diktatoren, gegen die der Dichter sein flammendes Wort richtete – wofür er litt und verfolgt wurde –, verwenden seine unvergänglichen Verse zum eigenen Ruhm und zur Stärkung ihres Regimes. Ihre Gegner finden im dichterischen Nachlaß unversöhnliche Worte, die zum Sturz von Diktatur und Tyrannei aufrufen, und zitieren diese auf Volksversammlungen. Im Namen des Dichters werden Revolutionen und Umstürze angezettelt. Jeder findet bei ihm etwas, was ihm einleuchtet, und das gilt für alle gleichermaßen und verhindert, daß ihn irgend jemand allein für sich usurpiert. Jeder hat mit gleichem Recht Zugriff auf die unsterblichen Worte. Wäre dem nicht so, der Dichter wäre schon längst vergessen. Wer erinnerte sich noch an ihn, vor allem wenn man bedenkt, daß sein Leben im Schatten weitgespannter Platanen verläuft, weit weg vom Publikum, das andere Sorgen hat, andere Bücher liest und zu dessen Unterhaltung es Bücherclowns und Galapagosschildkröten gibt? Selbst die wenigen, die mit ihm in Berührung kommen, halten ihn für einen Sonderling und ahnen nicht, daß neben ihnen ein Dichter lebt. Er geht zur Arbeit in die Filiale einer Versicherungsanstalt, wo er die Stelle eines gewöhnlichen Angestellten einnimmt, mit Prämien und Provisionen, auf die er pfeift, er drängt nicht auf Podien und Podeste, er wartet nicht gespannt, ob der Saal wiehert oder Grabesstille eintritt, und nicht daran knüpft er Untergang oder Erfolg. Er sitzt abends in der Kneipe an der Ecke bei einem Bier, oder in der Weinstube bei einem Glas Wein, der im September ganz frisch ist, gerade erst gärt, trüb, angenehm und süß, und der ihm die Sicherheit gibt, an der es ihm chronisch mangelt, ihm die Verse diktiert und ihn zum Revolutionär macht, wenn auch nur in Gedanken, in Gedanken und in der Dichtung. Durchaus möglich, daß in seinen Versen, was man später darin auch finden mag, schlicht und einfach nicht da ist, daß er nie revolutionäre Gedichte geschrieben hat, kein Tribun war und sich nicht für eine moralische Autorität hielt, daß er nie auf eine Bühne drängte, sofern man den Park an der Ecke mit dem Mond darüber nicht für eine solche hält, und es läßt sich nicht einmal mit Sicherheit sagen, ob er in seinem ganzen Leben auch nur einen einzigen Autorenabend hatte. Man könnte ihn Kavafis nennen, oder Pessoa, da würde man die Karten aber schon auf den Tisch legen, die Karten der Dichtung, denn alles andere ist nicht Dichtung, ist Anbiederung an das Publikum, das rasch vergißt, Anbiederung an die Politik. Dichten heißt unterwegs sein, und unterwegs sein heißt daher auch Dichten.

Ich weiß nicht, wann und unter welchen Umständen die Idee entstand, ich weiß nicht, ob irgend jemand angekündigt hatte, was geschehen sollte, ich halte es aber für möglich, daß die Zeitungen im Veranstaltungskalender unter der Rubrik »Aktionen, Performances, Happenings und anderes« auch über diese ungewöhnliche Aktion im voraus berichteten. Jedenfalls ließe sich das leicht feststellen, wenn man in die Bibliothek ginge und sich dort die Tageszeitungen der letzten Woche geben ließe. Wenn man bedenkt, wie viele Menschen kamen, wird klar, daß die meisten wohlinformiert waren, die Menschen wußten es, wie immer, im voraus, während ich, wie immer, nichts wußte und nichts erfahren hätte, hätte es nicht einen mysteriösen mitternächtlichen Anruf gegeben: »Morgen, wenn es dunkel wird, beim Faß.« Kein anderer Fremder in dieser Stadt hätte verstanden, was das sollte, jeder hätte an einen dummen Streich gedacht, geschimpft und die Polizei gerufen, oder sich auch bloß auf die andere Seite gedreht und weitergeschnarcht, und hätte zwei Tage später, nicht früher, denn morgen war Samstag und übermorgen Sonntag, aus besagten Zeitschriften und dem Fernsehen erfahren, was Samstagnacht los war. »Wenn er Dichter ist, wozu hat er das gemacht? Und wenn er kein Dichter ist, wozu ihn einen Dichter nennen? Nicht der Dichter soll die Aufmerksamkeit auf sich lenken, sondern die Dichtung.«

Als Faß bezeichneten die Einwohner der Stadt ein siebenstöckiges Bauwerk an der Ecke Mehlstraße/Müllergasse, entstanden aus der Gärhefe der Euphorie, in der die Stadt am Ende der -ziger bzw. am Beginn der -ziger Jahre des vergangenen Jahrhunderts gelebt hatte. Wer sich diese Bezeichnung und warum hatte einfallen lassen, kann nicht gesagt werden. Vielleicht lag es daran, daß es auf einer Seite, straßenseitig, leicht gewölbt war, und die Stellen, an denen die Metallflächen, mit denen die Fassade verkleidet war, aufeinanderstießen, Kerben bildeten, die durchaus an Faßringe erinnerten. Es war das einzige siebenstök-kige Gebäude im ganzen Viertel, eingeklemmt zwischen altem zwei-, drei- und vierstöckigem Hausbestand mit abblätternder Stuckatur und abgestürzten Balkonen. Darüber hinaus unterschied es sich durch keinerlei bemerkenswerte Besonderheit von Hunderten anderen, absolut gleichen Gebäuden am Stadtrand. Keinerlei bemerkenswerte Besonderheit, bis zum Samstag.

Wenn man nach der Anzahl der Menschen urteilt, die kamen, kann man getrost die optimistische Schlußfolgerung ziehen, daß sich die Stadt in ihrer Haltung zur Kultur vorteilhaft von anderen Städten der Welt unterscheidet: Die Sache der Poesie ist hier nicht verloren. Oder vorsichtiger ausgedrückt: Die Sache dessen, was man für Poesie hält, ist hier nicht verloren. In keiner anderen Stadt ist die Zahl der Verehrer des gereimten Wortes so groß wie in dieser Stadt. Vorsichtige Berechnungen ergeben neunzigtausend, und das ist ein Zehntel der Gesamtbevölkerung, die Vororte miteingeschlossen, wobei, wie zu beachten ist, nur die alleraktivsten berücksichtigt wurden. Die von den Medien, dem Sprecher des Stadtsenats und anderen kompetenten Sicherheitsorganen kolportierten Zahlen weisen eine gewisse Streuung auf, die aber so unwesentlich ist, daß sie vernachlässigt werden kann. Alle stimmen darin überein, daß ein derartiger Menschenauflauf zuletzt vor achtzig Jahren stattgefunden hatte, als der Vater des damaligen Bürgermeisters die Wache vertrieb und auf die Spitze des Rathausturms kletterte, den Säbel schwang und patriotische Lieder sang, bis es nach zwei Tagen gelang, ihn durch Finten und Zureden herunterzubekommen. Die Bilder von diesem Ereignis gingen seinerzeit um die ganze Welt. Im Foto- und Filmarchiv der Stadt werden sie in einem eigenen Schrank aufbewahrt, und von Zeit zu Zeit werden neue Kopien angefertigt, denn auch die schönste Materie tendiert dazu, rasch oder langsam, in jedem Fall aber unerbittlich und ohne Nachsicht zu altern. Nach dem Samstag holte man sie selbstverständlich aus dem Schrank, blies den Staub, der auch in wohlverschlossene Schränke dringt, weg, und die Stadt hatte Gelegenheit, die alten Bilder und die neue TV-Reportage vom Ort der jüngsten Geschehnisse zu vergleichen.

Die jüngsten Geschehnisse hatten sich lange vor Samstagabend zu entwickeln begonnen, ihr unmittelbarer Anfang jedoch läßt sich mit dem frühen Nachmittag ansetzen, als sich vor dem Faß Einzelpersonen und kleinere Gruppen zu versammeln begannen, die das Gebäude und den Platz rundherum in Augenschein nahmen, um die besten Plätze auszumachen, denn die Ankündigungen in den Zeitschriften hatten sich natürlich nicht über Einzelheiten ausgelassen. Mit jeder Stunde kamen Menschen dazu, wie Wasser im Strom, und gegen sechs war das Gebäude, obwohl es noch lange nicht dunkel war, von einer Menschenmenge umstellt. Die Bewohner blickten aus den Fenstern, schauten sich diese unwirkliche Belagerung an, waren beunruhigt und konnten nicht verstehen, was da vor sich ging. Ein alter Muffel aus dem vierten Stock schleuderte Kartoffeln auf die Menschen und kicherte makaber, aber seine Verwandten zogen ihn rasch vom Balkon ins Zimmer zurück, und unter Rücksicht auf sein Alter wurde der Zwischenfall umgehend ad acta gelegt. Wenn man nur selbst in dem Alter noch so gut konserviert sein könnte!

Viele, die einigermaßen früh gekommen waren, waren mittlerweile hungrig, und so reservierte man einander die Plätze, um für sich und diejenigen, die währenddessen die Stellung hielten – was gar nicht leicht war und schwieriger und schwieriger wurde –, etwas Eßbares zu holen. Wer in der Nähe wohnte, konnte nach Hause laufen, wer aus der weiteren Umgebung kam, ging zum nächsten Kiosk, um heiße Würstchen mit Ketchup zu holen.

Allmählich wurde es dunkel, und auf dem wolkenlosen violetten Himmel erschien der zunehmende Mond, der das Epizentrum der Geschehnisse beleuchtete, da und dort gingen die Straßenlaternen an. Das Getöse, das über der Menge lag, beruhigte sich plötzlich von selbst. Es verstummte augenblicklich und vollständig, als auf dem erleuchteten Balkon des siebten Stocks der Dichter erschien. Die Stille währte jedoch nur eine Sekunde, denn mit einem Mal, wie auf eine stillschweigende Vereinbarung hin, verfiel die Menge in tosenden Applaus, worauf intensive Bewegung und Standortverlagerungsversuche derer begannen, die auf die falsche Seite zu stehen gekommen waren. Als diese Turbulenzen und das damit verbundene, von Gebell und Raufereien begleitete Gedränge vorbei waren, hob der Dichter seine Hände, und es wurde mucksmäuschenstill.

Der Dichter begann ein Gedicht zu lesen. Nicht wenige hielten eine Prachtausgabe mit ausgewählten Werken in Händen, mancher blätterte darin, um den Text zu finden, die überwiegende Mehrheit indes hörte fasziniert zu, ohne die Folianten aufzuschlagen. Am Ende angelangt, band der Dichter ein Tuch von seinem Hals los, winkte damit über der Menge, deren Applaus nicht versiegen wollte, und warf es ihr schließlich zu. Tausende Arme streckten sich danach, wie eine Feder schwebte es nieder, aber nur wenige Dutzend Glückliche gelangten in den Besitz zerfletschter Stoffreste.

Als sich der Kampf um das Tuch erschöpft hatte, ließ der Dichter seinen Blick hingleiten und hob an, das zweite Gedicht zu lesen. Dieses handelte von einem Vogel, der sich des Frühlings erfreut und aus dieser Freude heraus fröhlich zwitschert. Die Augen der Menschen wurden feucht von Tränen. Die Zuhörer erlebten den zweiten Kreis der Katharsis. Als der Vogel zu Ende gezwitschert hatte, knöpfte der Dichter, begleitet von einem Sturm dankbaren Applauses, sein Hemd auf, riß es in die Höhe, schwenkte es wie die Fahne des Sieges und warf es hinunter.

Der Dichter las das dritte Gedicht. Der leichte Wind entführte seine unsterblichen Worte und trug sie auf Flügeln zu den Ohren der Zuhörer, kitzelte sie, und alle lachten. Dies war der dritte Kreis der Katharsis. Als dieser von Anfang bis Ende durchlaufen war, knöpfte der Dichter die Hosen auf, und dem Mund der Damen, Fräulein und als Fräulein aufgeputzten Transvestiten entflatterte ein flüchtiger Seufzer. Der Dichter ließ die Hosen runter, reckte sie in die Höhe, der Wind plusterte sie auf, alle klatschten, und die Hosen flogen nach unten. Wiederum wurden einige Glückliche zu Besitzern cremefarbener Lappen.

Das vierte Gedicht war zu hören. Darin war von der Pflicht zum staatsbürgerlichen Engagement die Rede, vom Dichter als Citoyen, davon, daß der Dichter zugleich Citoyen ist, weil, wer Dichter, zugleich auch Citoyen sei. Nicht der sei Dichter, der Gedichte schreibt, nur der, der Citoyen ist. Dies war der vierte Kreis der Katharsis. Als er nun ans Ende gelangt war, verbeugte sich der Dichter, zog seine Socke vom linken Fuß, zog seine Socke vom rechten Fuß und warf, unter einem Schwall von Ovationen, die eine Socke nach links, die andere nach rechts, und stand nun mit bloßen Füßen da.

Der Dichter las sein fünftes Gedicht. Es war das Gedicht vom Menschen als solchem, vom Menschen, den es großzuschreiben gilt. Alle Buchstaben des Wortes »Mensch«, hieß es darin, sollten großgeschrieben werden: DER MENSCH. Das Gedicht nahm den Zuhörern den Atem. Erwähnte Prometheus und Ikarus. Enthielt ein Kryptozitat: »Weißt du, daß du ein Mensch bist? Weißt du es oder nicht?« In den Köpfen begann sich alles zu drehen – allzu scharf waren die Kurven des fünften Kreises. Langanhaltend der Applaus. Nun machte sich der Dichter an die karierte Unterhose. Hunderte Damen und Fräulein fielen in Ohnmacht, auch wenn sie wegen Platzmangels nicht umfallen konnten, und so fielen sie in Ohnmacht, ohne umzufallen, eingeklemmt zwischen den Menschen.

Langsam zog sich der Dichter die Unterhose aus. Lange wehte sie im Wind. Wie das Segel eines Mehrmasters auf den fernen Wellen salziger Meere und Ozeane. Langsam flatterte sie nach unten. Zerfetzt wurde sie in winzige Fleckchen, die in Händen, Taschen und zwischen üppigen feuchten Brüsten verschwanden. Langsam kletterte der Dichter auf das alte Geländer des Balkons mit eingetrockneten Resten abgeblätterter brauner Farbe. Stolz richtete er sich zu voller Größe auf. Im Wind wehte sein Haar. Minutenlang stand er da, und man hörte, wie verrückt das vereinigte Herz der Menschen pochte. Wie ein Metronom, das ehrwürdig und erhaben die schicksalsträchtigen Sekunden zählt.

Da, kaum merkbar, wankte er, schwankte nach vorne, und ein tausendvoltiges Oooh ging durch die Menge. Es schwankte das Menschenmeer, rückte zur Seite, trat auseinander und bildete einen erleuchteten Kreis unter dem Balkon des siebten Stocks, auf dessen Geländer der Dichter stand. Ein zweites Mal wankte der Dichter, und ein zweites Mal kam aus dem Munde des vereinigten Herzens ein Oooh. Ein drittes Mal wankte der Dichter. Ein viertes und fünftes Mal, und bei jedem Male flirrte der mythische Vogel Oooh durch die Luft über den Menschen. Bei jedem Male schlug und rauschte er mit seinen mythischen Flügeln. Ein letztes Mal wankte der Dichter...

»Er hat seine Bücher verbrannt.« – »Er wollte auf sie aufmerksam machen.« – »Quatsch!« – »Er hat verstanden, daß er kein Dichter war.« – »Er hat begriffen, daß alles, was er für Dichtung hielt, Bluff ist.« – »Er wollte es seinen zahlreichen Verehrern sagen, aber das ist ihm nicht gelungen, die haben seine Dichtung nur noch mehr geliebt.« – »Die keine Dichtung ist.« – »Was er selbst mit dem Akt der Verbrennung gesagt hat.« – »Bevor er die

Bücher verbrannte, hat er allerdings aus einem eine Seite herausgerissen.« – »Nichts hat er herausgerissen.« – »Er hat den Bogen zusammengefaltet und vom Balkon geworfen.« – »Woher wissen Sie, daß das eine Buchseite war?« – »Vielleicht war es auch eine Notiz.« – »Eine Notiz, mit der er Abschied nahm.« – »Sein Vermächtnis.« – »Sein ›Wenn ich sterbe, so begrabt mich‹.« – »›In meiner teuren Ukraine‹.« – »Wie rührend.« – »Ja!«

Teil II

Die Reise

Poem vom Bahnhof

Die Sonne brannte in den Rücken, die schmutzigen Bahnhofstauben stürzten sich gierig auf die Brotkrümel, die Taxifahrer mit aufgesteckten Schildern, auf denen die vier gleich großen lateinischen Buchstaben TAXI standen, strömten in Richtung Bahnsteig 3, die Polizisten mit Handschellen, Schlagstöcken und an der Seite flott gehalfterten Revolvern gingen auf und ab, unterhielten sich und blickten, von Zeit zu Zeit einen Ausweis verlangend, verdächtigen Personen nach, lächelten überlegen und gingen weiter, Dickwänste aßen Pizza, die Bahnhofsdiebe nahmen Koffer ins Visier und zupften mit Daumen und Zeigefinger Geldbörsen, die unbedacht in Gesäßtaschen steckten, heraus, die Obdachlosen schliefen auf den Bänken, die Abfallsammler stöberten in den Abfallkübeln und durchsuchten deprimiert die gefundenen Geldbörsen, ohne jede Hoffnung, darin noch etwas zu finden, und verfluchten, nachdem sie tatsächlich nichts gefunden, die Diebe und die ganze Welt, am heftigsten aber die darin herrschende Ungerechtigkeit, die Dispatcher gaben Auskunft über Ankunft und Abfahrt der Züge, die Schaffner kontrollierten die Fahrkarten, die Kellner brachten Kaffee, die Bäcker buken, die Wartenden warteten, die Fahrkartenverkäufer öffneten und schlossen die Schalter, die Fahrkartenkäufer kauften Fahrkarten, womit aus Fußgängern Fahrgäste wurden, die Flüchtlinge mußten zum ersten Mal in ihrem Leben nirgendwohin, die Kofferträger trugen Koffer, die Besitzer von Pekinesen Pekinesen, die Bananenverkäufer verkauften Bananen, die Blumenhändler Blumen und die Kioskbesitzer Zeitungen, die Geldwechsler wechselten, die Schwindler schwindelten, die Bettler bettelten, die Spatzen badeten im Staub, die Dürstenden legten ihre Lippen an die Jugendstilwasserhähne, die Amerikaner an die Plastikflaschen mit COCA-COLA (LIGHT, CHERRY, VANILLE), die Touristen schlugen Touristenkarten auf, die Besitzer freier Wohnungen boten freie Wohnungen an, an den Beleuchtungsmasten hingen Blumenkästen mit Geranien, die Fremdenführer hielten Regenschirme hoch, die Organisatoren von Konferenzen viereckige Schilder, die Besitzer von Mobiltelefonen telefonierten, auf der Anzeigetafel leuchteten die Bezeichnungen der Züge, Ankunfts- und Abfahrtszeiten sowie die Bahnsteignummern, die Türen öffneten und schlossen sich, es wechselten Gesichtsausdrücke, Bekleidungsstile und Koffergrößen, es wechselten Tag und Nacht, Schnee folgte auf Regen, der Herbst auf den Frühling, es änderte sich die Farbe der Sitzbänke und die Tünche an den Wänden, es änderten sich die Bänke selbst, nur die Wände blieben stehen.

Wartesaal Nummer eins

Nicht die abrupt aufgehende schwere Tür warf einen um, nicht die Passagiere taten es, die im letzten Moment daherliefen, nicht die Kinder, die Hals über Kopf hinausrannten, nicht die Kofferträger, welche Gepäckwägelchen mit Bergen von Stoffsäcken, karierten Riesentaschen und kreuz und quer zugeklebten Paketen vor sich herschoben, nicht die Antiterrorkämpfer des Sondereinsatzkommandos, nein, was einen umwarf, waren die Gerüche. Es gab Hunderte, Tausende verschiedene, die sich verströmten, in alle Richtungen sich verbreitend, die sich vermischten und vermengten, einen geradezu verfolgten, Nase und Kehle verschlugen und verschnürten, Schwindelgefühle und Atemnot auslösten, und erst wenn man die unvermeidlichen Spasmen überstanden hatte, konnte man in den Raum treten, wo auf schmierigen Holzstühlen, die im Quadrat angeordnet waren, mit vier Säulen in den vier Ecken, die künftigen Passagiere saßen. Unter ihnen waren welche, die früh zum Zug gekommen waren, zu früh, um auf dem Bahnsteig zu warten, offenbar aus irgendwelchen abgelegenen Dörfern, ihre Gesichter waren faltenzerfurcht und sonnenverbrannt, ihre großen Hände mit den schwieligen Fingern lagen kraftlos auf den Knien, kraftlos und schwermütig, als wäre ihnen bewußt, wie wenig sie hierher gehörten, der Erde entrissen wußten sie nicht, was sie hier tun und wie sie sich verhalten sollten, sie schämten sich ihrer eigenen Plumpheit, vielleicht zum ersten Mal in ihrem Leben fühlten sie sich plump, ihre Besitzer und Besitzerinnen schlummerten, von Zeit zu Zeit vom eigenen Schnarchen geweckt. Es waren auch andere da, die nicht wußten, wie die Zeit zwischen zwei Zügen totschlagen, die zu lang war, um draußen zu warten, und zu kurz, um einen Abstecher in die Stadt zu machen, die mit gotischen Turmspitzen und malerischen Hügeln lockte und die willkommen hieß mit der einladenden Aufschrift HERZLICH WILLKOMMEN, welche die Wartenden indessen nicht sehen konnten, weil sie nicht über dem Bahnhofsausgang, sondern von der Stadt her über dem Bahnhofseingang hing; sie lasen MORD IM DRITTEN ABTEIL, NUR FÜR DICH, OHNE MANN INS BETT, MENELAOS' RÜCKKEHR, VOM SCHNEE VERSCHÜTTET, TULPEN FÜR DIE BRAUT, WO DIE FLECHTEN WACHSEN, BRIEFE OHNE ABSENDER, TOD EINES DROGENKURIERS, DIE VERBOTENEN SPIELE DER FRÖSCHE, PIZZA AUF KORSISCH,

NUR DEINETWILLEN, HOTEL CONTINENTAL, SAG, WER DICH GETÖTET HAT, SÜSSE MARUSJA, Taschenbuchausgaben mit bunten Umschlägen und Titeln in Reliefletttern, die in scheußlichem Pseudogold oder frigidem Quasisilber eingestanzt waren. Man kaufte sie an Ort und Stelle, an einem der drei Kioske; an den beiden anderen, mit Plastiktheken und hohen Tischchen, wurden Fleischlaibchen und gegrillter Fisch verkauft, Moskauer- und Drohobytscher-Wurst, ungarische Salami, pikante Truthahnpastete, Wodka, Säfte und andere Getränke, stark kohlensäurehaltiges Wasser und Wasser ganz ohne Kohlensäure, Bier hell und dunkel, Schokoladen der Marken SWITOTSCH und KORONA, ORBIT-Kaugummi, Chips und Chuba-Chups; es gab auch Leute, die das Warten zwang, ein zweites und drittes Mal zum Verkaufsstand zu gehen. Inmitten des Quadrats erhob sich ein riesiger Rhododendron, vielleicht war er fünfundzwanzig oder auch siebenundzwanzig Jahre alt, vielleicht mein Altersgenosse, dort fand ich einen freien Platz, er fiel nicht auf, so als hätte man ihn versteckt und extra für mich aufgehoben, so wie in meiner Kindheit die Cousine meines Vaters, die im GASTRONOM AURORA arbeitete, extra für uns RUSSLÄNDISCHE PELMENI – die mit der aufgemalten Matrjoschka mit Kopftuch – aufhob, die dann Packung für Packung in meinem unersättlichen jugendlichen Rachen landeten, und auch bläuliche Hühnerbeine legte sie für uns zur Seite; das war eine glückliche Zeit in meinem Leben gewesen, doch eines Tages endete das Glück, wie eine Saite, deren klirrendes Reißen einen schmerzhaft zusammenzucken läßt. Die Cousine emigrierte nach Kanada. In diesem Stuhl also ließ ich mich für die nächsten zwei Stunden nieder, in der Hand einen Packen Zeitungen.

Wovon die Zeitungen berichteten

BÄR FLOH AUS DEM ZIRKUS. Während der gestrigen Zirkusvorstellung zerfleischte der Bär den Dompteur und begab sich sodann auf die Flucht. Auch im Publikum sind Opfer zu beklagen. Auf den Straßen wurden die Polizeipatrouillen verstärkt. Für den Straßenverkehr gelten Einschränkungen. Eine Ausgangssperre wurde verhängt. Zusätzliche Gendarmeriekräfte wurden angefordert. In der Zentrale wird versichert, daß die Maßnahmen ausschließlich durch die leider aufgetretene Gefahr bedingt seien und die Stadt zur normalen Ordnung zurückkehren werde, sobald es gelingt, das wilde Tier unschädlich zu machen. Die Verhängung der Ausgangssperre wird von den Behörden mit dem Wunsch gerechtfertigt, jeglichen Zwischenfall nach Einbruch der Dunkelheit zu vermeiden. Die Ausgangssperre werde es erleichtern, den Bären zu finden, da dieser weder davon wisse noch wissen könne und somit ungewarnt durch die Stadt spazieren werde, und »dadurch«, so der Sprecher, »werden wir die Gewißheit haben, daß er es ist, und nicht einer unserer Mitbürger, für deren Sicherheit wir ja die Verantwortung tragen«. Der Kommandant dementierte, daß man Panzer in die Stadt holen würde, obwohl er diese Möglichkeit auch nicht dezidiert ausschließen konnte. Die Stadt wurde unmittelbar dem Präsidenten unterstellt.

HOHER GAST ZU BESUCH. Der Financier und Philanthrop Georges Soros ist zu einem zweitägigen Besuch in der Hauptstadt unseres Landes eingetroffen. Auf dem Flughafen kam es zu einem ärgerlichen Vorfall: Der hohe Gast wurde mit faulen Eiern beworfen und mit Farbbeuteln bespritzt. Zu dem Anschlag bekannte sich der radikale Flügel der Organisation FÜR EIN LAND OHNE PHILANTHROPIE. Der Staatspräsident stellte seine Großzügigkeit und seine außerordentliche

Hochachtung unter Beweis, indem er dem hohen Gast die Inanspruchnahme der Präsidentensauna anbot. Um diese Geste entsprechend würdigen zu können, muß festgehalten werden, daß ein solches Angebot zum ersten Mal in unserer Geschichte erfolgte. Es zeigt, wie sehr unser Land seine Beziehungen zur Weltgemeinschaft auf den Grundsätzen der Demokratie und Partnerschaft aufbauen möchte.

STADT VORÜBERGEHEND OHNE WASSER. Unbekannte Missetäter beschädigten heute nacht ein Rohr der städtischen Wasserwerke. Die Wasserversorgung war unterbrochen. Die Polizei fahndet nach den Missetätern. Es gibt erste Verdächtige. Der interimistische Leiter der städtischen Sicherheitsbehörden, Oberstleutnant Pistolnik, erklärt, daß die Polizei der Version einer versehentlichen Beschädigung nachgeht. Demnach hätten die Übeltäter die Wasserleitung mit einer Erdölleitung verwechselt.

HEUTE VOR VIERZIG JAHREN. Heute vor vierzig Jahren druckte die Zeitung ROTER WEG DES SIEGES unter anderem in der Rubrik STADTCHRONIK einen Artikel unter dem Titel PFLANZE FRISST TIER. Eine fleischfressende Pflanze fraß im Botanischen Garten einen Bolognesen. Die Besitzerin des unglücklichen Tieres bemerkte nur ein Schnalzen der Blütenblätter. Ein Aufseher und ein wissenschaftlicher Mitarbeiter, von den Schreien alarmiert, weigerten sich, die Pflanze aufzuschneiden, wobei sie sich auf den wissenschaftlichen Wert der Pflanze beriefen. Nach einigen Stunden konnte man im Blütenkelch Halsband, Skelett und einige Fellstücke des Hundes sicherstellen und der Besitzerin zurückerstatten. Die Frau fiel ins Koma. Die Verwandten wollen nun eine Schadensersatzklage wegen des erlittenen moralischen und materiellen Schadens in Höhe von dreitausend Rubel einbringen.

BALKONE EINGESTÜRZT. Im Zentrum der Stadt

kommt es weiterhin zu Balkoneinstürzen. Gestern wurde Bürger K. ins städtische Unfallkrankenhaus Nr. 2 eingeliefert, nachdem ihn in der Fürst-Ivan-Straße der Arm eines Atlanten getroffen hatte, der einen Balkon stützte. Bürger K. war auf dem Weg von der Arbeit und wartete in der Fürst-Ivan-Straße wie immer auf das Sammeltaxi. Der ärztliche Leiter des Unfallkrankenhauses versicherte, daß das Leben des Geschädigten nicht mehr in Gefahr sei. Es handelt sich bereits um den vierten derartigen Fall im Laufe einer Woche. In diesem Zusammenhang hat sich ein Bürgerkomitee INITIATIVE gebildet, das für eine Änderung der Straßenverkehrsordnung eintritt. Die Fahrbahnen sollten den Fußgängern überlassen und dafür die Trottoire für die Bedürfnisse der Autofahrer umgerüstet werden. Diesen Schritt begründet INITIATIVE damit, daß Autofahrer und Mitfahrer unter dem Dach ihrer Autos geschützt seien, während die Fußgänger selbst diesen minimalen Schutz nicht hätten. Die Aktionen sollen weiterlaufen, bis man alle Balkone abmontiert habe. Vergessen wir auch nicht, daß die Demontage ausnahmslos aller Balkone eines der Wahlversprechen des derzeitigen Bürgermeisters war.

KRIEGSGRUND: EINE ZIGARETTE. Dank gemeinsamer diplomatischer Anstrengungen beider Länder gelang es, ein Memorandum zu vereinbaren und damit eine Eskalation des Konflikts zu vermeiden. Wie wir bereits berichteten, wurde während eines durch unsachgemäßen Umgang mit Feuer und Mißachtung von Brandschutzregeln verursachten Brandes auf dem Gelände des größten Munitionslagers unseres Landes der Abschuß von Fliegerabwehrraketen der Kategorie »ERDE-ERDE« und »ERDE-LUFT« ausgelöst. Die Raketen schlugen in städtischen Wohngebieten ein. Über die Anzahl der Opfer wurden keine Angaben getätigt. Die Auszahlung von Entschädigungszahlungen durch die Regierung hat bereits begonnen. Zur Gesamthöhe der Entschädigungen wollten sich die beiden Regierungschefs nicht äußern.

JEAN RENO: SEXSYMBOL UND NATIONALHELD. KARPFEN BRINGT ACHTZEHN KILO AUF DIE WAAGE. ES SPUKT IM SCHLOSS DER GRAFEN POTOCKI. KUNSTSZENE: IKONEN ODER PROVOKATIONEN? UFO-LANDUNG IN DRAGOMYRTSCHANY. STARKÖCHIN DARIA ZWECK TOT. EINE LEGENDE DES INTERNATIONALEN FUSSBALLS. WER IST SCHULD AN UNSEREM UNGLÜCK? ROCKKONZERTE AUF RADRENNBAHN. TERRORIST GEFASST.

Aber auch die größten Sensationsmeldungen, mit denen die Zeitungsspalten voll waren, konnten den umgebenden Gestank nicht vergessen lassen. Eine zweite Duftattacke hätte Erfolg haben können. Ich war weder selbstsicher noch leichtsinnig genug, um hier auch nur einen Moment länger zu warten. Man mußte etwas tun, zum Rückzug blasen, solange das möglich war. Und da fiel mir der

Wartesaal Nummer zwei

ein, der im ersten Stock des linken Bahnhofsflügels lag. Ich ging an den sich endlos aneinanderreihenden Kartenschaltern für die Vorortzüge entlang, durch eine Unterführung, die nicht zu enden schien. Ich trat auf den Bahnsteig, wieder zwitscherten die Spatzen und gurrten die Tauben, ein Elektro-Wagen fuhr vorbei, Fliegen flogen durch die Luft, im Sodawasser-Automaten summte ein Wespenschwarm, der zum Röhrchen drängte, aus dem der Sirup tropfte, eine bebrillte Rentnerin bot mit Kraut, Kartoffel und Fleisch gefüllte Warenyki feil. Hinter einer Vitrine glänzte aufmunternd das Sprudelwasser QUICK & FIT mit

Natriumnitrit. Ich trat durch eine Tür, neben der das Schild SERVICE-CENTER angebracht war. Der Eintritt kostete drei fünfzig. Bei der Tür saß ein Mann mit Schlüsseln und einer kleinen Spraydose zur Selbstverteidigung. Mißtrauisch betrachtete er mich. Auf dem Schild, das er angesteckt hatte, stand PETRUS. Nur keine Angst, Petrus, nur keine Aufregung, schau her: Ich legte zwei Scheine und eine 50-Kopeken-Münze vor ihn auf den Tisch.

Im Paradies funktionierte eine Klimaanlage, plätscherte ein Springbrunnen, sangen aufziehbare Kanarienvögel, plapperten mechanische Papageien, wuchsen Sträucher aus Plastik, rankte sich künstlicher Efeu und blühten Orchideen aus Papier; ein Aquarium stand da mit Zierfischen und – auf seinem sandigen Boden – einer Spielzeuglokomotive auf Spielzeuggeleisen. Bänke gab es hier weniger, dafür waren sie gepolstert und gar nicht schmierig, Menschen waren nur wenige hier, ich setzte mich und hatte keine Kraft, an die Hölle zu denken, an Hölle und Paradies, Paradies und Hölle, und an die Unterführung als Fegefeuer zwischen Paradies und Hölle, Hölle und Paradies...

»Der Zug hat zwei Stunden Verspätung.« – »Aber es ist schon mehr Zeit vergangen, schon zwei Stunden und zehn Minuten.« – »Keine Ahnung. Warten Sie noch ein wenig. Er muß gleich kommen.« Aber der Zug kam weder jetzt noch später. Später verschwand er von der elektronischen Anzeigetafel, später verschwand er von den aushängenden Fahrplänen, und nur auf dem Telegramm, dem Telegramm, das ich fest umklammerte, war er geblieben. »Aber das Telegramm. Das Telegramm! Das Telegramm ist von gestern. Gestern war der einunddreißigste. Bitte, schauen Sie: einunddreißig. Klar und deutlich. Da, die Zugnummer, da, die Wagennummer. Bitte: Stryj-Marseille.« – »Was soll ich Ihnen sagen. Diesen Zug gibt es nicht. Früher einmal hat er wirklich verkehrt, aber das ist lange her. Vielleicht zwanzig Jahre. Man hat ihn gestrichen. Es tut mir sehr leid, aber da kann ich Ihnen auch nicht helfen.« – »Zwanzig Jahre? Was reden Sie da? Vor einer Stunde noch haben Sie behauptet, daß er Verspätung hat! Für wen halten Sie mich?« – »Bürger, warum machen Sie einen solchen Skandal?« – »Was heißt Skandal? Was heißt, ich mache einen Skandal? Ein Saftladen ist das hier!« – »Sie werden mitkommen müssen.« – »Nirgendwohin gehe ich mit.« – »Sie müssen mit uns kommen!« – »Warum haben Sie es auf mich abgesehen? Was wollen Sie von mir?« – »Nur ruhig bleiben, es ist alles in Ordnung. Wir wollen nur nicht, daß Sie Ihren Zug versäumen.« Über mir standen Menschen. Sie lächelten freundlich. Ich lächelte zurück, einigermaßen gequält, jedenfalls wenig überzeugend, denn sie gingen nicht gleich, sondern blieben noch einen Moment, unentschlossen von einem Fuß auf den anderen tretend. Bis zur Abfahrt des Zugs blieb eine knappe Stunde.

Wovon die Zeitungen berichteten (Fortsetzung)

»LETTER« EINGESTÜRZT. Noch ist allen in frischer Erinnerung, wie vor kaum einer Woche das Band zur ersten europäischen Buchhandlung unserer Stadt im neu restaurierten Arkadenhaus am Rathausplatz 6 durchschnitten wurde. Viele waren Zeugen und Mitwirkende bei dieser feierlichen Zeremonie gewesen, nicht wenige Liebhaber des geschliffenen Wortes haben das Geschäft in kurzer Zeit ins Herz geschlossen. Es war in unserer Region das erste Buchgeschäft, das keine Wünsche offenließ: vier Etagen, Internet, ein Kaffeehaus, bequeme Lesefauteuils, Video- und Audiokabinen. Das alles ist nun Vergangenheit. LETTER stürzte gegen sechs Uhr morgens ein und begrub in den Ruinen Tolstoj und Balmont, Tschuprynka und Domontowytsch, Updike und Claude Simon, Simon Petljura und Danilo Kiš, Gabriel Marcel und Gabriel García Márquez, Coelho und Houellebecq, Iryna und Ihor Kalynets sowie Anne und Serge Golon, Harry Potter und den Stein der Weisen, A Clockwork Orange und Malwa Landa, die Chronik der Ukrainischen Aufständischenarmee und Tausende andere Schriftsteller samt ihren Werken.

TRIUMPH FÜR »BLAUBART«. Einen unerhörten Premierenerfolg feierte das Stück des weltberühmten österreichischen Dramatikers Georg Trakl »Blaubart«. Jeder Auftritt der Schauspieler wurde von tobendem Applaus, »Bravo«- und »Zugabe«-Rufen begleitet. Während der ganzen Schlußszene stand das Publikum, und der Applaus verstummte nicht. Skandierend rief der Saal den Regisseur auf die Bühne. In der Hauptrolle war Publikumsliebling Michel Dutroux zu sehen.

KROKODIL FRISST MÄZEN. Im fernen Brasilien, in der Stadt São Paulo, fraß ein Krokodil den prominenten Geschäftsmann P., als dieser in leicht angeheitertem Zustand in den Teich seines Schwiegervaters sprang, bei dem er zu Besuch weilte. P. war nicht nur Geschäftsmann, sondern auch ein bekannter Politiker, Mäzen und Beschützer der Armen und Hilfsbedürftigen. Das auf seine Initiative hin gegründete Hilfswerk »Für die Kinder von São Paulo« betrieb die städtischen Waisenhäuser und finanzierte Charity-Programme. »Wir alle trauern zutiefst aus Anlaß dieses unwiederbringlichen Verlustes«, erklärte der Präsident des Landes. »Wenig bleibt vom Körper, aber viel von den guten Taten, deren Andenken in unseren Herzen weiterlebt«, fügte das Staatsoberhaupt hinzu. Die Verabschiedung findet morgen von elf bis siebzehn Uhr im Großen Saal des Zentralen Hauses der Filmschaffenden statt. Beigesetzt wird der große Sohn seiner Heimat in einem Ehrengrab des Bajkowe-Friedhofs von São Paulo.

FREISPRUCH FÜR KATZE. Der anderthalb Jahre dauernde Prozeß (die Leser unserer Zeitung wurden regelmäßig informiert) endete mit einem Freispruch für die Katze, die angeklagt war, beim Überqueren der Straße an einer nicht erlaubten Stelle einen Radfahrer zu Sturz gebracht zu haben. Wie sich nun herausstellte, stürzte der Radfahrer von selbst. Die Katze verließ das Gericht als freie Frau. Für immer.

MÖCHTEGERN-SADDAM. In der Hauptstadt wurde ein Mann verhaftet, der sich für Saddam Hussein ausgibt. Er war unrasiert und in abgetragener Kleidung. Er trug keinerlei Personaldokumente bei sich, die Aufschluß über seine Person gegeben hätten. Aufgrund erkennungsdienstlicher Maßnahmen konnte die Identität des verhinderten Saddam allerdings aufgeklärt werden: Es handelt sich um den Arbeitslosen Serhij Ch., wohnhaft im Podol-Bezirk der Hauptstadt. Was ihn dazu veranlaßte, sich zu Saddam zu erklären, wird Sache der gerichtlichen Untersuchung sein.

LUKASCHENKO ERKLÄRT, ER SEI MIT DEN GEDICHTEN BYKOVS GROSS GEWORDEN: BYKOV HAT ABER NIE GEDICHTE GESCHRIEBEN. BUSH ENTSCHULDIGT SICH BEI IRAKERN. ABMAGERN DURCH WASSERTRINKEN. *AUF WIEDERSEHEN, HERR SCHUSTER.* DIE NACHT DER EXPLOSIONEN. ANRUFEN ODER NICHT ANRUFEN? SÄUGLINGSLEICHE IM MÜLLSCHLUCKER. ZWEIUNDDREISSIG PROZENT WOLLEN BEI PRÄSIDENTSCHAFTSWAHLEN DEN NUNMEHRIGEN PREMIER WÄHLEN. BERGLEUTE WEITER IM HUNGERSTREIK. BRENNSTOFFPREISE STEIGEN. KATZENFLEISCH AUF BAUERNMÄRKTEN. STAATSANWALT HÄNGT SICH AUF. VORSITZENDER DER BEZIRKSORGANISATION ERSCHOSSEN. GANGSTERBOSS IN HAFT

AN HERZINSUFFIZIENZ GESTORBEN. SEKRETÄR DER BEZIRKSWAHLKOMMISSION TÖDLICH VERUNGLÜCKT. DIE INTERNATIONALEN BEOBACHTER, DEREN LEICHEN IN DEN KARPATEN GEFUNDEN WURDEN, SIND LAUT GERICHTSMEDIZINER AN ERSCHÖPFUNG GESTORBEN. WAHLZETTEL VERBRANNT. BEHAUPTET, SICH AN NICHTS ZU ERINNERN. DIKTATUR, NEIN DANKE!

Die letzten Minuten

»Brauchen Sie die Zeitungen noch?« – »Wie bitte?« – »Sofern Sie diese nicht mehr benötigen, können Sie sie bei mir abgeben.« – »Ich lese aber noch.« – »Sie müssen sie abgeben!« – »Ich werde sie Ihnen aber nicht geben. Warum auch?« – »Sie sind dazu verpflichtet.« – »Ich bin zu gar nichts verpflichtet.« – »Wenn Sie es nicht freiwillig tun, haben wir andere Methoden.« – »Wir? Was meinen Sie? Warum drohen Sie mir?« – »Hören Sie, Sie fahren doch ins Ausland?« – »Was geht Sie das an, und woher wissen Sie, wohin ich fahre?« – »Wir wissen alles.« – »Wir, wir, wir!« – »Also, sind Sie nun auf dem Weg ins Ausland?« – »Und?« – »Die Zeitungen sind Eigentum des Landes, in dem sie gedruckt werden. Property of Republic. Klar?« – »Seit wann bitte?« – »Ich frage Sie, ob das klar ist?« – »Nichts ist klar.« – »Versuchen wir es gütlich. Sie sind doch ein vernünftiger Mensch.« – »Und was haben die Zeitungen damit zu tun?« – »Sie verstehen noch immer nicht?« – »Überhaupt nicht.« – »Dann muß ich es Ihnen erklären. Die Ausfuhr von Zeitungen ist verboten. Man wird Sie damit nicht über die Grenze lassen. Man wird Sie aus dem Zug holen und nach Hause schicken. Für die Ausfuhr brauchen Sie eine Sondererlaubnis, die Ihnen aber niemand erteilen wird.« – »Erlaubnis? Was phantasieren Sie da! Wo man die Zeitungen alle im Internet lesen kann«, warf ich ihm einen triumphierenden Blick zu, überzeugt, einen wunden Punkt getroffen zu haben. Nun würde er blaß werden und aus der Fassung geraten. Aber er wurde nicht blaß und geriet nicht aus der Fassung. Irgendwas stimmte nicht. Er brach in lautes, höhnisches Gelächter aus, lachte, daß die Bänke bebten, der Efeu, die Sträucher und die Orchideen erzitterten, die Kanarienvögel kreischten und der Papagei stotterte, die Zierfische erschrocken zuckten und die Lokomotive auf dem Sandboden nervös zu hopsen begann. »Mein Lieber«, aus seiner Stimme war jeder drängende oder bedrohliche Unterton gewichen, sie klang jetzt freundschaftlich, fast schmeichelnd, nahezu mitleidig, und immer wieder ging er in einen vertraulichen Flüsterton über. »Mein Lieber, wie naiv Sie doch sind! Wollen Sie bis an Ihr Lebensende ein nichtsahnendes Würstchen bleiben? Internet ...! Was denken Sie eigentlich von uns? Sie unterschätzen uns, und zwar ziemlich, mein Lieber. Schämen Sie sich denn gar nicht? Dann werde ich für Sie ein großes Geheimnis lüften: Sie meinen, daß ein Leser *hier* und ein Leser *dort,* wenn sie die gleiche Zeitung lesen, dieselbe Zeitung lesen? Ja, die Leser glauben es, mein Verehrter. Täuschen sich dabei aber zutiefst. Gerne lassen wir sie in ihrem Nichtwissen. Mein Guter, sie lesen zwei absolut verschiedene Zeitungen. Na, mit absolut übertreibe ich vielleicht. Zu neunzig Prozent ist der Inhalt gleich. Nur bescheidene zehn Prozent behalten wir uns vor. Wir sind ja nicht irgendwelche unverfrorenen Rüpel. Geben uns mit wenig zufrieden. Haben Sie nie von dem Wunder unserer technischen Zivilisation, sogenannten Transitservern, gehört? Ich hoffe, *jetzt* endlich verstehen Sie mich?« – »Auf Bahnsteig drei fährt der Schnellzug Kiew–Lissabon ein. Die Numerierung der Waggons beginnt hinten. Der Zug hält an den Bahnhöfen Krakau, Ostrau, Brünn, Linz, München, Bern, Genf, Lyon, Saint-Etienne, Toulouse, Andorra la Vella, Saragossa, Cáceres. Der

Wagen Lemberg–Lissabon befindet sich am Zuganfang. Bürgerinnen und Bürger Fahrgäste, bitte Vorsicht bei der Ankunft und Abfahrt des Zugs!« – »Was? Was soll das bedeuten?«

Ich lief zum Ausgang, zurück blieben Klimaanlage, Springbrunnen, Plastiksträucher, Efeu und Orchideen, die zwitschernden Kanarienvögel und der Papagei mit dem Federbusch, die Zierfische und die Lokomotive auf dem Grund des Aquariums. Lebt wohl, macht's gut, meine Lieben, schaut auf euch und laßt es euch gut ergehen, nie werde ich euch vergessen, ich werde euer immer gedenken, wißt, daß ich euch liebe – Sankt Petrus, behüte und bewahre sie, kümmere dich um sie, beschütze sie gehörig, gemäß dem Worte des Herrn, und denke daran: Die Schlüssel zum Paradies gibt Gott nur ein einziges Mal, halte sie fest, bei Tag und bei Nacht, bei Hitze und bei Regen, bei Sturm in der Wüste und bei Donner am Himmel, dir sind sie anvertraut, also verlege sie nicht, schlaf nicht ein und laß sie nicht aus der Hand.

Interview

Der Zug war schon eingefahren, bis zur Abfahrt waren es noch fünfzehn Minuten, und ich gab mein letztes (und einziges) Interview.

– Was hat Ihnen der Aufenthalt in unserer Stadt gegeben?

– Eine phantastische Stadt, phantastische Menschen, phantastisches Wetter, die Architektur, die Parks. Nicht alles, was man in meinem Land über Sie schreibt, entspricht der Wahrheit.

– Zum Beispiel?

– Zum Beispiel wurde geschrieben, daß der Rathausturm eingestürzt wäre. Eine reine Unterstellung. Er steht. Sicherlich, er ist schon einmal heruntergestürzt, aber das ist lange her. Später hat man ihn wieder aufgebaut. Mehrmals stürzte er ein, aber er wurde jedes Mal wieder aufgebaut. Eine wirklich rührende Geschichte. Wie ein Phönix aus der Asche. Ich war selbst auf der Aussichtsplattform.

– Interessant.

– Und diese Vergleiche! Wenn da etwa gesagt wird, die Stadt sei eine einzige Ruine – das ist doch unter jeder Kritik...

– Hausdächer, die einzustürzen drohen, haben sie selbstverständlich nicht bemerkt.

– Ich habe überhaupt keine Dächer bemerkt.

– Sie behaupten, in unserer Stadt hätten die Gebäude keine Dächer? Eine ziemlich mutige Behauptung!

– Ich behaupte gar nichts. Ich habe nur keine Dächer gesehen. Ich bin hinaufgestiegen und war von allen Seiten geblendet.

– Und was war das, Ihrer Meinung nach?

– Blech. Ihr unglaubliches verzinktes Blech.

– Ist Ihnen bekannt, daß in der Altstadt, die Sie ja von der Aussichtsplattform des Rathauses aus gesehen haben, die Dächer nicht mit Blech, sondern mit Ziegeln gedeckt sein müssen?

– Blech ist ein Zeichen für Wohlstand.

– Vielleicht hat Sie, außer den Dächern, noch anderes beeindruckt?

– Die Fassaden. Wie bemalte Ostereier!

– Waren Sie auch hinter den Fassaden, im Inneren der Häuser?

– Leider nicht, die Zeit war zu kurz. Ich kann mir die Schätze, die darin verborgen sind, nur vorstellen.

– Abbröckelnde Skulpturen und Balkone haben Sie natürlich auch nicht bemerkt?

– Gott bewahre.

– Ist Ihnen bekannt, daß er nicht alle so gut bewahrt wie Sie?

– Ich bin ein Sonntagskind.

– Mit rosaroter Brille.

– Mein Sehvermögen beträgt hundert Prozent.

– Was können Sie noch sagen? Mit welchem Mythos können Sie noch aufräumen?

– Daß die Menschen bei Ihnen in Armut leben. Bei uns schreibt man, die Menschen hier lebten in Armut. Das entspricht nicht der Realität. Ich weiß nicht, woher man so etwas nimmt. Ich kann diesen Leuten nur empfehlen, auch hierherzukommen und sich diese Villen und Saunas, Hotels, Motels und Bordells anzuschauen, Peugeots, Jeeps und Toyotas, Volvos und Subarus, Unterseebote und Hubschrauber, Yachten und Shuttles, Rolls-Royce und Katafalk, pardon Cadillac, Lorbeer und Oleander, Halbschuhe für dreihundert Dollar und Uhren für zweitausend. Wie kann man nur so zynisch lügen, ohne etwas zu wissen oder gesehen zu haben? Sie haben hier etwas vom Osten, und das ist, im Vertrauen gesagt, Ihr großer Vorteil. Und erst die Restaurants! Ein einziges Fest des Lebens! Und diese Feuerwerke, wie üppige Blumensträuße, wenn sie am Abend die Stadt aufblühen lassen. Die Zukunft ist doch dort, wo man noch nicht verlernt hat, Feste zu feiern.

– Was hat Sie eigentlich in unsere Stadt geführt?

– Wissen Sie, ich reise sehr gern. Man wird dadurch nicht automatisch weiser, aber es ist ein gutes Rezept gegen Erstarrung. Ohne Reisen keine Verständigung. Eine Reise ist ein Botschafter des Friedens.

– Welch wunderbare Worte!

– Ja, Reisen verändern die Welt. Vor allem die innere Welt.

– Ist das der erste Besuch in unserem Land?

– Ja, aber jetzt weiß ich auch, daß es nicht der letzte bleiben wird.

– Wir freuen uns, daß Ihnen unsere Stadt gefallen hat. Bleibt uns noch, Ihnen *Drum bun* und Gute Reise zu wünschen. Arrivederci und jederzeit herzlich willkommen!

Ich griff nach der Fahrkarte. Während des Interviews waren wir mehrmals von der Zugspitze zum Zugende und vom Zugende zur Zugspitze marschiert. »Bürgerinnen und Bürger Fahrgäste! Der Zug sechshundertvierunddreißig Kiew–Lissabon fährt in fünf Minuten ab. Wir bitten die Fahrgäste, ihre Plätze einzunehmen und zu überprüfen, ob sie ihre Fahrausweise bei sich haben.«

Der Fahrausweis war mit dem Paß im Rucksack. Waggon fünfhundertsechsundvierzig, Platz drei (erstes Abteil neben dem Schaffnerabteil). Ich schaute auf den Waggon, vor dem ich, als das Interview vorbei war, stehen geblieben war, um die Fahrkarte herauszuholen. Fünfhundertachtunddreißig. »Könnten Sie mir sagen, wo fünfhundertsechsundvierzig ist«, fragte ich den Schaffner, da ich vergessen hatte, daß »die Numerierung der Waggons von hinten beginnt«. – »Da«, deutete er mit dem Arm, und ich lief in die angegebene Richtung. Ich lief, und neben mir ratterten die Kofferräder – hätte ich fast schon gesagt –, aber dieses Mal hatte ich nur einen Rucksack, keinen Koffer, und so gab es nicht dieses berührende Räderklappern auf den Bahnsteigbetonplatten, diese musikalische Begleitung all meiner früheren und künftigen Reisen. Ich war so daran gewöhnt, daß ich es im Laufen hörte, obwohl es nicht da war. Ich hörte es deutlich, genauso wie die Stimmen der Passagiere und derer, die sie zum Zug brachten, das Zwitschern der Spatzen und die Ansage aus den unsichtbaren Lautsprechern. Ich hörte es und spürte den Koffer in der Hand.

Der Koffer

Wie schon gesagt, ich vergaß ihn nie. Er hatte kleine Plastikräder und einen ausziehbaren Griff, an dem ich ihn hielt und zog. Egal, wie vollgestopft er war, immer lief er leicht dahin und hopste manchmal sogar kokett. Was er nicht alles beförderte: Kleidung und Reiseführer, Regenschirme und einen Spielzeugmüllwagen, Kaffeepackungen und Teepäckchen, Bruchstücke der Berliner Mauer und Muscheln vom Mittelmeer, einen getrockneten Käfer und Säckchen mit STUDENTENFUTTER, einen Eisportionierer und eine PHILIPS-Saftpresse, Kassetten und Disketten, einen BRAUN-Mixer und einen riesigen Plüschpanda, der sich nur mit Mühe hineinstopfen ließ, Hanteln und Präservative, manchmal – keine Ahnung, warum? – lagen sogar pornographische Hefte darin mit rosaroten Frauen und Männern mit entblößter Vorhaut auf dem Umschlag, für die ich mich jedes Mal schämte, und einmal fand sich in meinem Koffer eine flauschige graue Chinchilla mit den erschrockenen kastanienbraunen Augen einer südländischen Exotin, wie sie nur in den gentechnischen Labors von Herrgott vorkommen, sie hüpfte da drinnen, hüpfte während der ganzen Fahrt, als wir aber ankamen, war sie tot, verschieden auf der Fahrt. TOD WÄHREND DER FAHRT, ich begrub sie in der für sie fernen und exotischen Schwarzerde und legte einen Strauß Feldblumen auf das Grab, ihr schrecklicher Tod – meine große Sünde, die als Last auf mir liegt und die ich in jeden Winkel der Erde mitschleppe, ich würde mich nicht wundern, wenn mich der Allmächtige in meinem nächsten Leben eine Chinchilla werden ließe, mich dann irgendein Kretin kaufte, so wie ich sie damals fast gratis im EINKAUFSZENTRUM SÜD gekauft hatte, den Koffer verschlösse und nicht einmal auf die Idee käme, ein paar Löcher zu machen, und ich dort verendete, wie sie verendet war, und ich noch von Glück reden könnte, wenn er mich dann irgendwo in fremder (und doch nicht so fremder) Schwarzerde begrübe, und nicht einfach kurzerhand in den nächsten Bahnhofsmülleimer würfe, und die nicht schlecht erstaunten Männer von der Müllabfuhr, die ihn leeren müßten, dann zu einander sagten: »Schau dir das Rattenvieh an. Hat sich gewaschen. Hab' ich dir nicht gesagt, daß der Weltuntergang nicht mehr weit ist?«

Verzeih mir, Herr, wir alle stehen unter dir und sind Sünder. Erbarme dich unser, Herr. Herr, erbarme dich unser, Herr, erbarme dich unser, Herr, erbarme dich unser, Herr, erbarme dich unser, Herr, erbarme dich unser, Herr, erbarme dich unser, Herr, erbarme dich unser, Herr, erbarme dich unser, Herr, erbarme dich unser, Herr, erbarme dich unser, Herr, erbarme dich unser, Herr, erbarme dich unser. In nomine patris et filii et spiritus sancti, Amen.

»Ha, da ist er ja! Haltet den Dieb, haltet ihn, den Halunken!« – Menschen warfen sich auf mich, versperrten mir den Weg und hielten mich fest. – »Das ist *mein* Koffer, du Hammel. Was hat er dir getan? Warum stiehlst du? So ein Gesindel!« – Nicht mich hielt man jetzt, sondern einen aufgebrachten Wutpfropfen, der mit blutunterlaufenen Augen zu explodieren drohte, als hielte ich sein Gemächt in der Hand und nicht sein abgewetztes Gepäck, das ich zum Teufel wünschte. Gleichsam durch einen elektrischen Schlag, einen unvermittelten Lichtstrahl, begriff ich plötzlich ... – auf so brenzlige Weise rührte *Dichtung* an *Wahrheit,* die Gewohnheit an einen zufälligen Umstand des Ortes, und löste damit den Umstand der Handlung aus, die Vorstellung an den Griff eines fremden Koffers. »Ich wollte nur helfen. Das Mißverständnis ist mir sehr unangenehm«, schoß es aus mir heraus, und ich ärgerte mich über mich selbst, weil ich nicht begreifen konnte, wie ein mir fremder Koffer in eine mir nicht fremde – um nicht zu sagen, in meine eigene – Hand gekommen war. Durch den Zug ging ein Ruck, die Bremsen lockerten sich, und er setzte sich in Bewegung. Es erklang der Radetzkymarsch, obwohl ich jetzt – nach so langer Zeit – nicht mehr sicher bin, ob es nicht der Turetzkymarsch oder Horodetzkymarsch war, vielleicht auch überhaupt kein Marsch, sondern eine andere Melodie, weniger dreist und martialisch, vielleicht sanft und sogar traurig, vielleicht keine Melodie, sondern eine Melancholie, die mir aus dem Gedächtnis verschwunden ist, ausgelöscht, wie ein File, ersetzt – wann und von wem auch immer – durch einen Marsch, um die Illusion zu versüßen, im nachhinein, schon verweht, postum.

Ich war ernsthaft über mich selbst verärgert. Idiot! Willst du vielleicht dableiben? Der Zug fährt schon, und er, also du, du Schwafler, suchst da nach der richtigen Formulierung. Du mit deinen Konstruktionen! Deiner Syntax! Deinen korrekten Sätzen! – trieb ich mich an, um es noch zu schaffen, um im Lauf auf das noch nicht hochgefahrene Trittbrett der noch nicht geschlossenen Tür und in den Waggon zu springen. Ich sprang, und schaffte es. »Ihre Fahrkarte?« – »Bitte.«

Duro

Nachdem ich den Rucksack abgesetzt und mich auf die Bank hatte fallen lassen, holte ich als erstes ein Duro heraus. Nein, Sie irren, Duro hat nichts mit dem Tongeschlecht, dessen Akkord sich aus der großen und kleinen Terz zusammensetzt und das im Gegensatz zu Moll aufmunternd und fröhlich klingt, zu tun. Nein, es geht nicht um aufmunternde und fröhliche Stimmung, um Charakter oder ähnliches, und es hat auch nichts mit Duroplast oder Duropax zu tun. Das heißt, vielleicht mit all dem, was Sie da sagen oder zumindest denken, auch, zugleich aber ist es viel mehr, das ganz andere, das absolut andere, doch wollen wir auf den zweifelhaften Unbedingtheitsanspruch des Wortes »absolut« später noch zurückkommen. Nun, Duro ist ein Schokoriegel, etwas Eßbares, Nahrhaftes, das Twix (»ein heißes Pärchen!«) der Nation, wenn auch nicht im Doppelpack, wenn auch nicht gepaart, so doch erspart vom eignen Geld, denn niemand schenkt ihn dir bloß so, nichts gibt's ganz ohne Übel in dieser nicht übelsten der nicht üblen Welten, und da kann man ihren Schöpfern nur alle Achtung zollen, daß sie auf diesen billigen Trick verzichteten, den sich die Erfinder von Twix nicht verkneifen konnten. Es handelte sich also um den luftigen Knusperriegel DURO mit Kokosgeschmack. Zusammensetzung: Zucker, Weizenmehl, pflanzliche Fette, Reismehl, Trockenmolke, trockene Magermilch, Maiskörner, naturidentischer Aromastoff KOKOS. Bei einer Temperatur von 18 plus/minus 3° und einer relativen Luftfeuchtigkeit von maximal 75% lagern. Mindestens haltbar bis: neun Monate ab Verpackungsdatum. Nettogewicht: 38 g. Herstellungsdatum siehe Verpackung. ZU U 15,6 – 30482582.001 – 2001. Hersteller und Herstellungsort: »Ukraine GmbH, 83062 Desnezk, Erste Oleksandrivka-Straße 9. Telefonische Informationen unter 8-800-5000-120. Sogar eine Internetadresse war angegeben. Neunundneunzig Prozent der Informationen wurden auch in russischer, kasachischer und moldawischer Sprache (mit kyrillischen Buchstaben) wiedergegeben.

Intermezzo

Wo ist sie, diese Ukraine, wurde ich nachdenklich? Im Osten oder im Westen? Im Westen des Ostens oder im Osten des Westens? Dort, wo ich noch kürzlich war und von wo aus ich auf Reisen gehe, oder dort, wo ich noch bin? Sofern es sie überhaupt gibt? Existiert sie tatsächlich, diese Ukraine? Gibt es Karten, auf denen sie verzeichnet ist? Bekommt man solche Karten in den Buchhandelsketten und Bahnhofsläden? Vielleicht ist die Ukraine eine Erfindung? Die Phantasie von Philosophen? Der Traum von Dichtern? In der Literatur wimmelt es ja von erfundenen Orten. Vielleicht ist auch sie so eine Erfindung aus Romanen und Erzählungen? Wer ist dann der Autor? Vielleicht kommt ein Brief, den man schreibt, frankiert und IN DIE UKRAINE adressiert, nirgendwo an? Vielleicht macht er eine Irrfahrt durch die Postverwaltungen von wirklichen Ländern und nicht erfundenen Kontinenten, bevor man ihn in eine Kapsel packt und von einem Kosmodrom aus in den Kosmos schießt. Da, schau zu, daß du in deine Ukraine kommst!

Duro
(Ende)

Dazu trank ich Kaffee, eine heiße und schon gezuckerte Brühe, die mir jetzt mehr als recht war. Da rollte, klappernd, der

Bord-Service

heran. »Bier, Nüsse, Chips? Schokolade, was darf es sein?« – Ich überlegte, was ich wollte. Bier? Nüsse? Chips? Schokolade? Ich fragte mich: »Was willst du? Vielleicht ein Bier? Oder Nüsse? Oder beides?« – »Warum bist du plötzlich so nett zu mir?« – »War ich vielleicht jemals schlecht zu dir? Ich bin immer nett zu dir.« – »Du bist nicht immer nett zu mir.« – »Willst du jetzt Streit anfangen?« – »Nichts will ich anfangen. Ich sag es nur.« – »Was du nicht sagst. Das ist nicht das erste Mal, daß du das sagst.« – »Und nicht das letzte Mal. Du bist nicht nett. Jetzt tust du, als wärst du nett. Und das ist verdächtig.« – »Ist dir vielleicht lieber, ich wäre nicht nett?« – »Besser, du wärst nicht nett, als diese Verstellung. Das macht mir nur angst. Es ist widerlich und gefährlich.« – »Also, willst du jetzt Bier? Nüsse? Chips? Schokolade?« – »Nichts.« – »Okay, dann also nichts. Herr Ober, vielen Dank, wir wünschen nichts.«

Wir kauften nichts. Lange fuhren wir schweigend dahin und unterhielten uns nicht, wir versuchten, den anderen, soweit es ging, nicht zu bemerken. Ich betrachtete die umgebende Landschaft, und das war – neben der Lektüre dicker Romane, die ich im Original kaufte, oder in der Übersetzung in eine der zig vorwiegend europäischen Sprachen, die ich lesen, schreiben und sprechen konnte – meine Lieblingsbeschäftigung während der Fahrt mit dem Zug. Der Kauf von Büchern, der phasenweise die Dimensionen von Freßsucht annahm, war mein Tribut an die Gesellschaft des durch nichts – außer der Geldtasche und dem Bankkonto – eingeschränkten Konsums. Wo ich mich auch für einige Zeit niederließ, überall sprossen Bibliotheken; klarerweise konnte ich nicht alles lesen, das war physisch ein Ding der Unmöglichkeit, aber in mir wirkte ein von keinem Feuer verzehrter und von keinem Schwert ausgerotteter Instinkt des Besitzens und Beherrschens (so ziemlich der widerlichste Instinkt – ohne ihn wären wir schon längst Engel), ich beschnupperte die Bücher, blätterte, drehte und wendete sie, und wenn im Hotelzimmer oder in der Wohnung, die ich je nach Dauer und Möglichkeiten meines Aufenthalts mietete und in deren Mitte (ich spreche nicht von den Wandregalen, die ich bei IKEA zukaufte und selbst montierte) Bücherbäume wuchsen, die Stunde des Aufbruchs kam und es keinen anderen Ausweg gab, als die Orangerie zurückzulassen, so vertraute ich sie sorgenden Händen an, die sie hegen und pflegen würden, so wie in alten Romanen die neugeborenen Helden gehegt und gepflegt wurden, wenn ihr feiner Papa aus irgendeinem Grund – und ein Grund fand sich immer – in bekannter und manchmal auch unbekannter Richtung verschwand. So begründete ich manche Büchersammlung. Dabei war ich ein knallharter Konservativer, denn der Prozentsatz an CDs, DVDs und CD-ROMs, die in meinen Bibliotheken landeten, war derart kümmerlich, daß sich Zahlenangaben nicht lohnen.

Mindestens ebenso wie Fahrten mit dem Zug mochte ich freilich das Fliegen. »Du bist ja schon wieder in der Luft.« – »Valentyna Illivna, ich bin nicht in der Luft.« – »Ich sehe doch, daß du in der Luft bist.« – »Valentyna Illivna, ich höre zu.« – »Und was hörst du?« – »Alles, was Sie sagen.« – »Und was sage ich?« – »Lauter vernünftige und nützliche Dinge, denen man aufmerksam zuhören und die man sich merken soll.« – »Und was hast du dir gemerkt?« – »Alles, was Sie sagen.« – »Gut. Und was habe ich gerade gesagt?« – »Sie haben gefragt, was ich mir gemerkt habe.« – »Und davor?« – »Sie haben gefragt: Was sage ich?« – »Und davor?« – »Sie haben gefragt: Und was hörst du?« – »Und davor?« – »Sie haben gesagt: Ich sehe doch, daß du in der Luft bist.« – »Und davor?« – »Sie haben gesagt, daß ich schon wieder in der Luft bin.« – »Ja, aber davor, davor, du Scheißkerl?« – »Sie haben gesagt ... Sie haben geredet.« – »Jetzt hör einmal gut zu. Das ist schon dein zweiter schwarzer Punkt in dieser Stunde. Noch ein schwarzer Punkt, und ich lasse deine Eltern kommen.« – »Dumme Ziege.« – Letzteres sagte ich natürlich nicht. Dachte es nur. – »Ich weiß, was du denkst.« – »Ich denke gar nichts.« – »Um so schlimmer. Man muß denken. Man muß an sein Benehmen denken und daran, wo man sich befindet.«

Ich befand mich im Zugwaggon und war unsagbar froh, daß Valentyna Illivna nicht da war, unsere Wege hatten sich schon vor langem getrennt, trotzdem tauchte sie manchmal auf, so wie jetzt gerade, und es kostete mich einige Anstrengung, das Gespräch mit ihr aufzunehmen, mich zu rechtfertigen und mich vor den schwarzen Punkten zu fürchten, die sie hervorzauberte und mir anhing, die sie bis jetzt hervorzauberte und mir anhing, sie, die ich, wie man meinen könnte, schon längst im Kabinett der verlorenen Zeit und lästigen Silhouetten abgesperrt hatte. Immer wieder kam sie aus der Versenkung hervor, verfolgte mich, kaufte eine Karte für denselben Zug wie ich, für denselben Waggon, dasselbe Abteil, und ich mußte der Zeit meinen Tribut zollen, der Zeit, in der ich vergeblich versuchte, Valentyna Illivna hinter mir zu lassen.

Früher hatte ich gedacht, ich würde die Schule beenden, mein Reifezeugnis bekommen und Schluß. Allerdings sollte der Abschied von Valentyna Illivna nicht so einfach sein. Sie klammerte sich fest, wie die Reste des Aliens in der bekannten Science-fiction- und Horrorserie an der Außenhaut des Raumschiffes, sie klebte an der Erinnerung, an jeder ihrer Flächen und Strohhalme, und kein Wind des Vergessens konnte sie fortblasen. Ich begriff, daß ich sie nicht loswürde, keine Agatha Christie und kein Dashiell Hammett würden sie unschädlich kriegen, auch kein Leon-der-Profi noch Schwarzenegger-the-Governor. »Valentyna Illivna, Sie sind ausgelöscht«, ich plazierte sie zwischen den geschlossenen Schranken eines Bahnübergangs und beobachtete kaltblütig, wie sie sich wand und die sorgfältig blockierten Türen der Limousine nicht aufbrachte, ich sah, wie der Zug sie zerquetschte, irgendein TGV, der mit voller Geschwindigkeit daherkam, sah, wie unter geborstenem und plattgewälztem Metall rote Rinnsale hervortraten, aber sie war immer wieder und wieder da. Ich begriff, daß ich mit ihr mein ganzes Leben verbringen müßte. Und nicht nur mit ihr. Es gab viele wie sie.

Dann aber fiel mir wieder mein Gespräch mit ihm ein, als mich der Heißhunger packte, und wir nichts hatten, um dem gefräßigen Drachen das Maul zu stopfen. Keinen Apfel, kein Sandwich und kein Kosakenlust-Knabbergebäck, es war eine gute Gelegenheit zur Versöhnung. »Ich habe Hunger.« – »Ich hab's dir ja gesagt!« – »Könntest du dir das schenken?« – »Und du sollst dich nicht so aufführen!« – »Was tun wir?« – »In den Hosentaschen ist nichts?« – »Nichts.« – »Vielleicht im Rucksack?« – »Sense.« – »Dann gibt's nur eine Lösung.« – »Die wäre?« – »Kommst nicht selber drauf?« – »Der Speisewagen?« – »Genau.«

Der Speisewagen

Ich schloß das Abteil, und wir gingen in den Speisewagen. Ich öffnete die Türen zu den Waggons und zu den geschlossenen Zwischenplattformen, wir wanderten durch das langgezogene Labyrinth, den Körper der mythologischen Raupe, ihr Inneres, ihren langen Darm, und ich dachte, daß in der Mythologie dieser ganzen sogenannten technischen Zivilisation, die in einer schwer zu fassenden Zukunft wohl Thema der Literaturstunden oder wenigstens der Hauslektüre ihrer direkten und indirekten Nachkommen sein wird, die Züge, und insbesondere die totalitären U-Bahnen, die Stelle von chthonischen Gottheiten einnehmen werden, die in futuristischen Tempeln auf Plexiglas-Altären mit Fundamenten aus feinen Titanfasern stehen, und daß man den Ursprung des Menschengeschlechts dann möglicherweise auf sie zurückführen wird, denn sind wir etwa nicht aus ihnen hervorgegangen, sind wir nicht aus ihrem Mutterleib hervorgegangen, und werden wir nicht in diesen Mutterleib (nach Einwurf eines Jetons) zurückkehren? Und vielleicht wird man in dieser schwer zu fassenden Zukunft auch den Stammbaum von riesenhaften Futuropterixen und Pterobrachien auf die Flugzeuge zurückführen, wie man seinerzeit besagte Flugzeuge auf Archeopterixe und Pterodaktylen zurückgeführt hat, aber das war am Anfang einer anderen, unserer Zivilisation gewesen, deren Höhepunkt diese Flugzeuge, U-Bahnen und Shuttles darstellten und deren Phantasie sich in Sternenkriegen und Matrizen (vielleicht noch reloaded) erschöpfte, was aber nicht mehr als ihr Schwanengesang war, dem alle verzaubert lauschten, ihre Apokalypse, der fatale Code zum maßlosen Safe ihres Seins, der mit einem Male geknackt wurde, und da erschienen Dolly und Molly, und es geschah dies am ersten Tag. Ein zweiter Tag aber geschah nicht, und auch kein dritter, nichts mehr geschah, nur die Akazien wuchsen mit den Wurzeln nach oben und blühten, und alles Lebendige, was gehen konnte, ging verkehrt, und alles, was kriechen mußte, kroch verkehrt, und alles, was fahren konnte, fuhr in die Gegenrichtung, und wer Brillen trug, warf die Brillen weg, und wer nie Brillen trug, setzte sich Linsen ein, und wer ging, hörte zu gehen auf, und wer nie ging, fing zu gehen an, und wer liebte, hörte zu lieben auf, und wer niemals liebte, fing endlich zu lieben an, und wer niemals litt, fing zu leiden an, und wer litt, hörte zu leiden auf, und wer strafte, wurde bestraft, und wer gerne Musik hörte, fing an Bücher zu lesen, und wer Bücher liebte, fing an Musik zu hören, und wer nichts liebte, fing an alles zu lieben, und wer alles liebte, fing an nichts zu lieben, das große Nichts, das seine schwarzen Krähenflügel über die Erde ausbreitete, und so legte sich Schatten auf Schatten, und wer in Indien lebte, lebte jetzt in Ägypten, und wer in Ägypten lebte, lebte jetzt in Marokko, und wer in Marokko lebte, lebte jetzt in Finnland, und wer in Finnland lebte, lebte jetzt in Frankreich, und wer in beiden Amerikas lebte, lebte jetzt in dem einen Asien, und sie hatten es gut, denn daraus waren sie alle hervorgegangen, und dahin waren sie zurückgekehrt; und wer Lehrer war, war Schüler, und wer nichts lernte, wurde Lehrer, und wer klagte, hörte zu klagen auf, und wer schwieg, fing zu erzählen an, und wer sprach, schwieg das Schweigen der Lämmer, und wer kränkelte, wurde gesund, und wer stritt, schlug sich, und wer sich schlug, umarmte sich, und es endete der Krieg mit Frieden, und der Friede endete mit Krieg, und wer kein Erdöl hatte, bekam es, und wer welches hatte, hatte keines mehr, und es erblühten Rosen in der Wüste, und Tamarinde in der Tundra, und es sang die Amsel, und sie sang lange, und wer auf dem Lande lebte, floh in die Stadt, und wer in der Stadt war, war nicht mehr; und wer von links nach rechts las, fing an von rechts nach links zu lesen, und wer von rechts nach links las, fing an von links nach rechts zu lesen, und wer von oben nach unten las, fing an von unten nach oben zu lesen, und wer von unten nach oben las ... aber gab es die, die von unten nach oben lasen? Nein, die gab es nicht – und nichts gab es.

Wir wanderten weiter, ohne auch nur einmal in einen der zahlreichen kurzen Seitenarme einzubiegen, bahnten den Beinen, mit den Armen das Gleichgewicht haltend, ihren Weg, das Schiff schwankte, der Sturm warf es hin und her, und bis zu einem stillen Zufluchtshafen, einer Bucht, einem Port, war es noch sehr, sehr weit, denn die Reise hatte gerade erst begonnen.

Hotels am Meer

Manchmal standen sie direkt am Meer, und das Wasser schwappte bis zu ihren Fundamenten, fuhr mit seinen Zungen darüber, zog sich zurück und kehrte – von der ersten Verkostung wenig überzeugt – ungestüm wieder; es hatte eine phantastische Körperbeherrschung, wechselte Form, Bewegungsart und Bewegungsrichtung nach Belieben, und dabei war der Eindruck, es fließe amorph nach allen Richtungen, Trug; es war unfaßbar, man konnte es bestenfalls in ein Gefäß fassen, dann kam es zur Ruhe und erstarb; wehe aber, man goß es wieder aus: Augenblicklich wurde es munter, frappierte durch seine Beweglichkeit, seine wuchtige Elastizität, es probierte Wege aus und verschwand, im Sand versickernd und wieder hervorquellend, sein Rückzug war nur ein Ablenkungsmanöver, das die Illusion der Sicherheit schuf, nichts vermochte es festzunageln, es entschlüpfte und entkam, sickerte zuletzt selbst durch dickes Gußeisen; es war wechselhaft und veränderlich, wie ein Juwelier schliff es geduldig jahrhundertelang den Stein, so daß er zum Kunstwerk wurde oder zu Sand zerfiel, es warf Muscheln und Danaergeschenke an Land, es dräute, und auch Dämme waren kein Hindernis, es schwang sich darüber, wie Sergej Bubka über die Latte, und seine Zungen legten sich wie fließende Schlingen um die osteochondrösen und porösen Hälse ganzer Stadtviertel, um alles mitzunehmen, Menschen und Kücheninventar, die Levkojen auf den Fensterbänken und die Fensterbänke selbst, Fahrräder und Turnsäle, Theater und den Fernsehturm, den Wanderzirkus und den kommunalen Tierpark, alles, was in den Stadtvierteln war, und die Stadtviertel selbst; wenn es nicht genug hatte, kam es zurück, wenn es aufgehalten wurde, entlud es sich in Unwettern und Sturzfluten; man konnte es auch zähmen, und dann rann es aus Wasserhähnen, fügsam und friedlich, kam nur auf Wunsch des Eigentümers der Finger, die den Hahn aufdrehten, und verschwand auf Wunsch derselben Finger, die ihn, den Hahn, wieder zudrehten. Aber dies war nur die Illusion einer Zähmung, denn lassen sich die Elemente zähmen? Läßt sich ein Gott, der zürnt, zähmen?

Das Hotel, in dem ich abstieg, stand am Meer, neben der Straße, einem breiten Korso, der vom Hauptplatz herführte und am Ufer abrupt abbrach.

Ich vermeide es, an die Zimmernummern all der Unterkünfte und Quartiere zu denken, die auf meiner Reiseroute lagen und die einfach zu jeder Reise gehören, Zimmernummern im Hotel, in Studentenheimen, Krankenzimmer Nr. 6, Ihre Zimmernummer ist dreihundertsiebenundvierzig, das ist im dritten Stock, oder: Sie müssen das Haus Nummer acht finden, direkt am Anfang der Straße, nur sieht man es nicht sofort, es steht in der Tiefe der Allee, läuten Sie und sagen Sie, daß Nummer drei für Sie reserviert ist, das ist unsere Privatpension, da können Sie in aller Ruhe arbeiten, das Haus ist überschaubar und ruhig, die Zimmer geräumig, mit hohen Fenstern und Decken, Neogotik, das finden Sie in dieser Gegend sehr selten, wünsche noch einen angenehmen Aufenthalt.

Auf die Frage nach meiner Zimmernummer gebe ich immer ausweichende Antworten. Nicht, daß ich nicht genau, konkret (und korrekt) antworten würde, ich vermeide aber geflissentlich das Wort »Nummer«; ich wohne also in dem und dem Raum, dem und dem Haus, der und der Wohnung; ich erinnere mich an alle Codes in den Hotels, in denen ich übernachtete, ich erinnere mich an das Gefühl (und die Erinnerung an Gefühle ist eine besondere Art des Gedächtnisses), wenn ich am ersten Morgen nach der Ankunft zum Hotelfrühstück hinuntergehe, wissend, daß niemand und nichts meine Zeit begrenzt und alles, was zu geschehen hat, noch vor mir liegt; am ersten Tag sind die Fasern der Wahrnehmung am empfindlichsten, man nimmt auf, soviel man aufnehmen kann, denn am zweiten, dritten, vierten Tag stumpfen die Sensoren nach und nach ab, und was neu war, wird alltäglich; und so wird jede Reise, besonders jede Reise in Gedanken und in der Phantasie, zur Flucht vor der endgültigen Abstumpfung.

Ich weiß nicht, woher diese meine »Nummernphobie« kommt: von der Angst vor Irrenhäusern und Wahn? Vor Gulags und Guantánamos, Auschwitz und Mauthausen? Bereza Kartuska? Dem Lukjaniv-Gefängnis? Pol Pot? Vor phantastischen Romanen und gesellschaftlichen Utopien? Der bis zur Perfektion getriebenen Aufklärung oder dem Aufstand gegen sie? Vor ihrer Pervertierung? Perpetuierung? Extrem irrationalen Rationalisierung? Vor dem Eingesperrt-Sein in einen Metallkäfig, à la Ezra Pound? Schließlich bin ich auch Dichter, und sind Reisen denn nicht auch Poesie?

»Also, was sind Sie wirklich?« – »Dichter.« – »Wo sind dann die Gedichte, die Sie so schreiben?« – »Das sind meine Reisen.«

Aus dem Zimmerfenster sah ich in der Ferne Kräne, ihre Arme, die Arme riesiger, ungelenker, aus Metallskeletten bestehender Monster be- und entluden Güter, hoben riesige viereckige Container hoch in die Luft, die anschließend mit dem Zug ins Landesinnere gebracht wurden, es leuchteten die Lichter von Hochseelinern und Frachtschiffen auf und verloschen, lang anhaltend oder kurz abgerissen heulten die Sirenen, ich sah Möwen im Sand, Menschen, die zum Meer gingen, Liegestühle am Strand, deren Einsamkeit an die Einsamkeit der Menschen erinnerte, stumpf und gleichgültig standen sie da, jetzt erst merkte man, welch unnatürliche Posen sie einnahmen, die Saison ging zu Ende, sie warteten darauf, zusammengeklappt und in ein Loch gebracht zu werden, wo sie den Winter verbringen würden, bei Plustemperaturen der salzigen Luft, auf den Schiffsdecks würde es Festbeleuchtung geben, Feuerwerke würden Blumenmuster in den Himmel werfen, die Breitengrade gaben dem Fest hier immer einen Anstrich von Absurdität, machten ein klassisches Nonsensstück der späten Moderne daraus, der Weihnachtsmarkt mit seinen Pelzmänteln, Glühwein, Punsch und dem Schnee, der in den Köpfen trotz allem schwermütig fiel, bei gleichzeitig lauer Außentemperatur und weit und breit fehlendem Schnee, brachte die Saiten der Schizophrenie zur äußersten Anspannung, und alles ging zu Ende, bevor noch das Schiff zur Heimkehr in See stach.

Das Tor zum Paradies

Es waren ihrer Tausende, Zehntausende, die vor dem Tor standen. Von Zeit zu Zeit brachen in ihren Reihen Aufstände aus, sie brachen los wie ein Wirbelwind, und wie ein Wirbelwind legten sie sich. Neben der endlosen Warteschlange fuhren Lastwagen, die man für den Einsatz im Feld zu Nahrungsmittelläden umgerüstet hatte, es tummelten sich die akkreditierten Vertreter der wichtigsten Informationsprogramme der Welt, es wurden Toiletten errichtet und Kanalisations- und Wasserversorgungssysteme verlegt, und das Ende der Schlange war auch mit dem Periskop nicht auszumachen. Sie führten Kühe und Ziegen mit – die Kühe muhten verzweifelt, die Ziegen meckerten laut –, manchmal auch Maultiere und Kamele, zu denen sich streunende Hunde mit räudigem Fell gesellten; sie, die selbst ungewaschen waren, wuschen die Hunde und kämmten ihr Fell. Dann und wann brachen wilde Raufereien aus. Alle hofften auf ein Obdach für sich. Aber wie konnte die Stadt sie aufnehmen? Welches Auffangbecken hätte einen Fluß mit unerschöpflichen Wassermassen aufnehmen können? Sie standen, begehrten auf und hofften. Wenn es kalt wurde, hüllten sie sich in das Fell gehäuteter Tiere, stellten Wigwams und Strohhütten auf, mit Fensterscheiben aus Stierblasen. Für ihr letztes Geld kauften sie Leinwand und Farbe, stellten Transparente her und schrieben darauf: DUM SPIRO SPERO und PER ASPERA AD ASTRA, sie wollten gesehen und gehört werden, sie meinten zu Recht, daß sie auf dem Weg hierher genug gelitten hatten, um ein Recht auf ein Leben in der Stadt zu haben. Ihr schrecklichster und häufigster Traum war, daß Sankt Petrus auf der anderen Seite der Mauer eines schönen Tages die Schlüssel zum Tor nicht mehr findet, und all ihre Hoffnungen zerschellen. Daß ihnen nicht mehr zu helfen sein werde, nichts mehr sie retten können werde, weil den Weg, den sie hierher zurückgelegt haben, würden sie nicht noch einmal zurücklegen – nein, so weit sollte keiner den Spott mit ihnen treiben.

Und die Stadt nahm sie auf. Saugte sie einzeln oder in Grüppchen ein. Das Tor öffnete sich, und wieder waren ein paar Glückliche drinnen. Manche wurden zurückgeschickt – die Stadt mochte nicht, daß man sie hinterging. Praktisch jeder hatte eine, nämlich Legende, die wirken sollte. Jeder seine unschlagbare. Manchmal war es eine für viele, aber eine Legende, die für alle gegolten hätte und allen zugleich Einlaß in die Stadt garantiert hätte: Das gab es nicht.

»Ich habe alle Straßennamen der Stadt auswendig gelernt.« – »Ich bin vor Verfolgung geflohen.« – »In der Stadt ist meine Heimat. Meine Kinder sind da.« – »Ich habe bezahlt. Siebentausend Dollar bezahlt! Verstehen Sie, was das heißt?« – »Die Eltern der Eltern meiner Eltern waren Stadtbürger.« – »Ich kann Fliesen legen.« – »Ich schlage Wasser aus Stein.« – »Ich verwandle Dreck in Gold.« – »Ich kann Wolken verjagen.« – »Ich bin Handelsreisender.« – »Ich kenne das KAPITAL auswendig.« – »Mein Name ist Procter, er heißt Gamble.« – »Ich habe alles verkauft, um es bis hierher zu schaffen: Maultier, Ochse, Frau.« – »Ich habe dreizehn Meter echten Kupferdraht. Ich habe mein Leben riskiert, um ihn aus dem Stromnetz herauszuzwicken.« – »Ich bin durch Wüsten, Steppen und Gebirge gegangen.« – »Ich habe zwei einzigartige Bilder von Marija Pryjmatschenko aus dem Museum mitgehen lassen.« – »Ich habe ein von Meister Pinsel gepinseltes Bild Gottes.« – »Im Namen meiner Kameraden, die im Bauch des Fischerbootes erstickt sind.« – »Im Namen derer, die beim Schwimmen ertrunken sind, bevor sie die Küste erreichten.« – »Meine Vorfahren stammen aus der Stadt.« – »In diesem Bündel ist die Asche meiner Großmutter.« – »Ich begrüne Gärten.« – »Ich lege Dachziegel.« – »Ich kann durch ein Nadelöhr schlüpfen.« – »Ich mache Möbel.« – »Ich bin Volksschullehrerin.« – »Ich habe Brücken gebaut.« – »Ich bin Vollwaise.« – »Ich bin Historiker, ein Superstar.« – »Ich bin Anästhesist.« – »I love you.« – »Wir sind außereheliche Kinder Seiner Majestät.« – »Auf mich wurde fünf Mal ein Attentat verübt.« – »Ich beschwöre Sie.« – »Erbarmen!«

Wie hätte man kein Erbarmen haben können?

Und wie hätte man Erbarmen haben können?

Ich erinnerte mich an die Stadt, als ich sie verließ. Ich sah in Augen, die mich verwundert und verständnislos anblickten, als ich zum Tor hinausging, um mich auf die Reise zu machen. Ich werde mich immer an ihre Blicke erinnern, die Blicke von Menschen, die am Tor zum Paradies um ihren Verstand kommen. »Da, nehmt die Schlüssel«, wollte ich ihnen schon zurufen und dabei den Eisenring mit dem Schlüsselbund zuwerfen, aber ich war dazu nicht befugt, ich hatte auch gar keine Schlüssel, außer dem Schlüssel zur Garage meines Vaters, sogar die Schlüssel zur eigenen Wohnung hatte ich nicht, ich hatte sie bewußt auf dem Tisch zurückgelassen und die Tür zugeworfen, um nie mehr wiederzukehren, ich hätte sie mitnehmen können, um sie jemandem von den Wartenden am Tor zum Paradies zu geben, aber ich hatte es nicht getan, ich hätte sie mitnehmen können, denn eines Tages, wenn alle Reisen vorbei sind, wenn die letzte zu Ende geht, muß man irgendwohin zurückkehren, aber selbst den Garagenschlüssel hatte ich zufällig dabei, allein deshalb, weil ich vergessen hatte, ihn aus der Tasche zu nehmen, ich ging, und alle drehten sich nach mir um, und in meinen Rücken bohrten sich die Spitzen vergifteter Pfeile, ich wußte, daß ich beschimpft wurde, als weiß Gott was, aber keiner mich als REISENDEN beschimpfen würde, weder in Worten noch in Gedanken, denn die unerträgliche Nähe des Unerreichbaren hatte sie ihrer letzten Gedanken – außer des einen – beraubt, sie waren unterwegs ans Ziel, sie wußten, wohin sie wollten, sie hatten ein Ziel und steuerten es an, sie wußten, daß sie vor das Tor gelangen würden, doch wußten sie nicht, wie unerträglich es sein würde, kurz vor dem Ziel zu stehen, seine Türme und Gebäudespitzen zu sehen, seine verdammten Mauern, und doch nicht hineinzukommen, sie wußten noch nicht, was sie erwartete, und dachten: So lange sind wir nun schon auf der Reise, haben so vieles überstanden und mehr als genug gesehen, reicht es nicht, haben wir uns nicht genug geplagt, aber woher auch sollten sie wissen, daß nicht der reist, der irgendwohin geht, sondern der, der nirgendwohin geht – also nicht gar nicht geht, sondern geht, aber eigentlich nach nirgendwo, daß nicht der reist, der ein Ziel vor sich hat, sondern der, der in die entgegengesetzte Richtung geht, zumindest in die ihrem Ziel entgegengesetzte Richtung; wiederum wollte er dort sein (»Wieder wollte ich dort sein«), wo der ausladende Nußbaum steht, die Terrakotta-Mauer, und die Kinder lärmen, wenn sie mit Stangen die Früchte herunterschlagen, er wollte, daß es September wäre (»Ich wollte, daß es September wäre«), aber jetzt war erst April (»Aber jetzt war erst April«), ich täuschte ihn, indem ich die Kalenderblätter schneller abriß (»Ich weiß, du hast mich getäuscht, indem du die Kalenderblätter schneller abgerissen hast«), aber was brachte das schon? Ich konnte den Roggen nicht zwingen, in die Ähren zu schießen, und die Trauben nicht vor der Zeit in Most verwandeln, ein schlechter Zauberer war ich (»Ein schlechter Zauberer warst du«), ich kam mir vor wie ein billiger Clown, der den Ärmel schüttelt, ohne daß etwas rausfliegt, der seinen Zylinder hinlegt und hochhebt, aber nichts hüpft heraus.

The secret agent's blunder

Ich ging durch das Tor des Paradieses. Hinein- oder hinauszugehen war für mich kein Problem, wie oft hatte ich es schon verlassen, und wie oft war ich zurückgekommen, und jedes Mal schien mir, man könnte mich nicht durchlassen. Woher diese Angst? Meine Papiere waren in Ordnung, ich hatte jede Menge davon, Pässe mit Visa darin, ich ließ sie mir ausstellen oder erwarb sie auf dem freien Markt und in Reisebüros, an Zigarettenkiosken und auf Postämtern – die allerverschiedensten, wenn der eine nicht paßte, zeigte ich einen anderen, wenn der belgische Paß nicht genehm war, zog ich den panamesischen hervor, war der panamesische auch nicht genehm, zog ich eben keinen hervor: »Unglaublich«, empörte ich mich und berief mich auf die Erklärung der Menschenrechte, drohte mit dem Europäischen Gerichtshof und dem Haager Tribunal, mit Außerirdischen und dem Ausbruch des Vesuvs, aber das ließ sie ziemlich kalt. »Hast du nicht sonst noch was?« – »Was noch?« – »Einen Paß.« – »So einen?« fragte ich und zog den dritten der sieben Pässe, die in meiner Gesäßtasche steckten, heraus. »Warum hast du den nicht gleich gezeigt«, fragten sie mich und brummten dann widerstrebend, »kannst gehen.« Weiter als bis zum fünften Paß ging die Sache nie, das war eine mythische Grenze, deren Sinn ich nicht erraten konnte. Sobald ich mich innerhalb der babylonischen Mauern befand, war die Grenze sofort vergessen, mit all den Ungereimtheiten, auf die ich da stieß, alles reimte sich dann wieder zusammen, und die Sonne beschien mich zärtlich. Ich saß auf der Terrasse, trank Lassi und aß Schaschlik vom Lamm, das ich in Ingwersauce tunkte, unten zog der Menschenstrom vorbei, vorwiegend Touristen, man konnte verschiedene Sprachen und Dialekte hören, Jargons und Argots, die Sprache von Radio und Fernsehen, die Sprache der am Morgen gelesenen Zeitungen und die Sprache der Werbeslogans, verschiedenste Kleider zogen vorüber und Anzüge, Mützen und Hüte, und ich ertappte mich dabei, wie ich dasaß, das Gesicht von einer leichten Brise umkost, fühlend, daß die Zeit gekommen war, wo alles erst anfangen, eine der bedeutsamsten Legenden im rätselhaften Buch beginnen sollte; und gerne wäre ich so erstarrt, hätte den Lauf der Stunden angehalten und hätte drei Jahrhunderte lang so dagesessen, ich hätte es wirklich gemacht, aber gerade in diesem glückseligen Augenblick, der so selten ist, schien mir plötzlich, daß mich jemand beobachtete, blitzartig drehte ich mich um, aber da war niemand, ich sprang auf und ging ins Wohnzimmer, aber weder im Wohnzimmer noch im Schlafzimmer, noch im Badezimmer, noch auf der Toilette, noch unter dem Bett, noch in den Schrankaufsätzen war jemand, anscheinend hatte ich mich getäuscht, und ich ging wieder auf die Terrasse zurück, aber es gelang mir nicht mehr, in den Zustand der Glückseligkeit einzutauchen, bis mir eines Tages zufällig klar wurde, daß die Wolke, die meine sonnige Freude so plötzlich getrübt hatte, damals, auf der Terrasse, tatsächlich existiert hatte, sie hatte nicht bloß existiert, sie hatte insistiert, sich in einem Wolkenbruch zu entladen. Wenn eine Wolke lange Zeit hindurch am Himmel hängt, sich in keine Richtung bewegt und sich auch nicht dazu anschickt, so muß sich am Ende Regen aus ihr ergießen.

Nymphen

Er war schon lange dagewesen, und lange vor mir hatte er begonnen, immer wieder hierher zu reisen. Wie ich selbst, badete er gerne, und er kannte Plätze, die ich nicht kannte. »Weißt du, da gibt's ein Plätzchen...« – »Was für eines?« – »Das kein Mensch kennt, außer mir.« – »Was du nicht sagst!« – »Es ist gar nicht so weit von hier, aber das Wichtigste ist...« – »Was?« – »Dort baden nur Nymphen.« – »Was erzählst du da...« – »Sie steigen aus dem Wasser.« – »Daß ich nicht lache.« – »Wärmen sich an der Sonne.« – »Tatsächlich?« – »Und nicht nur Nymphen.« – »Wer noch?« – »Nympheriche.« – »Was sagst du da?« – »Männliche Nymphen.« – »Ja, ja, ganz sicher!« – »Laß uns doch hingehen.« – »Du meinst, ich glaub dir ein Wort?« – »Am Anfang hab' ich es auch nicht geglaubt.« – »Aber es gibt keine Nymphen. Sie sind eine Erfindung der Dichter. Einsamer und hoffnungsloser Dichter. Hoffnungslos einsamer Dichter.« – »Nichts dergleichen.« – »Und erst Nympheriche... nie gehört.« – »Du glaubst mir nicht?« – »Was soll ich schon sagen.« – »Los, ich zeig sie dir.« Wir sattelten die Räder, wir fuhren am Flußbett entlang, je weiter wir kamen, desto öder wurde die Uferlandschaft, die Sträucher standen direkt am Wasser, die Weidenzöpfe angelten nach Fischen, und dann machte das Flußbett eine Biegung, und wir mit ihm; und hinter der Biegung trat das Gestrüpp etwas zurück, als wäre es einmal, vor lauter Schrecken, zurückgewichen und dann erstarrt; aus dem Wasser tauchte vor unseren Nasen eine Nymphe auf. »Nicht übel«, konnte ich mir den Kommentar nicht verkneifen. »Da siehst du's.« – »Ich sehe.« – »Zauberhaft?« – »Und ob.« – »Schau einmal, die beiden, die da drüben liegen.« – »Blut und Milch.« – »Und der da?« – »Ein Prachtexemplar von einem Mann.« – »Hab' ich's dir nicht gesagt?« – »Du denkst, ich habe in meinem Leben noch nie einen Nudisten gesehen? Du meinst, ich bin so naiv und weiß nicht, wie banale Nudisten aussehen. Ich will ja nicht streiten: Ist ein lohnendes Bild, besonders die erste, die aus dem Wasser aufgetaucht ist. Aber bloß Nudisten.« – »Nudisten, Nudisten, du mußt immer alles verderben.«

Schwimmhose im Müll

Als seine Aufenthaltszeit abgelaufen und er eines Zikadenmorgens abgereist war, hörte ich deswegen nicht auf, an den Strand zu gehen. Ich fuhr nicht mehr so weit, wie mit ihm, zu seinen Nymphen und Nympherichen war ich nur seinetwegen mitgekommen, jetzt aber begnügte ich mich mit wenigem und nahem, badete und ließ mich bräunen, hörte RADIO BELLA ITALIA, schlummerte im Schatten von Pappeln, eingewiegt vom rauschenden Wind, wachte auf und ging wieder ins Wasser, und hätte so weitergemacht, bis der Herbst gekommen wäre; aber es war nicht der Herbst, der meinem Baden und Sonnenanbeten, meinen Fahrradausflügen zum Fluß Einhalt gebot, sondern ein Vorfall, der sich während eines dieser Badeausflüge ereignete.

Der Wels

Ich stand bis zur Gürtellinie im Wasser, die Beine hatten es angenehm kühl, während der Körper vom Nabel weg ein anderes, ein Sonnenbad, nahm und sich dabei mit bronzener Patina überzog; sehr nützlich, so die Beine ins Wasser und den Körper in die Luft zu halten, das regt den Kreislauf an und mobilisiert Energie; ich schwamm los, und da riß etwas an meiner Badehose, ich spürte, wie die Badehose auseinanderfiel, und um zu vermeiden, daß sie sich im Wasser selbständig machte, faßte ich sie mit beiden Händen und strampelte, so rasch es ging, ans Ufer zurück; vielleicht war es ein Wels gewesen, Welse lauern gerne im Wurzelwerk unter Wasser, vielleicht war es auch eine Wurzel. Die Badehose mußte ich jedenfalls in den Müllcontainer werfen. Eigentlich aber war es nicht der Wels, die Wurzel oder die verlorene Badehose, die das Wasser trübten und mir das Baden verleideten, schließlich konnte man eine neue Badehose kaufen.

Schwimmhose im Müll
(Fortsetzung)

Ich war schon beim Aufbruch, hatte meine Sachen eingepackt und saß auf dem Rad, war bereits ein paar Hundert Meter geradelt, als ich mich umdrehte und sah, wie zwei Männer aus dem Müllcontainer meine zerfetzte Badehose holten. Die beiden sahen ganz und gar nicht wie Obdachlose aus, sie waren ziemlich modisch gekleidet, so zwischen Manager eines Kleinunternehmens und Discjockey einer Teenie-Disco. Ich drehte um und wollte zurückfahren; als sie verstanden, daß ich umdrehe und zurückfahre, rannten sie mit meiner Badehose davon, ich fuhr ihnen nach, kletterte vom Fahrrad und mußte zu Fuß weiter, weil man mit dem Fahrrad hier nicht weiterkonnte, ich rannte, bis mich ein sanfter Bariton stoppte, dessen Auftauchen mir damals unerklärlich war und bis heute unerklärlich ist: War er mir etwa die ganze Zeit nachgelaufen? Wäre er mir nachgelaufen, stünde er jetzt mit rotem Gesicht und schweißgebadet vor mir, und – seinen Körperdimensionen nach – mit hechelndem Atem. Jedoch war er weder rot noch schweißgebadet, noch außer Atem.

– Haben wir's so eilig, junger Mann?

– Sehen Sie die beiden da, die haben meine Badehose gestohlen!

– Das kann man schwerlich Diebstahl nennen.

– Wie soll man es, Ihrer Meinung nach, dann nennen?

– Sie haben sie doch selbst erst in den Müllcontainer geworfen.

– Aber nicht, damit man sie dort stiehlt.

– Und Sie haben den Verdacht...

– Daß die mir nachspionieren.

– Sie machen Witze!

– Mir scheint, ich sehe die beiden nicht zum ersten Mal.

– Genau, junger Mann, es scheint Ihnen so. Wohlgemerkt: Es scheint Ihnen. Außerdem, warum sollten Sie sie nicht irgendwo gesehen haben. Die Welt ist so klein. Global village, Mister...

– Pavlenko.

– Mister Pavlenko.

– Moment, woher wissen Sie, daß dies meine Badehose ist?

– Ich habe gesehen, wie Sie sie weggeworfen haben.

– Und wie kommt es, daß Sie gerade jetzt hier sind?

– Zufällig war ich da in der Nähe unterwegs. Ein kleiner Spaziergang.

– Spaziergang, sagen Sie?

– Nordic walking.

– Und Sie spazieren oft in dieser Gegend?

– Wissen Sie, Mr. Pavlenko, da treiben sich verschiedenste Typen herum. Fetischisten, zum Beispiel, wenn Sie verstehen, was ich meine.

– Aber es sind doch keine Damenhöschen!

– Wie kommen Sie auf die Idee, daß nur Accessoires von Damen in der Lage sind, Interesse zu wecken?

– Welche denn noch?

– Junger Mann, ich sehe, Sie haben wenig Ahnung vom Leben. Vom realen Leben. Reality Show, Mr. Pavlenko. Nicht Ihre Grillen und Kapriolen, Phantasien und Illusionen, die sich, je länger sie dauern, um so schmerzhafter in Luft auflösen werden, sondern das Leben, wie es wirklich ist, ungeschminkt, und – das kann ich Ihnen versichern – la vita è bella.

Die Hose habe ich natürlich nicht mehr zurückbekommen, zuviel wertvolle Zeit hatte ich durch das absolut überflüssige Geschwätz mit dem Unbekannten vergeudet, der die Verdachtsmomente und schlimmen Vorahnungen, die ich hegte, nicht nur nicht zum Erlöschen brachte, sondern nur noch stärker anfachte.

Geiger

Das war nur eine erste Schwalbe gewesen. Nun stellte man mir überall nach und verfolgte jeden meiner Schritte. Wo ich auch war, ein paar ihrer Agenten hefteten sich an meine Fersen, verkleideten und verwandelten sich, es war unmöglich, sie loszuwerden, unmöglich, sie abzuschütteln, und ich bedauerte, keine Eidechse zu sein, sonst hätte ich mich von meinem Schwanz getrennt, der wäre für immer zurückgeblieben, während ich weiter gerannt und geflohen wäre, mich abgesetzt hätte, Verwirrung und Durcheinander stiftend. Es kam so weit, daß ich nicht mehr auf die Straße gehen, keinen gemütlichen Spaziergang mehr machen konnte; dabei ging ich gerne spazieren, sonntags begab ich mich auf den Korso, wo ich den ganzen Tag verbringen konnte, auf und ab schlendernd, und dabei bald die Malteserkirche und den Eiffelturm betrat, den Dogenpalast und Big Ben, das Museo del Prado und die New York Gallery of Modern Arts, restaurierte Kapellen und alte Innenhöfe, mit dem Panoramalift nach oben fuhr und über die Treppe nach unten lief, mich auf eine Bank setzte, die um eine Riesenplatane herum stand, oder an einen der zahlreichen Tische in den nicht weniger zahlreichen und exquisiten Kaffeehäusern, Konditoreien und Restaurants, oder nein, Restaurants, Kaffeehäusern und Konditoreien, erst sollte ja zu Mittag gegessen werden, dann gemächlich der Kaffee getrunken, jeder Schluck ein Genuß, und die Passanten im Blick. Unwillkürlich fiel mein Blick auch auf sie, die Geiger im schwarzen Smoking und mit Gesichtsmaske, erst sah ich sie nur, dann hörte ich sie, einen Moment lang war ich sogar hingerissen von der klassischen Musik, die sie da spielten, die sie zugegebenermaßen sehr ordentlich spielten – man muß sich das einmal vorstellen, was für Leute die in ihren Reihen haben, was die nicht alles können; als sie dann aber nach einer kurzen Pause voll Schwung eine verdammt vertraute Melodie angeigten, die ich schon irgendwo gehört hatte – offenbar vor langer Zeit, ja in der Kindheit, da war sie oft gespielt worden, so oft, daß man sich's fürs Leben merkte, daß man sich jetzt erinnern konnte, nach so vielen Jahren, auf einem ganz andern Fleck dieser Erde, in einer andern Straße, an einem andern Tisch, bei Kaffee, den es damals nicht gab, als man sich mit Zichorie behelfen mußte, die Erinnerung an Zichorie kam zurück, der leicht eklige Geschmack, ich spürte, wie es im Mund bitter wurde –, ja da spürte ich, wie ich aufspringen mußte, ich sprang auf und lief, sprang über

Geländer und Geleise, bis ich vor ihnen stand und einem von ihnen die Maske vom Gesicht riß, die anderen begannen erschrocken ihre Gesichter zu bedecken, sie wollten nicht so ruhmlos enttarnt werden, wehrten sich mit Geigen und Kontrabaß, doch ich enttarnte sie nach und nach alle, riß diesen Fantomas-Gestalten die Masken herunter, hinter denen sie sich versteckt hatten, im Glauben, ich würde nichts verstehen, sie könnten mich so zum Narren halten, nein, ihr Lieben, ihr seid bloßgestellt, ich hab' euch bloßgestellt, man wird euch rauswerfen, unfähig, wie ihr seid, und in dem Moment, in dem ich ihnen die Masken herunterriß, klickten die Fotoapparate und schnurrten die Videokameras der Touristen und Schaulustigen, die mittlerweile in nicht geringer Zahl zusammengelaufen waren.

Polizeikommissariat

Auf dem Kommissariat war man höflich zu mir, vielleicht hatten die hiesigen Polizisten schon einiges erlebt, und einer wie ich konnte sie da nicht mehr beeindrucken, auch wollte ich sie nicht beeindrucken, ich wollte ihnen bloß erklären, daß es sich um alles andere als um Musikanten handelte, nämlich um Spione, mir unbekannte Agenten, die mich – keine Ahnung, weshalb – verfolgten, mich nicht ruhig leben und diese Stadt genießen ließen, ich bin ja Tourist, sagte ich, es gefällt mir bei Ihnen so gut, daß ich beschlossen habe, länger zu bleiben, obwohl – schoß es mir durch den Kopf – man mich vielleicht gerade deswegen ausspionierte, weil ich beschlossen hatte, länger zu bleiben, doch das sagte ich ihnen nicht, ich dachte es nur. Das ist nicht unser Bier, sagte einer der Polizisten und blickte mich traurig an. Sie haben eine Bewilligung, ergänzte ein anderer. Sie hatten also eine Bewilligung, die Pseudomusikanten, natürlich, sie hatten sich diese im Magistrat beschafft, musizierten, das heißt spionierten also sozusagen legal, hatten sich der Unterstützung des Gesetzes versichert, das keine Ahnung von ihren wahren Absichten hatte, und was konnte ich schon gegen das Gesetz ausrichten? Man hielt mich noch einige Zeit fest, ohne mich freizulassen. Es war offensichtlich, daß man die Sache verschleppte, aus irgendeinem Grund Zeit gewinnen wollte.

Flug über das Kuckucksnest

Der Grund, weshalb man Zeit gewinnen wollte, wurde klar, als in der Tür die klassische Heldin erschien, zwei lächelnde Witzbolde in ihrem Rücken. »Sie mögen also keine klassische Musik?« – »Nicht besonders.« – »Dann mögen Sie sicher Rockmusik.« – »Schweren Rock.« – »Heavy metal rock.« – »Oh yes, my baby.« – »Jungs, gehen wir. Der ist noch nicht völlig down. Hält uns bloß zum Narren. Wir verlieren unsere Zeit mit ihm. Simulant!«

Silhouetten der Vergangenheit

So konnte das nicht weitergehen. Es war ohnehin schon zu weit gegangen, und wurde je länger, um so verworrener. Es war Zeit zu handeln, und die Stunde X ließ nicht lange auf sich warten. Alles geschah, wie es in billigen Thrillern geschieht, Dutzendware, von der die Videotheken und das Wochenprogramm im Fernsehen voll sind, die Buchhandlungen und die Köpfe der Bürger, die zur Arbeit gehen und von der Arbeit kommen, Kinder gebären und großziehen, krank werden und sterben. Ich saß an einem Tisch, blätterte in der Zeitung und trank Kaffee.

– Wir können Ihnen Zusammenarbeit anbieten.

– Wohlgemerkt, *für beide Seiten vorteilhafte* Zusammenarbeit, unterstrich der andere.

– Ich bin auf Reisen. Reisen ist meine Arbeit.

– Der Gospodin-Towaristsch treibt sich herum? Wie nennt man das schon bei uns, Mischa? Parasol?

– Parasit, war Mischas Stimme zu hören, der seine Muttersprache noch nicht derart katastrophal vergessen hatte wie der andere. Ist kein großer Unterschied, Parasol ist zum Essen, und der Parasit will essen, ohne zu arbeiten.

– Genau, Parasit. Und gegen die Faulenzerei haben wir die richtige Arznei.

– Reisen ist mein Beruf.

– Das bestreiten wir gar nicht. Wir können Ihnen dabei sogar helfen. Als Sponsoren. Ohne ordentliche Finanzierung kommt man nicht weit. Und, das kann ich Ihnen versichern, mit Sponsorengeldern zu reisen hat nichts Ehrenrühriges, alle bedeutenden Menschen sind so gereist, angefangen von Bosporus Christophorowitsch Kolumbus bis hin zu Jean Yvowitsch Coustodijew.

– Coustow, korrigierte der andere.

– Übrigens, auch Nichteuropäer, fuhr der erste mit erhobenem Zeigefinger fort, so ungewöhnliche Persönlichkeiten wie zum Beispiel Qui Chotte oder De Foe.

– Was wollen Sie eigentlich?

– Nichts, wozu Sie nicht in der Lage wären.

– Sie werden uns Ihre Reisen erzählen.

– Reportagen schreiben?

– Rapporte. Aber Sie können es durchaus als Reportagen bezeichnen. Sogar als Romane, wenn es Ihnen beliebt.

– Wem, wenn nicht Ihnen, ist bekannt, daß wir es in der modernen Welt mit einer Isomorphie der Genres zu tun haben, mischte sich der andere wiederum ein. Seine Wortwahl verriet den Absolventen der Fakultät für nahe und ferne Sprachen, wo man ihn offensichtlich auch angeworben hatte.

– Einigen wir uns so: Ihre Hilfe brauche ich nicht, und Romane werde ich sowieso schreiben. Sie brauchen nur aufmerksam zu lesen. Verfolgen Sie die Neuerscheinungen und lesen Sie! Das ergibt für Sie minimale Spesen, den Preis eines Exemplars im Einzelhandel. Kostenersparnis, Aufstieg auf der Karriereleiter, jede Menge Vergnügen in der Freizeit, jedenfalls werde ich mich bemühen, so zu schreiben, daß Sie sich nicht langweilen.

Ich weiß nicht, womit ich sie überzeugt hatte. Hatte ich sie tatsächlich überzeugen können, und wir hatten uns stillschweigend auf meinen Vorschlag geeinigt? Glaubten sie tatsächlich an meinen Stern als Schriftsteller? Wie auch immer, die Beschattung wurde aufgehoben, ebenso plötzlich, wie sie verhängt worden war. Das Gefühl, beschattet zu werden, verschwand. Ich spürte nicht mehr dieses Unbehagen, wenn einem nachgeschaut, man hinter dem Rücken beobachtet wird, ich drehte mich nicht mehr ruckartig um, warf keine Blicke mehr nach allen Seiten und fühlte mich leicht wie ein Wanderer, der gerade aus dem Gebirge in die Stadt zurückgekehrt ist. Ich konnte ungestört weiterreisen. Außerdem wußte ich, daß ich mindestens zwei dankbare Leser gewonnen hatte, die, wie ich annahm, fleißig und peinlich genau lesen würden, auf den Zeilen und zwischen den Zeilen, beim Licht der Nachttischlampe und unter Einsatz von spezieller Technik, Methoden des Dekonstruktivismus und Judo.

Wieder schlenderte ich über Plätze und Straßen, tauchte meine Hände in die Springbrunnen und machte Rast in den Grünanlagen, wieder verpflegte ich mich in Restaurants und trank nachmittags meinen Kaffee, am Tisch eines Kaffeehauses sitzend, frühstückte auf der Terrasse des Hotels, in dem ich abgestiegen war, und der Kellner brachte mir ein weiches Ei und frische Zeitungen; von der Terrasse aus sah ich, wie die Stadt erwachte, und das Erwachen der Stadt war wie mein zweites Erwachen, ich sah die Angestellten, die ins Büro eilten, und die ersten Touristen, die es nicht eilig hatten, wie ich selbst, der ich es auch nicht eilig hatte, irgendwohin zu kommen, der schon vergessen hatte, was Eile bedeutete, immer irgendwohin zu müssen und es doch nie rechtzeitig zu schaffen.

Schweizer Uhr

Was es da nicht alles gab! Uhren in Form von Lokomotiven, die um das Handgelenk fuhren, stampfend und schnaufend, herkömmliche Wanduhren mit bis zum Boden hängenden dunkelgrünen Metallpendeln und einem Kuckuck in der Tür, der die Nase herausstreckte und, sobald er die Nase herausstreckte, laut Kuckuck rief. Er rief ein markerschütterndes und durchdringendes Kuckuck und hätte einen Toten geweckt, und das zu jeder vollen Stunde; kein Zweifel, der Herr wird sich für das Jüngste Gericht, auf das wir alle unerbittlich und ausnahmslos zusteuern, ganz sicher diese Holzuhr anschaffen, um uns zu rufen und zu wecken, die Lebenden und die Toten, die, welche von schwerer Arbeit erschöpft entschlafen sind, und die, welche schlafen, weil sie bis an die Kiemen sternhagelvoll sind, die Uhr mit dem herausrückend-verrückten Kuckuck, die er aufhängen und so lange rufen lassen wird, bis auch der letzte aufersteht. »Na, was sagst du zu meiner Kuckucksuhr?« – »Gewaltig, Herr!« – »So ist es.«

Anstelle des Kuckucks konnte man auch einen krähenden Hahn bestellen, ein grunzendes Schweinchen, einen klopfenden Specht oder ein schalenknackendes Eichhörnchen; das Eichhörnchen war übrigens die umständlichere Variante: Sie erforderte täglich vierundzwanzig Walnüsse, die man auf eine Tasse unter die Baumhöhlung legen mußte, so viele, wie der von Uhrmachern erfundene Tag Stunden hat; stündlich kam das Eichhörnchen aus der Höhlung, nahm mit den Pfoten eine Nuß und preßte sie, im Unterschied zu den lebendigen Eichhörnchen, die sie mit den Zähnen knackten, mit den Pfoten zusammen, bis sie unweigerlich mit lautem Knacksen zersprang. Uhren gab es jede Menge, große und kleine, aufklappbare und hängende, stehende, liegende und schaukelnde, schwarze, graue, grüne und rote, mit eingesprenkelten Diamanten und eingebauten Fernsehgeräten, als Seehunde gestaltete und mit den Köpfen berühmter Männer versehene, mechanische und quarzbetriebene, Sonnenuhren und elektronische Uhren, wasserfeste und feuerbeständige.

– Ich hätte gerne, wenn Sie so gut sind, eine gewöhnliche.

– Warum gleich eine gewöhnliche? Man sollte nichts übereilen.

– Ich wollte sagen, ohne Diamanten.

– Die Diamanten sind, ganz unter uns gesagt, nicht echt.

– Und ohne Lokomotive.

– Die Lokomotiven sind für die gedacht, die in der Kindheit davon träumten, Lokführer zu werden, diesen Traum aber nicht verwirklichen konnten.

– Würden Sie mir eher eine mechanische Uhr oder eine Quarzuhr empfehlen?

– Die mechanische hat ihre Vorteile, und die Quarzuhr hat ihre. Beide haben allerdings einen großen Nachteil: Sie messen die Zeit zu genau.

– Genau das brauche ich, eine präzise Uhr. Sie meinen, das wäre ein Nachteil?

– Ein großer Nachteil, geradezu fatal.

– Da kann ich Ihnen nicht recht geben. Besser eine präzise Uhr als eine, mit der man immer zu spät kommt, nie rechtzeitig da ist und vor Ärger krank wird.

– Wozu sich ärgern? Außerdem verkaufen wir keine kaputten Uhren.

– Ist Ihnen so etwas nie passiert? Sie schauen auf die Uhr,

freuen sich, daß Sie noch Zeit haben, teilen sich alles richtig ein, und dann stellt sich heraus, daß Ihre Uhr vierzig Minuten nachgeht und Sie sich Ihre Pläne weiß Gott wohin schmieren können.

– Ewige Uhren gibt es nicht. Ewig ist nur die Zeit. Übrigens, die Ewigkeit der Zeit ist ein schlagendes Argument, sich Zeit zu lassen.

– Aber es gibt doch Qualitätsuhren, auf die man sich verlassen kann, die lange und richtig funktionieren. So eine bräuchte ich.

– Warten Sie mal, ich hätte da was für Sie.

– Was ist das?

– Sehen Sie nicht?

– Eine Uhr wie jede andere.

– Richtig. Aber nur auf den ersten Blick.

– Was wollen Sie damit sagen?

– Daß es eine besondere Uhr ist.

– Was ist das Besondere daran, wenn ich fragen darf.

– Fragen Sie nur, ich mag es, gefragt zu werden.

– Darum frage ich auch!

– Das ist eine außergewöhnliche Uhr. Ihre Besonderheit besteht in ihrer Außergewöhnlichkeit.

– Und worin besteht ihre, wie Sie sagen, Außergewöhnlichkeit?

– In ihrer Noblesse.

– Hm, worin?

– In ihrer Noblesse. Diese Uhr mißt die Zeit nobler. Man könnte sagen, die Zeit wird auf andere Weise gemessen.

– Wie das?

– Die Zeit zieht langsamer dahin.

– Sie meinen, die Uhr geht einfach nach. Und das betrachten Sie als ihren Vorzug?

– Sie geht nicht nach. Jedenfalls nicht so, wie Sie sich das vorstellen.

– Wie also dann?

– Sie geht überhaupt nicht nach.

– Das haben Sie aber eben erst behauptet.

– Sie verändert Ihre Einstellung zur Zeit.

– Tut mir leid, aber ich verstehe Sie nicht.

– Langsam, langsam. Wenn Sie diese Uhr kaufen und mich in einem Jahr wieder besuchen, so werden Sie ein ganz anderer Mensch sein. Die Uhr wird Sie verändern.

– Ich habe noch nie gehört, daß eine Uhr Menschen verändert.

– Und wie! Ist der Mensch nicht der Sklave der Zeit? Der Diener der Uhr, welche die Zeit anzeigt? Wird der Mensch nicht manipuliert von seinen Uhren? Gehetzt und aufgerieben? Sind sie nicht schuld an Streß und Bulimie? Sind es nicht sie, die den Menschen ins Grab treiben, wie ein bösartiger Maultier- oder Ochsentreiber sein Vieh? Bringt nicht die Uhr Sie jetzt dazu, sich derart aufzuregen?

– Nicht die Uhr, sondern Sie! Ihr leeres Geschwätz. Ihr ganzer Hokuspokus!

– Sie beleidigen mich.

– Entschuldigen Sie. Das kommt daher, daß ich es eilig habe.

– Da sehen Sie es!

– Um vier geht mein Zug. Und ich habe noch keine Fahrkarte.

– Sie schaffen es, es ist erst fünf nach drei.

– Schon fünf nach drei?!

– *Erst* fünf nach drei.

– Begreifen Sie denn gar nichts? Ich verspäte mich!!

– Das kommt Ihnen so vor.

– Das ist Realität.

– Ihre Realität. Die Realität, in der Sie sich bewegen. Und obwohl Sie, wie ich sehe, am Arm keine Uhr tragen, sind Sie trotzdem ihr Sklave geblieben. Ihr jämmerlicher Sklave.

– Jämmerlich sind Sie, mit Ihren idiotischen Kuckucks und albernen Lokomotiven, Sie!

– Sie sind schon wieder beleidigend.

– Dieses Mal haben Sie begonnen.

– Ich habe nur eine Feststellung gemacht.

– Dann habe ich auch nur eine Feststellung gemacht.

– Ist schon vergessen. Trotzdem möchte ich Ihnen zu der Uhr raten. Denken Sie nicht, daß ich sie Ihnen aufschwatzen möchte. Sie ist nicht teuer. Nicht teurer als die anderen.

Ich gab es auf und kaufte die Uhr. Sie war wirklich nicht teurer als die anderen und sah schließlich aus wie eine gewöhnliche Uhr. Eine gewöhnliche, normale Armbanduhr. Ich bezahlte und verließ eiligst den Laden. Ich lief zur Straßenbahn, die gerade an der Haltestelle stand. Noch im Laufen hakte ich mit dem Kinn das Uhrband an meinem Arm zusammen. Sobald es festgemacht war, änderte sich schlagartig alles. Vieles änderte sich schlagartig. Wurde anders, ungewöhnlich und staunenswert. Allerdings, was war daran schon so ungewöhnlich und staunenswert? Staunenswert daran, daß die Straßenbahn losfuhr und ich sie versäumte? Staunenswert daran, daß in acht Minuten die nächste kam und ich noch mehr als vierzig Minuten bis zum Zug hatte? Ganze vierzig Minuten bis zum Zug! Vierzig Minuten! Ein Stein fiel mir vom Herzen, es lockerte sich die eiserne Umklammerung, die mir nicht nur das Herz, auch die Lungen zugeschnürt hatte, plötzlich konnte der Körper wieder atmen, frei und tief, freier und tiefer als früher, atmen, wie er bisher nie geatmet hatte. Ich drehte mich um und ging über die Straße zurück, zum friulanischen Eissalon, zwei Kugeln bitte, Pistazie und Melone, danke, hmmm, lecker, ich ging zur Haltestelle zurück, die Straßenbahn würde in drei Minuten kommen, ich stand da und genoß das Eis, das mir noch nie so gut geschmeckt hatte. Als wäre friulanisches Eis das beste der Welt, als könnte es kein besseres Eis geben als jenes, das in Friaul hergestellt wurde.

Hartes Brot

In dieser glückseligen Zeit liegt mein erster Konflikt mit den Grünen. Ich bin kein Politiker und mische mich nicht ein in Politik. Ich stehe der Politik so fern, wie ein Nichtpolitiker ihr nur fernstehen kann. Ich saß im Stadtpark, auf einer Bank, einer von denen mit an Schneckenhäuser erinnernden, geschwungenen Lehnen, wie sie am Wasser stehen und auf denen im Frühling, Sommer, Herbst und Winter Schmetterlinge sitzen – nette, kleine, bunte Schmetterlinge mit der ebenso netten und bunten Aufschrift: UNSERE GÄRTEN. Ich saß also in UNSEREN GÄRTEN. Ich liebte es, in UNSERE GÄRTEN zu gehen, gehegte und gepflegte Gärten, mit ihren gestutzten Alleen und wuchernden Büschen, blühenden Wiesen und lauschigen Lauben. Ich saß am See, las nicht und sprach nicht, und wenn ich sprach, so mit der Sonne und den weißen Schäfchenwolken, die in Herden über das Tal des Himmels zogen, mit den Platanen, die ihre Borke abwarfen, und dem Pfau, der mit Grabesstimme von seinem Ast herunterschrie. Ich brach das harte Brot, das wegzuwerfen schade, zu essen aber unmöglich war, eines dieser Brote, die aus allem möglichen, nur nicht aus Weizenmehl bestehen; brach, krümelte und warf es; Enten schwammen herbei, quakten und pickten, um meine Beine herum lauerten die Ratten des Parks und versammelten sich die Tauben, Fische schwammen heran, und Hunde liefen herbei, miauend kamen die Katzen, und sogar ein einsamer Ochse verirrte sich von irgendwoher, so daß es schien, er sei nicht da, und seine warmen Lippen fraßen aus meinen zu einer Krippe gefalteten Händen. »Franziskus, wir wußten, du würdest kommen.« – »Ich habe euch doch gesagt, daß ich komme.« – »Wir haben dir nicht geglaubt.« – »Seid ihr jetzt überzeugt?« – »Franziskus, wir danken dir.« – »Und ich danke euch. Ich danke euch, daß es euch gibt. Ohne euch wäre mir schwer ums Herz.« – »Du hast ein gutes Herz, Franziskus.« Dieses Gespräch, diese wundersame und sanftmütige Unterhaltung wurde unterbrochen, ja, abgebrochen, man entriß mir die letzten Brotreste und fiel mit den gemeinsten Ausdrücken über mich her – der Kontrast zur Idylle, die man brutal zerschlug, war so kolossal, daß ich mich zu einer Antwort mit gleicher Münze unfähig sah. Es waren die Grünen. Sie zettelten einen Skandal an. Sie beschuldigten mich des antihumanen Umgangs mit der Natur, des Versuchs ihrer Zerstörung. Das ist doch Humbug – rechtfertigte ich mich. Völliger Unsinn. Ich füttere sie mit Brot. Er füttert sie mit hartem Brot. Er füttert sie mit verdorbenem Brot – setzten die anderen eines darauf. Selbst ißt er es nicht. Warum nicht? Wenn du so gescheit bist, dann iß es doch selbst! Aber das mache ich doch immer so – wehrte ich mich –, schon von klein auf. In unserer Kindheit hoben wir das trockene, alte Brot auf, zerkrümelten es und brachten es ins Dorf, für die Schweine und Hühner, Enten und Gänse, und sogar Dunai, der Hund, nagte mit seinen Tatterzähnen daran, als wär's der köstlichste Knochen. Er will uns ins Mittelalter zurückstoßen – brüllten sie nur noch heftiger. Was hat das mit Mittelalter zu tun – versuchte ich mich zu verteidigen. Zwanzigstes Jahrhundert, Mitte bis Ende, Sozialismus in einem Imperium, Kolchosenordnung, eure linken Brüder, eure verwirklichten pseudorevolutionären Ideen – versündigte ich mich, denn ich war ja selbst ein Bekenner des linken Traums, freilich nicht des verwirklichten, sondern jenes, der sich gar nicht verwirklichen läßt und der bleiben muß als süße Illusion, als schönes Märchen, das uns trösten soll und am Leben erhalten, in der Realität samt ihrer eisernen Umklammerung, und selbst wenn diese Umklammerung mich losgelassen hat, so doch nicht Millionen und Milliarden anderer, Entrechteter und Verfolgter, Beraubter und später mit den abgetragenen Klamotten derer, die sie beraubt haben, Beschenkter. Ich gehöre zu euch, bin selbst einer von euch – schrie ich wie ein Ertrinkender, der sich an den rettenden Halm klammert. Wenn du einer von uns bist, dann schäm dich, so was zu machen, weißt du, woraus dieses Brot hergestellt wird? Du weißt, daß da kein Roggen drin ist, kein Weizen, kein Hafer und keine Gerste, dafür alles mögliche, was man Sklavenarbeiter aus der dritten, vierten und fünften Welt aus den Ästen, Rinden und Wurzeln dubioser Pflanzen für einen Pappenstiel gewinnen läßt. Ich zuckte zusammen, war wie vom Blitz getroffen, als ich hörte, daß es außer der dritten noch eine vierte und eine fünfte Welt gab. Und eine sechste, siebte, achte und neunte – warfen sie mir hin. Dante Alighieri. Nie was von Dante gehört? Doch – sagte ich beschämt. Sowohl gehört als auch zitiert. Lange Passagen. Im Original. Vor langer, langer Zeit...

Der Lift

In dieser glückseligen Zeit liegen noch andere Abenteuer, vielleicht auch nicht Abenteuer, jedenfalls Ereignisse, die sich nach dem Erwerb der Uhr mit mir zutrugen; ich denke nicht, daß sie etwas damit zu tun haben, im Gegenteil, sie bilden einen Kontrapunkt zu der im ganzen glückseligen Reise durch Europa und Asien, Amerika und Australien, Afrika und Ozeanien, die Anden und Kordilleren, den Schnee auf dem Kilimandscharo und die sandigen Weiten von Gobi und Großem Chingan; sie waren wohl das verspätete Echo jener vorangegangenen Epoche, die auch meine gewesen war und von der ich mich kürzlich verabschiedet hatte, einer auf ihre Art schönen Epoche. Der Abschied war mir schwergefallen und zugleich leicht – schwer, weil ich dort auch geblieben war, ein Teil von mir für immer geblieben, und leicht, weil das Leben weitergeht. Nach dem damaligen Abschied wußte ich nicht, daß der wirkliche Abschied erst kommen würde und dies jetzt nicht mehr als eine Unterbrechung, ein Zwischenspiel, ein kleines Intermezzo war. Ich kehrte zurück, ich fuhr mit dem Lift, und in meinem Leben ist es und war es immer so, daß die Ereignisse zweimal passieren; etwas braucht bloß einmal passieren, und schon passiert es ein anderes Mal, wie zwei Wassertropfen, die sich gleichen; es geschieht im Grunde dasselbe Ereignis noch einmal, es wiederholt sich die Situation, dasselbe Bühnenbild, die Rollen unverändert, nur der Inhalt des Stücks ändert sich.

Ich fuhr also und dachte, fuhr und sann, über dies und das, in den letzten Jahren zieht es mich oft zur Philosophie, es zog mich immer zur Philosophie, es interessierte mich immer, mich dem Denken hinzugeben, es war, als gäbe man sich der Liebe hin, es ist, als entstünde eine neue Dimension der Welt, ihre stereoskopische Darstellung. Also fuhr ich und sann, und endlich schien mir, daß ich schon zu lange fuhr, viel länger, als man in den vierzehnten Stock brauchte.

– Halt!

– Was soll das?

– Vorname!

– Was?

– Familienname, Vorname, Vatersname!

– Versteh' Sie nicht.

– Staatsbürgerschaft!

– Weltbürger.

– Wohnort!

– Hotel »Continental«.

– Adresse.
– Southern Boulevard 8.
– Was tust du da?
– Bin unterwegs nach Hause.
– Welchem Haus?
– Meinem. Zu mir nach Hause.
– Du willst ein Zuhause haben?
– Jeder hat eines.
– Und was tust du hier?
– Weiß ich nicht.
– Das weißt du nicht?
– Ich weiß nicht, wie ich hierhergekommen bin.
– Genug Komödie gespielt!
– Ich bin mit dem Lift gefahren.
– Und?
– Keine Ahnung.
– Und wer hat dann eine Ahnung?
– Das wüßte ich auch gerne.
– Schaut ihn euch nur an: Er spottet noch.
– Ich spotte nicht. Ich bin wirklich mit dem Lift gefahren.
– Und wohin bist du gefahren?
– Ich habe es schon gesagt, nach Hause.
– Ist dir wenigstens klar, wo du gelandet bist?
– Nein.
– Dann schau beim nächsten Mal genau, wohin du fährst! Hau ab, und daß man dich nicht noch mal erwischt!

Ich habe nie erfahren, wo ich war und mit wem ich gesprochen hatte und warum der, mit dem ich sprach, so streng und unbarmherzig war – ich war ja tatsächlich auf dem Weg nach Hause gewesen. Vielleicht hatte ich mich im Stock geirrt? Vielleicht irrtümlich auf ein anderes Stockwerk gedrückt? Vielleicht gab es da nicht vierzehn Stockwerke, sondern zumindest noch ein fünfzehntes, zu dem Unbefugten der Zutritt strengstens verboten war? Der Lift blieb stehen, und ich hörte aus dem eingebauten Lautsprecher die Stimme, die das Stockwerk bekanntgab. Ich war also angekommen. Ich trat aus dem Lift, ging, wie immer, über den Teppichläufer, sperrte die Tür auf und ließ mich, ohne Schuhe oder Jacke abzulegen, mit großer Erleichterung auf das Sofa fallen.

Der Traum

Ich war dabei. Es war schön und bunt. Hell und ruhig. Leute wie mich gab es nicht wenige. Wir waren viele und standen in einer Reihe. Wäre da nicht dieses Helle und Bunte gewesen, man hätte geglaubt, die Vergangenheit wäre zu Besuch, vor lauter Sehnsucht nach mir, die Vergangenheit mit ihren Warteschlangen um Butter, Fahrkarten, billigen Hering. Und da ist auch Er, der zählt und auswählt. Er läßt die Leute einzeln durch. Macht vor mir halt und zieht verwundert die Brauen zusammen. »Was tust *du* da?« – »Ich warte.« – »Worauf wartest du?« – »Daß ich drankomme.« – »Dafür ist es zu früh.« – »Aber wenn ich es versäume.« – »Du bist nicht an der Reihe.« – »Hab' mich doch angestellt. Und nicht vorgedrängt.« – »Ich habe dir gesagt: Die Zeit ist noch nicht gekommen.« – »Und wann komme ich dann dran?« – »Geh nur. Wenn die Zeit kommt, werde ich dich rufen.« Ich erwachte, ganz durcheinander. Ich wußte nicht, was das alles bedeuten sollte. Ich wußte nicht, ob es ein prophetischer Traum war und was er mir sagen wollte. Plötzlich wurde mir angst und bang: Vielleicht gab es das nur im Traum? Vielleicht gab es jenseits des Traums nichts dergleichen, nur ein schwarzes Loch und sonst nichts? Es war vier Uhr in der Nacht, ich rauchte eine Zigarette, danach eine zweite, dritte, zwölfte. Erst als ich ein ganzes Päckchen geraucht hatte, konnte ich ins Bett zurückgehen, ich schlief ein, schlief süß wie noch nie und erwachte in guter Stimmung – wie jeden Morgen, seit das Schiff meiner Reise das zurückgebliebene Ufer hinter dem Horizont hatte verschwinden lassen.

Die Federkrone des Montezuma

Der Tag versprach. Das Azurblau des Himmels, und eine Sonne, die langsam aufging. Läden, die erwachten, und dekorative Palmen im Schatten von Riesenplatanen. Jeden Tag ein wahres Wunder: die halbleere Straße, die sich innerhalb gezählter Minuten in einen lärmenden Korso verwandelte, über den sich der Strom der Passanten wälzte – Touristen, Büroangestellte, Neugierige. Es war eine ungewöhnliche Verkehrsader, in der die Brownsche Bewegung nach zwei Seiten ging, vom Platz des heiligen Rolands zum majestätischen Opernhaus, das weder die Zeit noch die Bomben zu Schutt und Asche hatten verwandeln können, das jedes Mal wie ein Phönix erstand, und von der Oper zurück zum Platz, woher die ersten Stimmen eines Spektakels, das sogleich beginnen sollte, zu vernehmen waren. Ich blätterte die letzten Seiten der Zeitung um, nahm den letzten Schluck Kaffee, dankte und wünschte auch einen schönen Tag, obwohl dieser Wunsch überflüssig war wie noch nie, da sich ohnedies ein wunderschöner Tag abzeichnete. Schon die zarten Konturen des Morgens legten beredtes Zeugnis davon ab, und ich trat, wie immer, meinen Spaziergang an. Ich ging in Richtung Rolandsplatz, wo ich von der Terrasse aus einen mit farbigen Aufschriften bemalten und mit bunten Emblemen aufgeputzten Wagen gesehen hatte. Ich ging an winzigen Grünanlagen mit Gartenbänken entlang, an Restaurants mit Straßentischen und grünem Teppich aus Polypropylenrasen, an Boutiquen vorbei, in deren Vitrinen gestylte Schaufensterpuppen mit der topaktuellen Mode erstarrt standen, über den Platz der heiligen Brüder Karl und Ludwig, den ich rechter Hand hinter mir ließ, mit seinem Springbrunnen und den Figuren der beiden Heiligen mittendrin, an der Spiegelmacherstraße vorbei und an der Kapuzinergruft, in der – von Werken und Tagen, Kriegen und Gelagen, Untertanen und Lobhudlern ermüdet – die Kaiser ruhten, hin über den Boulevard des Résistants zum Eiffelturm, vorbei an den Hängenden Gärten der Semiramis und der Statue des Koloß von Rhodos, in einer Abkürzung quer durch den Bois de Boulogne, zwischen Zypressen und Mammutbäumen hindurch, über die Brücke auf die andere Seite der Themse, in Richtung Kathedrale des heiligen Rolands, der zentralen Komposition, von der aus die zahlreichen Achsen verlaufen, an denen der Leib der Stadt aus Ziegel und Beton hängt und über denen der Geist der Stadt in einem Gewirr von Stimmen schwebt. Die Stadt gehörte zu jenen Städten, in denen einem nie langweilig wird; in denen im August die Platanen ihre Borke abwerfen, im Januar an den Straßenkreuzungen Kastanien geröstet werden, im April der Jasmin blüht und im November und Dezember auf den Straßen Punsch und Langos feilgeboten werden; wo im Sommer von jenen unglaublichen Platanen grüne Igelchen hängen, und in deren Kronen, gegen Weihnachten zu, Spielsachen auftauchen, Laternen und riesige Bonbons in Glanzpapier, die von der Hand eines anonymen zaubernden Gulliver aufgehängt werden; in denen einen die Bediensteten des Magistrats, allen voran der schillernde Bürgermeister, vor der Melancholie retten, noch bevor diese durch das Fenster der Seele lugen kann; in der aus allen Himmelsrichtungen Wanderschauspieler und Straßenmusikanten zusammenströmen, aus aller Welt, dem ganzen globalen Dorf, um Gäste und Einwohner zu erfreuen und zu amüsieren, um sich selbst zu verwirklichen und den Primat des Rechts auf Freude, des Rechts auf ein von Monstern unbehelligtes Leben, des Rechts auf Erfolg, das keine Niederlage kompromittieren, des Rechts auf Liebe, das kein Dogma in die Mauern seines Gefängnisses einschließen kann, des Rechts, sein eigenes Liedchen zu singen.

Lustig und laut ging es heute zu, lustiger und lauter als an all den anderen Tagen, die ich hier verbrachte, wobei zu sagen ist, daß es auch an den anderen Tagen wirklich lustig und, wenn auch in Maßen, fröhlich unter den vielen Menschen zuging. Am Anfang des Platzes, dort, wo die endlos lange Straße einmündete, stand der Wagen – eines von den Automobilen, mit denen man bis ans Ende der Welt reisen kann, bei denen man, wie die Schnecke ihr Haus, Schlaf- und Wohnzimmer mit sich führt. Auf allen Seiten war der Wagen mit Pfeilen und Bögen bemalt, mit Tomahawks und rotweiß gestreiften, federgeschmückten Indianergesichtern, und in der Mitte war eine seltsame Krone dargestellt, groß und prächtig, wie ich es noch nie gesehen hatte, und die alle bisher gesehenen Kronen an Majestät und Farbenpracht der Federn in den Schatten stellte, mit der sich weder die Krone des persischen Schahs noch des indischen Maharadschas, weder des Häuptlings der Apachen noch des Hetmans der Kosaken, kein Kopfschmuck von Habsburgern, Babenbergern, Napoleon Bonaparte oder auch Väterchen Zar vergleichen ließ. Über dem Automobil wehte ein Transparent, auf dem in Großbuchstaben geschrieben stand: »MONTEZUMA SIEHT ALLES«. Unten lagen phantasievoll gemusterte Schilder aus Leder mit Kupferaufschlägen, goldene Klappern und Kopfbedeckungen aus prachtvollen Federn – weniger prachtvollen, als auf der Darstellung der Krone des Montezuma, aber prachtvoll genug, um das Zeissenauge der vielgesichtigen und vieläugigen Touristen auf sich zu ziehen. Neben Tischen, auf denen allerlei Krimskrams lag, drängte sich ein Grüppchen Indianer, die Hüften umgürtet mit Flicken und Streifen aus herabhängendem braunem Leder, dem gleichen, aus dem die Schilder waren und auch die Mokassins an ihren Füßen. Staunen ließen mich die Füße eines der Indianer, Schuhgröße fünfundvierzig oder sechsundvierzig. Nie im Leben hätte ich gedacht, daß Indianer so große Füße haben. Es waren Männer, und nur eine Frau. Ich würde nicht sagen, daß sie so klein gewachsen waren, wie ich sie mir vorgestellt hatte, aus all den Romanen und Western, die ich in meiner Jugend verschlungen hatte; aber sie waren auch keine Niloten. Indianer waren sie. Typische Durchschnittsindianer, typische mitteleuropäische Indianer; ich hätte nicht gedacht, daß die Bewohner der Prärien und Berge des Wilden Westens, die Bewohner von Reservaten und geschützten Parklandschaften eine solche Ähnlichkeit mit dem Durchschnittsbewohner Mitteleuropas hatten.

– Nadija! – Ich versuchte diskret zu sein und sprach sie erst an, als der rituelle Tanz zu Ende und das Klappern verstummt war.

– Oh! – quiekte sie vor Überraschung.

– Ich bin's.

– Du bist mir einer! Wenn du wüßtest, wie du mich erschreckt hast.

– Ich war selbst ordentlich erschrocken, als ich dich in dem Aufzug erblickt habe.

– Was machst du da?

– Sag mir lieber, was *du* da machst?

– Siehst du das nicht?

– Man kann sich alles mögliche denken.

– Denken? – Ich arbeite!

– Als Indianerin?

– Nicht nur ich.

– Du bist nicht allein hier?

– Natürlich nicht.

– Und wie bist du so braun geworden?

– Das ist keine Bräune, du Dummkopf, das ist Schminke.

– Schminke?

– Das Zeug, mit dem man diese Othellos mit den hervorquellenden Augen einschmiert, die alle paar Tage um fünf nach zehn ihre Desdemona unter dem Applaus des von Touristen gefüllten Opernhauses erwürgen.

– Und wem gehört das hübsche Mädchen da – zeigte ich auf das Indianerkind, das in einem Flechtkorb schlief.

– Meine Tochter.

– Deine Tochter?

– Sophia.

– Was für ein schöner Name!

– Danke. Du warst schon immer galant.

– Ich wußte nicht, daß du eine Tochter hast. Und wer ist der glückliche Vater?

– Der Stammeshäuptling.

– Nadija, du bist verrückt geworden.

– Stepan.

– Stepan? Du bist mit Stepan da?

– Nicht nur mit ihm. Wir sind alle da.

– Himmel! Was für ein Wiedersehen!

– Auch ich habe nicht damit gerechnet, dich hier zu treffen. Ich hatte gehört, daß du auf Reisen bist, hätte aber nicht gedacht, daß du hier bist. Du hast dich überhaupt nicht verändert.

– Und du siehst jünger aus.

– Du machst Witze!

– Ich schwöre!

– Ach, laß das!

– Und wie lange seid ihr schon auf Tournee?

– Seit die Näherei geschlossen wurde.

– Und woher habt ihr die tollen Federn?

– Aus der Geflügelfarm.

– Und diese Lederschnipsel, diese goldenen Rasseln da?

– Das Leder haben wir bei den Huzulen besorgt, und die Rasseln sind nicht aus Gold, glänzen nur, wenn man sie fest abschrubbt.

– Übrigens, du wirst es nicht glauben, ich habe Orest gesehen, er arbeitet als Emu im Tiergarten.

– Als was?

– Emu. So ein Vogel. So was Ähnliches wie ein Vogel Strauß.

– Orest – ein Vogel? Und wie macht er sich?

– Gar nicht schlecht.

– Orest hab' ich schon eine Ewigkeit nicht gesehen.

– Und Ljuba, wo ist die? Hast du von ihr gehört?

– Ljuba? Siehst du, wie sich da drüben die Touristen drängen, wie zur Kommunion?

Die Bauchtänzerin

Ich ging ein Stück vor, dahin, wo die Touristen eng aneinandergedrängt standen. Mit Mühe und Ellbogen arbeitete ich mich zur Mitte vor, stieg dabei auf fremde Schuhe und Sandalen, von Mal zu Mal mich entschuldigend. Und erblickte Ljubov. Ljubov, mit der ich aufgewachsen bin. Ljubov, mit der ich zur Schule gegangen war, von der ersten bis zur letzten Klasse, die ich im Park küßte, was ich damals für den allerhöchsten Genuß hielt, den es im Leben geben konnte. Ljubov hatte sich nicht verändert. Sie wirkte genauso anziehend wie damals. Und verdammt sexy! Und wie sie tanzte! Als sie mit ihrem Bauchtanz fertig war, regnete es in die mit kirschfarbenem Samt verkleidete Schachtel Münzen und Geldscheine, Scheine mit Nullen, mit zwei- und manchmal auch dreistelligen Ziffern; sie kamen, wie man sich vorstellen kann, von Männern, deren Frauen mit zusammengebissenen und, wie mir schien, leicht knirschenden Zähnen daneben standen. Freilich fanden sich auch Frauen aus anderem Holz, die Geld hineinwarfen, geschmeidig-strenge Panther, Touristinnen von der Insel Lesbos, die sich ihr näherten und sie zu küssen versuchten, oder wenigstens zu berühren, nur zu berühren, bevor sie gingen, die Sappho zitierten und dabei an ihrem Ohrläppchen knabberten.

– Ljubov, du bist toll. Echt Klasse!

– Myron!

Ich fuhr in den Tiergarten, wollte Orest finden und mit ihm die freudige Nachricht teilen, ich wollte ihm alles erzählen, aber ich fand ihn nicht, sein Gehege war leer. Man hatte seinen Dienstposten gestrichen. Wegen Vogelgrippegefahr. Ich hatte keine Ahnung, wo Orest stecken konnte, wo ich ihn suchen sollte. Das war zwar ein wenig bitter, aber die Freude über die unverhoffte Begegnung, das Wiedersehen mit Nadija und Ljuba war stärker, unvergleichlich stärker als die Bitterkeit des Verlusts. Schade, Orest, daß du jetzt nicht bei uns warst!

Ljubov

Wir trafen uns um neun, als die Tragödie auf ihren Höhepunkt erst hinsteuerte und Othello nicht einmal im Albtraum vorhersah, daß er, noch vor Ablauf einer Stunde und fünfzehn Minuten, Desdemona erwürgen würde. Ich wollte sie zum »Lucky Chinese« einladen. »Ich lade dich ein«, sagte ich. »Laß mich zuerst dich einladen, und dann lädst *du* mich ein; übrigens ist das völlig egal«, meinte sie.

Es begann zu regnen, ein plötzlicher, unerwarteter Guß, und wir liefen, wie wir früher gelaufen waren, als wir achtzehn waren, oder zwanzig, liefen wie Verliebte, wie Glückspilze, die nach Jahren des Mißerfolgs noch einmal den Jackpot gewonnen haben, einen für zwei. Wir hatten den »Lucky Chinese« noch nicht erreicht, als uns der Regen zwang zu kapitulieren, in eine Seitengasse einzubiegen und über eine Treppe in einen Bierkeller hinunterzulaufen. Wir befanden uns unter dem Ziegelgewölbe des weitbekannten Restaurants »Zu den fröhlichen Mönchen«. »Ironie des Schicksals«, konnte sie sich eine spöttische Bemerkung nicht verkneifen. »Und symbolisch«, sagte ich. »Und vielleicht sogar durchaus passend«, blinzelte sie mich listig an. »Spielst du auf unsere klösterliche Zukunft an«, tat ich, als hätte ich nicht verstanden. »Heuchler, du weißt genau, worauf ich anspiele«, lachte sie. »Worauf denn?« Mir fingen die Augenlider zu flattern an. »Vielleicht erfüllst du endlich das Gelöbnis, das du – wie lang ist das schon her? – vor genau sechzehn Jahren getan hast«, ließ sie nicht locker. »Gerne, aber nicht im Bierkeller und nicht heute.« – »Wenn nicht heute, wann dann?« – »Am Sonntag, vor dem Altar.« – »Schau, schau.«

Wir gingen durch das Gewölbelabyrinth, auf der Suche nach einem Tisch. Hier waren immer viele Leute, besonders um diese Zeit, besonders bei so unbarmherzigem Regen. Wir fanden eine stille Ecke, bestellten, tranken Wein, unterhielten uns, und ich erzählte die Geschichte mit dem Trinkgeld: Als ich das erste Mal hier war, wußte ich nicht, wie man bestellte und wie man zahlte, ich hörte, wie die anderen Geld hinstreckten und dabei diese oder jene Summe nannten, mir schien, man mußte dem Kellner die Summe, die auf der Quittung stand, die er einem auf den Tisch legte, laut wiederholen. Das machte ich dann auch, nannte die Summe, der Kellner lief rot an, gab mir das Restgeld bis auf den letzten Groschen heraus und murmelte im Abgehen: »So was Unverschämtes habe ich in zwanzig Jahren noch nie gesehen.« Ich erzählte ihr eine Menge Geschichten, sie lachte, und vom Lachen kamen ihr die Tränen. Und während ich erzählte, begriff ich, daß mein ganzes Leben, seit ich ins offene Meer gestochen war, seit wir alle zu einer weiten und langen Reise (wie lange dauerte sie schon und wie lange würde sie noch dauern) ins offene Meer gestochen waren, mein Leben an eine einzige Verwechslungskomödie erinnerte. »Wenigstens eine Komödie. Eine Verwechslungskomödie kann ganz anders ausgehen«, spielte sie auf Othello und Desdemona an. »Dann ist es eine Tragödie und keine Komödie; eine Verwechslungstragödie«, räsonierte ich und setzte hinzu, »gut, daß am Ende der Verwechslungskomödie immer die Liebe steht.«

In der Hotelbar bestellte ich Vin de Champagne. »A base de Chardonnay, de Pinot noir, de Pinot meunier?« – »De Pinot noir«, sagte ich auf gut Glück. Es war Nacht, und da schien mir noir am besten zu passen. Wir gingen ins Zimmer hinauf. Alles war so, wie ich es zurückgelassen hatte, und es war Nacht, und sie war zärtlich und wundersam, und morgens, als ich auf der Terrasse frühstückte, allein – genauso wie gestern, wie vorgestern –, da dachte ich daran, wie wir vor vielen Jahren, weit fort von hier, mit unserem Ruderboot auf der Insel der Verliebten gelandet waren, im Gras lagen und einander Fitzgerald vorlasen, eine braune Ausgabe, mit schwarzen und violetten Linien und Buchstaben. Und Helden auf dem Umschlag, deren Geschichte gerade erst begann.

Teil III

Obdachlos

Die Nähmaschine oder Einmal feiern auch die Obdachlosen

Die Informationsmaschinerie funktionierte prächtigst. Sie waren bestens informiert. Und hätte man sie nicht informiert, sie wüßten dennoch Bescheid. Internet, Radio und Fernseher besaßen und benutzten sie nicht und erfuhren doch alles rechtzeitig. Sofern sie etwas benutzten, so war es die Zeitung. Nicht, daß die irgend jemand las. Das wäre lächerlich, sind sie doch weder Snobs noch Banausen, sondern Minimalisten, Praktiker und Pragmatiker. Sie suchen nach Zeitungen, um sie auszubreiten, sie breiten sie auf dem Boden aus, gekonnt, und lassen sich darauf nieder, je mehr Seiten, um so besser, je gröber das Papier, desto wertvoller. Woher sie Bescheid wissen, weiß niemand. Sie wissen es selbst nicht. »Welche Informationsquellen haben Sie?« – »Welche Quellen? Welche Informationen? Man läßt uns nicht schlafen!« Sie haben ein teuflisch präzises System zur gegenseitigen Benachrichtigung. Sie wissen, wo es unter einer Brücke freie Plätze gibt, in welchem Bezirk in welcher Straße in welche Mülltonne gerade erst eine noch warme halbe Pizza geworfen wurde – schon strömt eine Kolonne hin, stumm und ernst, wie eine Ausgeburt des Hieronymus Bosch oder der Apokalypse, sie fahren mit der Hand hinein, akkurat so, wie der Zirkusmagier in eine schwarze Schachtel, nur ist sie nicht schwarz, und keine Schachtel, sie ist grün, grau oder orange – in der Regel, denn in Wirklichkeit gibt es keine Regeln, Regeln existieren nicht, sie sind die krankhafte Erfindung von Snobs und Schmocks, die diese nicht für sich selbst, sondern für andere erfunden haben. Sie kümmern sich nicht um die Snobs und Schmocks dieser Welt, sie sind mit der eigenen Sache beschäftigt, die sie tun, unbeirrbar und methodisch, unerbittlich und unwiderruflich, sie fahren mit der Hand hinein und ziehen im Gefühl der eigenen Würde die Pizza wie einen vor Angst bebenden Hasen heraus. Sie verschlingen sie in großen Happen, samt den Resten von weich gewordenem Eis, das jemand noch nach der Pizza weggeworfen hat, sie verschwindet in der Mundhöhle, an deren Eingang kaputte Zähne drohend Wache halten – sie pfeifen auf die Zahnklinik, die können lange warten, die kriegen sie nicht! Sie verschwindet, wie Jonas im Bauch des Wals, sie haben keine Zahnpasta, ja ehrlich gesagt haben die meisten, selbst wenn sie Pasta und Bürste hätten, keine Zähne. Man stellt ihnen Suppe hin, sogenannte karitative Organisationen, die mit öffentlichen Geldern und großzügigen Spenden erhalten werden; sie wissen das, und da sie es wissen, skandieren sie manchmal: »Die Suppe ist uns schnuppe!« Sie sind nicht anspruchsvoll, die Unverschämtheit jedoch, mit der man ihnen Spülwasser hinschiebt, das angeblich ein Heidengeld kostet, ertragen nicht einmal sie, die alles ertragen, einschließlich der Läuse, die erbarmungslos an ihnen knabbern, einschließlich der Ratten, deren Benachrichtigungssystem nicht schlechter als das ihre funktioniert, und die nicht selten bei den Mülltonnen eintreffen, noch bevor die erste Kolonne heranrückt. Sie schlafen. Sie leben. Ihr Leben. Sie sind Weltbürger. Echte Kosmopoliten. Die nationale Frage interessiert sie nicht, nicht die nationale und nicht die Sprachenfrage, nicht die Frage der Preispolitik und nicht die Frage der Justizreform, nicht, wer an der Spitze der Regierung steht, nicht, wer der neue Chef der Treuhand wird, nicht, wieviel gestohlen wurde, und nicht, wieviel noch zu stehlen bleibt. Die Fußballweltmeisterschaften sind ihnen schnurz, genauso wie die Olympischen Spiele. Wer, was, wie und wozu, interessiert sie nicht. Es kratzt sie nicht, warum der Nachbar etwas hat, wofür sein Gehalt nicht langt. Sie haben weder Nachbar noch Gehalt. Ihr Nachbar ist einer wie sie. Reiht sich genauso in die Kolonne ein, schläft unter der Brücke und skandiert den Slogan, im Winter und im Sommer, im Frühling und im Herbst, wenn die Levkojen blühen und die Astern welken, der Schnee von den Dächern fällt und – früher oder später, nicht so häufig, dafür aber um so gefährlicher – Meteoritenregen von den Fassaden der Häuser. – Früh, ja früh. Heute standen sie früh auf. Ihre gedunsenen Gesichter hatte heute noch kein Sonnenstrahl geküßt, wann fällt einer auch schon hierher, in diesen feuchten Winkel voll Mief und faulendem Laub? Sie sprangen auf die Beine, einer nach dem andern. Packten ihre Sachen in Plastiktüten oder einen gemusterten alten Koffer, der abgewetzt, aber nicht hoffnungslos war. Machten sich düster und feierlich auf den Weg, nur die Zeitungen ließen sie liegen. Das war die einzige goldene Regel, an die sie sich eisern hielten: die Zeitung, auf der man geschlafen hat, wird nicht mitgenommen. Jedes Mal breiten sie neue Zeitungen, die sie in der U-Bahn oder im Müll aufgelesen, auf der Straße oder in den Hauseingängen aus, wo sie im Winter ihre Notdurft verrichten, bei grimmigem Frost, wenn man die Arschbacken nicht einfach so in die Luft halten kann. Sie trugen Fufaikas und Pullover, Hemden und Leibchen, mottenzerfressene Fuchspelze und Ohrenmützen mit rotem Stern, deren abgewetzte Ohrenschützer nach außen wegstanden, der Klimawandel betrifft sie nicht, weder die globale Erwärmung noch der Treibhauseffekt; weder das Kioto-Protokoll noch die Walfangflotte; weder 38 Grad Hitze noch der arktische Frost; weder die antarktischen Pinguine noch die Kakadus in den Käfigen; weder die Houyhnhnms noch der Tauschhandel. Nichts reißt sie von den Socken, nichts kümmert sie, alles, was sie besitzen, tragen sie bei sich, obwohl sie kaum etwas besitzen, die Klamotten wachsen ihnen Schicht um Schicht an die Haut, und wenn wieder mal etwas löchrig wird, so ist es, als risse die eigene Haut. Heute gingen sie, bewegten sich in Kolonnen aus allen Richtungen, Bierstuben und Kellerlöchern, Brückennischen und Hauseingängen, krochen aus der Kanalisation wie hinter einem Panzer hervor, schoben den Kanaldeckel weg, sie gingen, wie Sieger gehen, sie gingen und gingen, verschlafene Bürger betrachteten sie aus ihren Fenstern, Fahrgäste starrten sie durch die Scheiben des öffentlichen Morgenverkehrs an und hätten sich rausgelehnt, wäre nicht auf den Scheiben in schmucklosen schwarzen Lettern mit Ausrufungszeichen geschrieben gestanden: »NICHT HINAUSLEHNEN!« Sie gingen. Fenster wurden geöffnet und wieder zugeschlagen, sie gingen unerschütterlich weiter, eine Gruppe Außenstehender schloß sich an, sie ließen sie gewähren, sie waren tolerant, waren auf der ganzen Welt am tolerantesten, doch ihre Geduld platzte, als sich die Gruppe Außenstehender nach einigen undurchsichtigen Manövern an die Spitze der geschlossen marschierenden Kolonne setzte. Da kapierten sie alles, zerfetzten die Fahnen und verjagten die Bauernfänger, sie ließen sich nicht für politische Zwecke einspannen, sie würden es nie erlauben, daß man mit ihnen Politik machte, sie waren keine Snobs, aber auch keine Hohlköpfe, die man übers Ohr hauen konnte, sollten die doch die Hohlköpfe übers Ohr hauen, alle vier, fünf oder sieben Jahre, oder jedes halbe Jahrhundert, je nach Stand der Entwicklung und Bedarf. Sie gingen, und die Erde dröhnte unter ihren ein bißchen beschuhten und ein bißchen bloßen Füßen, man warf ihnen Blumen und Kartoffelsalat hin, Böswillige bewarfen sie mit stinkenden Eiern und faulen Tomaten, sie strichen das schlüpfrige

Eiweiß und die Reste des Dotters von ihrer Kleidung und schleckten den Zeigefinger ab, sie haschten nach den Tomaten, die sie geschickt auffingen, balancierten und kunstvoll in den Rachen bugsierten – schleckend und schluckend gingen sie weiter; Fotoapparate klickten, von den Bäumen purzelten Paparazzi, wenn ihnen direkt auf den Kopf, so schüttelten sie sie ab und gingen weiter, nichts hätte sie stoppen können, weder ein doppelter Polizeikordon noch gepanzerte Wagen, weder der Einsatz von Tränengas noch flächendeckende Bombardements, weder esoterisches Gebrummel noch schlüpfriges Gefummel, nicht einmal eine Botschaft des Präsidenten aus den als Vogelnester getarnten Lautsprechern hätte sie stoppen können, don't trouble about it, Mister Präsident, Ihr Frühstück wird kalt, aber es wandte sich niemand an sie, sie gingen; der Präsident wußte nicht, daß es sie gab, daß sie es gab, die weder Steuern zahlten noch Ausgaben tätigten, bei denen es kein Haben gab und kein Soll, das heißt weder das eine noch das andere, keinen Zinssatz und keine zu versaufenden Guthaben, der Präsident wäre baß erstaunt gewesen: »Wie, Sie besitzen keinerlei Aktien? So viele Unternehmen, und nicht einmal eine einzige Aktie? Na, so was«, hätte der Präsident gesagt, doch er sagte nichts, aus dem einfachen Grund, daß er nichts von ihrer Existenz wußte; seine Berater und Geheimdienste hatten ihn nicht ins Bild gesetzt, er verfügte über verschiedene Informationsquellen, darunter auch über sogenannte alternative, doch in keiner Quelle kamen sie vor; hätte der Präsident von ihrer Existenz gewußt, er hätte sich an sie gewandt, unbedingt an sie gewandt, unbedingt und unverzüglich, unverzüglich und vordringlich – so, wie er sich an das ganze Volk wendet: »An meine Obdachlosen«.

Die Botschaft des Präsidenten

Obdachlose!

Ich freue mich, daß es Euch gibt. Ohne Euch gäbe es auch kein wäre. Ohne Euch wäre die Welt düster, traurig und grau. Ihr seid der Lichtstrahl, der die Trostlosigkeit des Lebens erhellt. Ihr seid das Salz der Erde, ihr Schweiß und ~~Rotz~~ (Blut!). Ich weiß, Eure Vorfahren haben schwer geschuftet, damit auch Ihr, die ruhmreichen Nachfahren, Schufte sein könnt. Ich weiß: Ihr seid würdig, und man wird immer stolz auf Euch sein können.

Obdachlose!

Wer hat behauptet, Ihr seid Böcke? Ihr seid keine Böcke! Böcke seid nicht Ihr! Wer Euch als Böcke beschimpft, ist selbst ein Bock. Ihr seid eine Hoffnung und Stütze. Ihr seid Motoren des Fortschritts und das Antlitz der Zivilisation, das Gewissen der Nation.

Ich glaube an Euch: Auf Euch ist immer Verlaß. Ihr ... nicht mit Worten, sondern mit Taten.

Obdachlose!

Wir schaffen es!

Danach ertönte ein millionenfaches »Hurra!« und »Ruhm dem Präsidenten!«, es wäre ganz sicher ertönt, Sie können überzeugt sein, daß es ertönen wird, bloß jetzt nicht und morgen nicht, ein andermal wird es geschehen, in einem schönen und glücklichen Sommer, wenn die Bäume blühen und die Vögel singen, die Vögel blühen und die Bäume singen, möglicherweise wird es erst später geschehen, aber es wird geschehen.

Die Nähmaschine oder Einmal feiern auch die Obdachlosen (Fortsetzung)

Es wandte sich jedoch niemand an sie. Nicht nur, daß sich niemand an sie wandte, man unterdrückte sie auch noch. Diskriminierte und terrorisierte sie. An Staatsfeiertagen, vor Gipfeltreffen und Staatsbesuchen machte man Jagd auf sie, fing sie wie streunende Köter ein, sicherlich, man machte aus ihnen keine Seife und gewann auch kein Schmalz aus ihnen, man zog ihnen das Fell nicht ab und ließ sie nicht prügeln, man pferchte sie bloß kurzerhand in Busse und Lastwagen, die überfüllten Busse und Lastwagen stotterten jämmerlich, und sie steckten darin wie Heringe, die in der Konserve zu stinken beginnen, sie, die fahrkartenlosen Passagiere dieser Sonderfahrt stanken – dieserart drückten sie ihren Protest gegen die Verletzung der Menschenrechte, des Rechts auf Freizügigkeit und der Freiheitsrechte überhaupt aus, denn anderes konnten sie nicht unternehmen; Pazifisten von Geburt, waren sie nicht bereit, zu schlagen und zu trommeln, heimzuzahlen und Rache zu üben, sie hätten keiner Fliege etwas zuleide getan, sogar die Läuse in Haar und Gewand hätten sie nicht zerdrückt, weil sie deren Recht auf Leben anerkannten, sie waren gütig und barmherzig, und da brachte man sie weg, die Gütigen und Barmherzigen, die keiner Fliege was taten und keine Laus zerquetschten, über Straßen und Schneisen, Hohl- und Kreuzwege, die Grusinische Heerstraße und die Route Paris–Dakar, durch den Tunnel unter dem Ärmelkanal, ihretwegen stoppten Polizeiposten den Verkehr, sie fuhren in Kolonne, begleitet von Blaulicht vorne und hinten, und jeder, der entgegenkam oder vor ihnen fuhr, steuerte schnurstracks zur Seite; man brachte sie weg wie atomaren Abfall, den man in ein Lager hinter den Ural transportiert, in den Bunker Nummer eins, dahin, wo der Tunguska-Meteor einschlug, wie eine Fracht im Format XXL; man brachte sie in unbekannte Richtung fort, sie wollten aufs Klosett, klein und groß, dem kleinen Piephahn die weite Welt zeigen und überflüssigen Ballast loswerden, wollten pissen und kacken, schiffen und scheißen, verflixt noch mal; man brachte sie in einen Wald, über eine schmale Betonstraße, auf der man nicht aneinander vorbeikonnte, aber es kam niemand auf der Gegenfahrbahn, denn es gab keine Gegenfahrbahn, man brachte sie in das von Zaun und Stacheldraht umgebene Objekt S, dort ließ man sie zurück, in diesem Palast. Knast. In diesem Kurort zur Einöde, wo es keine lebendige Seele gab, nur eine Lichtung mit einer Baracke darauf, und ein Tor, durch das man sie brachte, bevor man sie wie Pfifferlinge aus einem Sack ausschüttelte; dann schlug man es zu, es knarrte und quietschte mit kreischender Häme, und damit hatte es sich; man überließ sie ihrem Schicksal im Wissen, daß mehr als ein oder zwei Tage, mehr als eine Woche vergehen würden, bis sie da rauskämen; schließlich war das der Sinn der Sache; niemand wollte sie tatsächlich krepieren lassen oder erschießen, man steckte sie bloß, einem Befehl gehorchend, in die entfernteste und unscheinbarste Schublade, solange dies eben vonnöten war. Im Augenblick allerdings diskriminierte und terrorisierte sie niemand, der Feiertag, anläßlich dessen sie diskriminiert und terrorisiert wurden, war schon vorbei oder stand erst bevor, aber eben nicht heute, heute war ihr Feiertag, Feiertag auf ihrer Straße, und sie feierten ihn; sicherlich, sie hatten keine Möglichkeit, die fortzubringen, von denen sie selbst eingesammelt und fortgebracht wurden, dafür waren sie, wie gesagt, zu friedlich und nachsichtig, sie sahen das Leben einfacher, zu einfach, um irgendwelche radikalen Aktionen oder überhaupt Aktionen zu setzen; sie waren nicht rachsüchtig, Gott hatte sie verzeihen gelehrt, und sie, die Söhne und Töchter Gottes, Brüder und Schwestern, Würmchen und Kreatürchen, erfüllten das ihnen gegebene Gebot, sie verziehen – und ziehen nicht; was sie taten, war schweigen. Sie gingen, Palmen und Pappeln kicherten, Ahorn- und Lindenbäume lagen einander zu beiden Seiten des Wegs in den Armen, die Erlen flüsterten ihnen etwas ins Ohr. Sie sprengten Kordons und Ketten, jeden hätten sie gesprengt, der ihnen im Wege stand. Der Regen peitschte ins Gesicht, und die Sonne brannte in den Rücken. Die Schwarzerde verwandelte sich in Steppe, Steppe ging über in Wüste. Die Kastanie verschwand, und die Kokospalme erschien. Wölfe und Bären, Füchse und Dachse wurden von Gazellen und Antilopen, Elefanten und Nilpferden abgelöst, im Busch lauerte der Löwe, und im Wasser blubberte das Krokodil. Den Busch ließen sie links liegen, ins Wasser gingen sie nicht. Sie gingen über Gehsteige und Straßen, unter Einhaltung einer Höheren Verkehrsordnung, die keine Ampeln kennt und keine Linien, weder weiße noch gelbe, und ein einzelnes Fahrzeug, das respektlos in ihre Kolonne krachte, zerschellte wie gegen Beton. »Festina lente«, polterten sie mit einer Stimme, von der man Gänsehaut kriegte. Sie gingen, und keiner könnte sagen, ob es einen Tag dauerte oder eine Stunde, ein Jahr oder zwei. Sie kamen ans Ziel. Sie kamen auf einen Platz und blieben stehen, ihre hinteren Reihen schlossen auf, sie drängten sich in die Tiefe des Platzes, wie die Märchengestalten ins Ärmelchen, wie die Minister ins Kabinett. Der Platz war groß, wenn auch nicht grenzenlos. Niemand kannte seine Grenzen. An seinem bis an den Horizont reichenden Rand stachen sonderbare Gebäude hervor, mit phantastischen Figuren an den Fassaden und Wetterhähnen, die mit widerwärtigen metallenen Stimmen Kikeriki riefen. Sie drängten die Hirten samt ihren abstoßend quiekenden Ferkeln zur Seite, sie stießen die Gemüse- und Obststände um, sie warfen sich die brutzelnden Grillhähnchen in den Mund, man hörte die Knochen knirschen (nicht alle waren zahnlos, der eine oder andere hatte noch Zähne, gelb und furchterregend), und das Fett floß über die Bärte, sie putzten weg, was sie konnten, und der Rest machte sich aus dem Staub. Es gackerten die Hühner und quakten die Enten, es blökten die Schafe und muhten die Kälber, sie fegten diesen Jahrmarkt der Eitelkeit weg, zum Geier damit und zum Kuckuck, sie vertrieben die Händler und warfen ihnen die falschen Waagen nach; glücklicherweise waren auch die Metallgewichte falsch, leicht und falsch, das rettete Leben. Dank der eigenen lausigen falschen Gewichte kamen die Händler mit leichten Verletzungen und harmlosen Schäden davon. Sie säuberten den Platz und machten reine, sie waren im Manöver, unglaublich diszipliniert und organisiert, sie wußten alles über Taktik und Strategie, die Formation löste sich wieder nach hinten auf, ihr Ende verschlug es in die Vorstadt, in einen Hof, auf dem der Hahn krähte, sie drehten diesem letzten krähenden Hahn den Hals um, und Ruhe trat ein. Und da schien es, als würde gleich das Spiel einer Orgel erklingen, als würden gleich die Engel erscheinen. Keine Orgel erklang. Kein Engel erschien. Warum auch? Was erschien, war die Nähmaschine. Auf dem infolge der geglückten Antiterroroperation gesäuberten Platz erschien die Nähmaschine. Wunderschön und riesig wie eine Weihnachtskrippe oder ein Modell der Kathedrale, sanftmütig, ruhig und geschmeidig wie ein Reh, und glänzend wie eine Gazelle. Elegant und makellos. Zu ihr strömten sie hin. Sie stand da wie der Altar im Tempel, den Tempel aber bildeten Sonne, Himmel und Wolken. Den Tempel bildeten die Luft und die Bäume und der Vogel auf seinem Ast. Und sie, die Pilger, standen im Tempel, diszipliniert in langer Schlange, hin zum Altar. Niemand schubste von hinten, und niemand drängte sich vor – hier halfen keine Verwandtschaftsbeziehungen und kein Telefonrecht, kein Vitamin B und kein Klüngel, keine Solidarität mit dem Clan und keine Leadership-Kompetenzen, keine Arme und keine Beine. Eine Oma, die neben der Nähmaschine aufgetaucht war, ohne daß man wußte, wie sie dahin gekommen, und die, als man ihr auf die Schliche kam, mit ihrem Rentnerausweis, noch dazu einem ungültigen, zu winken begann, entfernte man mit Rücksicht auf ihr Alter höflich aus der Reihe, samt den zerfetzten Gamaschenhosen, die sie wie eine Sieges- und Niederlagenfahne in der anderen Hand hielt. Sie war arm, aber nicht obdachlos, sie hatte Küche und Zimmer mit einem Holzboden, worunter die Ratten raschelten, deren schnurrbärtige, khakifarbene Schnauzen bisweilen aus den durchgenagten und durchgefaulten Löchern hervorglänzten. Sie hatte eine Rente und sogar einen Rentnerausweis. Nach Prüfung der Höhe der Rente hatte man ihr gestattet, bei einer Mülltonne zu walten, man hatte ihr eine Mülltonne zugewiesen, einen bestimmten Behälter in einem bestimmten Bezirk, aus dem sie zu bestimmten Zeiten alles rausfischen konnte, wonach ihr gelüstete, was sie für notwendig hielt, was eben da war – niemand kontrollierte sie, sie hatte freie Hand und grünes Licht, mehr aber konnte man ihr nicht gestatten. Dieses »Mehr« war die Nähmaschine, und der Faden darin war teuer und nicht unendlich, er war endlich, sie wußten ja nicht, wann er enden würde, wußten nicht, ob er für alle reichte, sie wußten noch nicht, von welcher Farbe er war, schlußendlich war das egal, was machte das schon für einen Unterschied, Hauptsache, er war da und hielt möglichst lange, so lange, bis alle in der Schlange dran waren. Während die Hinteren unruhig wurden und hofften, legten die Vorderen ihre löchrigen Socken, die wenig an Socken erinnerten, ihre Hemden und Strümpfe ab, legten alles ab, was man ablegen konnte, nur die Pelze und gefütterten Jacken legten sie nicht ab, sie gingen heran, streckten den Arm aus oder hielten den Rücken hin, und die Maschine nähte hurtig im Zickzack und nähte sogar zusammen, was nicht zusammenzunähen war – es war eine wunderbare Maschine, eine magische Maschine, und die Nadel wurde nicht müde, den ganzen Tag hin- und herzugleiten, vom frühen Morgen, als sie gekommen waren, bis zum späten Abend, als sie gingen, und es gab niemanden unter ihnen, der unzufrieden gewesen wäre oder zu kurz gekommen, gering geachtet oder übervorteilt, der Faden reichte für alle, in den Faden hatte man alle Spenden hineingesteckt, hatte man die für soziale Programme, zur Überwindung der Arbeitslosigkeit und Vorbeugung der Tuberkulose, Bekämpfung des Terrorismus und Stützung der Kohlenindustrie bereitgestellten Mittel hineingesteckt, und – o Wunder – das Bereitgestellte und Hineingesteckte erwies sich als ausreichend, und selbst als die Aktion bereits abgeschlossen war, hing der Faden weiter aus dem Nadelöhr, und da trat der letzte von ihnen heran, wickelte ihn über die Hand und zupfte daran, daß er riß, sie nahmen ihn mit, damit ihn kein anderer verwenden konnte, damit niemand sich daran bereicherte, das ertrugen sie nicht, wenn sich jemand an ihnen bereichern wollte, selbst bereicherten sie sich nie, stahlen nicht und privatisierten nicht, versprachen nicht und hielten nicht, gaben nicht und nahmen nicht, sich an ihnen zu bereichern wäre der endgültige Verfall der Moral gewesen, Krise der Werte und Untergang der Zivilisation, Rückkehr ins Mesozoikum und Renaissance von Mammuts und Dinosauriern, das Abgleiten in Höhlen, aus denen die Zeit die naiv-rituellen Malereien der Vorfahren noch nicht völlig getilgt, es hätte bedeutet, sich in das Fell des Tigers zu hüllen, der einige von ihnen, noch bevor sie ihn mit steinernen Speerspitzen hätten bezwingen können, zerfletscht, einem weiteren Dutzend mit der Tatze die Rippen gekitzelt und den sieben Geißlein den Garaus gemacht hätte, sich an ihnen zu bereichern wäre dem Fall eines Meteoriten und dem Abschuß eines künstlichen Erdsatelliten gleichgekommen, wäre es jemandem eingefallen, sich an ihnen zu bereichern, sie wären wie ein Fels aufgestanden, wie Chomolungma und Kamasutra, hätten demonstriert, Losungen hochgehalten, mit den Beinen aufgestampft, zeitgleich und einmütig, in Horlivka und Honolulu, und die Erde wäre erbebt, sie hätte ihre Umlaufbahn verlassen, und der kosmische Wind hätte jene von deren Antlitz hinweggefegt, die meinten, sich an ihnen bereichern zu müssen, und da hätten sie ein zweites Mal aufgestampft, und die Erde wäre wieder in ihre Umlaufbahn zurückgekehrt, doch da war niemand, der ihnen das letzte Hemd ausziehen, sich am Feuer, das ihnen bestimmt war, erwärmen wollte. Da war niemand, der es auf sie abgesehen hatte. Sie kehrten zurück, geflickt und gestopft, saniert und erneuert, kehrten unter die Brücken und in die hintersten Winkel zurück, in die U-Bahnen und Dachgeschosse verlassener Häuser, in die Kanalisation und in den Kultur- und Erholungspark. Die Mission war erfüllt.

CLEVER FOREVER

– Warum kaufen Sie CLEVER FOREVER?

– Haben Sie eine Interviewerlaubnis?

– Wir leben in einer Demokratie.

– Seit wann?

– Einem ganzen Jahrhundert.

– Soll das ein Witz sein?

– Wir machen keine Witze. Wir machen Meinungsumfragen.

– Ist das so wichtig?

– Sonst würden wir es nicht machen.

– Ist Klopapier wirklich wichtiger als Menschenrechte?

– Natürlich nicht.

– Ist Klopapier wirklich wichtiger als der Nahostfrieden?

– Natürlich nicht.

– Ist Klopapier wirklich wichtiger als die Versorgung einer Milliarde Menschen mit Trinkwasser?

– Natürlich nicht.

– Was wollen Sie dann?

– Nichts. Wir befragen die Leute.

– Und haben Sie schon viele befragt?

– Vier Personen.

– Mit welchen Ergebnissen?

– Dafür ist es zu früh.

– Warum? In der Demokratie zählt die Meinung eines jeden.

– Eben deshalb wollen wir hören, was Sie zu sagen haben.

– Was wollen Sie hören?

– Ihre Meinung.

– Worüber?

– Über CLEVER FOREVER, unsere neue Marke, den Stolz der Herstellerfirma.

– Was soll man dazu meinen? Man kauft es und verwendet es bestimmungsgemäß.

– Und?

– Was und?

– Wie verwendet es sich?

– Hängt davon ab, wer es verwendet.

– Und in Ihrem persönlichen Fall?

– Reicht für einen halben Monat.

– Tatsächlich?

– Warum tatsächlich?

– So lange?

– Das soll lang sein?

– Was wäre, Ihrer Auffassung nach, »lang«?

– Zwei, drei Monate.

– Ist das Ihr Ernst?

– Selbstverständlich.

– Und wie steht's mit der Qualität?

– Was meinen Sie mit Qualität? Die Blümchenmuster?

– Nein, nicht die Blümchenmuster, sondern die Sanftheit und Reißfestigkeit, zum Beispiel.

– Da lassen sich keine generellen Aussagen treffen.

– Könnten Sie uns das bitte erklären.

– Selbstverständlich.

– Also?

– Sehr reißfest ist es nicht.

– Und im Vergleich zu anderen?

– Andere verwende ich nicht.

– Sie haben nie anderes Klopapier verwendet?

– Warum? Natürlich habe ich.

– Und wie sieht für Sie der Vergleich aus?

– Da gibt's keinen Vergleich. Das war ein Horror. A Nightmare on Elm Street.

– Und jetzt?

– Jetzt ist das natürlich was anderes. Aber, sagen Sie, haben Sie keine aktuelleren Themen? Haben Sie wirklich keine anderen Fragen?

– Stellt man in Ihrem Land etwa keine solchen Fragen?

– In unserem Land stellt man überhaupt keine Fragen.

– Ist das möglich?

– Man stellt sie nicht und basta.

– Dafür ist bei uns die Gesellschaft offen und demokratisch. Wir scheuen vor keinem Thema zurück, so unangenehm es auch sein mag.

– Wissen Sie, nur bei Ihnen hat die Analsphäre eine derart außergewöhnliche Bedeutung. Bei uns spielt sie keinerlei Rolle. Bei uns haben derart abgehobene Kategorien Bedeutung wie die Verelendung der Bevölkerung, die nationale Versöhnung, das Recycling von Abfällen und schließlich der Sarkophag.

– Was für ein Sarkophag?

– Sie wissen nichts! Der Sarkophag Tutanchamuns, des ersten sowjetischen Kosmonauten. Daher würde niemand solche Fragen stellen.

– Und welche würde man stellen?

– Ob es zum Beispiel in Ordnung ist, daß es schon drei Tage regnet?

– Und was würden Sie antworten?

– Ich würde antworten: »Nein, das ist nicht in Ordnung. Dem muß endlich ein Ende gesetzt werden.«

– Und wer sollte dem, Ihrer Meinung nach, ein Ende setzen?

– Wer schon? Die Regierung. Das Parlament muß ein entsprechendes Gesetz verabschieden. Die Regierung muß es exekutieren. Neue Einreisevisa einführen. Die Wolken gleich an der Grenze anhalten und dorthin zurückschicken, woher sie gekommen sind. Ganz einfach – sofern nur der Wille vorhanden ist. Die ohnehin untätigen kommunalen Dienststellen müssen herangezogen werden, dem Regen- und Sonnenminister ist die volle Verantwortung zu übertragen, eine Untersuchungskommission ist einzusetzen, die gemeinsam mit dem zuständigen Parlamentsausschuß innerhalb von zehn Tagen die Situation zu klären und die gesetzgeberischen Grundlagen zu erarbeiten hat.

– Wir danken für das Interview. Wir durften uns schon lange nicht mit einem derart geistreichen Gesprächspartner unterhalten.

– Danke für das Kompliment.

Shoe Polish

Der Regen war nicht umsonst erwähnt worden. Er fiel und fiel, und dagegen schien kein Kraut gewachsen zu sein, es schüttete abends und nächtens, er peitschte am Morgen und trommelte den ganzen Tag über, als hätte der Herr der Wolken (wenn es ihn gäbe) ein ganzes Melonenfeld ausgeschlürft und eine riesige Brauerei ausgetrunken. Aber hätte er auch bis zur Neige geschlürft und geleert, irgendwann mußte das alles ein Ende haben. Konnte doch nicht ewig dauern. Nichts entsteht aus dem Nichts und dauert ewig. Wohin aber verschwinden? Er mußte ja irgendwohin verschwinden. Die Flüsse traten über die Ufer, und das Wasser brach Dämme. Ein unsichtbarer Holzfäller säuberte den Weg, fällte Weiden und Pappeln zu beiden Seiten des tobenden Betts, die Strömung riß entrindete Baumstämme mit und trug sie weit fort, dahin, wo ein ebenso wie der Holzfäller unsichtbares Sägewerk stand, unsicht- und unhörbar, so weit konnte man nicht sehen, vor sich sah man kaum mehr als ein paar Meter, durch den dichten Vorhang des Regens. Auf den Stämmen saßen pudelnaß Hasen, saßen und zitterten, saßen Wölfe und Füchse, Igel und Zieselmäuse, saß auch ein Bär, der den Stamm beinahe zum Umkippen brachte, saßen ein Eichhörnchen und der verdutzte Hund Dunai, den das ganze Dorf suchte, den man nicht fand, für den man das Requiem sang und den man vergaß, in der Meinung, der Wolf hätte ihn zerfletscht, und wenn nicht der Wolf, so der Bär, da aber saß er, der selbst noch einen jeden zerfletscht hätte. Das Wasser drang in die Schiffe, überflutete die Schiffsrümpfe, drinnen blubberte es, das Holz der Masten war klatschnaß und begann sich zu werfen, ausschöpfen hatte wenig Sinn, es wäre weitergeronnen, man mußte Maßnahmen ergreifen, zudem unverzüglich, bevor es alles durchrüttelte und durchschüttelte, alles morsch wurde und kenterte, bevor es zu spät war. Kein Geschäft weit und breit. So ist es immer: Wenn man etwas braucht, ist es nicht da. Wie beim Versteckspiel: Sucht man – bleibt es versteckt, läßt man es bleiben – taucht es auf. Ich tat, als ließe ich es bleiben, und auf der Stelle erblickte ich es auf der anderen Straßenseite, geradewegs aus der Erde geschossen, was auch kein Wunder war: Bei solchem Regen wächst alles, auch ein Schuhgeschäft, auch der Spasskyturm. Es tauchte von nirgendwo auf und stand da, sich nicht mehr entfernend, Lichter brannten, farbige Neonröhren, niedliche Amoretten lachten mich an, und über dem Eingang baumelte in Wind und Regen ein metallener Stiefel; das Schaufenster war quer, von oben bis unten und unten bis oben, mit naiver und hochtrabender Werbung verklebt, man erkannte die Handschrift eines verhinderten Dichters, den der Moloch der Industrie in seinen Diensten versklavt hatte, wo er ein jämmerlich-kümmerliches Dasein fristete, als Verräter an der

Poesie, dem allein der Gedanke an geglückte Reime und die Nachfahren, die ihn begreifen und in hundert Jahren gebührend schätzen würden, Trost spendete, denn in der eigenen Heimat gilt der Prophet nichts. SAG ZU MIR DU – DEIN SCHUH; SLIPPER VON MISTER RIPPER, MOKASSIN AUS BERLIN; HAST DU DIANETTEN, BRAUCHST DICH NICHT VERSTECKEN; BOOTYS FÜR DIE BEAUTIES; BALLERINAS – AUCH FÜR TEENIES; MODE UND STIL – NIE ZUVIEL; STIEFELETTEN VON POPPER – EIN MUST IN DER OPER; HEISSE PUMPS – NICHT NUR FÜR VAMPS; LAUFSCHUHE VON ESPRIT – EIN SIEG MIT GARANTIE; PANTOLETTEN – GIRLS FINDEN'S COOL, WETTEN? HEREIN, HEREIN, SHOPPING DARF'S SEIN – DAWAJ, DAWAJ, EINS, ZWEI, DREI! Vor den Augen begann es zu flimmern, der Kopf begann sich zu drehen, man mußte Atem holen und einhalten, bis zehn zählen und dann weitergehen, in die offene Tür, in die Tür, die aufgegangen war wie die Höhle vor Ali Baba, man brauchte sie nicht zu rütteln oder zu treten, PULL-PUSH, man brauchte kein Zauberwort, sie öffnete sich einfach von selbst.

– Sie wünschen?

– Ja, ich wünsche!

– Und was wünschen Sie?

– Gummistiefel.

– Well, wir haben tolle Gummistiefel «made by Reebok«.

– Ich brauche welche bei Regen.

– Selbstverständlich, bei Regen. No problem.

– Und möglichst rasch.

– Wird gleich erledigt. Mascha, sperr die Ohren auf, ein alter Knacker da will Stiefel. Wenn ich Sie weiterbitten darf, nehmen Sie bitte Platz, man wird Sie sofort bedienen. Molto bene.

– Grazie.

– Tutti frutti.

– Au revoir.

– Oui, oui, ma foi.

Im Laden herrschte absolute Stille, ich ging in Richtung des Schemels, auf den die Verkäuferin gewiesen hatte, in meinen verdammten Schuhen war ein verräterisches ungestümes Blubbern zu hören. Vielleicht, um mich nicht noch mehr zu irritieren, machte man plötzlich Musik an, auf einem von der Seite herangeschobenen Tischchen standen Champagner und zwei Gläser, ich ließ mich nieder, schnürte die Schuhe auf, zog sie aus und leerte das vom abfärbenden Leder schmutzige Wasser aus, auf dem Boden bildeten sich zwei Pfützen, eine große und eine kleine – aus einem Schuh rannte mehr Wasser als aus dem anderen.

– Xena, Warrior Princess – hörte ich von oben eine einschmeichelnde Stimme. Ich hob den Blick.

– Myron.

– Und, was sagst du noch?

– Sie haben kein Loch. Das ist es ja, daß sie kein Loch haben. Sie sind nur nicht wasserdicht.

– Really?

– Ich habe sie im Vorjahr erworben, und sie ließen von Anfang an Wasser durch.

– Erworben... ohoo!

– Ja, erworben.

– Bad shoes.

– Yes.

– Of course.

Als alles vorbei war, stand ich neben der Kasse, in der Hand eine Schachtel mit Gummistiefeln. Als Kassiererin fungierte offensichtlich die Herrin dieses schrägen Etablissements selbst. An ihren Augen war zu sehen, daß sie gierig war, und man konnte sich ausmalen, wie es den bedauernswerten Mädchen bei ihr erging.

– Macht sechzig.

– Bitte sehr.

– Plus zehn für den Champagner.

Ich verbiß mir eine Bemerkung und legte noch einen Zehner dazu, obwohl ich keinen Champagner bestellt und gedacht hatte, es sei ein Geschenk des Hauses. Allerdings hat jedes Geschenk seinen Preis, den ich jetzt zu entrichten hatte.

– Shoe polish?

– Wie bitte?

– Schuhcreme?

Sie blickte auf mich wie ein Geier von seinem dürren Ast. Sie hätte Nonne sein sollen, Vorsteherin eines Klosters, Missionarin. In anderen Zeiten wäre sie es geworden, doch nun waren keine anderen Zeiten, die anderen Zeiten waren längst dahin, alle, die bekehrt werden konnten und sollten, waren bekehrt, so daß ihr nichts übrigblieb, als sich um diesen, mit Verlaub gesagt, Schuhladen zu kümmern, wie die Spinne im Netz zu lauern und – wenn sie lange genug gelauert – zuzuschlagen, ohne lange zu fackeln.

– Nein, vielen Dank.

Was für Creme zum Teufel sollte man für Gummistiefel benötigen, als hätte jemals irgend jemand Gummistiefel eingecremt, lächerlich! Kaum über die Schwelle des Schuhladens getreten, warf ich meine unglückseligen Schuhe in die Mülltonne, die neben dem Eingang stand, fuhr in die Gummistiefel, in denen es trocken und wohlig war, sogar warm und weich, denn was ich noch getan hatte, ehe ich den Laden verließ, war, ein Paar warmer Wollsocken zu kaufen, mit einem Anteil ungekämmter Wolle von peruanischen Lamas. Natürlich, es war wieder einmal wie immer. Ich brauchte nur Gummistiefel zu kaufen, hineinzuschlüpfen und auf die Straße zu treten, und die Sonne begann zu strahlen, sie strahlte, wenn auch nicht sofort; sofort begann sich der Himmel nach und nach aufzuheitern, die Wolken verzogen sich, schlichen auseinander, schmolzen weg wie Zuckerwatte und zerfransten wie feuchtes Klopapier, von den Straßen verschwanden die Pfützen, und rasch trocknete der Asphalt. Nun gut, ich würde sie noch gebrauchen können. Sie würden mir das nächste Mal gute Dienste leisten, denn es war ja unmöglich, daß es kein nächstes Mal geben würde. Ich würde sie in die Kammer legen, wo ich alle Sachen ablege, die dort in Erwartung eines nächsten Mals liegen, die ich im Augenblick nicht brauche, von denen ich aber sicher weiß, daß ich sie irgendwann doch benötigen werde. Ich kehrte um, nach Hause war es nicht weit, und ich wunderte mich, wie ich dieses Schuhgeschäft nicht früher bemerkt hatte, aber... Ist mir doch gleichgültig, soll sich die höhere Gerechtigkeit darum kümmern, wer wird schon den ersten Stein werfen? Ich zog die Stiefel aus und Hauspantoffeln an, und in Hauspantoffeln, die Gummistiefel in der linken Hand, machte ich mich auf den Weg in die Kammer.

Die Kammer

Ich seufzte. In der Kammer lag jede Menge Kram. Lag, stand, hing.

Ein Fahrradrad, das ich auf der Straße gefunden hatte. Das Fahrrad war offensichtlich gestohlen worden, aber das Rad, das mit einem Radschloß an einem metallenen Radständer hing, war dageblieben. Ich nahm einen Sack mit allerlei Schlüsseln, die bei allerlei Gelegenheiten darin gelandet waren, probierte sie alle, keiner paßte, worauf ich zurückging, um eine Beißzange zu holen, eine große metallene Beißzange, die mir mein Vater geschenkt hatte, ich zwackte das Schloß ab und nahm das Rad mit.

Ich dachte: Noch ein paar Bestandteile gesammelt, und ich kann mir ein Fahrrad zusammenbauen, vielleicht gar ein Moped, und fahre damit zum Angeln.

Ein Automotor, den ich von der Altmetallsammelstelle heimgeschleppt hatte, wo ich ihn für einen mickrigen Heller gekauft habe. »Fünf Kreuzer«, wollte mich der Besitzer der Sammelstelle übervorteilen. »Ich habe nur einen mickrigen Heller.« – »Dann gib her deinen mickrigen Heller und verzieh dich, daß ich dich da nicht mehr sehe.« Leicht gesagt, verzieh dich. Wie alle Motoren, insbesondere die von Automobilen, war dieser Motor schwer. Ich war nicht kräftig genug, ihn aufzuheben. Ich schob, zog und trat ihn; es muß ein jämmerliches und lustiges Schauspiel gewesen sein, irgendwie schleppte ich ihn bis nach Hause, beförderte ihn sogar über die Treppe in den Keller hinunter und bugsierte ihn in die Kammer hinein, in der ich mich darauf zwei Wochen lang nicht sehen ließ, in der Zeit erholte ich mich und kam langsam wieder zu mir, am Morgen, der auf die Anschaffung des Motors folgte, tat mir der Kopf weh und die Körpertemperatur schnellte hoch, mehrere Tage lang fieberte ich, ich trank und schlief viel, trank Tee und Mixturen und schlief sechzehn Stunden am Tag, und als ich spürte, daß die Kräfte zurückkamen, ging ich, Tag und Nacht verwechselnd, vorsichtig zur Kammer, steckte den Schlüssel ins Schlüsselloch, drehte ihn zweimal im Uhrzeigersinn, die Tür knarrte (höchste Zeit, sie zu schmieren!). Damit ich ihn nicht vergesse und nicht herumtragen muß, liegt der Schlüssel, gemäß einer alten, bewährten Tradition, unter dem Fußabstreifer (dies eine Anleitung für künftige Verbrecher, damit sie das Schloß nicht knacken und die Tür nicht kaputtmachen müssen). Rechter Hand an der Wand (Fortsetzung der Anleitung für dieselben Verbrecher, auf daß sie sich Arme und Beine nicht brechen, die doch in ihrem nicht einfachen Gewerbe so wichtig sind, sich den Kopf nicht zermartern, und dann gezwungen sind, auf Erstattung der Behandlungskosten zu klagen) befindet sich der Lichtschalter, von der Sorte, die man nicht anknipst, sondern dreht; wenn man ihn um 90° dreht, geht das Licht an, nochmals um 90°, und das Licht geht aus. Ich drehte ihn um 90°, der Motor stand dort, wo ich ihn gelassen hatte, gleich neben der Tür, im Gang, der immer schmäler wurde, seitlich und oben beengt von den Sachen, die zu verschiedenen Zeiten unter verschiedenen Umständen hierher gelangt waren, verschiedene Größe und Form hatten, verschiedenen Ursprung und Zweck, verschiedene Dichte und Farbe. Ich nahm ihn aufmerksam unter die Lupe, öffnete die hölzerne Werkzeugkiste, die mir seinerzeit auch mein Vater geschenkt hatte, nahm Schraubenzieher und Zange, schraubte das Metallgehäuse herunter und schaute hinein: So alt und hoffnungslos war er gar nicht, wie man auf den ersten Blick dachte, man mußte ihn bloß gründlich putzen und schmieren. Das tat ich auch, putzte und schmierte, setzte ihn wieder zusammen, fixierte das Gehäuse und startete. Er fing zu krachen an. So ungestüm zu krachen, daß das Gebäude erzitterte; tschingbum, es flogen Einzelteile und Geschirr, eine chinesische Vase der Dynastie Xin, ein tönerner Krug der Dynastie Min, am Boden die kullernde Kugel des Foucaultschen Pendels; ich schaffte es nicht, ihn abzuschalten, ich würde nicht sagen, daß ich untätig blieb, ich versuchte an ihn heranzukommen, aber an ihn heranzukommen war unmöglich, ich begriff das sogleich, ich sprang in den Korridor, lief nach draußen, lief rechtzeitig nach draußen und, wie sich später herausstellte, als letzter nach draußen, wo in sicherem Abstand zum einstürzenden Gebäude seine verschlafenen und halbnackten Bewohner standen; es fiel wie ein Kartenhaus um, Rauch qualmte, Meteoriten regneten herab. »Ein Erdbeben!« – schrien meine Nachbarn. »Rette sich, wer kann!« – wiederholte die völlig aus dem Häuschen geratene Tante Klawa aus dem oberen Stockwerk. »Ein

Erdbeben!« – kreischten die Kinder. »Ein Erdbeben!« – kreischte auch ich, um ihre Version zu stützen, die zu stützen mein Vorteil war, denn was sollte ich sonst tun? Feuerwehrleute kamen herbei und Bergungsspezialisten, der Rettungsdienst und eine Abteilung der Sonderpolizei, es kamen Wissenschaftler und brachten ein Labor mit, sie vermaßen und buddelten, stellten Ursachen fest und trugen diese auf ihren Karten ein. »Ein Phänomen«, sagte schließlich ein kleines untersetztes Männchen mit dicker Brille in grober Kunststoffassung, »eine paranormale Erscheinung«. Die Nachricht von der paranormalen Erscheinung umrundete in Sekundenschnelle die Welt. Korrespondenten der angesehensten Nachrichtenagenturen und Wissenschaftler aus der ganzen Welt kamen, um zu sehen, der geschäftstüchtige Bürgermeister, der in der Hotelbranche daheim war, ließ vier Fünfsterne-Hotels mit je zweihundertundfünfzig Zimmern errichten. Auf der Generalversammlung der Vereinten Nationen wurde beschlossen, an dieser Stelle ein wissenschaftliches Forschungszentrum zur Erforschung und Verhinderung von Naturkatastrophen zu bauen, dieser Beschluß wurde von den Werktätigen begrüßt und den nationalen Parlamenten unterstützt, und sogar der Diktator wagte es nicht, ihn nicht abzusegnen. In kürzester Zeit wuchs an der Stelle, wo ich jahrelang ruhig und friedlich gewohnt hatte, das weltgrößte Observatorium mit einem Seismographen gigantischen Ausmaßes in den Himmel; seine Leistung ließ nicht nur die Vorhersage von Naturkatastrophen und Erdbeben zu, sondern auch von Erschütterungen auf Mars und Jupiter wie auch in anderen Sonnensystemen unserer und der angrenzenden Galaxien. Arbeitslos geworden, würde ich mich dort als Wachmann anstellen lassen. Sollte ich einmal ohne Arbeit bleiben, ohne meine geliebte Beschäftigung und ohne Beschäftigung überhaupt, so würde ich mich dort als Wächter anstellen lassen, als Militär bei der militarisierten Wache, als Soldat Ryan.

Eine »Sholes & Glidden«-Schreibmaschine. Ich hatte sie aus dem Schaufenster eines verwüsteten Altwarenladens mitgehen lassen, hinter mir hörte ich ein aufgebrachtes »Plünderer!«. Ich wußte nicht, woher das Geschrei kam, ob es die Globalisierungsgegner waren, die mich bloßstellen und in den Schoß ihrer Idee heimholen wollten, oder die Vertreter von Recht und Ordnung mit ihren nicht minder zahlreichen Anhängern. Ich wußte nicht einmal, ob das Geschrei mir galt. Es heulten und jaulten Sirenen, doch blieb ich nicht stehen. Ich glaubte, mir liefen Dutzende durchtrainierter Beine nach, deren Schaftstiefel dumpf gegen den Boden schlugen. »Unmöglich, so viele konnten es nicht gewesen sein, du hattest bloß Angst, und Angst, weißt du, hat große Augen«, sagte ich zu mir und antwortete: »Vielleicht hast du recht.« – »Ja sicher, was sonst«, setzte ich nach, und ich stimmte dem zu: »Vielleicht war es wirklich so, wie du sagst.« – »Vielleicht ist überhaupt niemand hinter dir hergelaufen.« – »Vielleicht wirklich nicht«, gab ich mich, endgültig verwirrt, geschlagen. »Aber was war es dann?« lehnte ich mich nun doch auf. – »Verfolgungswahn«, kam die Antwort. Wieder halbwegs bei Sinnen, packte mich die Empörung: »Ein Plünderer soll ich sein? Hätte ich sie nicht gerettet, man hätte sie demoliert und weggeschmissen. Ich habe sie durch Sperrfeuer getragen, sie unter Einsatz meines Lebens und meines Kopfs, den jede Sekunde ein Stein oder Molotow-Cocktail (von seiten der Globalisierungsgegner) oder ein Knüppel, ein Gummigeschoß oder Tränengas (von der anderen Seite) hätte treffen können, aus der Hölle herausgeholt.« Ehrlich gesagt wußte ich nicht wirklich, wer den Laden verwüstet hatte. Ich war nicht einmal sicher, ob ich nicht etwa doch selbst das Schaufenster zerschlagen hatte. Flammende Appelle und allgemeine Euphorie enthemmen das dionysische und dämpfen das apollinische Prinzip, versetzen einen in Rausch und verschleiern die Augen mit Nebel, und leider nicht nur die

Augen, sondern auch den Verstand, und es ist durchaus nicht unwahrscheinlich, daß ich die Vitrine zerschlagen hatte, jenes andere Ich, das sich in diesen Fällen lange nicht beruhigen kann, das es Mühe kostet, sich zusammenzureißen und in den Griff zu bekommen: »Nun geh schon, beruhige dich, ist schon vorbei!« – »Vorwärts! Haut sie! Es lebe die Revolution! Nieder mit den Satrapen! Che, ich stehe auf deiner Seite!« – »Nun, komm schon runter! Da ist ja gar niemand.« – »Wer ist es dann, der da spricht? Na?« – »Ich bin das, dein ›Ich‹!« – »Mein ›Ich‹?« – »Deins.« – »Und was willst du von mir?« – »Laß uns nach Hause gehen!« – »Ist es schon so spät?« – »Steh nicht herum. Avanti. Außerdem müssen wir die Maschine heimbringen.« – »Was für eine Maschine?« – »Die Maschine, die du in der Hand hältst.« Erstaunt blickte ich auf meine Hände – der Nebel verzog sich, und mir schien es, ich konnte mich wieder an manches erinnern. Die Maschine sah mitleiderregend aus, lange schrubbte und restaurierte ich sie, richtig erschöpft war ich vom Schrubben und Restaurieren, der Schweiß rann mir in dicken Perlen von der Stirn, und mein Hemd verwandelte sich in einen nassen Fetzen; ich mußte Handbücher über die Kunst des Restaurierens auftreiben, alte technische Lehrbücher, wie man mit Schreibmaschinen umgeht, ich besserte das aufgemalte Blümchen aus, das man fast nicht mehr sehen konnte, weiße Blüten und grüne Blätter, ich erneuerte die Goldverzierungen auf beiden Seiten, fast wäre ich erblindet, als ich jede einzelne Linie, jedes einzelne Detail nachzog, nach Abschluß der Restaurationsarbeiten zitterte meine rechte Hand noch anderthalb Jahre, und ich mußte lernen, mit der linken zu essen und zu arbeiten, aß mit der linken, rauchte mit der linken und schrieb mit der linken; ich erneuerte die Aufschrift »Sholes & Glidden TYPE WRITER MANUFACTURED BY E. REMINGTON & SONS«, obwohl ich, wie ich fürchte, nicht alles entziffern konnte; ich lackierte sie mit biologisch reinem Lack und ölte sie mit natürlichen Schmiermitteln, ich setzte ihr die fehlenden Zähne ein, wozu ich die Kunst des Stahlgießens erlernen und ein handliches Hochöfchen bauen mußte, einen hitzebeständigen Anzug kaufen und einen verrosteten Helm aus der Besatzungszeit aufsetzen, den mir der Onkel meines Vaters aus dem Dorf mitgebracht hatte: »Da, nimm ihn, mein Söhnchen, damit habe ich vier Monate lang gekämpft, danach habe ich ihn im Garten vergraben und vergessen, so lange ist das schon her, und jetzt hat ihn die Sau ausgegraben, steckt überall ihren Rüssel hinein. Paß gut auf ihn auf, Gott allein weiß, ob er dir noch einmal nützlich sein wird«; es war, als hätte der Onkel in die Zukunft geblickt, der Helm kam mir zugute, wenn auch für einen gar nicht kriegerischen Zweck; in den schlimmen Zeiten, als man die Pressefreiheit einschränkte, tippte ich auf der restaurierten Schreibmaschine Aufrufe und offene Briefe ab, führte damit den Geheimdienst an der Nase herum, bis er den Verstand verlor und sein Sprecher sagte, irgendein Spaßvogel und Witzbold beklebe alles mit alten sowjetischen Flugblättern, die gegen die bürgerlichen Nationalisten und ihre Handlanger, faschistische Diktaturen und totalitäre Regime gerichtet seien; nach einer solchen Erklärung, die von den einheimischen Untergrund- und ausländischen freien Medien unverzüglich nachgedruckt wurde, warf man den Geheimdienst-Blödhammel natürlich hochkantig hinaus; als die schlimmen Zeiten zu Ende gingen, und sie mußten jeden Moment zu Ende gehen, so wie der Regen vergeht und die Wolken verschwinden, tippte ich damit Lieder und Balladen, »Das Lied von der Heimat« und die »Ballade von den drei edlen Räubern«, die »Ballade vom Föhrenkönig« und das Lied »Gefangen von den Tataren, verkauft und versklavt«, Sachverhaltsdarstellungen und Zahlungsanweisungen, Leserbriefe und Botschaften an SIE. Als ich das Lied »Gefangen von den Tataren, verkauft und versklavt« tippte, überfiel mich ein Zustand höchster Erregung, plötzlich schien mir, während ich da gemütlich saß und tippte, wollten die Tataren SIE, schutzlos wie sie war, gefangennehmen und mit Profit verkaufen, so tief hatte ich mich in die Materie versenkt, daß es mich alle Mühe kostete, wieder zu mir zu kommen und aus dem siebzehnten ins einundzwanzigste Jahrhundert zurückzukehren, aufzuwachen, wie man aus einem Albtraum erwacht, langsam und schwer, gleichsam ungläubig und froh, weil man allmählich begreift, daß es nicht mehr als ein widerlicher Traum war, daß nichts geschehen ist und das Leben weitergeht. Ich setzte mich hin und schrieb.

An SIE

Geliebte!

Frühlingsblume vom Feld auf der Höh',
Stern, der du leuchtest am Himmel,
Eichkätzchen, das du nagst an der Hasel,
Nutria, die du schwimmst und mit deinen Pfötchen paddelst,
Wo bist du nur hin?
Kehr doch zurück!

Die Kammer
(Fortsetzung)

Eine Blitzmaschine. Sie war in Ordnung, ihr fehlte nichts, außer der Griff, an dem man kurbeln mußte, und jemand, der gekurbelt hätte. Die Maschine hatte man auf einem Dachboden gefunden, gemeinsam mit der halbverwesten Leiche des Amateurexperimentators, der sie konstruiert hatte; unklar blieb, warum die Holzkeusche, in der dieser Sonderling und Einsiedler gelebt hatte, nicht abgebrannt war – was hatte er sich erwartet? Ins Buch der Rekorde zu kommen? Auf die Ehrentafel der heimischen Kolchose, in der er als Oberagronom arbeitete? Den Physiknobelpreis? Ich organisierte und montierte einen Griff. Kaum hatte ich ihn montiert und daran gekurbelt, war mir klar, worin das Know-how bestand; ich begriff, daß ich zu früh gespottet hatte, daß der lacht, der zuletzt lacht, daß hier irgendwas nicht stimmte, und dieses »nicht stimmte« zumindest den Verdienstorden dritter Klasse verdiente, daß er gar nicht so naiv gewesen war, der verblichene Agronom, daß er gar kein Agronom gewesen war, sondern ein neuer Benjamin Franklin, ja möglicherweise ein Franklin Delano Roosevelt, daß er etwas gemacht hatte, wofür es keine Erklärungen gab; daß man ihm nicht umsonst ein Begräbnis auf dem Friedhof verweigern wollte und seine verwaiste Keusche nach dem Begräbnis dreimal mit Weihwasser besprengte; daß die Einwohner seines und der umliegenden Dörfer gar nicht so panisch und abergläubisch waren, wo doch nicht einmal die Leuchten der Wissenschaft das Geheimnis seines kolossalen Effekts, den ich mit eigenen Augen gesehen, wenn auch glücklicherweise am eigenen Leib nicht erfahren hatte, zu enträtseln wußten; daß die Dorfleute recht hatten, wenn sie von mir – als sie erfuhren, daß ich, wie sie sagten, die *Teufelsmaschine* mitnehmen wollte – nicht nur kein Geld verlangten, sondern mir noch zwei Sack feingesiebten Mehls und ein rosarotes Ferkel mit rotblonden Borsten mitgaben, das quietschte, als führte man es zur Schlachtbank, ich führte es aber nicht zur Schlachtbank, konnte mir gar nicht vorstellen, es abzustechen, dieses Gottesgeschöpf; ich versuchte mir vorzustellen, wie es aussähe, wenn ich doch Mut fassen und mich entschließen könnte, es abzustechen, ich stellte mir vor, wie es sich losreißt, verletzt vom stumpfen Schlachtmesser, um dessen Schleifung ich mich nicht gekümmert hatte, wie ich ihm durch die Kammer nachjage (Wo hätte ich es sonst abschlachten sollen? Im Hof, vor den Augen des ganzen Hauses mit seinen zudringlichen, kurz vor dem Infarkt stehenden Pensionisten? In der Wohnung, die ich nachher hätte renovieren und neu ausmalen müssen?), wie ich probiere, es wieder einzufangen, wie es in wilder Verzweiflung quietscht, wie mir das Blut auf die Kleidung und die zu Boden fallende und zerbrechende Brille spritzt; ich konnte mir nicht vorstellen, wie ich es hätte abstechen können, ich konnte mir nicht vorstellen, wie man sie absticht, die hormongemästeten Ferkel und durcheinandergackernden Hühner, die kampfbereiten Hähne und demütigen Lämmer, das Großvieh und das Kleingeflügel, wie nur? Ich schaffte die Maschine spät am Abend nach Hause, der Weg war lang und umständlich, es fuhren keine Züge und verkehrten keine Busse, irgendwelche Kanaillen hatten Geleise abmontiert, um sie als Altmetall zu verwerten, was einige Kohle einbrachte, die Strecke war immer wieder unterbrochen, und beim einzigen Autobus, einem für die Passagierbeförderung umgerüsteten und altersschwachen Mercedes-Kleinlaster, war auf halbem Weg zwischen Groß- und Klein-Šlaglochovytschi die Achse draufgegangen. Trotzdem schlug ich mich irgendwie durch. Ich reparierte die Maschine und durchschaute schlußendlich das Geheimnis. Ich kurbelte an dem angemachten Griff, und zwischen zwei Metallstäben kroch Feuer nach oben; am Ende angelangt, verschwand es nicht und verlosch es nicht, begann nicht nach unten zurückzukriechen, wie man hätte hoffen können; nein, es riß sich los und flog nach oben, es flog nicht, es schnellte wie ein rascher Pfeil, es schnellte nicht, es öffnete sich, wie sich ein Spagat öffnet, es bildete eine Flamme zwischen Erde und Himmel, sprang in die Höhe und brannte ein Loch in die Decke der Kammer, des ersten und zweiten, dritten und vierten, fünften und sechsten, siebten und achten und neunten Stocks, durchstieß das Dach und wirbelte gegen den Himmel; aus dem Nichts begannen Wolken aufzuziehen; innerhalb einer Sekunde blitzte es, und noch einen Augenblick später rollte der Donner, der Blitz verschwand, die Maschine hatte ihre Arbeit getan, nun blitzte es hoch oben am Himmel, und Wasser kam wie aus einem löchrigen Eimer; ich rannte nach oben, auf den Dachboden und aufs Dach, das Loch zu stopfen und dem Allerhöchsten zu danken, denn es war nicht groß, und es gelang mir, es mit einem Stück Schiefer zuzumachen, Hauptsache, niemand hatte etwas gespürt oder mitgekriegt, die Löcher zwischen den Stockwerken konnte ich natürlich nicht stopfen, allein schon deswegen, weil sie nicht alle in meiner Wohnung waren, aber sie waren so unscheinbar, daß man sie nicht bemerken würde, wenn da kein Wasser floß; Wasser floß nicht, und wirklich bemerkte es niemand, ich behielt das Loch im Boden und in der Decke im Auge, es wurde nach und nach schmäler, bis es völlig verschwand, dieses Phänomen beeindruckte mich nicht weniger als alle anderen Phänomene, die ich vorher oder nachher beobachten konnte, es zerschmetterte meine damalige Vorstellung von der lebendigen und toten Materie, vom Organischen und Anorganischen, Irdischen und Kosmischen, Anfang und Ende, von Yin und Yang, Hell und Dunkel, es ließ mir keine andere Wahl, als Akademiker der Lamentyrski-Zweigstelle der OKKULTEN AKADEMIE DER WISSENSCHAFTEN zu werden, deren Hauptsitz in Süd-Dakota liegt und unter deren Akademikern, korrespondierenden, Ehren- und einfachen Mitgliedern ich zu meinem großen Erstaunen eine Reihe bekannter Landsleute ausmachen konnte, Politiker, Künstler, Geschäftsleute und sogar Sportler – denen hätte ich es am allerwenigsten zugetraut; seither begann ich, respektvoller und ehrfürchtiger von ihnen zu denken, sie zu achten, die hervorragenden Wissenschaftler und Erfinder, Experimentatoren am eigenen Volk, seine Sprecher und Lenker, Koryphäen und Führer.

Meldung in der »Zeitung«

Am nächsten Morgen brachte »Die Zeitung« folgende Mitteilung:

Gestern abend kam es infolge eines ungewöhnlichen Phänomens anstelle des prognostizierten leichten Winds zu schweren Regenfällen, Blitze konnten beobachtet werden, und Donner war zu hören. Wir bitten die Nutzer unserer Serviceleistungen für die Unannehmlichkeiten, die wir beim besten Willen nicht voraussehen konnten, um Entschuldigung. Bleiben Sie uns treu. Ihr auch weiterhin zuverlässiger Partner, Ihre Meteorologische Zentralanstalt.

Die Kammer
(Fortsetzung)

Ein alter Kühlschrank. Es war ein Modell aus den fünfziger Jahren. Ich hatte es von der Müllhalde gerettet, einen Obdachlosen, der hinter verschlossener Tür darin schlief, verscheucht, der Obdachlose hatte nicht protestiert und war nicht einmal aufgewacht, hatte weder mit der Wimper gezuckt noch den Schnurrbart verzogen, sich nicht gerührt und keinen Huster gemacht, es war mir leid gewesen um ihn, gern hätte ich ihm eine Alternative geboten, ihm ein paar Kopeken hingeworfen, mir fehlte dieser Kühlschrank, dieses Modell, hinter dem ich schon lange Zeit her war, dieses liebe zärtliche Tier, dieser watschelige Pinguin, denn daran erinnerte er mich am meisten, an einen antarktischen Pinguin; allerdings wachte der Obdachlose nicht auf, ich rüttelte und schüttelte ihn, schließlich hatte ich keine Lust mehr zu schütteln, ich war es einfach müde, ihn wie einen alten Birnbaum, von dem nichts runterfällt, zu rütteln, ich ließ ihn liegen, sollte er sich ausschlafen, sollte er schlafen, solange er wollte, sollte ihm die Erde leicht werden; auf der Müllhalde dort war es warm und weich, der Müll mobilisierte seine inneren Ressourcen, und es geschah, was so schön und poetisch mit den Worten »die Berge rauchen« umrissen wird; sie also, das heißt die Müllberge, rauchten. Daheim, in der Kammer, putzte ich ihn gründlich und ließ ihn lange auslüften, bis die Gerüche verflogen waren, die sich im vergangenen halben Jahrhundert angesammelt hatten, angefangen von den Meeresalgenkonserven bis hin zum Aroma des Obdachlosen. Ich baute Regale ein, und seither diente er mir als Bücherschrank für diverse Raritäten, die ich auf verschiedenen Flohmärkten, Buchmessen und von der Organisation für Sicherheit und Zusammenarbeit organisierten internationalen Treffen erstanden hatte. Auf diesen Regalen konnte man allerlei finden: eine von Mönchen des Santa-Klara-Klosters verfaßte Abschrift des ersten Weltatlanten, »Was ist Fortschritt?« von Ivan Franko und, ebenfalls aus seiner Feder, »Als die Tiere noch sprachen«, das »Handbuch des Pilzliebhabers« und eine Sammlung der landwirtschaftlichen Fragen gewidmeten Werke Fidel Castros, ein »Kamasutra in Fotografien« aus dem Jahr neunzehnhundertzweiunddreißig, eine von Anonymus erstellte Anleitung »Sprengstoffherstellung leicht gemacht«, drei Bände der Ukrainischen Sowjetenzyklopädie und einen Bildband des in Vergessenheit geratenen Fedir Lobhudlski »Auf sowjetischen Almen« mit mittelmäßigen und ausgebleichten bukolischen Ansichten der Karpaten, der seinerzeit, ich glaube erfolglos, für den Schewtschenko-Staatspreis vorgeschlagen worden war.

Die Flasche von Professor Volodymyr Samijlowytsch L., der kürzlich sein hundertzweites Lebensjahr vollendet und bis ins hohe Alter Vorlesungen gehalten hat. Vor genau hundert Jahren wurde er daraus gefüttert. »Hundert Jahre sind hingegangen«, sagte er gerührt zu mir, und ich muß gestehen, auch ich war gerührt. »Hundert Jahre.« – »Ein ganzes Jahrhundert«, wußte ich nichts Besseres zu antworten, während ich mir die ungebetenen Tränen aus den Augen wischte. »Ich gebe sie Ihnen, bringen Sie's ins Museum«, bat er mich. »Ins Museum«, wiederholte ich wie in Trance. »Hundert Jahre«, sagte er nochmals und fügte hinzu, »zwei Kriege und drei Plagen. Sehen Sie, und diese ganze Pest habe ich überlebt.« – »Unglaublich«, sagte ich. – »Ja, ja«, stimmte er zu, gleichsam erfreut, »ja, ja.« Auf der Flasche stand in gläsernen Reliefbuchstaben: NIEDERÖSTERREICHISCHE MILCH.

Eine atmosphärische Dampfmaschine von Thomas Newcomen. Sie nahm zwei Drittel der Kammer ein, ich mußte jeden Teil einzeln herbeischaffen, nächtens, auf einem geleasten Lastwagen. Lange arbeitete ich an ihrer Restaurierung. Um sie wieder in Ordnung zu bringen, nahm ich eine Stelle in einer Glasbläserei an, wo ich abends, wenn die Arbeiter nach Hause gingen und sich das Werk leerte, den Ofen anfachte und so lange blies, bis ich den fehlenden Kolben geformt hatte. Ich paßte ihn ein, doch gleich beim ersten Mal bekam er einen Riß und zersprang in Myriaden winziger scharfer Glassplitter. Ich begriff, daß ich meine Fähigkeiten als Ingenieur und Konstrukteur überschätzt hatte und nicht Glas blasen, sondern Aluminium gießen sollte, was ich auch tat, übrigens in besagtem Hochofen, der mir von der Restaurierung der Sholes & Glidden geblieben war. Ich mußte das Leitungssystem in unserem Haus austauschen. Mein Wunsch war es, sie in Betrieb zu nehmen. Meine süße Vision – wie sie zu dampfen beginnt, zu fauchen und zu pfauchen, wie sich das mehrstöckige Schiff des Hauses vom umgebenden Beton und Asphalt löst und zur großen Fahrt aufbricht, wie ihre Bewohner erwachen und verdutzt aus den Fenstern blicken, verschlafen und mit offenem Mund, wie sich Onkel Ljowa aus dem sechsten hinauslehnt und fragt: »Worauf halten wir Kurs, Kapitän?« – »Wir halten, Onkel Ljowa!« – Hätte sich Djeduschka Vikentij hinausgelehnt, der alte KGB-ler, den wir auch auf die Fahrt hätten mitnehmen müssen (was sonst? ihn vielleicht über Bord werfen?), und hätte er dasselbe gefragt, ich hätte anders geantwortet, hätte mir nicht verkneifen können, ihm einen leichten Schreck einzujagen: »Nach Amerika!« Freilich, so schnell wäre er nicht zu erschrecken gewesen: »Richtig, Tovaristschi! Wir rotten sie aus mit Stumpf und Stiel, fuck your mother, los, Feuer!« – »Wir nehmen an NATO-

Truppenmanövern teil.« – »Wiieee? Was soll das heißen? Verräter!« Man hätte ihn nicht über Bord werfen müssen. Am ehesten wäre er selbst ins Wasser gesprungen und zum entgegengesetzten Ufer, nach Osten, geschwommen, seine pferdsmäßige Gesundheit, die nicht einmal seine gemarterten und erschossenen Opfer zu ruinieren geschafft hatten, hätte für zwanzig, dreißig Meilen gereicht, nicht mehr, wir aber wären schon mindestens siebzig Meilen von der Küste entfernt gewesen. Leider sollte sich meine Schiffsphantasie nicht erfüllen, wegen des allzu leichtfertig erwähnten Automotors. Dieser hatte das Haus in die Luft gehen lassen, noch bevor ich die Schiffstaue lösen konnte: Das Schiff meiner Phantasie war auf der Mine der Realität hochgegangen. Selbstverständlich gab es in der Kammer noch andere Leckerbissen, aber kann man das alles aufzählen? Welchen Sinn hätte das schon?

Das Literaturhaus

Es gab auch andere Zeiten, ferne der Poesie und nahe der Prosa, in denen ich mich mit einem Scherzl Brot und Springbrunnenwasser, das ich mit den Tauben teilte, durchbrachte, mit wildem Sauerampfer und verdorbenem Gemüse, das aufdringlich schreiende Markthändler abends auf den Müll warfen und das mir die Ratten streitig machten, die Bewohner und Herren der Nacht, von denen es zig Millionen gab, wenn auch niemand verläßlich ihre Zahl angeben konnte, denn wer hätte schon – und wie? – eine Zählung dieses abstoßenden, langschwänzigen, frechen und leicht zu verängstigenden Volks vornehmen können? In jenen anderen Zeiten, die anbrachen, als das Haus, ohne sich in ein Schiff, das auf große Fahrt geht, verwandelt zu haben, samt Wohnung und Kammer einstürzte, samt allen anderen Wohnungen und Kammern, samt den drei überdachten Hauseingängen, und dabei mein bescheidenes Museum unter sich begrub und meinen Experimenten und technischen Phantasien den Todesstoß versetzte, war das Leben für mich kein Honiglecken, Not und Niedergeschlagenheit packten mich öfter, als es mir lieb war. In jenen Zeiten begann ich, der ich der Literatur so fernstand, wie ihr ein Mensch nur fernstehen kann, mich im Literaturhaus sehen zu lassen, wo Lesungen stattfanden, Buchpräsentationen und literarische Diskussionen, Diashows und Filmabende, Vernissagen und Saisonabschlüsse, Autogrammstunden und Gedenkveranstaltungen. Ich war nicht der einzige Besucher. Zu den Stammgästen gehörten Obdachlose aus der Umgebung, war es doch ziemlich das einzige Literaturhaus sui generis, wo man nach jeder Veranstaltung Appetithäppchen servierte und Weiß- und Rotwein ausschenkte, Fruchtsäfte und Mineralwasser. Die Gesichter der Obdachlosen kannte man, sie kamen gegen Ende, es waren immer die gleichen, nun gut, war auch nicht schwer, sie zu erkennen, sie gingen nicht einmal in den Saal, warfen keinen Blick hinter die dorische Säule, ihnen war egal, wer sich da gerade aufplusterte und exhibitionierte, sie machten keine Umstände und steuerten geradewegs auf den mit weißem Tuch bedeckten Tisch mit Speis und Trank zu, und es kam vor, daß die Kanapees und Getränke noch vor dem Event zu Ende waren, dessentwegen man sie hingestellt hatte. Aus diesen verständlichen Gründen mochte man die ungebetenen Gäste nicht, man kann sagen, daß man sie haßte, und man versuchte, sie nicht einzulassen, manche murrten dann, drehten um und gingen weg, andere drängten weiter, als sähen und hörten sie nichts, und den Rausschmeißern blieb nur die Kapitulation, um das Gesicht zu wahren und einen Skandal zu verhindern. Mich setzte niemand an die frische Luft, ich wußte, was sich gehörte, und pflegte zu Beginn zu kommen, setzte mich in eine der hinteren Bänke, wenn möglich in die letzte und vornehmlich an den Rand, möglichst nah an der Ecke mit dem Buffet, das Wasser rann mir im Mund zusammen, und die Gedärme spielten Radetzkymarsch, doch hielt ich tapfer stand und hörte aufmerksam zu, meine Kleidung war noch nicht derart verschlissen und abgetragen, daß man mich hätte erkennen können, außerdem versuchte ich auf mein Äußeres zu achten, wusch mich in den Toiletten der verschiedenen Fast foods, Pizzerien und McDonald's, und wenn dort Codes für die Klotüren eingeführt wurden und diese wie der Eingang zu den Tresorräumen einer Bank auszusehen begannen, dann sammelte ich achtlos vergessene oder, da nicht benötigt, einfach weggeworfene Kassenzettel, auf denen der Code stand, ein, badete vom ersten Frühling bis zum späten Herbst im Bach, das tat gut, härtete mich ab und machte mich ausdauernd, die kalten Wassertropfen änderten die Sicht auf das Leben, sorgten für Bedachtsamkeit und philosophischen Abstand und nahmen ihm Unrast und eitle Geschäftigkeit. Wenn ich dasaß und zuhörte, erfuhr ich Neues, Interessantes war freilich selten und wenig darunter, in der Regel lief alles auf langweilige und perfide Selbstbeweihräucherung hinaus, für die, wie ich bald erfuhr, noch ein ordentliches Honorar bezahlt wurde. Trotzdem saß ich da, saß höflich da und erduldete, ertrug diese Verhöhnungen, diese Fieberphantasien und infantilen Träumereien erwachsener Jünglinge und nicht mehr taufrischer, bei Wärme und Sex zu kurz gekommener Tanten mit langen Ohrklippsen, die ihnen bis tief unter das Kinn herabhingen, von dem man die Härchen mit der Nagelschere entfernt hatte. Ich saß da, denn wohin hätte ich sonst sollen, hier war es wenigstens warm, ruhig und anständig, die Heizkörper heizten, die Lampen brannten, ich saß und wartete, und wenn die Veranstaltung dem Ende zuging und die letzten Fragen durch den Raum hallten, stand ich würdevoll auf, tat, als interessierte es mich nicht mehr, als hätte ich die Essenz des Ganzen schon begriffen, und näherte mich gemächlich, gleichsam wie zufällig, dem heißersehnten Tisch, dem eigentlichen Ziel meines hiesigen Aufenthalts.

Der ausländische Dichter

Einmal brachte man einen ausländischen Dichter her. Eine Stiftung seines Heimatlandes organisierte für ihn eine internationale Tournee, und das Literaturhaus lag auf der vorgesehenen Route. Es war offensichtlich, daß sich die Stiftung ihrer Dichter annahm, sie verschickte Tausende Einladungen in Umschlägen, in die sie, neben den Einladungen, noch je eine diskrete Banknote für die, wie sie sagte, Fahrtkosten legte, sie verbreitete Gerüchte über seine Bedeutung, wie unglaublich beschäftigt er wäre, und eigentlich ließe er sich nie überreden, Ruhm und billiger Erfolg interessierten ihn nicht, nie würde er irgendwohin fahren, und wenn er dieses eine Mal ja gesagt hatte, so nur, weil es sich um das Literaturhaus handelte, hier ließ er sich überreden, er konnte nicht ablehnen, er lehnte immer ab, aber dieses eine Mal kam er. Das System der Gerüchteverbreitung von Ohr zu Ohr hatte gewirkt, noch besser gewirkt hatte das System der diskreten Beilage von Banknoten, der Raum war zum Platzen voll, man saß auf dem Boden, zwischen den Kabeln der TV-Kameras, die sich kreuz und quer durch den Saal schlängelten, sich ver- und entwickelten, und ich zitterte, ob die Kanapees reichen und der Wein nicht zu Ende sein würde, bevor man ihn noch entkorkte; ich hatte mich umsonst gefürchtet, zwar fiel für mich nicht viel ab, aber der Wein war nicht zu Ende und auch nicht die Kanapees, es war eine reiche Stiftung und ein potentes Land, das es sich leisten konnte, öffentliche Gelder zu verschleudern, um so mehr, als sich herausstellte, daß der ausländische Dichter zufällig mit der Leiterin des hiesigen Büros verwandt war, und sie spielten – was sonst? – Komödie, diese schäbigen Possenreißer: »Ja, wen sehe ich denn da?« – »Kaum zu glauben.« – »Da muß man nach Hintertupfingen fahren, um sich endlich einmal zu treffen!« – »Ja, das ist vielleicht ein Wiedersehen!« Alles verstummte, und man konnte hören, wie in der Falle zwischen Fenster und Gardine eine verirrte Fliege summte. Der Dichter war nicht allein, er wurde von einem einheimischen Übersetzer begleitet, ebenfalls Dichter, und wie ich mitkriegte, ebenfalls ziemlich bekannt, er dolmetschte seinen Auftritt und übersetzte die Gedichte. Jedes Mal machte der ausländische Dichter seinem Übersetzer, dem einheimischen Dichter, gegenüber die Bemerkung, wie schwierig die Übersetzung von Dichtung, vor allem seiner Dichtung, sei, wie viele Nuancen zu beachten und welches Sprachgefühl notwendig wäre, und den einheimischen Dichter und Übersetzer durchzuckte es dann, er machte sich klein und nickte, das Honorar für seine Dienste sowie der gute Ton erlaubten ihm nicht, diesen graphomanischen Schreiberling zum Teufel zu schicken, er mußte es über sich ergehen lassen, und irgendwie war ich froh, nicht an seiner Stelle zu sein, nicht auf dem Podium zu sitzen, sondern am Ende des Saals, in der letzten Bank, mit nur einer Arschbacke auf der Sitzfläche, die andere hing in der Luft, und wie gut es war, niemandem verpflichtet zu sein, wie gut, manchmal kein Geld zu haben, das man sich auf derart ekelhafte Weise erarbeiten mußte, wie gut, frei zu sein, sich in den Straßen herumzutreiben, nirgendwohin zu eilen, weder zur Arbeit noch nach Hause, da es weder Arbeit gab noch Zuhause, weder das eine noch das andere, gewiß, Arbeit hatte es nie gegeben, dafür ein Zuhause, ein Zuhause hatte es gegeben, aber es war verschwunden, zu Staub zerfallen wie ein Traum: Wo ist dein Haus, Odysseus?

Mitteilung in der »Ausländischen Zeitung«

Gestern fand im Literaturhaus von L., der zweitgrößten, der Bedeutung nach aber wichtigsten Stadt des Landes, eine Lesung des Dichters

Gundolf W., unseres Landsmannes, statt. Der Saal war bis auf den letzten Platz voll. Das Sicherheitspersonal konnte des Ansturms der Besucher kaum Herr werden. Fernsehen und Radio übertrugen landesweit live. Wie der Staatspräsident des Landes, der Gundolf W. am Vortag in seiner Sommerresidenz CASTEL KUTSCHMA-ZASPANE zu einem kurzen Gespräch empfangen hatte, erklärte, sei ein Land, das der Welt einen solchen Dichter geschenkt hat, gesegnet. Der Präsident erörterte mit seinem Gast aktuelle Probleme des Landes und Wege zu ihrer Überwindung. Um so bedauerlicher, daß der Dichter bei uns unterschätzt wird. Nicht umsonst heißt es, der Prophet gilt nichts im eigenen Land (Presseabteilung der Stiftungsleitung).

Auf dieses denkwürdige Ereignis reagierte auch die »Inländische Zeitung« in der Person ihres Sonderkorrespondenten Valerij Plutzerkern.

Meldung der »Inländischen Zeitung«

Gestern fand im Literaturhaus unserer altehrwürdigen Stadt ein Abend mit dem weltberühmten Dichter Wundholf G. statt. Es fehlen die Worte, um die Freude über sein Kommen zu beschreiben. Und noch mehr fehlen die Worte, um den Eindruck, den seine Lyrik hinterläßt, zu beschreiben. Endlich sind auch wir drangekommen!

Mein Auftritt

Man hatte mich bemerkt. Der Direktor des Hauses, ein angegrauter wohlbeleibter Lebemann, hatte ein Auge auf mich geworfen, er bat mich in sein Büro, an dessen Wänden Fotografien der bekanntesten Schriftsteller und Schriftstellerinnen hingen, die je in dem Haus aufgetreten waren, dessen Herr er seit seiner Gründung war, schließlich war die Gründung seine Idee gewesen, lang genug hatte er diverse Ämter belagert, man hatte ihn abgewimmelt und sogar beschimpft, schlußendlich warf er den Hut und machte sich mit aufgehaltenem Sombrero auf den Weg, hier, weit weg von Mexiko, trug er ein ganzes Jahr, bei Regen und Kälte, bei Hitze und Dürre, einen Sombrero aus Stroh, eine charmante Kreuzung aus einem Imkerhelm und einem wirklichen mittelamerikanischen Sombrero, ging zu Geschäftsleuten und Oligarchen, reichen Leuten und Mäzenen, schüttelte aus ihnen eine Kopeke nach der anderen heraus, preßte sie aus, wie man Saft aus Orangen preßt, machte ihnen Vorhaltungen und redete ihnen ins Gewissen, ihnen, die private Aerodrome und Aeroparks besaßen, die sie in den botanischen Gärten des Vaterlandes versteckten, irgendwie schaffte er es, sie beim Gewissen zu pakken, er kratzte das Geld für die Eröffnung zusammen, zu der er sie alle lud, die Wohltäter, wie er sie nannte, mit zu einem breiten Grinsen gefletschten Zähnen durchschnitten sie alle gemeinsam das Band, und als sie es durchschnitten, zuckte er, der daneben stand, unwillkürlich zusammen, und eisige Kälte überfiel ihn – genauso lächelnd und ungerührt hatten sie gewiß ihren Konkurrenten und armen Schluckern, die ihnen in die Quere gekommen waren, die Hälse durchschnitten. Der Direktor hatte sich eine Zigarre zwischen die Zähne geklemmt, ein Geschenk Fidel Castros, wie er sagte, bedienen Sie sich, ich zündete mir eine an, nahm einen Lungenzug, und die Welt begann sich zu drehen, zudem hatte ich einen Bärenhunger, seit dem Morgen nichts gegessen, und auch die ganze Nacht nicht, und jetzt war es schon weit nach neun, die Lesung war vorbei, das Publikum, nachdem es den Wein genußvoll hinuntergeschlürft und sämtliche Kanapees vertilgt, nach Hause gegangen, während ich hungrig geblieben war, weil ich weder zum Essen noch zum Trinken Zeit gehabt hatte, er hatte mich mit dem Finger zu sich gelockt, sofort als der Abend und das Schütteln der Hände des Gastes durch die Gastgeber zu Ende war; der Kopf hörte sich zu drehen auf, sein neugieriger Blick lag auf mir, am ehesten erinnerte er an Winston Churchill, mit seinen massiven Linien im Gesicht, in dessen Falten Gutmütigkeit und Wohlwollen steckten, er lächelte schlau und melancholisch, bevor er sagte: »Ein Dichter? Seh ich das richtig?« Ich nickte mechanisch, noch nicht ganz aus meinem Dämmerzustand zurück. »Was schreiben wir denn so?« – »Gedichte.« – »Logisch.« – »Na sicher.« (Obwohl nichts daran logisch war, was konnte daran logisch sein, wenn jemand, der nur ein abgebrochenes Physikstudium vorweisen kann, als Dichter bezeichnet wird?) – »Haben Sie bereits veröffentlicht?« – »Eigentlich schon«, sagte ich, wobei ich an eine seinerzeit im Samisdat veröffentlichte Seminararbeit dachte. »Und würden Sie gerne?« – »Schon«, antwortete ich, ohne zu wissen, was er damit meinte. – »Es gibt nichts, was unmöglich wäre«, sagte er lächelnd, wobei er jedes Wort in die Länge zog. – »Außer dem Perpetuum mobile«, schoß es aus mir hervor. – »Und dem ewigen Leben«, fügte er von sich aus hinzu. Mein Autorenabend, wie er das nannte, wurde für Oktober angesetzt; eine schöne Jahreszeit, dachte ich, aber wie konnte ich mich aus der Affäre ziehen? War ich da nicht ebenso leicht ins Netz gegangen und auch in eine Lage geraten, die jener des Übersetzers mit seinem ausländischen Dichter verdächtig ähnlich sah? Das Honorar war natürlich unerhört hoch, unerhört hoch für mich, denn ich hatte noch nie Honorare erhalten, meinen Lebensunterhalt verdiente ich auf verschiedene Weise, hauptsächlich mit Reisen; verdiente, indem ich durch die Welt reiste, wie die Sonne reist, der Mond, die Wolken und der Wind; wie sich der Spatz, der auf der Birke zwitschert, seinen Lebensunterhalt verdient. Da, jetzt hatte ich es! Das war es, DIE Idee. Und als die Stunde X gekommen war, mein Abend begann und der Direktor des Hauses die Zigarre aus dem Mund nahm, um mich als avantgardistischen Undergrounddichter – ein konkreter Dichter, sagte er – vorzustellen, da faßte ich mit beiden Händen das Mikrophon, als geriete ich sonst ins Wanken, verlöre das Gleichgewicht und fiele zu Boden, doch ich wankte nicht, schwankte und fiel nicht, ich intonierte mein erstes und letztes Gedicht. Hier ist es:

Tschi-i-i-i-ilp, tschilp, tschilp,
Grr, grr, grrrrrrrr,
Poch, poch, poch,
Taktaktak, taktaktak,
Gügü, gügü, güüüüüü,
Tühtühtüh, tühtühtüh,
Errrr, örrrrr, errrrrr, örrrrrrr,
Ziep, ziep, züeeeep,
Zibäh, zibäh, zibäh,
U-u-u-u-u-uh
Gotgotgot
Tschilp!

Mit diesem Gedicht hatte ich mir den Beifall gesichert, der ganze Saal stand und klatschte; der Hausherr war, nach allem zu schließen, zufrieden. Das Publikum verlangte weitere Dichtung, more poetry, dabei hatte ich nicht mehr zu bieten, ich konnte es nicht länger unterhalten, wollte es andrerseits nicht enttäuschen; ich hatte nur dieses eine Gedicht komponiert und mich auf Fragen und Antworten, einen Dialog mit dem Saal eingestellt. Zugleich war mir klar, daß das Honorar bis zum Ende verdient sein wollte:

Tschilp, tschilp, tschilp,
Zibäh, zibäh, zibäh,
Heißa dideldumdei,
Ei, ei, ei,
Danke für Ihre Aufmerksamkeit!

(Ich wußte, daß es ein Plagiat war, doch wußte ich auch, daß hier, weit vom Ursprung des zugrunde liegenden Volkslieds, kaum jemandem etwas auffallen würde.)

Ich sah mir die Fotografien, auf denen ich dastehe und deklamiere, in den Zeitungen an, die ich vor dem Schlafengehen aufbreitete, ich schämte mich, daß ich darauf zu sehen war, und hoffte, man würde mich nicht erkennen. Wie auch immer, diesem Haus war ich dankbar. Dem Haus und seinem Direktor, die mich immerhin zweieinhalb Jahre durchgefüttert hatten, und noch dazu die zweieinhalb schlimmsten Jahre meines Lebens, für mich war es ein rettender Hafen gewesen, der mich den Glauben nicht verlieren ließ und vor dem Verfall rettete; weitere Abende arrangierte der Direktor zwar nicht, bisweilen jedoch lud er mich auf eine Zigarre ein, wir plauderten, er erinnerte sich an meinen Auftritt, lachte und versuchte, den Klang meiner Verse nachzumachen, wobei natürlich nichts rauskam, doch unterstützte ich ihn und zollte ihm, so gut es ging, Beifall; er tolerierte und respektierte mich, den treuen Gast seines Salons, einen Gast, auf den Verlaß war, besonders dann, wenn es an Publikum mangelte, nicht aber an der Bewirtung.

Das Theater

Eines Tages lud uns die karitative Nichtregierungsorganisation »Die Kunst den Menschen!« im Rahmen der Wohltätigkeitsaktion »KULTUR FÜR DIE OBDACHLOSEN« ins Theater zu einer Vorstellung eines Stücks des bekannten modernen Dramatikers William O'Sale ein. Um alle unterzubringen, hatte die Stiftung das ganze Parterre, alle Logen und Balkone auf den vier Rängen, einschließlich der Galerie, reserviert, und dennoch war nicht genug Platz – dabei kamen gar nicht alle. Viele mußten es sich unten bequem machen, in den Gängen, auf dem Boden, aber das waren sie gewohnt, um so mehr, als der Boden mit weichem, weinrotem Teppich ausgelegt war. Wären die Hauseingänge, Bahnhöfe, Parks und Nischen unter den Brücken mit ebensolchen weinroten Teppichen ausgelegt, wir, die Obdachlosen, würden uns die glücklichsten Erdbewohner schätzen. Aber wir beklagten uns nicht.

Das Licht ging aus, und der Vorhang hob sich.

Vorstellung.

Die Illusion

oder

Den Auktionator töten

Stück mit Aktion, Akten und Akteuren

Erster Aufzug

An einem sorglosen Abend

»Wozu?«

»An einem sorglosen Abend.«

»Für wen?«

»Uns beide. Sie und mich.«

»Langweilig.«

»Ganz und gar nicht.«

»Schreiten.«

»Wie?«

»Tanzend.«

»Tram-tam-tam. Tara-ra-ra-ra tram-tam-tam.«

Sie tanzen.

Tanzend:

»Dahinvegetieren.«

»Nicht wirklich.«

»Na, das ist schon ein starker Vergleich!«

»Versteh nicht, warum Sie so gegen meine Vergleiche sind?«

»Was gibt es da nicht zu verstehen?«

»Außerdem könnte ein Vergleich für uns beide nicht unbedingt vorteilhaft sein.«

»Von Vorteil überhaupt keine Spur.«
»Schatten.«
»Weiter.«
»In dem wir uns aufhalten.«
»Weiter.«
»Unfair ist das.«
»So vielleicht fair?«
»Wie?«
»So.«
»Wie so?«
»Abend.«
»Und?«
»Tag.«
»Tag.«
»Abend.«
»Abend.«
»Weiter.«
»Schatten.«
»Abend!«
»Sonne!«
»Sonne auf der anderen Seite.«
»Sonne! Auf der anderen Seite!«
»Dort ist jetzt Tag.«
Verträumt:
»Tag.«
»Sonne.«
Verträumt:
»Sonne.«
»Wärmer.«
Verträumt:
»Wärmer.«
»Weit.«

»Weit.«
»So ist es immer.«
»Weißt du?«
»Was?«
»Nichts.«
»Sag schon.«
»Wirklich nichts.«
»Nichts.«

Zweiter Aufzug
Befestigung eines Bilds

Sie hängen ein Bild auf, auf dem nichts dargestellt ist.
»Sotheby's.«
»Eine Illusion.«
»Wer bietet mehr?«
»Käuflichkeit.«
»Wer bietet mehr?«
»Verrat.«
»Wer bietet mehr?«
»Schmeichelei.«
»Wer bietet mehr?«
»Niedertracht.«
»Wer bietet mehr?«
»Dummheit.«
»Wer bietet mehr?«
»Dummheit. Blühende Dummheit.«
»Moment mal!«
»Ich protestiere.«
»Wogegen?«
»Das Spiel ist unfair.«
»Wer bietet mehr?«

»Das Spiel ist unfair!«
»Hirngespinste. Wer bietet mehr!«
»Narrheit!«
»Wer bietet mehr?«
»Verbrechen!«
»Wer bietet mehr?«
»Strafe!«
»Wer hört dich?«
»Strafe!«
»Unsinn.«
»Strafe!«
»Wer bietet mehr?«
»Ich fordere.«
»Verkauft!«

Gibt den Hammer und die übriggebliebenen Nägel zurück. Klettert herunter.

»Fertig, wie es aussieht.«
»Fertig.«
»Nun siehst du's.«
»Fertig.«
»Ja, fertig.«
»Und trotzdem war es nicht richtig.«
»Hauptsache, die Arbeit ist getan.«
»Und trotzdem war es nicht richtig.«
»Die Arbeit ist getan.«
»Umsonst.«
»Schwächling.«
»Halt die Klappe!«
»Feigling.«
»Halt die Klappe!«
»Feigling.«

Sie schlagen sich.

Dritter Aufzug
Das Meisterwerk

Von unten.

»Du malst.«

Von oben, auf der Leiter vor dem Bild stehend.

»Ich male.«

»Gestern.«

»Ja.«

»Abends.«

»Ja.«

»Unter den Platanen.«

»Ja.«

»Am Tisch.«

»Ja.«

»Hinter deinem Rücken.«

»Ja.«

»Schade, daß du es nicht gesehen hast.«

»Nein.«

Nachäffend:

»Tee bitte, was hätten Sie denn?« – »Schwarzen, grünen, mit Zitrone, ohne. Mit Bergamotte.« – »Mit Kardamom.« – »Gibt's nicht.« – »Mit Zimt.« – »Mit Bergamotte.« – »Mit Muskat.«

»Mit Muskat.«

»Mit Muskat.«

»Was für eine Unverschämtheit.«

»Frechheit.«

»Mangel an Kinderstube.«

»Kleinlichkeit.«

Grimassierend:

»Tee bitte!«

»Was für einer darf's denn sein?«

»Was haben Sie denn?«

»Schwarzen aus Ceylon, grünen aus China.«

»Roten.«

»Wie bitte?«

»Roten, gewöhnlichen roten.«

»Gibt es nicht.«

»Gibt es.«

»Gibt es nicht.«

»Gibt es bei Ihnen nicht.«

»Gibt es bei uns nicht.«

»Dann grünen chinesischen. Was haben Sie da überhaupt für ein Teehaus, in dem es nichts gibt?«

»Siebzig Sorten Tee. Jasmin. Sudanesische Rose. Caramel. Irish Whisky. O'Neill's Pub. Chicken Wings.«

Tut, als schriebe er die Bestellung auf, wonach beide in lautes Gelächter ausbrechen.

Malt weiter.

»Baum.«

»Baum.«

»Er stand unter dem Baum.«

»Stand unter dem Baum.«

»Es war genau so.«

»Ja.«

»Nein, so.«

»Er kam eine Stunde früher.«

»Eine ganze Stunde.«

»Ein Sonderling.«

»Ein Original.«

»Er stand genau so.«

»Ja.«

»Schau auf das Fenster.«

»Dort gab es aber kein Fenster.«

»Im Fenster war es dunkel.«

»Dort gab es kein Fenster.«

»Er wußte nicht, ob sie schon gegangen oder noch nicht zurückgekehrt war.«

»Dort gab es kein Fenster.«

»Stell dir vor, du kommst und weißt nicht…«

»Dort gab es kein Fenster.«

»Unterbrich mich nicht.«

»Dort gab es kein Fenster.«

»Bei dir ist die Platte steckengeblieben.«

»Gab es nicht.«

»Und warum ist das wichtig?«

»Darum.«

»Dort war ein Fenster.«

»Dort war kein Fenster.«

»Dort war ein Fenster, und im Fenster war es dunkel.«

»Danach.«

»Danach wurde es im Fenster hell.«

»Er.«

»Er sah nicht, wie sie hereinkam. Er war nicht einmal sicher, ob sie hereingekommen war.«

»Und das Licht?«

»Das fragte er sich auch.«

»Und?«

»Er hatte keine Antwort auf die Frage des Lichts.«

Nachäffend:

»Er hatte keine Antwort auf die Frage des Lichts.«

»Eine Stunde war längst vergangen, aber sie kam nicht heraus.«

»Vielleicht hatte er die Fenster verwechselt?«

»Wie?«

»Sich geirrt. Sich verzählt. Das falsche Fenster ins Visier genommen.«

»Du hast doch gesagt, dort gab es kein Fenster?«

»Ich sage auch jetzt, daß es dort kein Fenster gab.«

»Und das Haus?«

»Dort gab es kein Haus.«

»Warum stand er dann dort?«

»Er stand dort nicht. Dort gab es kein Haus, gab es kein Fenster, gab es ihn nicht.«

»Wo aber war er dann?«

»Ich weiß nicht.«

»Was war dann dort?«

»Am ehesten...«

»Am ehesten...?«

»Nichts.«

»Nichts.«

»Dort war nichts.«

»Dort konnte unmöglich nichts gewesen sein.«

»Ich hatte dich gewarnt. Du wolltest nicht hören.«

Vierter Aufzug

Die Zeitung

Findet auf dem Boden eine Zeitung. Nimmt sie.

»Die Zeitung.«

»La Gazetta.«

»Le Journal.«

»The Newspaper.«

»Deník.«

Liest:

»Kurzschluß taucht achtundvierzig Ortschaften ins Dunkel.«

»So was!«

»Bullterrier beißt zweijähriger Tochter seiner Besitzer den Kopf ab.«

»Ein Horror.«
»Pariser Vororte durch Streiks erschüttert.«
»Hugo!«
»Was?«
»Hugo!«
»Ach so.«
»Die Elenden.«
»Aha.«
Liest weiter:
»Aufsichtsratsvorsitzender als Zeuge vor Gericht.«
»Wer übt denn dieses Richteramt?«
»Wie bitte?«
»Russische Klassik.«
»Gar nicht witzig.«
»Traurig.«
»Traurig.«
»Sehr traurig.«
»Weiter.«
Liest weiter.
»Achtzehn Minusgrade.«
»Aber geh!«
»Du glaubst es nicht?«
»Unmöglich.«
»Schau.«
Schaut:
»Richtig.«
»Und du glaubtest.«
»Unglaublich.«
»Kalt.«
»Gar kein Ausdruck.«
»Schrecklich.«
»Kalt.«

»Ziemlich kalt. Meinst du nicht?«
»Doch.«
»Dir ist auch kalt.«
»Mir ist auch kalt.«
Beginnen zu zittern.
»Ka-a-a-a-alt.«
»Frrrrrr-o-ostig.«
»Wwwinterlich.«
»Verrrffflucht.«
»Sssssauerei.«
»Wwwwirklich wwwwahr.«
Sie zittern.

Fünfter Aufzug
Heureka

Über die gestrige Zeitung gebeugt:
»Schau genauer.«
»Wohin?«
»Daher!«
»Wir haben sie gestern durchgelesen.«
»Wir haben sie nicht genau durchgelesen.«
»Es gab nichts zu lesen.«
»Immerhin zweiunddreißig Seiten.«
»Zweiunddreißig Seiten Scheiße.«
»Nicht ganz.«
»Politik, Wirtschaft ...«
»Kriminalfälle.«
»Hab' ich ja gesagt.«
»Da, da, siehst du's?«
»Wir ...«
»Über uns.«

»Unglaublich.«

»Da steht es.«

»Aber wie konnten sie über uns schreiben, wenn es uns nicht gibt?«

»Wenn wir eine Erfindung des Autors sind, der uns erschaffen hat?«

»Was bedeutet, daß es die Zeitung, die wir halten, nicht gibt...«

»Und die Bühne, auf der wir stehen.«

»Und die Stimmen, mit denen wir sprechen.«

»Und die Luft, die vibriert.«

»Und die Zuseher, die uns hören.«

»Die uns sehen.«

Vorhang.

Tosender Applaus. Viele Obdachlose klatschen stehend und weinen.

Der König der Obdachlosen

Von mir gehört hatte nicht nur der Direktor des Literaturhauses, dem ich später noch jahrelang, als es mit mir bergauf ging, Grußkarten und kubanische Zigarren schickte; man kann kühn behaupten, daß ich es gerade ihm zu verdanken hatte, wenn ich mich später auf Kuba aufhielt und mit allerlei Kniffen und Schlichen – so gab ich mich als Reporter der fiktiven Zeitschrift »Stimme der Revolution« aus – ein Treffen mit Fidel Castro zu arrangieren vermochte, der das Gespräch die ganze Zeit auf mir wenig vertraute Themen lenkte, sei es die Bewässerung von Saatflächen, sei es die Umwandlung von Zuckerrohrfasern zu Metallersatzstoffen für die Zwecke des Flugzeugbaus, ich war gezwungen, das Gespräch über diese Themen aufrechtzuerhalten, obwohl ich sah, daß auch mein Gegenüber keinen besonderen Dunst davon hatte, wenn es auch ein netter bärtiger Onkel war, bei dessen Anblick man schwerlich glauben konnte, daß er jemanden im Gefängnis darben lassen, und überhaupt, daß es in einem Land Dissidenten geben konnte, an dessen Spitze ein derart fideler El-Jefe-Philosoph stand; zum Abschied gab er mir auf die Zigarre ein Autogramm, was auch mein Hauptanliegen bei diesem Besuch gewesen war; diese Zigarre schickte ich, mich der Dienste von United Service of Benetton & Dolce Habana bedienend, an meinen Freund und, wie ich ohne Übertreibung sagen kann, Mäzen. Das war aber später, und an diese Zeiten kann ich gar nicht oft genug zurückdenken, im Unterschied zu jenen anderen, als es mir nicht so gut, um nicht zu sagen miserabel ging, an die ich kummervoll und nicht ohne Melancholie zurückdenke; es kommt mir sogar unglaubhaft vor, daß es jene Zeiten überhaupt gegeben haben soll, daß sie keine Erfindung eines delirierenden Hirns sind, kein irrtümlich für Wirklichkeit gehaltener Traum, keine Wolke, die sich für einen Moment vor die Sonne geschoben hat, kein RED BULL und keine Cocojamba; nichtsdestotrotz, jene Zeiten hatte es gegeben, man wird sie nicht los, leichter wird man sie im wirklichen Leben los als im Leben der Erinnerung; die Erinnerung lebt ihr eigenes Leben, stellt ihre eigenen Gesetze der Perspektive auf und hat nur ihr bekannte Mittel und Wege, auf denen sie verzerrt und gebrochen wird, durch unsichtbare Linsen geleitet und destilliert, durch unscheinbare Filter gelenkt, mit Sorgfalt und Vernunft auf diverse Schubladen aufgeteilt, nur damit später, in einem Augenblick der Gereiztheit, alles kippt und durcheinanderwirbelt, damit, was am fünften November tausendneunhundertzweiundachtzig geschah, sich mit dem vermischt, was am achten Mai zwei Jahre später passierte; sie ist einem wahnsinnig gewordenen Hilfsbuchhalter gleich, der unvermittelt unterschiedliche Zahlen zusammenwirft, auf daß kein Finanzinspektor, und auch keiner von den Leuten im weißen Kittel, je wieder einen ordnungsgemäß erstellten Bericht von ihm kriegen kann. Außer dem Direktor des Literaturhauses hatte der König der Obdachlosen von mir gehört. Ich hatte nie gewußt, daß die Obdachlosen einen König haben, naiv hatte ich geglaubt, Könige hätten nur Franzosen, Polen, Ungarn, und auch die Ukrainer, die es freilich nur auf einen König gebracht haben, mit Mühe und Not auf zwei, und das ist schon lange her; daß aber die Obdachlosen einen König haben, war für mich neu und überraschend; bis dahin hatte ich geglaubt, daß alle Obdachlosen gleich wären und unter den Obdachlosen endlich die Träume der großen Träumer – Freiheit, Gleichheit, Brüderlichkeit – Wirklichkeit angenommen hätten; vielleicht nicht die Brüderlichkeit, aber Freiheit und Gleichheit ganz bestimmt; sie waren wirklich gleich, sie waren gleich und hatten einen König, und der König war unter ihnen Gleicher unter Gleichen, sie wählten ihn, stürzten ihn aber nicht, denn stürzen kann man nur einen, der über einem steht, der König der Obdachlosen aber stand nicht über den Obdachlosen, über keinem einzigen Obdachlosen, sondern war mitten unter ihnen – schlief genauso unter der Brücke, breitete genauso die Zeitung aus, erleichterte sich genauso in den Büschen – und winters in den Hauseingängen; niemand brachte ihm Essensreste; genauso wie alle anderen wühlte er in denselben Mülltonnen, nur daß er eben König war. Er wünschte meine nähere Bekanntschaft zu machen. Wir trafen uns im Verbindungskorridor zwischen zwei U-Bahn-Stationen, wir setzten uns nebeneinander, er und ich, wir saßen beieinander, eine Stunde und zwei, warteten, daß die U-Bahn geschlossen wurde und man uns rauswarf; die U-Bahn wurde geschlossen, aber man warf uns nicht raus, wir verbrachten die Nacht im Dunkeln, auf das Flügelrauschen der Fledermäuse und Rascheln quietschender Ratten horchend, wir saßen beieinander, rundum aufgesammelte Zigarettenkippen zu Ende rauchend, wir rauchten die Kippen zu Ende und saßen bis zum Morgengrauen, in der U-Bahn graut der Morgen nicht, in der U-Bahn bricht der Tag plötzlich und unvermittelt an, das Licht geht an, und die überraschten Ratten und Fledermäuse zischen wie der Blitz in ihre Löcher; wir gingen hinaus, und erst als uns die nach oben gekommenen Obdachlosen begrüßten, begriff ich, daß es mehr als Schweigen gewesen war, mehr als eine durchsessene Nacht, eine weitere – die wievielte? – durchsessene und durchdöste Nacht; ich begriff, daß es eine Initiation war, das, was man oben, über der U-Bahn, gewöhnlich Machtübergabe nannte, obwohl – welche Übergabe welcher Macht sollte das gewesen sein? So also wurde ich König der Obdachlosen, der alte König aber starb noch im selben Winter an Unterkühlung, als er an einer Parkbank anfror; wir trugen ihn gebührend zu Grab, folgten, auch wenn uns fror, seinem Sarg, den einer von uns auf dem Müllplatz neben dem Alten Friedhof gefunden hatte, wir begruben ihn mit allen Zeremonien und sangen im Chor »Gott erhalte unseren Obdachlosen«, wir waren ohne ihn traurig, wie man nur traurig sein konnte; wir waren ohne ihn nicht auf die Weise traurig, wie man ohne Patriarchen traurig ist, sondern so, wie man traurig ist, wenn einer fehlt, der zu uns gehört.

Die Königin

Als König war es weder leicht noch schwer. Man war eben König. Niemand kam um Rat oder bat um ein gerechtes Urteil, denn niemand entriß einem anderen ein Stück Hamburger, wenn der es als erster aufgehoben hatte; niemand entriß einem anderen eine nicht ausgetrunkene und auf einer Bank zurückgelassene Pepsi-Cola-Flasche, wenn der sie als erster gesehen und an die Lippen gesetzt hatte; ich schlief wie früher, wie früher besuchte ich fleißig, um nicht zu verhungern, das Literaturhaus, aß dieselben Kanapees mit derselben Mayonnaise, ich murrte nicht und beklagte mich nicht; trank Wasser, das ich mit den Tauben teilte; aß Brotreste, die ich mit den Ratten und streunenden Hunden teilte; noch lange hätte ich so weitergelebt, wer weiß wie lange, bis ich wie mein Vorgänger, der alte König seligen Angedenkens, auf einer Bank im Park oder am Platz erfroren wäre; so wäre ich alt geworden, ein einsamer Bettler; doch einem König steht es nicht frei, allein zu bleiben; wo ein König, muß auch eine Königin sein, beschlossen die Obdachlosen, und von ihrem Beschluß erfuhr ich eines schönen Morgens, als ich erwachte, mir die Augen rieb und auf den ausgebreiteten Zeitungen neben mir sie erblickte. Sie oder nicht sie? – überlegte ich. Sie, von der ich träumte und die mir im Schlaf erschien, oder nicht? Das sollte sie sein? – sagte ich mir, sarkastisch und skeptisch, beim Blick auf das gedunsene rote Gesicht, das neben mir schnarchte. Sollte das wirklich die sein, für die das alles geschah? Ich war der Verzweiflung nah; erstmals im Leben war ich der Verzweiflung nah, erlebte eine tiefe Krise und Enttäuschung, Ernüchterung und Desillusionierung. Nein, das konnte nicht sie sein. Das war sie nicht. Sie war nicht so. Sie war anders. Sie war die, die anders war. Ich legte mein Königsamt, das mir niemand auferlegt hatte, zurück; legte es heimlich, still und leise zurück; legte es zurück und ging und kehrte nicht wieder, wie die Illusionen gehen und nicht wiederkehren, wie die größte und süßeste aller Illusionen geht und nicht wiederkehrt – die Illusion SIE. Und da verfaßte ich einen letzten Brief, klebte ihn zu und sandte ihn ab.

Der letzte Brief an SIE

Liebe,

Ich weiß.

Ich weiß, daß es Dich nicht gibt.

Ich weiß, daß es Dich nicht gegeben hat und daß es mir bei Dir gutgegangen ist.

Mit niemandem und nie ist es mir so gut gegangen wie bei Dir.

Nie werde ich die Gefühle und Freuden, denen wir uns hingegeben, vergessen.

Nie werde ich Deine Stimme und Dein Lächeln vergessen.

Nie werde ich Deinen Namen vergessen, den ich nicht aussprach, ohne jeden Buchstaben zu genießen, den ich auf Denkmäler schrieb und auf Hauswände, in Felsen ritzte und in Bäume schnitzte, auf Schul- und Parkbänken verewigte.

Während des Schreibens mußte ich begonnen haben, IHREN Namen laut auszusprechen, mir schien, jemand beugte sich über meinen Rücken, jemand berührte mit Haar wie Flachs meinen Hals. Ich wandte mich um – aber es war wohl der Wind gewesen.

Teil IV

Die Rückkehr

Transfer

Bevor ich noch »JA« oder »NEIN« sagen konnte, bevor ich noch irgendein Wort sagen konnte, fand sich mein Koffer in der Hand eines Trägers. »Zur Gepäckaufbewahrung«, rief ich, denn was hätte ich sonst sagen mögen, angesichts vollendeter Tatsachen. Auf dem Bahnhof stolpert jeder über jeden: die Taxifahrer und Kofferträger über die Fahrgäste, von denen der Bahnhof überquillt, die Fahrgäste, die in die eine Richtung gehen, über die Fahrgäste, die sich in der Gegenrichtung bewegen, und alle über Tauben und Spatzen, die auf Brotkrümel Jagd machen und um die Reste von Fast food raufen; nur in der Nacht, wenn sich die Bahnhöfe leeren, spielt der Wind mit den Plastikflaschen Fußball, immer dasselbe leere Tor mit seinen Mineral- und Colabällen treffend.

Dieser Bahnhof ist wie alle anderen Bahnhöfe der Welt: sezessionistische Bögen, glasüberdacht und Vitrinen auf beiden Seiten. Die Züge könnten diesem Knotenpunkt gar nicht entkommen. Selbst wenn sich der Lokführer in Träumereien verlöre – wäre ich Lokführer, ich würde mich hundertprozentig in Träumereien verlieren, versetzt einen der Aufenthalt in einer Lokomotive, mit seinem Blick in malerische Fernen, doch unweigerlich in eine romantische Stimmung –, selbst wenn er also einschlummerte, Übelkeit verspürte oder Fieber bekäme, der Zug käme dennoch zum Stehen, nachdem er gegen die in Beton eingelassenen Metallpuffer krachte, denn hinter den Metallpuffern öffnet sich das sezessionistische Tor, jenseits dessen die Stadt beginnt.

Wie auch immer, für mich ist es ein besonderer Bahnhof, für mich ist es der wichtigste Knoten, von dem Gleis um Gleis abzweigt, die alle zu einem anderen Ende des Planeten Eisenbahn führen. Es ist die Station, an der ich umsteige. Die Station, an der ich zwischen den Zügen drei oder sechs freie Stunden habe, zumindest anderthalb, höchstens siebeneinhalb, einen ganzen Tag. »Zumindest« bedeutet eine Pizza Margherita in der Pizzeria »WUNDEROFEN« auf der anderen Straßenseite, »höchstens« – den Park auf dem Burghügel und die Hochschaubahn im Disney-Land. Wenn »höchstens« auf den letzten Abschnitt eines Tages fällt, dann, als Extrabonus, eine Oper im DANUBE OPERA HOUSE am blauen Gewässer oder wenigstens ein Musical auf der Bühne des UGLY KING-Theaters am Platz der Alten Pappeln. Wenn »zumindest« auf die Zeit fällt, in der sich die Hähne angeblich die Augen reiben, weil sie bald krähen, so steuere ich, treu der Tradition, dennoch die genannte Pizzeria an und bestelle, für Innovationen aufgeschlossen, keine Margherita, sondern, sagen wir, eine Neapolitana oder Frutti di Mare, denn offen ist sie rund um die Uhr. Armer, armer Ofen! Wenn ich mir noch irgendwie vorstellen kann, daß die Kellner in drei Schichten bedienen und die Pizzabäcker in drei Schichten backen, schlimmstenfalls – wenn dort die zweite und dritte Welt, zudem illegal, tätig ist – auch in zwei, allerdings langen, sehr langen Schichten von jeweils zwölf Stunden, so zerreißt mir der Gedanke an den Ofen, der alle drei Schichten durcharbeitet, das Herz, und wenn vor mir auf dem Tisch der Holzteller mit der langersehnten würzigen Pizza erscheint, so verzehre ich sie wie ein Sadist mit Zügen eines verkappten Masochisten. Nicht umsonst hat auch Sacher von Masoch hier haltgemacht, wenn er von einem Zug in einen anderen umstieg, und auch der Marquis de Sade hätte hier unbedingt haltgemacht, hätte man ihn nicht ins Gefängnis geworfen. Es fällt mir auch schwer, Hemden zu kaufen, die für einen Spottpreis weit weg in Fabriken genäht werden, die an städtischen Peripherien liegen, wo Papageien trillern und Leoparden durch das Dickicht schleichen; ebenso bringe ich es kaum über mich, billigen Reis zu kochen, den einheimische Bauern mit gebeugtem Rücken, der prallen Sonne ausgesetzt und bis zum Knie im Wasser watend, für einen fast nicht existenten Lohn anbauen; und ebenso schwer bringe ich Fleisch hinunter, denn immer häufiger bleibt mir der Bissen im Hals stecken, wenn ich an das unglückliche Kalb denke, das die Welt noch kaum gesehen hat und schon am Seil zum Schlachter gezerrt wird, oder jenes Schaf, das noch am gestrigen Tag so fröhlich blökte – aber wovon rede ich da?

Nachdem ich den Koffer in der Gepäckaufbewahrung abgegeben und im Tausch gegen vier metallene Münzen eine einzige papierene Quittung mit der Nummer der Reihe und des Platzes, auf dem mein Koffer stand, bekommen hatte, machte ich kehrt und wandte mich dem Ausgang zu. Draußen angelangt, seufzte ich mit Erleichterung auf; es war mir vor dem Koffer peinlich gewesen, daß ich ihn wie ein Waisenkind im Waisenhaus zurücklassen mußte, obwohl er mir doch schon so viele Jahre treue Dienste geleistet hatte. Aus einem bestimmten Blickwinkel betrachtet war er wieder in einem Waggon gelandet, wenn auch in einem Waggon, in dem ausschließlich Koffer reisten, ohne Fahrgäste, ohne Besitzer, und mit dem Unterschied, daß sie nicht fuhren, sondern stillstanden. Er wäre lieber mit mir gekommen, das war mir klar, und daher hatte ich einen Seufzer getan, als ich draußen angelangt war.

Draußen war Sommer, der Asphalt warf schwarze Tränen,

die die Erde vor Rührung weinte, die Autos fuhren ohne Kälteschutz vor den Kühlerhauben, die Passanten waren in T-Shirts, Kleidern und kurzen Hosen unterwegs, da und dort grünte einsam ein Baum, der noch nicht verdorrt oder abgeholzt war, und natürlich brannte die Sonne hoch oben am wolkenlosen Himmel. Freigebig war sie, wie noch nie.

Und ich ging los. Einen Weg, den ich voriges Mal gegangen war, um ihn beim nächsten Mal zu zerstören, um einen anderen zu gehen, den ich früher einmal gegangen war, um noch später einen zu gehen, den ich bislang nie gegangen war. Die Sprache verstand ich nicht, und das war die reinste Seligkeit, derselbe Hochgenuß wie Wind, wie Blätter, wie Wasser und Vögel, deren Sprache ich auch nicht verstand, und um so behaglicher war mir zumute. Nichtverstehen war wie ein Aufenthalt im Paradies, an dessen Schönheit und Schatten man sich erfreut. Das einzige, was ich verstand, war die Aufschrift TOTO LOTTO oder LOTTO TOTO, die ich fast in jeder Straße fand. Die Zahnradbahn brachte mich nach oben, hinunter ging ich selbst. Bevor ich aber hinunterging, schoß ich aus der Kanone und gab dem Pferd die Sporen.

Kanone

Kanonen gab es fünf, wie Finger an einer Hand. Sie standen nebeneinander; ihre wißbegierigen Nasen streckten sie aus den Schießscharten der eben erst restaurierten Burgmauer; die Bewohner des Tals, das sich am Fuß des Burghügels erstreckte, hatte man umgesiedelt, und seither war Kanonenschießen, mit Kugeln, wie man sie auch einst verwendet hatte, ein touristisches Highlight, das ein, zwei Dutzend Volontären, die zur Bedienung eingesetzt waren, inklusive Kassiererin, Buchhalter und zugeordnetem Steuerinspektor, Arbeit gab. Gegen entsprechendes Entgelt konnte man zu einer der Kanonen, in welche die Gehilfen des Artilleristen eine Kugel stopften, hingehen und den Zündmechanismus betätigen. Der Artillerist aber war ich, der Tourist. Ich zündete, und die Kanone donnerte los, der Rückstoß wie ein Hund, der sich beim Befehl seines Herrn »SITZ« am liebsten von der Erde losreißt und davonstürmt. Das Kanonenschießen wurde eine Art Ritual; wann immer ich genug Zeit hatte, gönnte ich mir dieses bescheidene Vergnügen – wenn in mir die Stimmen der Vorfahren erwachten, möglicherweise nicht nur meiner eigenen, jedenfalls von Vorfahren, und im vorliegenden Fall die dröhnende Stimme meines Urururururgroßvaters, der Feldartillerist war. Ich hatte begriffen, daß wir aus den Stimmen unserer Vorfahren bestehen, nahen und fernen Verwandten, und denen ein Vergnügen zu versagen hätte bedeutet, ihr Andenken nicht zu ehren; was aber sind Enkel, die das Andenken nicht ehren?

Der eherne Reiter

Ein anderes rituelles Vergnügen, dem ich mich bei jedem längeren Aufenthalt in dieser Stadt mit der Aura des Großen Bahnhofs hingab, war, dem Pferd die Sporen zu geben – und dabei konnte ich nicht umhin, an meinen Ururgroßvater seligen Angedenkens mütterlicherseits zu denken, dessen Porträt zwischen der achtunddreißigsten und einundvierzigsten Stufe der Treppe hing, die in den ersten Stock führte, und der darauf in der Paradeuniform eines Rittmeisters der Flügelulanen mit prachtvoll aufgezwirbeltem Schnauzer dargestellt war. Die beiden Pferdeknechte wurden von zwei sympathischen Burschen vorgestellt, von denen einer aus einem Dorf etwa hundert Kilometer von Kinshasa stammte, der andere aber aus einer ganz anderen Welt – er verdiente hier sein tägliches Brot nur deshalb, weil er es nicht zur Fremdenlegion geschafft hatte. Das Pferd? Das Pferd stand auf einem Sockel, und auf dem Pferd saß ein Reiter mit Säbel in der einen Hand und Fahne in der anderen. Wo saß dabei ich? Vorläufig nirgends. Ich trat gerade durch die gewölbte Tür, die ein Element des Sockels war. Mittendrin eine Leiter, über die ich nach oben kletterte, in den hohlen Körper des Reiters, in sein von Meisterhand gegossenes monolithisches Gewand; ich verwandelte mich in diesen Reiter, schwang mich in den Sattel, der auf einem langen abgerundeten Metallpfahl steckte, gab dem Pferd die Sporen und schrie aus voller Kehle »Hü!«, und da wieherte das Pferd lauthals aus eherner, mit dem grünen Samt frischer Patina überzogener Kehle, und sein Wiehern hallte von den Felsen wider und verlor sich in den Wäldern der Umgebung und klang lange noch über den starr daliegenden Vierteln der Stadt und der schläfrigen Vorstädte nach.

Nachdem ich meine Schieß- und Reitkünste unter Beweis gestellt hatte, ging ich über die Karls- oder wie auch immer sie heißen mochte -brücke in meine Lieblingskneipe, deren Name – es war das einzige, was man mir radebrechend auf englisch erklärte – in der Übersetzung etwa soviel wie »Äneas war ein fixer Bursche« bedeutete, nur daß es nicht um einen Mann, sondern um eine Frau ging, und wo ich an einem Tisch, der auf Pflastersteinen stand, die bis zum Wasser hinunterreichten, Fleischroulade auf lothringische Art mit Trüffelsauce aß. Danach flanierte ich noch, solange es die Zeit erlaubte, durch die Straßen und Plätze, Gärten und Parks, Museen und Kaufhäuser, und während ich so flanierte, überkam mich plötzlich das unbezwingbare Bedürfnis, mit IHR zu sprechen, IHRE Stimme zu hören und IHR ein paar Worte zu sagen; mir kam vor, SIE warte auf meinen Anruf, ich mußte SIE anrufen, noch dazu unverzüglich, denn dann wäre es zu spät, dann würde ich einen Zug nehmen, in dem es kein Telefon gab, in dem es nie eines gegeben hatte und, wie ich fürchtete, nie eines geben würde, und so telefonierte ich.

Ich ging zu einer Telefonkabine, steckte eine Karte ein, und die Karte, die ich an einem ganz anderen Ort, in einem anderen Land und sogar auf einem anderen Kontinent gekauft hatte und die, was noch mehr zählt, schon längst verbraucht war, funktionierte. Ein Wunsch kann nicht nur Berge versetzen, sondern auch eine hoffnungslos verbrauchte und nur durch ein Wunder nicht weggeworfene Telefonkarte zum Funktionieren bringen.

Das Gespräch

Hallo! Ich war noch nicht einmal abgefahren und hatte schon Sehnsucht nach DIR. Es gab kein Telefon, sonst hätte ich früher angerufen. Wie geht es DIR? Was machst DU? Hier hat es eine Hitze, ich gehe herum, war in der Kirche, in der wir einmal gemeinsam gewesen sind, man hat sie restauriert, ich habe mit der Kanone geschossen und bin auf dem Pferd geritten und habe die ganze Zeit an DICH gedacht, wie wir gemeinsam hier herumgegangen sind. Es war eine schlechte Idee, so früh aufzubrechen – jetzt weiß ich nicht, ob ich weiterfahren oder zurückkommen soll. Wahrscheinlich komme ich zurück. Ganz sicher komme ich zurück. Ich laufe schon. Warte auf mich! Bald bin ich zurück!

Das Gespräch, anders:

»Wo läufst du hin?« – »Zum Zug.« – »Der geht in zweieinhalb Stunden.« – »Ich hab's mir überlegt.« – »Was überlegt?« – »Ich nehme einen anderen Zug.« – »Was meinst du damit?« – »Ich fahre zurück.« – »Wohin?« – »Zurück.« – »Zu wem?« – »Zu IHR.« – »Der Obdachlosen?« – »Welcher Obdachlosen«, widersprach ich heftig, »du bist bloß gemein und neidisch.« – »Ich bin weder gemein noch neidisch, aber du bist voller Illusionen, hast dich völlig in deinen Illusionen verrannt.« – »Willst du behaupten...« – »Daß es SIE nie gegeben hat.« – »Aber du hast doch selbst gehört, wie ich mit IHR spreche.« – »Du hast nicht mit IHR gesprochen.« – »Mit wem dann, deiner Meinung nach?« – »Mit niemandem.« – »Wie das?« – »Das heißt, nicht mit niemandem, sondern mit dir selbst, nicht mit IHR, sondern mit dir.« – »Du willst behaupten, ich hätte die Karte hineingesteckt, die Nummer gewählt, am anderen Ende hätte irgendeine Frau den Hörer abgenommen und diese Frau sei ich gewesen? Dann erkläre mir bitte: Wie konnte ich gleichzeitig dort und da sein? Und nicht nur das: Wie konnte ich hier ein Mann, dort aber eine Frau sein und mich mit mir selbst unterhalten?« – »Da war keine Frau.« – »Wer dann? Mit wem habe ich gesprochen?« – »Es gab auch kein Gespräch. Du weißt genau, daß die Karte seit langem verbraucht und hier außerdem ungültig ist.« – »Du behauptest, ich sei Illusionist? Ein Wolf Messing? Ein David Copperfield?« – »Überhaupt kein Illusionist. Das heißt, du bist schon Illusionist, allerdings nur was dich selbst betrifft. Ich bezweifle sehr, ob der Schaffner im Zug, wenn du ihm, sagen wir, ein Blatt gewöhnliches Papier hinhältst, dieses als Fahrkarte akzeptiert. Bei der Gelegenheit warne ich dich für die Zukunft vor derlei Experimenten.«

Bahnhof
(Fortsetzung)

Als dieses Gespräch zu Ende war, bemerkte ich, daß ich nicht mehr lief, sondern ging, so wie ich gegangen war, bevor ich mich zu telefonieren entschlossen hatte. Warum aber ging ich zum Bahnhof, wenn bis zur Abfahrt des Zuges noch ein Meer an Zeit, wenn nicht das Schwarze, so – verflixt noch einmal! – zumindest das Asowsche blieb. Ja, es war die Wahrheit, die bildlich ausgedrückte Wahrheit, die – wie der Diamant in die Fassung – in ein Bild gepreßte Wahrheit. Aber auch das war – zum Teufel! – vielleicht bloß eine Stilfigur, denn wie konnte bei jemandem von Diamanten die Rede sein, dessen Koffer in der Gepäckaufbewahrung saß und dessen Rucksack auf Schultern, die nur notdürftig mit einem ausgebleichten und fadenscheinigen Nike-Leibchen bedeckt waren, das er vor langem, in den süßen Zeiten des qualvollen Obdachlosendaseins aus einem Container gezogen hat, den die karitative Hilfsorganisation »Gottesfürchtiges Samara« an der Ecke Herrengasse–Hurigasse aufstellen hatte lassen, um gebrauchte, aber noch nicht unbrauchbar gewordene Kleidung, Teppiche und Schlafsäcke für die Opfer von Naturkatastrophen zu sammeln, zu denen jedes Jahr Millionen Leidtragende von Erdbeben, Dürren und Tsunamis zählen. Diese Art, uns Kleidung zu beschaffen, hatte für uns Obdachlose nichts Widerrechtliches, für uns hieß das nicht, daß wir was klauten. Wir waren der Meinung, daß wir, die Opfer einer Naturkatastrophe, die mit dem extravaganten Wort REGIERUNG bezeichnet wird – obwohl sie vielleicht gar nicht so kompliziert, sondern viel einfacher LEBEN hieß –, als erste ein Anrecht auf Hilfe hatten, doch zu den selbstzufriedenen Chefs der Wohltätigkeitsorganisationen hinzugehen und zu bitten, sie sollten doch ihren Schrank aufmachen und uns zwei, drei Minuten geben, darin zu stöbern, hätte jeder von uns für richtig obszön gehalten. Und so beschafften wir uns die Sachen, wie es eben ging. In dem Jargon, den ich damals benützte und der sich bis jetzt hin und wieder in einen ansonsten wohlgedrechselten Satz einschleicht, hieß das »sich einen Fisch angeln«. Nun, ich angelte mir meine Fische wie alle anderen auch. Angelte und murmelte dabei: Lasse dich fangen, Fischlein, groß oder klein, so oder so – denn manchmal paßte mir Größe S, manchmal M, manchmal L, während XL, und natürlich noch mehr XXL, an mir herunterhing wie an einer zur Abschreckung aufgestellten Vogelscheuche.

Sie stand mitten im Gemüsegarten, um sie herum kein einziger Baum, nur in Erde gewickelte Kartoffeln und eingetretene Samen von Sonnenblumen und Mais. Mit viel Sorgfalt bestellte er seinen Flecken Erde, der pensionierte Mechaniker aus der nach und nach in alle Windrichtungen auseinandergestohlenen Fabrik. Sie hatten ihn zu zweit bearbeitet, solange sie noch am Leben war, rührend war es gewesen, ihnen dabei zuzusehen, doch hatte es niemanden gegeben, der dabei hätte danebenstehen und ihnen gerührt zusehen können: Weder gemeinsam noch einzeln hatten sie Kinder gehabt. Seit sie das Zeitliche gesegnet hatte – die Totenmesse sang der heisere Diakon mit belegter Stimme –, plagte er sich alleine ab, jahraus, jahrein. Als sie ging, litt er stark unter dem Verlust, aber er wankte und wich nicht, hatte er doch schon Jahrzehnte der Plackerei auf dem Buckel. Nur vergaß er nun öfter, wußte manchmal nicht mehr, wo er war, und dann brannte ihn die Scham, was die Leute über ihn denken würden, und so tat er, als wäre nichts – da, schaut nur her, ich habe alles unter Kontrolle. In Wirklichkeit war die Situation schon lange nicht mehr unter Kontrolle, und er wußte das nur zu gut. Einmal kam ihm sogar vor, er habe sich in den Paradiesgarten verirrt, den Garten Eden, über den er manches gelesen hatte, früher, als er noch mehr Freizeit hatte. Er erschrak und verfiel in Panik, weil er ganz unvorbereitet hier eintraf, in Lumpen gehüllt, in denen er in Hinterhöfen leere Flaschen einsammelte. Die Paradiesvögel zwitscherten, und ihr Zwitschern erinnerte an das Zwitschern der Spatzen, nur um eine None versöhnlicher. Er ging unter seltsamen Bäumen dahin, und diese erinnerten ihn an Linden und Buchen, Ahorn und Kastanien, vereinzelt hingen an ihnen Trauben, die an Holunder und Eberesche gemahnten, nur wuchsen sie, wie es schien, dreimal so beherzt. Und wie üppig im Paradiese das Gras sproß! Grüner und vielleicht auch dichter, aber doch ganz ähnlich wie auf der Erde. Und das gab ihm einen Stich ins Herz. Denkt nur nicht, ihm sei – Gott bewahre! – der Gedanke gekommen, daß er zurückwollte, es war bloß nicht so einfach, sich von etwas zu trennen, an das man sich viele Jahre gewöhnt hatte. Allerdings – der Gedanke war ihm doch gekommen. Er interpretierte das Stechen als Unlust, als seinen Wunsch heimzukehren, als Entbehrlichkeit des Paradieses. Und er tauschte es ein. Plötzlich und unerwartet fand er sich in einem gewöhnlichen Park, der mit dem Paradies nicht mehr gemein hatte als Tonscherben mit einem unversehrten Tonkrug. Bedrückt und traurig trottete er nach Hause, und in seiner Tasche klapperten ein paar Flaschen, die er zuvor gefunden hatte. Und er machte sich auf zu seinem Gemüsegarten. Und er vergaß, wohin er ging und daß es schon Abend wurde. Und er war der einzige Passagier im Dieselwaggon mit den harten Sitzbänken und rissig gewordenen Holzlehnen, und durch den Waggon fegte der Wind, und man hörte das Klappern von Blechbeschlägen, die locker und lose geworden waren. Und er wunderte sich, daß er fuhr. Und wunderte sich, daß er nicht mehr fuhr, sondern stand. Und wunderte sich, daß er stand und die Bäume zu beiden Seiten fuhren. Wohin fuhren sie? Seit wann konnten Bäume fahren? Nun waren die Bäume stehen geblieben, er öffnete die angelehnte Tür und stieg aus. Er wußte nicht, weshalb und wo er ausstieg. Stieg einfach aus. Und ging weiter, durch Felder und Schluchten. Ging, und der Mond schien. Und während er ging, sah er plötzlich ihn, so, wie er in den Büchern gezeichnet wird. Und ihm schien, daß er die Sense hob. Und ihm schien, er holte damit nach ihm aus. »Nun also ist es vorbei«, sagte er sich. »So geht das Leben zu Ende. Mit dieser Gestalt, die einem mitten am Weg erscheint. Mit erhobener Sense und – aus irgendeinem idiotischen Grund – löchrigem Strohhut.«

Bahnhof
(Fortsetzung)

Ja, das war die Wahrheit: Bis zur Abfahrt blieben zweieinhalb Stunden. Mitten auf der Straße, die ich gerade überquerte, machte ich kehrt, das grüne Licht für die Fußgänger leuchtete zwar nicht mehr, aber blinkte noch, während seitlich schon drohend die Automotoren aufheulten, bereit loszuschießen, sobald aus Rot Gelb wurde und noch lange vor Grün, ihrem Grün. *Ihr Grün ist für mich Rot,* begann ich zur Melodie eines populären Hits zu trällern. Und während ich so dahinging, kam mir wieder der langgehegte Wunsch, einige Gebäude abzuzeichnen, deren gewagte Architektur mich jedes Mal beeindruckte, aber jedes Mal war etwas dazwischengekommen; durch einige Häuserblocks dem touristischen Auge verborgen, abseits der Besichtigungsrouten und von kleinen Parks, Linden- und Kastanienalleen umgeben, standen sie schweigsam und majestätisch da, hin und wieder öffneten sich mit Überwachungskameras versehene Tore, Autos fuhren heraus, hin und wieder eine Limousine, manchmal mit Diplomatennummer. Aus meinem Rucksack zog ich Notizblock und Bleistift, nie ließ ich sie im Koffer, ich trug sie immer bei mir, ich stellte mich, die Sonne im Rücken, in den Schatten einer alten Linde, die abgeblüht war und auf der winzige Früchte, Senfkörnern ähnlich, zu sehen waren, mich überkam Ruhe und jene sonderbare, langsame Leichtigkeit, die das Dasein erträglich, ja sogar erstrebenswert macht und die man gewöhnlich als kontemplativ bezeichnet, ähnlich dem Zustand, den man allgemein Meditation nennt: Wer meditiere, verschwinde und löse sich auf, hebe von der Erde ab und schwebe in den Lüften, ihm könne man in die gefalteten Hände anstelle bengalischer Rosenblüten glühende Kohlen legen, und es wäre für ihn kaum der Rede wert. Mag ja stimmen, ich jedenfalls meditierte mit aufgeschlagenem Notizblock und einigen – wie Haar, das man instinktiv zurückstreicht, wenn man gefallen will – zurückgeschlagenen, von oben bis unten beschriebenen Blättern, und einem Bleistift in der linken Hand, denn ich bin Linkshänder – das Leben hat mich zum Linkshänder gemacht, ich male und schreibe mit der Linken.

Topterrorist

Ich landete vor Gericht, unter Ausschluß der Öffentlichkeit. Ich verstand nur, daß man mich der Vorbereitung eines Terrorakts beschuldigte. Das wichtigste Corpus delicti war eine unfertige Gebäudeskizze. Alle weiteren Skizzen, die in meinem Notizblock waren, vergrößerten nur meine Schuld, vor allem eine Skizze des Parlaments, Neogotik, Ende des neunzehnten Jahrhunderts, einzigartige, spitz aufragende Dachkonstruktionen, auf den Gesimsen stehen in Stein gehauene theatralische Monster, es wirkt wie Kristall, das jeden Augenblick zu zerbrechen droht. Ich bestritt alles. Ich fühlte mich wie in einer viskösen Flüssigkeit, aus der ich mich vergeblich herauszustrampeln bemühte. Ich kapierte, daß ich einen Anwalt hatte. Ich hatte noch nie im Leben einen Anwalt gehabt. Woher kam er? Wer war der Wohltäter, der für seine Dienste, die mir nicht halfen, bezahlte? Mir kam sogar vor, daß alle etwa dasselbe sprachen, und mit der Zeit – je länger dieses Mißverständnis andauerte, je erbärmlicher das Spektakel wurde – konnte ich nicht mehr unterscheiden, wo der Anwalt und wo der Ankläger war, sie begannen in meiner Vorstellung und in meinen Augen die Plätze zu tauschen, plötzlich war dem Verteidiger der feingestutzte Schnurrbart des Staatsanwaltes gewachsen, und dem Staatsanwalt war die Perücke meines tolpatschigen und, wie mir schien, zu allem Unglück noch glatzköpfigen Verteidigers verrutscht. Ich war baff, wie viele Zeugen meiner terroristischen Aktivität sich fanden, sogar einer, der sich freiwillig und reumütig stellte und seine Aussage selbstverständlich nicht zu meinen Gunsten machte. Ich habe vergessen, mit wie vielen Jahren Haft der Prozeß endete. Erinnere mich nicht, wie die Urteilsbegründung lautete – schließlich gibt es wichtigere Zitate im Leben. Ich habe vergessen, wie viele Sonnen, die ich nicht sehen konnte, durch das vergitterte Zellenfenster schauten, das sich für mich in unerreichbarer Höhe befand, und wie oft die Schlüssel klapperten und die Schlösser klirrten, mir schien, von jenen Schlössern gab es zehn oder zwanzig, so lange dauerte der Vorgang des Aufsperrens. Einmal aber waren sie alle aufgesperrt, man drückte mir meine Habseligkeiten in die Hand und stieß mich vor das hohe Tor, über dem sich grimmig Rollen von Stacheldraht türmten, in die man elektrischen Strom leitete, und das in einem Land, wo es ständig Probleme mit der Energieversorgung und den Energielieferungen gibt, und trotzdem verschleuderte man den Strom noch für diese lächerlichen Requisiten. Mir kam vor, die Sonne schien, seit ich sie zum letzten Mal gesehen hatte, anders. Ich ging die Gefängnismauer entlang, bis sie zu Ende war. Ich ging durch ödes Gelände und verlassene Siedlungen, welche die Zeit nun ungestraft ganz ruinierte, durch Slums und Vorstädte, an Plattenbauten entlang und in Straßenunterführungen hinunter. Ich warf einen Blick in ein spiegelndes, innen verdunkeltes Schaufenster, auf dem ein riesiges Roulettespiel aufgemalt war, und erschauderte. Ich sah mich, wie ich mich noch nie gesehen hatte, wie ich mich nicht einmal damals gesehen hatte, als ich obdachlos war. Ich erblickte die Physiognomie eines eingefleischten Kriminellen, zottige Haarsträhnen, die in alle Richtungen wegstanden, einen Bart, den ich mein Leben lang nie getragen hatte, und mehr noch, mir schien, daß ich sah, wie meine Augen wahnsinnig glänzten. Je länger ich eingesessen hatte, um so ähnlicher war ich einem Terroristen geworden. Jetzt sah ich aus wie ein echter Terrorist, vor dem ich selbst erschrecken würde, liefe er mir über den Weg, vor dem ich schließlich und endlich selbst erschrak.

Bahnhof
(Fortsetzung)

In der Hosentasche war noch immer die Quittung. Mein Koffer stand noch immer in der Gepäckaufbewahrung. Er weigerte sich, mich als seinen Herrn anzuerkennen, und der Gepäckmann weigerte sich, mich als seinen Herrn anzuerkennen, und nur der Portier des Hotels, in dem ich dann und wann abgestiegen war, anerkannte mich als mich (»Was hat man mit Ihnen nur angestellt? Millionäre werden bei uns oft ausgeraubt – gibt nun einmal zu viele Schurken, und, wozu es verschweigen, das Volk ist arm«), ließ mich in eine kleine Kammer, wo ich mich wusch und rasierte, wo ich mir die ekligsten Zotten abschneiden konnte, er hatte Verständnis für mich (»Hat man Ihnen auch die Kreditkarte gestohlen? Aber natürlich, was frage ich so dumm«), und mir blieb nichts anderes übrig, als zu gestehen, daß man mir nicht bloß die Kreditkarte gestohlen hatte, daß nicht nur, oder eigentlich gar nicht, die Kreditkarte das Problem war, sondern es Lebensjahre waren (wirklich Jahre? Mit Sicherheit konnte ich das nicht sagen), die man mir gestohlen hatte. »Hat man Ihnen Ihr Busineß weggenommen«, fragte er mich erschrocken und ging unwillkürlich auf Distanz, mir kam vor, er schwankte für einen Augenblick, ob er wohl richtig gehandelt hatte, als er mich einließ, aber Loyalität und das typisch mitteleuropäische Gefühl für sympathische Bekanntschaften – man kennt sich schon lange, auf dem Tisch stehen hübsche Bierkrüge, die aneinandergestoßen werden, ohne zu springen, die sich leeren und wieder füllen – gewannen die Oberhand. »Man kann es auch so ausdrücken«, antwortete ich halb ihm, halb mir, »man hat mir mein Busineß weggenommen.«

Glücklicherweise tauchten in meinem Koffer Dokumente auf, eine ungültige Bestätigung, die ich vergessen hatte und auf der nicht nur mein Vor- und Nachname stand, sondern in die auch ein Foto eingeklebt war, das an einer Ecke vom offiziellen Stempel jener zivilen Dienststelle gestreift worden war, die sie mir seinerzeit ausgestellt hatte. Außerdem konnte ich aus dem Gedächtnis mindestens die Hälfte der im Koffer verpackten Sachen aufzählen, und ich hätte ihn gleich mitgenommen, hätte man nicht begonnen, von mir für die ganze zusätzliche und nicht bezahlte Zeit, die er da gestanden hatte, Geld zu verlangen. Von diesem aufzuzahlenden Betrag zog ich die Zeit ab, die ich hinter Gittern verbracht hatte, auf und ab gehend, ab und auf, und zwischendurch für meinen Unterhalt arbeitend: Da zeigte sich, daß ich dort gar nicht so viel Zeit verbracht hatte, die Rechtsprechung in dieser Stadt war doch nachsichtiger, das Schicksal doch gewogener gewesen, denn nach meiner Entlassung hatte ich das Gefühl gehabt, ich hätte eine Ewigkeit abgesessen.

Aber auch so war es viel. Zumindest konnte ich mich wieder halbwegs orientieren, und obwohl man mir den Koffer nicht zurückgab, ließ ich den Kopf nicht hängen – das Leben hatte mir beigebracht, den Kopf nicht hängen zu lassen, mein Busineß, wie es der Portier zuvor erst ausgedrückt hatte, hatte mir beigebracht, mich nicht zu grämen; ich zeigte dem chronischen Trinker an der Gepäckausgabe meinen Arm, den ich auf den anderen, abgewinkelten Arm legte, ich wußte nicht, ob er verstand, was ich meinte, mir war egal, ob und was er verstand, ich drehte mich um und ging.

Als ebenso verfallen sollte sich meine Fahrkarte erweisen, und niemand schickte sich an, mir das Geld dafür rückzuerstatten. »Bei einer Rückgabe sechs Stunden vor Abfahrt des Zuges hätten

Sie den vollen Preis zurückbekommen.« – »Ich konnte sie nicht sechs Stunden vor Abfahrt des Zuges zurückgeben.« – »Bei einer Rückgabe drei Stunden vor Abfahrt des Zuges hätten Sie ihren Preis abzüglich einer Bearbeitungsgebühr zurückbekommen.« – »Ich konnte sie nicht drei Stunden vor Abfahrt des Zuges zurückgeben.« – »Bei einer Rückgabe bis zur Abfahrt des Zuges überhaupt hätten Sie sechzig Prozent des Preises zurückbekommen.« – »Ich konnte sie überhaupt nicht zurückgeben.« – »Dann müssen Sie eine neue kaufen.« – »Ich konnte sie nicht zurückgeben aufgrund von Umständen, die nicht von mir abhängen.« – »Werter Herr, Sie müssen es im Leben so einrichten, daß die Umstände von Ihnen abhängen und nicht Sie von den Umständen.« Woher nur die Eisenbahn diese Moralapostel nimmt, dachte ich, während ich meinen Rücken dem Schalter zuwandte, hinter dem die mißmutige Stimme des Beamten mir noch irgendwas hinterhergrummelte.

Ich ging auf eine Baustelle. Ich heuerte an. Ich arbeitete genauso viel, wie ich brauchte, um eine Karte zu kaufen und meine Reise fortzusetzen. In dem Gebäude, das am Oberen Platz steht und zu dem ich vielleicht nie wieder zurückkehren werde, gibt es einige Hundert Ziegel, die von mir eigenhändig aufgestapelt wurden. Es ist fast so, als wäre es ein Kind von mir. Lieb und vertraut ist er mir geworden, der Ziegelbankert, den ich in einer fremden Welt ins Leben gesetzt hatte, weit weg vom eigenen Zuhause, in das in nächster Zeit heimzukehren meine feste Absicht war, zu dem ich immerhin unterwegs war und zu dem ich schon längst zurückgekehrt wäre, gäbe es da nicht die Welt, in der das Gespenst des Terrorismus umging. So geht das nun seit undenklichen Zeiten, kam es mir in den Sinn, als ich wieder einmal Trost in der Philosophie fand. Früher einmal ging das Gespenst des Kommunismus um, ging um und vertilgte. Davor waren die Gespenster des Militarismus umgegangen, waren umgegangen und hatten vertilgt. Davor waren die Seuchen umgegangen und hatten vertilgt, von Cholera und Beulenpest angefangen bis hin zu Typhus und Syphilis. Davor waren die Goten und Hottentotten umgegangen und hatten vertilgt, die Gallier und Langobarden, die mittlerweile längst als respektabel gelten, jene von ihnen, die nicht ausgestorben sind. Vor den Goten und Hottentotten waren die Mammuts und Dinosaurier, die dann ja eigentlich auch ausgestorben sind, umgegangen und hatten vertilgt. Und vor ihnen hatten Adam und Eva gelebt, hatten sich geliebt und für nichts die Verantwortung getragen, weder für fremde Terroristen noch für eigene Kinder, denn weder das eine noch das andere gab es. Es gab nur Gott, unseren Herrn. Und für alle gab es nur Ihn allein. Denn es gab niemanden außer Adam und Eva. Aber auch Eva war ja nur die Rippe von Adam.

Glücklicherweise wurde mein Rucksack in einer anderen Gepäckkammer aufbewahrt, so daß er mehr Glück hatte und die Einsamkeit nicht lange ertragen mußte, er mußte die Einsamkeit nicht länger ertragen, als ich selbst sie ertragen mußte, wir waren einsam in ein und derselben geschlossenen Anstalt, in die man nicht so einfach mir nichts, dir nichts hineingehen konnte wie ins Rathaus, wenn man ein bestimmtes Bedürfnis verspürt; anders als bei mir, konnte man bei ihm eigentlich gar nicht behaupten, daß er einsam war. Ob er einsam war, hängt davon ab, was man unter Einsamkeit versteht. Er war insofern einsam, als er mir nachtrauerte, so wie ich insofern einsam war, als ich ihm nachtrauerte; im Gegensatz zu mir aber war er einsam in Gesellschaft von Hunderten ebensolcher oder anderer Einsamer, teilte die Einsamkeit im gleichen Raum, konnte, so oft er wollte, Blicke mit ihnen tauschen, ein paar Worte, und konnte sie sogar sehen, zwar nicht alle, aber die, die in seinem Gesichtsfeld waren – vielleicht kein großes Vergnügen, aber immerhin. Wenn ihm besonders schwer ums Herz wurde, konnte er sich durch ein Gespräch mit seinen Kollegen in der Gefangenschaft ablenken, deren Bekanntschaft oder gar nähere Freundschaft zu schließen er mehr als genug Zeit hatte, was ihn jedoch nicht daran hinderte, mir jede Minute nachzutrauern, beispiellos die Treue zu halten, mich nicht zu betrügen, nicht fremdzugehen – seine Einsamkeit war die eines Waisenkinds, dessen einziges Glück darin besteht, die Einsamkeit nicht unter einem Eichenbaum oder Staketenzaun zu erleben, sondern im Waisenhaus, mit einem Dach über dem Kopf; er hörte sich die Geschichten an, die seine Leidensgenossen über ihre Besitzer erzählten, bald kummervoll mit dem Kopf schüttelnd, bald vergnügt und souverän, voll Stolz auf die dreisten Abenteuer, die ihre Besitzer – Halsabschneider und Vergewaltiger, Taschendiebe und Falschmünzer, Hochstapler und Heiratsschwindler – erlebt hatten; und da begann er, meine Ehre verteidigend, auch zu erzählen, er begann von meinen unglaublichen Erlebnissen zu berichten, die ich nie gehabt hatte und die er so meisterhaft erfand, wie sie nur ein guter Erzähler erfinden kann, und wer hätte denken können, daß er einst zum Erzähler meines erfundenen Lebens werden sollte, meines anderen Lebens, von dem ich selbst nicht die geringste Ahnung hatte, und überhaupt, wer hätte denken können, daß ein Rucksack zum Chronisten seines Herrn werden kann, auf dessen Schultern er ständig sitzt, mit dem er durch die Welt, die Berge und Täler wandert und dabei bisweilen unvergleichlich mehr sieht als sein Herr; mit seinen Erzählungen setzte er meine totale Anerkennung durch; er erzählte, ohne mit einem Reißverschluß zu zucken oder einem der schwarzen Druckknöpfe zu wackeln, und keiner, nicht einmal der mit Metallecken beschlagene quadratische Koffer eines Rückfallmörders, meldete Zweifel an meinen erfundenen Verdiensten an. Er wurde in einer Kammer aufbewahrt, für die man kein Geld verlangte, nur eine Unterschrift unter das Verzeichnis der Gegenstände, als man ihn mir zurückgab. Denn man gab ihn zurück. Bevor ich mich hinter dem Tor wiederfand, nicht auf dieser, sondern auf jener Seite, wo es keinen karierten Himmel gibt – der, um die Wahrheit zu sagen, niemandem abgeht, nach dem sich keiner sonderlich sehnt und dem keiner heiße Tränen nachweint –, wo die Sonne, soviel sie will, scheint, solange sie von keiner Wolke verdeckt wird oder der Abend anbricht. Und nur das Notizbuch, mein Album mit Skizzen der schönsten und unverwechselbarsten Gebäude, die ich in verschiedenen Städten und auf verschiedenen Kontinenten skizziert hatte, gab man mir nicht zurück. Man hatte es konfisziert. »Sachbeweise werden nicht zurückgegeben«, hörte ich in trockenem und jeden Widerspruch ausschließendem Ton, und ich widersprach nicht, obwohl ich den Verlust des Notizbuchs fast am meisten bedauerte.

Und ich kaufte eine Karte, setzte mich in den Zug und betrachtete die Landschaften, die hinter dem Fenster vorbeizogen, diese herzerdrückend und herzerquickend vertrauten Landschaften, als wäre ich hier zuletzt nicht vor vielen Jahren gefahren, sondern erst kürzlich. Ich beobachtete, wie Hasen mit den Pfoten winkten und andere, die den Mut zu winken nicht aufbrachten, dasaßen, verstummt und geknickt, vor Angst gelähmt und insgeheim hoffend, daß es vorbeigeht, wie es bisher jedes Mal vorbeigegangen war, und sie niemand an den angelegten Ohren packen oder, schlimmer noch, auf sie schießen würde, denn das einzige, was sie mit Sicherheit wußten, war, daß es nicht die im Wahnsinn dahinrasenden Drachen auf Metallrädern waren, die schossen, sondern phantastische zweibeinige Wesen mit dunkelgrünen Filzhüten, auf denen – obwohl es ja keine Vögel waren, denn Vögel kannten und unterschieden die Hasen – von schmucken Bändern gehaltene Federn steckten. Ich sah Rehe, die weiter entfernt ästen und sich, als der Zug näher kam, im Halbkreis aufstellten, die nackten Hinterteile, in Form von beigefarbenen Herzen, einander und uns Fahrgästen zugewandt. Ich beobachtete einen Fasan, wie er stolzierte, ohne den eisernen Giganten auch nur eines Blickes zu würdigen, ein Birkhuhn, wie es trippelte, ohne auf irgend etwas zu achten – wahrlich ein taubes Huhn; ich wollte einen Schrei loslassen, um festzustellen, ob es tatsächlich taub war, aber war denn das Klopfen der Eisenbahnwaggons auf den Geleisen noch nicht genug? Da waren die Felder schon zu Ende, und Gebäude einer anderen Stadt begannen in der Ferne zu blinken, und als wir an den ersten paar Dutzend Häuserblöcken vorbei waren, begriff ich, daß ich dorthin zurückgekehrt war, von wo ich, wie es schien, vor so langer Zeit aufgebrochen war, von wo ich aufgebrochen war, bevor es zu dem ärgerlichen Justizirrtum kam, und wohin zurückzukehren ich nicht beabsichtigt hatte, und ich begriff, daß dies alles doch nicht so vergangen war, ganz und gar nicht vergangen, unvergangen.

Ich stieg aus dem Zug, nahm die Straßenbahn und fuhr durch bekannte Straßen, nichts hatte sich verändert, so rasch ändert sich nichts, da war noch das Haus mit den Chimären, da die neue Straßenbahnhaltestelle, die man zu bauen begann, als ich wegfuhr, da die Werbungen auf den Reklameschildern, manchmal dieselben wie damals, da der hinkende Matwij an einem Tisch vor NELLY'S PUB an der Ecke, an der die Straßenbahn in die Straße einbiegt, in der ich wohnte, da der Lebensmittelmarkt, in dem ich Lebensmittel einkaufte, und etwas weiter, mit der Nummer sechsundachtzig, das Haus, in dem ich gewohnt hatte, und erst nach und nach begann ich zu begreifen, oder auch nicht zu begreifen, daß es nicht mehr existierte und aus welchem Grund ich eigentlich dorthin ging, aber bevor ich noch in diese Gedanken eintauchen konnte, erblickte ich ein Gesicht, ein nur allzu vertrautes Gesicht, leicht gebräunt, mit Sommersprossen und Fältchen in den Augenwinkeln; ich erblickte die leicht gebückte Gestalt, die eine vollgepackte Stofftüte trug, aus der ein

Bund Karotten und ein Baguette hervorlugten sowie eine polyäthylen-verschweißte Packung Mineralwasser, bläuliche Zweiliterflaschen aus Plastik. Ich sprang aus der Straßenbahn, sobald die Türen aufgingen, die Haltestelle war zehn bis fünfzehn Meter weg, so schwer beladen konnte er nicht weit gehen, die vollgestopfte Tüte plus acht Zweiliterflaschen, ich kannte das, nur wohin ging er? Wohin trug er das alles? Ins Haus, das es nicht gab und an dessen Stelle das Observatorium zur Verhütung von Naturkataklysmen stand? Arbeitete er etwa dort? Etwa gar als Wachmann, wie ich es einmal geplant hatte? Ich lief ihm nach und sprach ihn an.

Begegnung

»Kann ich dir helfen?« – »Hab' nichts dagegen.« – »Solltest du auch nicht.« Ich nahm ihm die Packung Mineralwasser ab. – »Wie Sisyphus, dem der Herr den Felsblock zuletzt doch abnimmt. Du kennst das?« – »Ja.« – »Ist das, deiner Meinung nach, etwa ein Leben?« – »Ja. Nein. Ja und nein. Jedenfalls ein scheußliches Leben.« – »Eine Parodie aufs Leben.« – »Ein Hohn.« – »Nicht das Leben, das ich mir vorgestellt habe.« – »Ich habe es mir auch ganz anders vorgestellt.« – »Jeden Tag dasselbe: Irgendwas passiert immer, wenn nicht dies, dann das.« – »Mord ist das.« – »Machst du dich lustig?« – »Fällt mir im Traum nicht ein.« – »Hat wirklich was von einem Mord.« – »Der sich nicht beweisen läßt.« – »Ein sehr langsamer Mord.« – »Wahrscheinlich.« – »Ein sich über Jahrzehnte erstreckender Mord.« – »Ganz genau.« – »Ein Mord, den der Mörder täglich begeht.« – »Stündlich.« – »Ein Mord, für den der Mörder keinerlei Verantwortung trägt.« – »Für den man ihn nicht zur Verantwortung ziehen kann.« – »Weißt du, was ein Serienmörder ist?« – »Wem erzählst du das!« – »Er weiß, daß wir machtlos sind.« – »Er weiß, daß er straffrei bleibt.« – »Ist das etwa gerecht?« – »Ist es noch weit?« – »Nicht sehr. Wir sind fast da.« – »Da also wohnst du?« – »Wo soll ich sonst wohnen?« – »Das habe ich mich auch gefragt, als ich dich gesehen habe.« – »Ich habe da eine ruhige Wohnung gemietet. Nicht groß, aber hell und sauber. Wozu auch groß?« – »Und was ist mit unserem Haus?« – »Gibt es nicht mehr.« – »Und unsere Wohnung – du erinnerst dich doch? – in der wir gemeinsam wohnten?« – »Eingestürzt wie ein Kartenhaus.« – »Und jetzt...« – »... ein Observatorium.« – »Eine nützliche Sache.« – »Geldverschwendung.« – »Stimmt auch.« – »Wie ich sehe, war das Leben für dich auch nicht immer ein Honiglecken.« – »Ich war auf der Straße.« – »Oje!« – »Habe fast geheiratet.« – »Wen?« – »Wie soll ich das erklären?« – »Ilko?« – »Aber wohin denn!« – »Dann sag schon, wen!« – »Eine Obdachlose.« – »Heiliger Herr Jesus!« – »Aber so weit ist es nicht gekommen.« – »Das will ich hoffen.« – »Und bei dir?« – »Wie du siehst.« – »Auch nicht sonderlich.« – »Soso lala, gibt Schlimmeres.« – »Ich weiß.« – »Erzähl schon!« – »Ich weiß nicht, wo anfangen.« – »Ganz egal.« – »Eigentlich habe ich schon fast alles erzählt.« – »Obdachlos?« – »Ja. Aber später ist es dann etwas aufwärts gegangen. Ich wollte weg. Bin auch wirklich weggegangen.« – »Bist aber nicht allzu weit gekommen?« – »Bis in die Stadt, in der wir immer umsteigen.« – »Hast wahrscheinlich Kanonen geschossen?« – »Hab' ich.« – »Und dem Pferd die Sporen gegeben.« – »Hab' ich getan.« – »Ohne mich?« – »Tut mir leid.« – »Und dann? Warum bist du nicht weitergefahren?« – »Dann habe ich gezeichnet, und dafür bin ich im Gefängnis gelandet.« – »So was! Ein Regimewechsel? Wieder Verfolgungen?« – »Nichts hat gewechselt.« – »Warum dann so ein Glück?« – »Die haben mich für einen Terroristen gehalten.« – »Du und Terrorist?« – »Ja, stell dir vor!« – »Da kann man ja verrückt werden.« – »Absurd.« – »Nur, weil du gezeichnet hast.« –

»Weil ich eine Skizze von einem Gebäude angefertigt habe.« – »Die Welt dreht durch.« – »Das sage ich auch.« – »Höchste Zeit für einen Chirurgen.« – »Einen Psychiater.« – »Den Großen Psychiater, den, der das alles erschaffen hat und jetzt nicht mehr weiterweiß – soll er doch die Suppe auslöffeln!« – »Macht er aus irgendeinem Grund nicht.« – »Sagt lieber zu dir, du sollst sie auslöffeln.« – »Hab' auch gelöffelt. Ich dachte schon, ich sehe die Welt nicht wieder.« – »Zum Glück ist alles nicht so tragisch.« – »Glück ist wohl ein bißchen viel gesagt.« – »Da wohne ich.« – »Sezession.« – »Was denn sonst?« – »Lädst mich zu dir ein? Wir könnten ein bißchen plaudern.« – »Was stellst du nur für Fragen? Was denkst du von mir?« – »Ich denke gar nichts. Ich frage einfach.« – »Meine Wohnung ist im zweiten Stock. Ich gehe zu Fuß.« – »Sehr gesund.« – »Klar, nach dem ganzen Fast food.« – »Das ganze Leben ist ein einziges Fast food.« – »Ich wäre vorsichtig mit Verallgemeinerungen, auch wenn es schön klingt.« – »Häßlich.« – »Wahrhaftig.« – »Schon möglich.« – »Komm rein, bleib nicht in der Tür stehen.« – »Und das Licht geht an.« – »Das ist der Sensor. Man kommt herein, und schon geht es an.« – »Ein Fortschritt.« – »Progreß.« – »Ins Nirgendwo.« – »In den zweiten Stock.« – »Was würde ich ohne dich Humoristen nur anfangen?« – »Satiriker.« – »Satiriker bin ich selbst.« – »Schmückst dich mit fremden Federn?« – »Was für Federn das sind, will ich lieber erst gar nicht sagen.« – »So, da sind wir.« – »Was ...? Doktor?« – »Das schreibe ich nur so ... um die alten Weiber zu schrecken ... dann haben sie gleich mehr Respekt, man kriegt weniger Probleme.« – »Anstrengend, die alten Weiber?« – »Hier nicht.« – »Wenn ich dich richtig verstehe, hast du auch anderswo gewohnt.« – »Auch anderswo.« – »Also nicht nur obdachlos?« – »Schlimmer.« – »Kann etwas schlimmer sein?« – »Und wie!« – »Aber wenigstens nicht schlimmer als hinter Gittern?« – »Schlimmer. Wenigstens fast genauso. Nein, doch schlimmer. Dort weißt du: Man hat dich eingebuchtet, und die Sache ist erledigt, aber da weißt du nicht, was in der nächsten Minute geschieht und wie alles endet.« – »Und wie heißt diese Hölle?« – »Heim für einsame Lehrer.« – »Unglaublich!« – »Aber wahr.« – »Gibt wohl nichts, was es nicht gibt.«

Heim der einsamen Lehrer

Gegründet hatte es Graf Charles Herbert de Holandor in den siebziger Jahren des achtzehnten Jahrhunderts, als nach einer Reihe von Schulreformen die alte Lehrergarde auf der Straße stand, ohne Heim und ohne Herd, der Verstand durch die jahrzehntelangen Schülerschmähungen angeknackst, gealtert und allen lästig. Der Graf legte das Fundament der Stiftung, die sich seither der in den Ruhestand getretenen einsamen Lehrer annahm und bis zum heutigen Tage annimmt. Der Graf legte auch den ersten Ziegel für das Fundament des Rokokogebäudes, für das man zwölftausend Gänse- und Enteneier zu rühren hatte. Es entstand ein schönes und mächtiges Bauwerk, mit geräumigen Zimmern, richtigen Miniwohnungen, von denen jede an das Büro eines Schul- oder gar Gymnasialdirektors, zumindest aber stellvertretenden Direktors in Sachen Erziehung erinnerte, mit der entsprechenden Möblierung, dem berühmten Tisch aus massivem Santa-Marta-Mahagoni, das in den Wäldern im Norden Kolumbiens an den Hängen der Kordilleren wächst, und dem nicht minder berühmten ausgestopften Gabelschwanzhahn *(Gallus varius)*, der immer hysterisch Kikeriki rief, wenn der Direktor in die Hände klatschte, und er klatschte nicht, um den Schuldiener zu rufen oder seine Unzufriedenheit kundzutun; Gott allein wußte, warum Herr Direktor klatschte und warum gerade jetzt, wo er ganz unverfroren ein sachliches Gespräch unterbrach, um sich einen Augenblick später, als wäre nichts geschehen, ihm wieder zuzuwenden. Es gab viele Gemeinschaftsräume für Erholung und Freizeit im unteren Stockwerk, und am Ende jedes Trakts einen Karzer. In den Karzern saßen Wachsfiguren von frechen Schülern. Die Lehrer, denen die Schüler damals, in ihrer aktiven Zeit, besonders arg zugesetzt hatten, gingen hin, schoben das Metallplättchen, von dem das Guckloch verdeckt wurde, zur Seite und blickten mit unglaublichem Genuß, leise lachend und wie mit dem Finger drohend, hinein. Die Gemeinschaftsräume waren teils als Klassenzimmer, teils als Aula gestaltet. Es gab Säle für Physik und Geographie, für die Geschichte des nahen und fernen Auslands, die Dichtung der Akinen und Skalden, der Troubadoure und Spielleute, der Minnesänger und Bojanen, einen Saal, der dem Großen Kobzaren gewidmet war, einen für Werken und Malen, einen für Botanik und einen für Zellbiologie. Jeder Lehrer, der den Physiksaal betrat, nahm aus einem Karton neben dem Eingang einen Hartgummistab und ein Tuch, mit dem er den Stab gewissenhaft rieb, um ihn dann zu Papierfitzeln hinzuhalten, die in einer großen Schachtel in einer Schulbank bereitlagen. Im Geographiesaal tastete man eine Reliefdarstellung der Erde ab, wobei man am längsten bei den Auswölbungen, die Gebirge darstellten, verharrte, um dann in die Vertiefungen, die Talsenken symbolisierten, hinunterzugleiten. Im Saal für die Geschichte des nahen und fernen Auslands veranstaltete man Streitgespräche zu historischen Themen und ließ sich vom Geist der Freiheit und Brüderlichkeit durchdringen, im Saal der Dichtung rezitierte man Dichtung und im Kabinett des Großen Kobzaren interpretierte man, an den fünfundvierzig Saiten der Bandura zupfend, die in Töne gesetzten Verse des Großen Kobzaren. Im Zeichensaal wurden Bäume gezeichnet, russische Birken und mexikanische Kakteen, buchenländische Buchen und griechische Feigenbäume; außerdem zeichnete man die Vögel der Heimat, die Landschaften der

Umgebung und das Altenheim, in dem man wohnte: das Altenheim im Abendrot, das Altenheim im Winter, das Altenheim mit dem Tulpenbeet beim Eingang, das Altenheim bei Unwetter, das Altenheim inmitten von Mammutbäumen und grasenden Büffeln. Mit letzterem Bild begann eine eigene Serie von Gemälden zum Thema »Traumgesichte vom Altenheim«. Im Botaniksaal goß man die Geranien und Begonien, Bromelien und Araukarien, Fuchsien und Gummibäume, *Hibiscus trionum* und *Hibiscus mutabilis.* Im Zellbiologiesaal schließlich studierte man die Biologie der Zelle, indem man die Zelle durch ein Mikroskop betrachtete.

Das Heim stand nie leer, selbst dann nicht, wenn die Stiftung nicht gerade die besten Zeiten durchmachte. Am engsten wurde es im dritten Jahrzehnt des vorigen Jahrhunderts, als man einen richtigen Despoten zum Bildungsminister ernannte. Man flüsterte, sein Lehrer für Musik und Gesang hätte ihn besonders grausam behandelt, indem er ihn am Haarschopf durch die Klasse zerrte, ihm mit dem Zeigestab auf die Finger klopfte, über seinen Rippen mit Zimbelhämmerchen Furchen zog, ihn am Geigenbogen herumführte und mit der Zahnbürste das Klo putzen ließ. Der Minister unternahm titanische Anstrengungen, um die unglückselige Institution, die in ihm unangenehme Erinnerungen an böse Zeiten wach werden ließ, zu schließen, und nur die Proteste der Öffentlichkeit, zahlreiche Petitionen, die von Lehrern ausgingen, die auf die Schüler einwirkten, damit diese auf ihre Eltern einwirkten, hielten die, wie es schien, unvermeidliche Katastrophe hintan. Und so steht es bis heute. Die Verpflegung ist passabel, und zweimal die Woche wird die Wäsche gewechselt. Ich hatte mir dort einen Platz verschafft, mit allen erlaubten und unerlaubten, größtenteils unerlaubten und nur zum kleineren Teil erlaubten Mitteln; wie auch immer, ich hatte da mein Essen und konnte fernsehen, dank eines Farbpanasonics mit zwanzig Programmen, und alles interessierte mich – morgens Trickfilme, zur Primetime Thriller, um Mitternacht Erotik-Blockbuster, und dazu zweimal täglich ein Schläfchen, nach den Blockbustern und vor den Thrillern.

Zu meinem Pech begann ich *sie* zu interessieren. Sie durchschauten mich als Schüler, der Lehrer nicht mochte. Unter dem Röntgenmikroskop ihrer diabolischen Intuition und Erfahrung, wie nur Lehrer sie haben, erkannten sie in meiner Seele den immer zu einem Streich aufgelegten Schüler mit unbefriedigendem Betragen und schlechten Vierern in allen Fächern außer Leibesübungen. Sie begannen mir das Leben zur Hölle zu machen. Schön leise und systematisch. In Übereinstimmung mit der Methode Makarenkos und den Unterweisungen Pestalozzis – die Pädagogik des Herzens von Suchomlinski und die Pädagogik der Liebe und des Verzeihens unseres Herrn Jesus Christus geflissentlich ignorierend.

Das erste, was sie anstellten – sie schnitten mir das Kabel durch. Und das taten sie um zwei Uhr dreißig in der Nacht, in dem Augenblick, wo ich am Sprung auf die Brücke ins Paradies war, ließen diese einfach in die Tiefe sausen, und ich erstarrte über dem Abgrund, nur einen Schritt vom Garten Eden entfernt; aus dem Fernseher zischte es, über den Bildschirm liefen die Ameisen. Es war unverschämt und unerhört, um so mehr, als sie selbst keine Verächter von Nachtfilmen waren, und, wie sehr sie sich auch versteckten und bedeckten, durch die Spalten ihrer dicht geschlossenen und verhängten Fenster drangen verdächtige Laute, die im Innenhof, der mit Alleen und Lauben verschönert war, zu einem Stöhnen zusammenflossen, das vom Sockel bis zum Gesimse reichte. Mit der Durchschneidung schnitten sie sich ins eigene Fleisch, denn sie mußten es am Gebäudeeingang durchschneiden; im Inneren verlief das Kabel in der Mauer, alle Leitungen hatte man bei der Sanierung niet- und nagelfest unter

Putz gelegt. Sie hatten es wie eine Weinranke durchschnitten, und die Tausenden Verästelungen, Blättchen und Fädchen, die – wie seinerzeit die Völker des Planeten vom gemeinsamen Ursprung weg – in alle Richtungen, viele Meter vom gemeinsamen Ausgangspunkt weit, auseinanderliefen, verwelkten. Sie begannen, mein Appartement demonstrativ mit dem Karzer am Ende des Trakts zu verwechseln, an meiner Tür hörte man Scharren, ekelhaftes Gelächter, und mir kam sogar vor, daß ich sah, wie sie mit dem Finger wackelten – so gut konnte ich hören, was draußen passierte. Anfangs wehrte ich mich nicht dagegen, tat, als hörte und wüßte ich nichts, drehte das Radio auf volle Lautstärke, meist Rock, und nach Möglichkeit Heavy. Eines Tages riß mir die Geduld, ich schlich mich leise zur Tür und riß sie ruckartig auf. Unvermutet dabei ertappt, wie sie kicherten und mir mit dem Finger drohten, liefen sie Hals über Kopf in alle Richtungen auseinander, wie die Kakerlaken hinter der unerwartet weggeschobenen Abdeckung unter dem Krankenhauswaschbecken. Als ich in den Aufenthaltsraum kam, wandten sie sich demonstrativ von mir ab und begannen laute Gespräche, deren eigentlicher Adressat niemand anderer war als ich. Was hatte ich nicht alles schon über mich hören müssen, und der »Er«, den sie verunglimpften – das war nicht schwer zu verstehen –, konnte nur ich sein. Sie setzten mir mit allerlei Bosheiten zu, kleinen und großen, riefen in meinem Namen Rettungsdienst und Feuerwehr, und nicht immer hatte ich das Glück, ein Alibi vorweisen zu können, denn die meiste Zeit verbrachte ich, ob ich es wollte oder nicht, doch im Lehrerheim, und dann pflichteten sie bereitwillig bei und bestätigten: »Jaja, wir können es bestätigen, er ist zu so etwas fähig, sehr leicht möglich, wir können uns das sehr gut vorstellen, bei ihm muß man auf alles gefaßt sein.« Ich zog aus. Ich schlug die Tür hinter mir zu, die eigene und die des Gebäudes, und ging fort, um nie mehr wiederzukommen. Zurück blieb das

Lehrerheim, für immer im Nebel nicht allzu angenehmer Erinnerungen versinkend.

Dauerwurst

Da fand und mietete ich diese Wohnung – ohne Verpflegung und, schlimmer noch, ohne jeglichen sozialen Standard. Das Paradies war zu Ende und ein Ende der Hölle abzusehen. Und ich begriff, daß Paradies und Hölle untrennbar zusammengehörten, daß sie siamesische Zwillinge waren und man sich das eine ohne das andere so wenig vorstellen konnte wie das andere ohne das eine. Als ich nun Paradies wie Hölle los war, ein für allemal (ich hoffte allemal), betrat ich die gemächlicheren Bahnen einer grauen, unauffälligen, von mancherlei Qual aber auch nicht ganz unbeschwerten Existenz. Ich verdiente. Die Regierung kümmerte sich um mich, so daß ich nicht verhungerte und nicht auf der Straße stand, aber auch nicht auf großem Fuß zu leben begann. Die Regierung nötigte mich, mich für Gutscheine und Preisermäßigungen zu interessieren. In meiner Person erstickte die Regierung ihren kompromißlosen Kritiker, erstickte ihn im Keim, bevor er es überhaupt werden konnte, indem sie mich durch das Verwirrspiel des Alltags, mit Socken und Zervelatwurst benebelte, mit einem Tag der offenen Türen und einer Nacht der kostenlosen Straßenbahn. Ich wurde ein Freund von »Saturn« und »Jupiter«, »Venus« und – das war am wichtigsten – dem »Großen Wagen«. Mein Briefkasten quoll über von Werbung, Gutscheinheften und Zeitschriften wie dem »PREISHAMMER – mit dem Hammer den Preisen auf den Kopf«, auf dessen Cover das ganzseitige Foto einer Massendemonstration zu sehen war, mit Slogans über der aufgebrachten Menge wie »RUNTER MIT DEN PREISEN!«, »NEIN ZUR DIKTATUR DER PREISE«, »SCHANDE ÜBER DIE PREIS-

LISTEN«, »PREISE VOLL DURCHGEKNALLT – ES REICHT!«, »WIR FORDERN DIE GROSSE WAHRHEIT« oder Faltblättern mit Texten wie: »Wer mit der Freundin kommt, kriegt die dritte Stange Wurst gratis.« Ich schnappte mir eine Omi, die gerade aus ihrer Wohnung kam, schleppte sie in den Supermarkt, und tatsächlich bekamen wir eine dritte Wurst kostenlos, ich teilte sie gerecht: eine Hälfte für mich, eine für sie, und ich brachte sie sogar nach Hause, bis an die Wohnungstür. In jeder Lebenslage bemühte ich mich, die Galanterie nicht zu vergessen. Nicht immer gelang es, aber bisweilen fühlte ich mich richtiggehend als Caballero.

Eines Morgens zog ich aus dem Briefkasten ein zweifach gefaltetes Plakat. Als ich es aufmachte, sah ich eine angeschnittene Stange Wurst und eine Aufschrift in roten Lettern: »SAG JA ZU IHR! SIE WILL ES!« Unten, wie Telefonnummern unter Anzeigen, die an Bäumen und Zäunen hängen, sah man in viereckigen, mit gestrichelten Linien abgegrenzten Feldern Gutscheine, auf denen überall dasselbe stand, ein alter durchgestrichener Preis und ein neuer in fetten Buchstaben. In winziger, fast unmerklicher Schrift stand dabei: »Abgabe in Mengen im Rahmen des gesunden Menschenverstands«. Die Aktion dauerte nur drei Tage. Man mußte sich beeilen. Ich beeilte mich. Ich war in einem »Großen Wagen«, dann in einem anderen, von dort weg in einem dritten und schaute sogar bei »Saturn« und »Jupiter« vorbei, in der Hoffnung, sie dort zu finden. Allerdings verkaufte »Saturn« nur Technik und »Jupiter« nur Herrenunterwäsche und Überbekleidung. Alles, was es an Lebensmitteln bei »Saturn« gab, waren Erfrischungsgetränke in einem kastenartigen Kühlschrank, und bei »Jupiter« – ein paar Weinflaschen in geflochtenen Körben, wo sie wie Säuglinge auf Stroh lagen, mit weißem und rotem Wein, rosé und spumante, um den Hals flatternde Bänder und im Mund Schnuller aus Kunststoff und Kork. Ich graste alle »Großen Wagen«, die es in der Stadt gab, ab, war nahe daran, mit dem Zug in die Nachbarstadt zu fahren, wo es auch einen »Großen Wagen« gab, ich kam rechtzeitig zu Sinnen. Dauerwurst gab es nirgendwo. Überall war sie ausverkauft. »Hat der gesunde Menschenverstand einen Rahmen, und wenn ja, welchen?« begann ich zu zweifeln. Zweifel beschlichen mich, ob es den gesunden Menschenverstand überhaupt gebe. Und diese Zweifel waren nicht unbegründet.

Deckel zur Pfanne

Ich mußte auf verschiedenen Stellen schuften. Was ich nicht alles war: Lagerarbeiter, Kellner, Straßenkehrer, Betonmischer, Rosen- und Jasminsträucher schneidender Gärtner, backender Bäkker und sogar Buchhalter in einer Privatfirma, die freilich bald bankrott ging und deren Vermögen unter den Hammer kam. Am besten gefiel mir die Arbeit im Chinarestaurant »Zum Drachenmaul«, wo es nicht so einfach war, die Stelle zu kriegen. Um sie zu kriegen, bedurfte es mancher List: Ich mußte mir einen Schnurrbart wachsen lassen und einen Lidschatten zeichnen, der die Augen schmaler wirken ließ. Ich bemühte mich, unter ständigen Verbeugungen höflich zu lächeln, lernte ein paar chinesische Floskeln und erfand eine Geschichte, nach der ich zur Hälfte Chinese, zur Hälfte Franzose war, geboren aber bereits in St. Tropez. Man glaubte meine Geschichte, stellte mich für eine Probezeit ein, und bald machte ich eine steile Karriere vom Hilfsabwäscher zum Chef de cuisine, der die Spitzengerichte mit eigener Hand zubereitete: knusprige Ente und süß-saures Schweinefleisch. Das Restaurant wurde erweitert, die Besitzer kauften die Buchhandlung nebenan, in der ohnehin niemand mehr etwas kaufte, dazu, man konnte sich der Gäste nicht erwehren, es mußte eine zusätzliche Riesenpfanne angeschafft werden, in der alles brutzeln und dabei die heilsamen Säfte austauschen konnte. Eine riesige Pfanne, wie wir sie brauchten, gab es nicht im Verkauf, ein Import aus China wäre zu kompliziert gewesen, und so blieb nichts anderes übrig, als sie vor Ort beim Schmied in Auftrag zu geben. Nach einer Woche war die Pfanne fertig, bezahlt und abgeholt. Es fehlte der Deckel. Es gibt Gerichte, für die ist ein Deckel Mord und Verderben, es gibt aber auch welche, die ohne Deckel wertlos sind. Wie man in Palermo so sagt: Der Teufel macht den Topf, aber nicht den Deckel. Eine Bestellung beim Schmied wäre Geld- und Zeitvergeudung gewesen, zudecken mußte man jetzt schon, die Gäste saßen an ihren Tischen und warteten. Durch den Personaleingang schlüpfte ich nach draußen. Auf der Straße war es ruhig, auf dem Gehsteig brannten Straßenlaternen. Zikaden flüsterten miteinander. Ein Ahornbaum rauschte. Eine Fledermaus segelte vorbei. Ein Pfau schrie. Auch ich schrie auf und bog im Lauf um die Ecke. In einiger Entfernung um die Ecke stand ein Abfallbehälter, eine tiefe, runde, metallene Mülltonne, die einen Deckel hatte, wie man ihn in meiner Kindheit benutzte, um die Waschbottiche zuzudecken, in denen die Wäsche gekocht wurde. Daneben stand noch so eine Mülltonne. Die eine war für Lebensmittelabfälle bestimmt, die andere für Kunststoff. Das einzige, wodurch sie sich unterschieden, war die Aufschrift, die erklärte, was wohin wegzuwerfen war, ansonsten waren sie beide schmutzig, mit dunklen Sabberspuren im Bart. Ich schnappte die zwei Deckel. Ich rannte zurück und schlug sie, ohne im Lauf zu stoppen, wie Tschinellen zusammen – das phantastische Echo rollte die Straße hinunter, bis es auf eine Kreuzung stieß und von da weg in alle vier Himmelsrichtungen auseinander. Einen Augenblick später war ich im Restaurant. Die fleißigen Köche säuberten die Deckel sorgfältig vom Schmutz, sie paßten ganz genau auf die Pfanne, und seit diesem Tag trugen meine Gehilfen, wenn sie den Besuchern die

Speisen servierten, immer die Pfanne mit zu den Tischen, ich nahm dann den einen Deckel ab, der dritte Gehilfe reichte mir den zweiten, und dann spielte ich einen Tusch, wie die Krieger des Dschingis Khan, wenn sie wieder einmal ins Feld zogen – wodurch ich eine richtig authentische Atmosphäre hervorrief. Nie hat sich auch nur irgend jemand beklagt, daß es nicht geschmeckt hätte.

Bonjour, Vergänglichkeit

Zusammen machten wir einen Spaziergang. Wir gingen auf eine Pizza und ein Eis. Ich spürte, daß er nicht alles erzählt hatte, und das war eine gute Gelegenheit, unser Gespräch in anderer Atmosphäre fortzuführen, ungezwungener, in jener anderen Ungezwungenheit, die nicht von inneren Faktoren abhängig ist – mit den inneren Faktoren war bei uns alles okay –, sondern von äußeren Faktoren, den offenen Glasvitrinen der Restaurants, wo Innenraum und Außenwelt übergangslos ineinander übergehen, wo die Blumenvasen und Aquariumsfische mit den Platanen und laut zwitschernden Spatzen draußen kommunizieren, wo an den Tischen Gäste, Verliebte und laut durcheinanderredende Gesellschaften sitzen, wo man sich auflösen kann, wo das Leben pulsiert und keiner sich darum kümmert. Es war schon fast sechs, die Stadt dachte nicht daran, still zu werden, alles flirrte und schwirrte. Heute war »langer Donnerstag«, einer jener »langen Donnerstage«, an denen die Geschäfte und Museen, Kioske und Kaffeehäuser nicht, wie üblich, bis achtzehn Uhr offen hielten, sondern bis einundzwanzig Uhr. Wir gingen durch die Wohlstandsstraße, da sagte er, wie mir schien, friedlich und mild: »Ich würde sie Straße der Eitelkeit nennen.« – »Lange Allee der Großen Vergänglichkeit.« – »Unendliche.« – »Nichtigkeit.« – »Vanitas vanitatum.«

Die Leute gingen aus und ein. Die Türen drehten oder öffneten sich automatisch; noch bevor sie zugehen konnten, gingen sie wieder auf. Tüten und Schachteln wurden herausgetragen, Taxis angehalten, Kofferräume beladen. Wir betrachteten alles. Wir betrachteten es mit denselben Augen. Wir verstanden uns auf das erste Wort, auf den ersten Blick. Und er sagte: »Wäre ich Schriftsteller, ich würde über das alles einen Roman schreiben. Ich würde ihn ›Willkommen, Eitelkeit‹ nennen.« – »Oder ›Servus, Frau Vergänglichkeit‹.« – »Ich bin aber kein Schriftsteller.« – »Ein jämmerlicher Koch im chinesischen Restaurant.« – »Ein verunglückter Terrorist.« – »Ein Tourist im Supermarkt.« – »Ein verhinderter Künstler.« Wieviel wir doch gemeinsam hatten, dachte ich. Wie Zwillingsbrüder. »Weißt du«, sagte er, »mir kommt vor, nicht einmal Zwillingsbrüder haben so viel gemeinsam wie wir.« Und dann, wie nebenbei, sagte er noch: »Ich war in Amsterdam.« Ich blickte ihn fragend an.

Vira

Ich war in Amsterdam. Ich wohnte in einem jener Häuschen, die, am Kai angetaut, auf dem Wasser eines Kanals schaukeln und mit dem für Europäer ungewohnt rauh klingenden Wort Grachtenhuizer bezeichnet werden. In einer netten Hütte, in die man über einen unsicher schwankenden Steg mit der hochtrabenden Bezeichnung Fallreep gelangte, die offenbar Erinnerungen an die Schiffahrt, an waghalsige Expeditionen und die Entdeckung Amerikas, den aufgefressenen Cook und mitgebrachte Papageien (was nicht alles im Namen der Wissenschaft geschehen ist: Die einen fraß man, die anderen traf der Blitz, die dritten packte das tropische Fieber), an mit Bananen beladene Schiffsrümpfe und schließlich wohl auch an Schiffbruch wecken sollte – denn in der Regel boten diese Hütten Leuten ein Obdach, die Katastrophen erlebt hatten, auf Sand gelaufen oder gegen ein Riff geschellt waren. Man wohnte nicht schlecht da, es gab ein, manchmal zwei Zimmer, Dusche gab es keine, dafür eine Toilette. Wenn man den Deckel hob, plätscherte unten das Wasser, und eine leichte Brise umkoste mit feuchter Luft das Hinterteil. Ja, ich würde behaupten: Es war ein schöner Ort, warm und demokratisch. Und es gab eine Menge Vergnügungen, denn zahlreiche Matrosen und vielerlei Volk warf die schäumende Gischt an dieses gesegnete, dem Meer abgerungene Ufer.

Ich war in Amsterdam, denn nach deiner Abreise traf ich noch einmal Ljubov. Ich fand den Nachtklub. Es war nicht einfach, ihn aufzuspüren: In Amsterdam gibt es viele Nachtklubs. Überall ißt man Fisch, trinkt Bier und gibt sich der Liebe hin. Solcher und solcher. Und da erblickte ich sie. Mein Platz war in der zweiten Reihe beim Ausgang, eine Säule störte. Die Säule verhinderte aber nicht, daß ich sie erblickte. Ich erkannte sie, noch bevor ich ihr Gesicht sah. Ich erkannte sie an der leichtfüßigen Geschmeidigkeit, mit der sie auf die Bühne geflattert kam. Und ich erschrak. Ich erschrak vor ihren riesigen Brüsten. Ich hatte mich immer vor maßlosen Titten gefürchtet. Seit der Kindheit, seit ich im Kindergarten täglich die Leiterin sah, mit Brüsten, die der Büstenhalter nur mit Mühe halten konnte und die, wenn sie ging, bedrohlich hin und her wogten, wie Galeonen auf dem Meer, und ich hatte gefürchtet, es könnte mein Tod sein, zwischen zwei riesigen schwitzenden Brüsten erdrückt zu werden.

Als ich hinging, dachte ich, ich würde sie bloß sehen, ich wollte sie nur sehen, mir war wichtig, sie zu sehen, es war ein unbezwingbarer Drang, sie zu sehen. Ich wollte sie nicht durch mein Auftauchen in eine unangenehme Situation bringen. Am wenigsten wollte ich, daß es ihr peinlich war: die Bühne, der Beruf, alles. Ich wollte inkognito bleiben. Wollte kommen, sie sehen und wieder gehen. Das war alles, was ich wollte. Ich wollte ihr nicht begegnen, ich wußte nicht, was ich ihr sagen würde und was sie mir sagen würde. Ich mochte diesen Abgrund nicht, wenn miteinander bekannte und vertraute Menschen nebeneinanderstehen, einer dem anderen so nahe, daß sie beinahe nichts trennt, außer einer schrecklichen Kluft. Ich versuchte mir vorzustellen, wie wir den Kanal entlanggingen, wie wir im Café saßen, wie wir im Haus auf dem Wasser lagen, gegen den Plafond schauten, und keine der vorgestellten Situationen funktionierte, denn etwas konnte ich mir nicht vorstellen – den Beginn unseres Gesprächs.

Ich blieb. Als ihr Auftritt zu Ende war, eilte ich zum Ausgang und hinter die Kulissen. Dem Zuhälter, der sich mir in den Weg stellte, sagte ich, ich sei ihr Bruder. »Ich bin ihr Bruder.« – »Sie hat keine Brüder.« – »Ich bin ihr Stiefbruder.« – Er maß mich mit prüfendem Blick, er prüfte, ob er wohl mit mir fertig würde, sollte sich herausstellen, daß ich doch nicht ihr Bruder war, und gab mir widerwillig den Weg frei. Die Tür war offen. Sie sah mich im Spiegel, vor dem sie stand und in dem man die offene Tür und mich sehen konnte. »Woher hast du so große Brüste?« war leider das erste, was mir über die Lippen kam, kein Gruß und kein Kuß, kein Kuß und kein Gruß, und keine Frage, wie es ihr ging, kein Wort über die Geschichte, jenen in die Vergangenheit entrückten Teil, der uns gemeinsam gehörte. »Gefallen sie dir, Schätzchen«, stöhnte sie mit einer Stimme, mit der in den ekligsten Pornoprodukten gestöhnt wird. Sie hatte mich nicht erkannt. Sie hatte mich für einen der Matrosen gehalten, von denen es wimmelte. »Ich bin kein Matrose«, versuchte ich Klarheit zu schaffen. – »Kein Matrose?« – »Keiner.« – »Wolltest wohl einer werden«, sagte sie und fuhr, noch bevor ich antworten konnte, fort, »komm doch her, mein Vögelchen.« In meiner Verzweiflung heulte ich auf: »Vira!« Daraufhin machte sie einen

Schrei, während sie zugleich jäh zusammenzuckte. Ich sagte, vom kehligen Niederländisch in die melodiöse Muttersprache wechselnd: »Ja, ich bin's.« Danach rief sie: »Jesus Maria!« Und damit hatte sie sich endgültig verraten, denn ihr Großvater mütterlicherseits war Pole gewesen. »Woher hast du diese Brüste«, wiederholte ich meine Frage voll Unmut und Ungeduld. »Idiot! Was bist du nur für ein Idiot«, sagte sie, zog mich ins Zimmer und schloß die Tür. »Schau, du Dummkopf«, sagte sie, während sie drei Viertel des Busens abnahm, »sie sind künstlich.« Und als sie sah, daß ich weiter starr und wie angewurzelt dastand, fügte sie noch hinzu: »Was, hast du noch nie einen künstlichen Busen gesehen?« Und da ich weiter schwieg, machte sie einen Scherz: »Versuchst du zu erraten, wer von den Kühen, die du gevögelt hast, künstliche Busen hatte, und wer echte?« Unterhalb lagen ihre eigenen Brüste. Ihre Brüste, auf denen ich einst eingeschlafen war, ohne Furcht, erdrückt zu werden, eingeschlafen zwischen rosa Knospen wie zwischen zwei Feldblumen, die eine auf der einen, die andere auf der anderen Seite. Sie hatten den Geruch von Milch und *Dolce vita* verströmt.

Sie lud mich in die Oper ein. Sie kaufte Karten für eine Loge, und nur sehr nebelhaft ist mir in Erinnerung, was wir da sahen, mir, dem Liebhaber der Opernkunst! Irgendein Graf betrog seinen Freund, einen anderen Grafen, mit dessen Frau; der andere Graf, der sich offenbar doppelt betrogen sah, von der Frau und vom Freund, nahm grausame Rache, und erst danach stellte sich heraus, daß niemand betrogen hatte, daß alles nur gefinkelte Intrigen von Fremden gewesen waren, und der Graf, der alles verloren hatte und jetzt, da sich die Wahrheit ihm auftat, noch einmal verlor, stach sich die Augen aus, aber ich bin nicht sicher, ob ich hier nicht zwei Opern miteinander verwechsle, den Grafen Almaviva mit Oedipus Rex, wer da wem die Augen auskratzte, und ob ich nicht überhaupt so manches dazuphantasiere, was weder in der einen noch in der anderen vorkommt und nie vorgekommen ist. Schluß. Jedenfalls ist das alles, woran ich mich noch erinnern kann.

Bonjour, Vergänglichkeit
(Fortsetzung)

»Ljubov hat es mir gesagt.« – »Du hast Vira also gesehen?« – »Mehr als gesehen. Gehabt.« – »Und hast sie verloren.« – »Ich würde das nicht als Verlust bezeichnen. Das heißt, ich habe sie verloren, aber nicht ganz. Weißt du, sie bleibt doch. Es wird immer etwas von ihrer Wärme zurückbleiben. Vielleicht habe ich das nicht ganz treffend ausgedrückt, aber es ist so.« – »Und der Geruch von *Dolce vita.*« – »Der auch.« – »Vom Paradies ein Hauch.«

Ariocarpus retusus

Wir kamen nicht bis zur Pizzeria. Bevor wir noch dort ankamen, zog er mich in eine Seitenstraße, die auf den Allerheiligenplatz führte, auf dem sich eine prachtvolle Orangerie befand. Er zog mich hinein. Über Pfade und Wege führte er mich von Saal zu Saal. Mir schwindelte im Kopf, und die Düfte der Pflanzen verschlugen mir den Atem. Plötzlich hatte ich ein Cocablatt zwischen den Zähnen, ich wußte nicht, wie es dahin gekommen war, und so kaute ich, wobei ich ganz professionell Kügelchen formte. Ich wußte nicht, wie mir geschah, als es meine Hand zu einer Pflanze hinzog, deren Kelch sich weit vor mir öffnete. Sehr beeindruckend. Ich hatte sie doch nur begrüßen wollen, weil auch sie mich begrüßen wollte. Ich weiß nicht mehr, wer es war, der meinen Arm in letzter Sekunde, bevor sie wie Handschellen zuschnappte, zurückriß, und im ersten Moment kam mir vor, als wäre ich auf dem falschen Trip, aber vielleicht schrie auch bloß er mir ins Ohr: »Bist du verrückt?« – »Don't worry«, antwortete ich. – »Sie hätte dir die Hand abgebissen«, bellte er mich an. – »Wer, die liebe Mieze da?« war ich nicht schlecht erstaunt. – »Die liebe Mieze heißt Nepenthes merilliana. Damit du es weißt.« – »Sagt mir nichts.« – »Gott sei Dank.« – »Aber sie streckte sich mir entgegen.« – »Wer, sie?« – »Diese, na, deine Merilliana da.« – »Was du nicht sagst, ich glaube, es war nicht ganz so.« – »Wie dann?« – »Nicht sie hat sich dir entgegengestreckt, sondern deine Hand der Kanne.« – »Was für einer Kanne?« – »Die sie hält.« – »Möchte wissen, wer da von uns high ist?« – »Sie hält tatsächlich eine.« – »Was du nicht sagst: Eine Pflanze hält eine Kanne!« – »Wenn sie einmal in dieser Kanne drinsteckt, kannst du deine Hand abschreiben.« Lianen hingen herab, und üppig wucherten Rhododendren, Orchideen blühten, und die Kakteen zeigten ihre Stacheln. Na klar, ich hatte seine Schwäche erraten: Kakteen. Wegen der Kakteen also hatte er mich hierhergeschleppt. Ach, du Halunke, auf Kakteen hast du es also abgesehen.

Heute stimmte irgendwas nicht mit ihm. Manchmal gingen mit ihm Sachen ab. Manchmal wußte ich nicht mehr, ob er wirklich naiv war oder sich über mich lustig machte. Wir waren noch nicht vorbei an der Dattelpalme, dem Kaffeestrauch, der Orchideensammlung (ich konnte ihn gerade noch rechtzeitig zurückhalten: »Ich schenke sie Vira«, wollte er sich rechtfertigen, »oder Ljuba«, um noch einen Augenblick später zu resümieren: »Einen Strauß für Vira, einen anderen für Ljuba.« – »Und einen dritten auf das Grab des Emu«, konnte ich mich nicht beherrschen und zog ihn verdrossen am Ärmel fort), der chinesischen Ulme, der Echeveria und dem Mandarinenhain (in dem er es sich natürlich nicht versagen konnte, ein paar reife, wenn auch ungeschälte Mandarinen zu schnabulieren), als er verwundert stehen blieb und mit dem Finger dorthin zeigte, wo in voller Pracht ein Brombeerstrauch stand. »Solange ich lebe, so was habe ich noch nicht gesehen. Schau, die Blätter ...« – »Die Blätter, die Blätter«, unterbrach ich ihn ungeduldig und versuchte, ihn zum Weitergehen zu bringen. »Die Blätter bewegen sich! Lösen sich vom Stiel und klettern den Ast hinauf. Nein, hinauf und hinunter, hinunter und hinauf«, korrigierte er sich wie in Trance. »Wandelnde Blätter.« – »Blätter, die wandeln.« – »Genauso heißen sie.« – »Ein wirklich passender Name.« – »Sind aber keine Blätter.« – »Du hast es aber gerade selbst gesagt, schön und poetisch.« – »Ich sage dir: Es sind keine Blätter.« – »Du glaubst natürlich, ich bin schon wieder high?« – »Nein. Ich will sagen, du hast in der Schule nicht aufgepaßt und kennst die Welt schlecht.« – »Was ist es denn?« – »Insekten.« – »Insekten ...« – »Gespenstschrecken.« – »Die auf Bäumen wachsen.« – »Ganz und gar nicht auf Bäumen«, widersprach ich, aber er hörte mir nicht zu. – »Im Frühling kriegen sie Knospen, im Sommer zirpen sie, und im Herbst werden sie gelb und fallen ab.« – »Sie werden nicht gelb und fallen nicht ab. Es ist eine Art Heuschreck, Phyllium siccifolium. Und diverse Artgenossen. Die Blattform ist eine Methode der Anpassung. Glaubst du, nur du verstehst dich anzupassen? Du irrst dich: In der Natur gibt es eine Menge Konformisten. Solche wie dich, und noch bessere.«

Was die Kakteen betrifft, so hatte ich ins volle getroffen. Beim Ausgang lösten wir den Alarm aus, das elektronische Kontrollsystem; das System der elektronischen Kontrolle, eine metallene Greifzange, schnappte unerbittlich zu, und vor lauter Schrecken kreischte einer von uns – war es er oder war es ich? – schmachbedeckt auf. Aus seiner Tasche zog man einen Schnapskopf, einen Living Rock, einen gefährlichen Coyoten, oder wie sie alle heißen, einen schleimigen Kaktus mit rosa Blüte, die schon so zerfleddert und zerknautscht war, daß sie einer Braut nicht mehr allerersten Frischegrades ähnlich geworden war. Man brummte ihm eine Geldstrafe auf und verurteilte ihn zu vierzehn Tagen Besserungsarbeit ohne die Möglichkeit der Berufung oder eines Aufschubs. An allen diesen Tagen besuchte ich ihn, brachte ihm Brötchen und Warmes im Napf. An allen diesen Tagen führten wir abends, auf seiner Holzpritsche sitzend, Gespräche, die sich bis weit nach Mitternacht hinzogen, Gespräche, wie wir sie lange schon nicht mehr geführt hatten. Vor Gericht sagte er einen Satz, der die zivilisierte Welt erschütterte. Ich war dabei und versuchte sogar, ihn zu verteidigen, aber man entzog mir für die gesamte Dauer der Verhandlung das Wort, indem man mich zur befangenen Person erklärte, und als ich protestierte, drohte mir der vorsitzende Richter sogar: »Wenn Sie sich nicht zusammennehmen, werden wir Sie nicht als befangene Person, sondern als Komplizen betrachten, der Sie ja tatsächlich waren, so daß Sie von großem Glück sprechen können. Unverdient großem Glück. Ihr Freund hatte nicht so viel Glück.« Er hatte wirklich kein Glück. Bevor er kein Glück hatte, sagte er seinen umwerfenden Satz. Der Richter fragte ihn:

RICHTER

– Angeklagter, Ihr letztes Wort. Was wollen Sie uns sagen? Was wollen Sie zur Erklärung Ihrer abstoßenden Tat sagen, die wir jetzt gleich streng verurteilen werden? Die von allen Anwesenden streng verurteilt wird. Nun?

ANWESENDE

– Nun ja!

RICHTER

– Also?

ER

– Bei uns ist das Tradition.

RICHTER

– Etwas mehr zur Sache!

ER

– Eine alte Weisheit besagt: Nur die Blume sprießt, die gestohlen ist.

(Schreie und Pfiffe im Saal.)

RICHTER

– Danke, Angeklagter. Meine Damen und Herren, der Gerichtshof wäscht sich zur Urteilsfindung die Hände.

Wir unterhielten uns über alles mögliche, am häufigsten aber – und das ist natürlich – über die Sache mit dem Kaktus. »Nicht mit dem Kaktus«, stellte ich klar, »mit dir.« – »Welche Bedeutung hat das jetzt schon?« – »Glaub nicht, daß ich dich verurteile. Wie die anderen. Im Gegenteil. Wenn sie mir nicht einen Knebel in den Mund gesteckt hätten, ich hätte dich verteidigt.« – »Ist auch schon egal.« – »Wegen irgend so eines Kaktus.« – »Es ist immer dasselbe.« – »Man kann doch nicht jemanden so streng bestrafen, nur weil er Blumen mag!« – »Warum hast du das nicht früher gesagt? Beim Prozeß?« – »Du hast ja gehört: Man hat mir das Wort entzogen, anders gesagt, den Mund gestopft.« – »Mach dir nichts draus. Du hast getan, was du konntest.« – »Ein schwacher Trost.« – »Wer muß hier wen trösten?« – »Natürlich ich dich.« – »Ist schon in Ordnung. Ist ja auch nicht so wichtig.« – »Ich bin froh, daß du die Sache so philosophisch nimmst.« – »Jedenfalls sind vierzehn Tage nicht fünf Jahre.« – »Ich habe nicht fünf Jahre gesessen.« – »Ich habe nicht an dich gedacht. Ich sage das nur so.« – »Übrigens ist übermorgen dein letzter Tag hier. Werden wir feiern?« – »Aber nicht hier.« – »Klar.« – »Laß uns auf eine Pizza gehen.« – »Zu der wir nicht mehr gekommen sind.«

»Du hast so große und noch dazu einzigartige, wie sagt man, Lebenserfahrung.« – »Romane könnte man schreiben.« – »Darauf will ich hinaus.« – »Worauf?« – »Du könntest doch Romane schreiben?« – »Die Idee ist allzu kühn und unerwartet ausgesprochen, als daß ich angemessen darauf reagieren könnte.« – »Erfahrungen im Kontakt mit dem Publikum hast du.« – »Wenn man Zwitschern dafür gelten läßt, dann ist das unzweifelhaft richtig.« – »Ich meine deinen glänzenden Auftritt im Literaturhaus.« – »Ich auch.« – »Für das erste Mal hast du erstaunlich sicher gewirkt.« – »Ist schon so lange her.« – »Wie auch immer, die Feuertaufe hast du hinter dir.« – »Und was für ein Roman sollte das deiner Meinung nach sein? Doch nicht ein Roman über die Vergänglichkeit?« – »Diese Latte liegt für dich, entschuldige meine Offenheit, noch zu hoch. Um über die Vergänglichkeit zu schreiben, um heute darüber zu schreiben, muß man entweder schreibsüchtig sein oder ein feinsinniger Schriftsteller mit großer Erfahrung und der Fähigkeit zur künstlerischen und philosophischen Synthese.« – »Am Beispiel meines Lebens.« – »Am Beispiel des Lebens deines Helden.« – »Der ohnehin ich selbst bin.« – »Du irrst dich.« – »Vielleicht willst du sagen, der du bist.« – »Das ist der typische Fehler des Anfängers, der glaubt, er müsse nur über sich selbst schreiben.« – »Wenn es anders nicht geht und er nicht kann?« – »Dann bleibt er für immer ein selbstverliebter Anfänger.« – »Worüber aber soll ich dann schreiben, wenn nicht über die Vergänglichkeit?« – »Damit eroberst du nicht die Sympathien der Leser. Für den Anfang müßte es eine Art Thriller sein, in dem der Held in alle möglichen unmöglichen Situationen gerät.« – »Und jedes Mal mit heiler Haut davonkommt.« – »Manchmal auch nicht heiler.« – »Jedenfalls als Sieger.« – »Genau.« – »Aber du meinst, nicht immer?« – »Die

Leser müssen mitempfinden mit ihm, ansonsten verlieren sie das Interesse am Helden.« – »Tränen vergießen.« – »Nicht unbedingt. Ist ja kein Melodram. Sie müssen das Bedürfnis haben, ihn zu verteidigen, ihm beizustehen.« – »Es ist unfair, wenn du weißt, daß es zum Schluß sowieso ein Happy-End gibt.« – »Wie willst du sonst die Intrige hinkriegen? Und wozu überhaupt schreiben?« – »Das fragst du mich?« – »Irgendwie läßt sich das schon hinkriegen. Deine Erlebnisse, gab es da vielleicht nicht genug Stoff? Hast du zu wenig erlebt? Ich schenke dir gerne noch meine.« – »Vielen Dank.« – »Kannst du dir vorstellen, wie das einschlagen würde?« – »Wie eine Bombe.« – »Hauptsache, sie explodiert nicht zu früh.«

Der Roman war fertig. Für das Schreiben brauchte ich zwei Monate. Und noch einen Monat später kam er heraus, und bald schon hatte ich die zweite Autorenlesung in meinem Leben. Ich las Bruchstücke aus dem Roman. Zweieinhalb Stunden lang hielt ich das Publikum in Spannung, führte es durch Hinterhöfe und auf Dachböden, in Restaurants und das Labyrinth der städtischen Kanalisation, der Kot floß in Strömen, und der Gestank nahm den Atem. Nach dem Höhepunkt kam ich zur Auflösung, der überfüllte Saal mit neunhundertachtzig Plätzen atmete erleichtert auf, und der Moderator, der ebenfalls erleichtert aufatmete, lud die Anwesenden ein, Fragen zu stellen und mit dem Autor zu diskutieren. Es begann der dynamischste Teil der Präsentation, der noch dynamischer war als die Lesung der ausgewählten Stellen und der durch deren Spannung beim Publikum bewirkte Präinfarkt-Zustand. Die Gesellschaft, die sich hier zusammengefunden hatte, war bunt gemischt. Es gab Bohemiens, das unweigerliche Beiwerk jeglicher künstlerischen Aktion, das genauso dazugehörte wie die Intrige, auf der jene aufgebaut war. Es gab Vertreter von Presse und Fernsehen, akkreditierte Journalisten und Botschafter ausländischer Staaten, junge Menschen und alte Menschen, würdige und solide, weiblichen Geschlechts und männlichen Geschlechts, sowie weiblichen und männlichen Geschlechts. Außer diesem üblichen Publikum waren auch andere Besucher gekommen, die ich wirklich nicht erwartet und, vom Scheinwerferlicht geblendet, nicht rechtzeitig erkannt hatte. Diese anderen Besucher waren auch meine Hauptfragesteller, als hätten sie sich abgesprochen, damit kein anderer durch den Drahtverhau ihrer stechenden Worte schlüpfen konnte. Der Moderator hatte noch nicht fertiggeredet, als sie aus dem Trojanischen Pferd krochen, in dem sie über zwei Stunden klammheimlich gesessen hatten. Ich sah, wie sich in der dritten Reihe ein stämmiger Kleiderschrank mit den Armen eines Orang-Utans und der Nase einer Flaschenbirne erhob. Mit Schrecken erkannte ich in ihm den Glasermeister. »Was plauderst du da daher«, wandte er sich an den Saal, sehr wohl aber mich meinend, »und das da interessiert dich nicht?« Und er schleuderte ein Bündel mit Zetteln in Richtung Bühne, unbezahlte Rechnungen vermischt mit Bestätigungen, auf denen ich unterschrieben hatte, daß ich ihm am achtundzwanzigsten August neunzehnhundertsiebenundneunzig hundertzwanzig Karbowanzen zahlen würde; daß ich ihm am achten November desselben Jahres dieselben hundertzwanzig Karbowanzen plus achtzig Karbowanzen für die Reparatur des Fensters im Schlafzimmer zahlen würde; daß ich ihm am vierzehnten März neunzehnhundertachtundneunzig zweihundert Karbowanzen und so weiter zahlen würde – das Bündel war ziemlich dick. Zum Glück flogen die unglückseligen Zettel nicht weit genug, um den Teil der Bühne zu treffen, in dem ich an einem efeuumrankten Tisch saß, auf dem eine Blumenvase und eine geleerte Weißwein-Karaffe standen. Sie flogen überhaupt nicht bis zur Bühne. Sie landeten in der ersten Reihe, die Rechnungen für die Ausbesserung der Fensterbretter, die Abdichtung der Fenster und den Austausch der gesprungenen Fensterscheiben. Das Publikum stürzte sich darauf, riß sich die Zettel gegenseitig aus den Händen – die Lage entwickelte sich zu meinen Gunsten. Irgendein Typ mit Monokel und weißen Manschetten, der so hoch wie möglich über seinem Kopf mit einer Quittung winkte und sich dazu mit seinen in Hochwasserhosen steckenden Hammelbeinen auf Zehenspitzen stellte, sagte immer wieder, keuchend und mit irr umherschweifenden Augen: »In hundert Jahren wird das eine Million Dollar kosten!« – »Esel«, wollte ich ihm zurufen, »in hundert Jahren gibt es dich nicht mehr, in hundert Jahren gibt es weder dich noch mich.« Ich wollte noch hinzufügen: »Nichts wird es mehr geben«, aber dann dachte ich, daß das übertrieben wäre, irgendwas würde es doch geben. Ich rief nicht und sagte nichts mehr. Ich hatte nicht einmal Zeit, mich zu freuen, daß sich alles so schön fügte. Es war Sodom und Gomorrha. Verstreut im Publikum saßen Figuren, die mich von anderen Situationen als den Situationen meines Romans kannten und jetzt, als hätten sie sich abgesprochen, aufzustehen begannen, hochzuschießen, wie die Pilze nach einem segenspendenden Regen hochschießen, wie der Dschinn aus der unvorsichtigerweise entkorkten Flasche hochschießt – aber wie soll man diese vorsichtig entkorken, wo man doch auf keinen Dschinn gefaßt ist und überhaupt an dessen Existenz nicht glaubt? Schon stand der Nachbar von unten auf und stellte seine Fragen, ständig würde ich bei ihm Überschwemmungen anrichten, und er sei gekommen, mich zu fragen, wie lang das so weiterginge – wenn er zu mir käme, um mich zu fragen, würde ich die Tür nicht aufmachen und so tun, als sei ich nicht daheim. »Zeigen Sie ihn an«, gab jemand, wie mir vorkam, von der Galerie, einen Rat. Nach dem Nachbarn von unten ergriff der Nachbar von oben das Wort, der sehr sonderbar riechende Rauch meines Zigarrentabaks (»Man müßte das noch untersuchen, was für Tabak das ist«) dringe durch das Parkett in seine Wohnung und mache sein Leben und das Leben seiner asthmatischen Gattin zur reinsten Hölle; ihn löste der Nachbar von nebenan ab, der schon voll Ungeduld von einem Bein auf das andere trat – wegen der Musik, die ich höre und die er hören müsse, ohne dazu die geringste Lust zu haben, und warum ich sie nicht in dem Zimmer hörte, dessen Wand an das Schlafzimmer des Box-Europameisters grenzt: »Hast Angst, was? Ob du Angst hast, frag ich dich, du Scheißkerl! Sag es, daß alle es hören!« Ihm fiel der Zahnarzt ins Wort, der es schon eilig hatte, aber nicht gehen konnte, ohne sich von mir in aller Form verabschiedet zu haben. Er war nicht ohne rhetorische Begabung: »Schaut, wie wunderschöne Zähne er hat. Ein Hollywood-Lächeln, nicht wahr? Aber wissen Sie, daß er gar keine Zähne hat, daß ihm, sage und schreibe, noch elf eigene Zähne bleiben und alle anderen künstlich sind? Alle anderen – meine Arbeit! Metallkeramik! Hier sind meine Visitenkarten – greifen Sie zu und willkommen! Preis und Qualität stimmen!« Auch die Putzfrau unseres Hauses wollte noch irgend etwas, aber es fehlte ihr an Dezibel, Glück und Begabung, um sich durch den Dschungel des unglaublichen Wirbels im Saal Gehör zu verschaffen. Und alles wäre lustig zu Ende gegangen, wäre es nicht so traurig gewesen. Ich habe es gern, wenn Frauen sich raufen. Aber ich habe es nicht gern, wenn sie sich meinetwegen raufen – da bin ich bereit, es ihnen allen recht zu machen. Nach gruseligen Hollywood-Schinken, wenn meine sensible Psyche extrem labil wird, beginne ich manchmal den Eindruck zu haben, ich wäre nicht ich, sondern bestünde aus zwei Wesen, und eines davon wäre eine Frau; leider läßt sich nie klären, ob sie hübsch ist oder nicht, ob sie gleich alt ist wie ich, und was sie überhaupt in mir tut. Allerdings bringe ich nicht den Mut auf, mich um die Klärung letzterer Frage zu kümmern – mir scheint, die Frage könnte auch anders gestellt werden, und zwar von ihr gestellt, und sie klänge nicht günstig für mich: »Sag lieber, was *du* in mir machst?« Ich wüßte tatsächlich nicht, was ich antworten sollte. So wie ich jetzt nicht wußte, was ich antworten sollte, als nach dem Dentisten, der, einmal den Stoß Visitenkarten in die Luft geschleudert, zum Ausgang geeilt war, meine Nachbarin die Initiative übernahm, eine sexuell herausgeforderte, robuste Frauensperson, die mir den Weg versperrte. Sie beschuldigte mich der Impotenz. »Schöpferischer?« fragte jemand aus dem Saal nach. »Verpiß dich«, fuhr sie ihn an. »Du weißt nicht, was impotent ist? Wenn du's nicht weißt, du Klotz, dann sag ich's dir: Impotent ist einer, der sich zu vögeln weigert.« Für diese Frechheit bestrafte sie der Herr gebührend. Im Unterschied zu unzähligen Situationen, wo er zehn oder zwanzig Jahre später straft, wo er für das Vergehen des einen jemand ganz anderen oder, vom Dogma der Barmherzigkeit durchdrungen, gar niemanden bestraft, bestrafte er dieses Mal hier und jetzt. Bestrafte die, die es zu bestrafen galt. Um zu bestrafen, warf er eine eifernde Bewunderin meines Talents in die Schlacht, klapste ihr auf den Po und flüsterte ihr zu: »Na, gib's ihr schon.« Und da stürzte sich die Bewunderin meines Talents, bewaffnet mit einem Schirm und den Worten: »Du bist im Tempel des Wortes, du Miststück!«, in den Kampf. Als der Schirm nicht mehr standhielt und mit einem Klagelaut auseinanderbrach, verkrallte sie sich in die Haare, und selbst die Security-Truppe, die wie immer rechtzeitig eintraf, konnte die beiden lange nicht voneinander trennen. Das Ende des Duells sah ich ohnehin nicht mehr. Das Licht ging aus. Und keiner applaudierte.

Traumdeutung

»Und was sagst du dazu?« – »Das kann man verschieden interpretieren.« – »Und deine Version?« – »Ich habe mehrere.« – »Welche davon scheint dir am wahrscheinlichsten?« – »Weißt du, die Deutung, auf die ich hundert Prozent setzen würde, stützt sich auf die letzte Szene.« – »Konkreter?« – »Auf deine Nachbarin.« – »Kannst du das erläutern?« – »Und auf die, wie hast du gesagt, Bewunderin deines Talents.« – »Ist doch toll. Die eine Mieze ist bereit, die andere in der Luft zu zerfetzen, und das nicht aus Liebe zu mir, sondern aus Hochachtung vor meinem Roman.« – »Was die Hochachtung vor deinem Roman betrifft, hätte ich meine Einwände. Diese Hochachtung ist nicht mehr als der figurative Ausdruck für das sexuelle Verlangen.« – »Du meinst, in Wirklichkeit ist also alles ganz banal?« – »Deinetwegen sind sie sich in die Haare geraten, weil sie mit dir ins Bett wollen.« – »Und wir wissen nicht, wer von den beiden es stärker will.« – »Die eine hat nichts verborgen, hat die Dinge beim Namen genannt, die andere hat versucht, ihre Gefühle unter dem Brimborium großer Worte zu verstecken. Die eine hat es mit Zurückweisung probiert, über den Weg der Demontage des Idols, während die andere sich hinter der Maske der Kunst getarnt hat.« – »Der hohen Kunst.« – »Der Kunst, wie sie halt ist.«

Letztes Abendmahl

Wir aßen Pizza, man brachte sie duftend und heiß. Wir tranken Weißwein vor dem Hintergrund der von blauen Laternen beleuchteten schwarzen Nacht. Nachtfalter tanzten, die Nacht verwandelte sich zur Kulisse. Zur Kulisse verwandelten sich Laternen und Sträucher, Häuser und Bäume und Vögel, die in den Ästen zwitscherten, um einen Augenblick später dem neuen Morgen wieder entgegenzuschweigen. Ich begriff, warum ich zurückgekommen war. Ich begriff, warum ich erst an den falschen Ort zurückgekehrt war, bevor ich an den richtigen zurückkehren würde. Ich begriff, warum ich einen Fehler gemacht hatte, als ich den Zug zurück und nicht hin genommen hatte. Ich begriff, daß den Fehler nicht einmal ich gemacht hatte, sondern er, ich hatte das nicht mitgekriegt, ich hatte es erst bemerkt, als ich bemerkte, daß ich zu ihm fuhr. Daß ich ihn holen fuhr. Daß nicht einer von uns fahren konnte, während der andere blieb. Daß man nur zu zweit fahren konnte. Anders konnte es nicht sein, und das war von allen Binsenwahrheiten die größte Binsenwahrheit. Und bemerkt hatte es nicht einmal ich – er hatte es bemerkt. Er hatte bemerkt, daß ich bereit war, den Rückweg ohne ihn zurückzulegen, und da dirigierte er mich still und leise, wie er das kann und wie er das immer macht, damit ich nicht gleich kapiere, auf andere Geleise um. Telepathische Fähigkeiten? Vielleicht.

Wir setzten unser durch die Mißgeschicke unterbrochenes philosophisches Gespräch fort. Wir rauchten, aßen und tranken, dann rauchten und tranken wir nur, wir waren keine großen Esser, wir aßen gern, es mußte nur exquisit und brauchte nicht viel zu sein, wir klopften die Asche ab, und der Kellner mit der Serviette um den Arm schenkte Wein nach, nahm von Zeit zu Zeit den Aschenbecher weg, ohne zu vergessen, ihn dabei elegant zuzudecken und an seiner Stelle einen anderen hinzustellen; wir erfreuten uns an jedem gesagten Satz, wie sich ein Benvenuto Cellini, Goldschmied, an einem fertigen goldenen Schmuckstück erfreut, bereit, sich für angemessenes Entgelt davon zu trennen; erfreuten uns, wie sich ein Leonardo da Vinci an den letzten Strichen erfreut, die das Gekritzel seiner nicht gerade begnadeten Schüler, die den Meister doch nie erreichen, zu einem Meisterwerk machen, das man Jahrhunderte später in den Museen der zivilisierten Welt hinter kugelsicherem Glas ausstellen wird, persönlich bewacht von Aufpassern, die, bewaffnet mit Machete und Krummsäbel, nur darauf warten, einem besessenen Besucher die Kehle zu durchschneiden, einem, den die Kunst bis ins tiefste Innere erschüttert hat – wie das der große Meister ja wollte, wie dies ein Wagner wollte, so daß nach hundertundfünfzig Jahren, wenn es noch jemand wagte, seine Werke zu interpretieren, und jemand es wagte, sie zu hören, in den überfüllten Konzertsälen ein Heulen und Stöhnen ausbricht, was nicht verwunderlich ist – stöhnen da doch die Geister der Hingemordeten: der Geist des auf den Haken gefesselten Gunther, der Geist der beim zweiten Versuch entjungferten Brunhilde, der Geist des listigen Hagen und der Geist Siegfrieds, den der Pfeil in dem Moment traf, als er sich über die Quelle beugte, um kühlendes Wasser zu trinken, der weiße Hirsch, dem der Jäger auflauerte, und viele andere Geister, einschließlich des Geistes des bittere Lieder singenden Volker von Alzey, und schließlich die Geister der Nibelungen, deren Kraft zu gering war, das alles anzusehen, wie sie zu gering war, den bitteren Liedern des Volker von Alzey zu lauschen. Unsere schönsten Sätze blieben für immer in der Aura jener heiteren Nacht zurück, in jenem Äther und an jenem gesegneten Ort, an dem wir den Weg zueinander überwunden hatten, vor Anbruch des Morgens, an dem wir uns auf den Rückweg machten. Es tat uns nicht leid um diese Sätze. Wir ließen sie zurück, wie man Weihnachtsschmuck zurückläßt, auf Sträuchern, Tischen, Platanen und einfach im Wind. Wir freuten uns über jeden und würden uns über jeden freuen, der sie verwenden mochte und konnte: »Das Neue wird nicht nur um seiner selbst willen beachtet, sondern auch um jenes Alten willen, das es ersetzen soll«, oder: »Ein Leben leben ist kein Gang über das Feld«, oder: »Wenn die Laternen angehen, heißt das, daß es Abend ist. Wenn die Laternen nicht angehen, heißt das nicht immer, daß der Abend noch nicht angebrochen ist«, oder: »Wenn es im Hahn kein Wasser gibt, heißt das nicht, daß man alles getrunken hat. Wahrscheinlich hat man es einfach abgesperrt«, oder: »War der erste, und wurde der letzte. Warum der letzte? Wer soll das wissen«, oder: »Weise Menschen haben weise Dinge gesagt. Weisere Menschen haben über weise Dinge weise geschwiegen«, oder schlußendlich: »Ein Höffel Lonig in einem Taß Feer.«

Meer

Der Weg zurück führte über das Meer. Wir beschlossen ans Meer zu fahren und erst von dort dann zurück – eigentlich wollte ich sagen: zum Glück, sage aber doch: zurück. Mehrere Male stieg ich um. Das Umsteigen war nicht schwer, denn alles, was ich erworben hatte ... ich hatte keinerlei Schätze auf Erden erworben. Alle Schätze, die ich erworben hatte, waren Schätze im Kopf, und von diesen Schätzen, kann ich sagen, hatte ich einige. So viele das Leben halt gibt. So viele wie Muscheln im Meer, von den Wellen ans Ufer geschleudert, wo ich sie jeden Morgen um sieben, wenn er nach stürmisch verbrachtem Abend süß schnarchte, einsammeln ging. Frisch und munter brachte ich sie nach Hause, legte sie auf den Tisch, und wir betrachteten gemeinsam diese erstaunlichen Geschöpfe, unfähig zu begreifen, woher diese Muscheln kamen, wie sie entstanden, wer sie machte und aus welchem Grund auch immer ins Meer spülte, das sie dann für uns ans Ufer warf. Wie lange noch würde es das für uns tun?

Ich mietete eine Wohnung. An der Küchenwand hingen große glasierte Teller mit Darstellungen aus dem Leben der Einheimischen. Da gingen Arm in Arm ein Mädchen und ein Bursche, das Mädchen in blauem Rock und grüner Bluse, der Bursche in Strümpfen und breitkrempigem Strohhut, im Hintergrund ein in Ähren stehendes Weizenfeld. Es war Sommer. Da ein Mädchen, kernig und erhitzt über einem riesigen Bottich, in den der Bursche Rebe um Rebe warf. Es war Herbst. Da tanzten das Mädchen und der Bursch übermütig. Nur der Baum im Hintergrund war noch immer grün. Es war Winter. Da gingen sie und unterhielten sich, er mit über die Schulter geworfenem Bündel, sie mit einem Korb in der Hand. Es war Frühling. »Ist das der Frühling?« – »Der Sommer.« – »Ein Frühling, der schon lange zu Ende ist.« – »Und Sommer heißt. Auch er wird zu Ende gehen.« – »Der Herbst steht vor der Tür.« – »Noch ein paar Wochen Sommer.« – »Und im Herbst?« – »Im Herbst der Roman.«

Wir gingen in eine Kneipe, die eine südländische Kneipe an den Hängen des Mittelmeeres sein konnte. »Es war gesellig und lustig.« – »Die Musik ein Bolero sein mußte.« – »Grell die Zikaden zirpten.« – »Das Meer hinter uns flirrte.« – »Wir flanierten gemeinsam dahin.« – »Durch ulmengesäumte Alleen.« – »Nicht Ulmen, hör zu, sondern Palmen.« – »Es roch hier nach griechischen Kalmen.« – »Kalmaren, wolltest du sagen.« – »Weder Birken noch Buchen am Wege lagen.« – »Birken und Buchen wachsen nur im Alpinen.« – »Kein Hirsch ist jemals in dieser Gegend erschienen.« – »Dafür Delphine zuhauf.« – »Zweimal ein Glas Vino bianco darauf!« – »Grazie! Vielen Dank!« – »Hier kann man sich herrlich erholen.« – »Man wähnt sich im Paradiese.« – »Auf einer singenden Wiese.« – »Mit Mond und Sternen hoch droben.« – »Und Wellen, die sanft sind, nicht toben.« – »Nur leise ans Ufer klatschen.« – »Die Erde zärtlich betatschen.« – »Im Meer gibt's Lebewesen ohne Zahl.« – »Krabben, Hai und Wal.« – »Auf dem Festland Emus und Krokodile.« – »Allein das Lama bleibt in Chile.« – »Es fehlen hier Stechmücken und Wespen.« – »Die leben fern bei den Esten.« – »Möwen fliegen und Schwalben.« – »Kälber grasen und Kühe kalben.« – »Die Fische schwimmen in Schwärmen.« – »Bauch an Bauch sie einander wärmen.« – »Ihrer Mutter einen Besuch abzustatten.« – »Und dem Vater, der Mutter Gatten?« – »Der Vater ist längst von dannen.« – »Ihre Borke verliert die Platane.« – »Bald kommen kältere Zeiten.« – »Sie würde sie besser behalten.« – »Sie wird im Felde frieren.« – »Die Blätter im Frieren verlieren.« – »Zittern vor Kälte und Feuchtigkeit.« – »Es wird nicht warm sein wie heut.« – »Wenn sie nur den Frühling erlebt.« – »Wie Kaktus und Pinie unbeugsam steht.« – »Der Kaktus hat Stacheln, wer kann dem die Ruhe rauben?« – »Die Pinien haben den festeren Glauben.« – »Du meinst, die Platanen hätten keinen?« – »Müßten ihr Absterben ohne Hoffnung aufs Paradiese beweinen?« – »Das wäre höchst schrecklich und peinlich.« – »Darüber hinaus wenig wahrscheinlich.« – »Aber was geht uns das an?« – »Wo wir doch ohnehin kommen voran.« – »Die goldene Erde unter den Füßen.« – »Die Blumen am Ufer grüßen.« – »Auf welchem Ufer sind wir, mein Freund?« – »Ist das tatsächlich so wichtig?« – »Hauptsache, wir gehen richtig.« – »Hauptsache, wir haben das Meer auf den Tellern.« – »Garnelen, die lustige Lieder trällern.« – »Muscheln, die knistern und knacken.« – »Feuerzeug und Zigarettenpackung.« – »Es ist so herrlich, erbarme!« – »Ein Kauz kommt daher mit Sombrero, der arme.« – »Ein geborener Caballero.« – »Besonders, wenn du ihn siehst im Profil.« – »Auf den Burschen geb ich recht viel.« – »Moment mal, kommt dir nicht vor?«

Begegnung, die letzte

»Das ist doch Orest, Orest als Señor!«

Und es war tatsächlich Orest. Ich tanzte nicht mehr. Ich stand da mit offenem Mund. Von klein auf mache ich, wenn mich etwas besonders heftig erstaunen läßt, unwillkürlich den Mund auf. Die Eltern bemühten sich, irgendwie gegen diese meine lästige Gewohnheit, diesen Schabernack, wie sie es nannten, anzukämpfen. Auch ich kämpfte. Es führte zu nichts. Mama sagte: »Mach den Mund zu, sonst fliegt eine Krähe rein.« Einmal, als ich, wieder einmal erstaunt, wieder einmal den Mund aufmachte, sagte mein Vater mit der ihm eigenen Natürlichkeit eines echten Komödianten, wobei er mit dem Finger auf meinen Mund zeigte und in gespieltem Schrecken sein Gesicht zu einer Grimasse verzog: »Jetzt ist eine Krähe hineingeflogen!« Und ich spürte sie, die Krähe. Ich spürte, wie sie in meinem Hals steckte, ich spürte ihre schlüpfrigen und scheußlichen Federn und begann zu ersticken. Im Unfallkrankenhaus rettete man mir das Leben. Entlassen wurde ich mit einer ziemlich sonderbaren Diagnose: Tristan-da-Cunha-Syndrom. So weit war ich nie gereist. Ich habe die Erde um den Äquator herum umkreist, aber so weit im Süden, wo man schon die Pinguine sieht, die in die Kühlschränke kriechen und die Tür fest hinter sich zumachen, war ich noch nie. Mehr noch, in dem kindlichen Alter, wo die mythische Krähe in meinen aufgesperrten Mund flog, war ich überhaupt noch nicht weiter als bis zum Kindergarten und einem tschechischen Lunapark gekommen. Und was bildete er sich überhaupt ein, Tristan da Cunha? Was hatte ich mit diesem portugiesischen Admiral gemeinsam, der zu Beginn des sechzehnten Jahrhunderts gelebt und Indien entdeckt hat – jenes Indien, zu dem der arme Kolumbus trotz allem den Weg nicht hatte finden können.

Orest sang. Tanzte und sang. Tanzte, indem er sang, und sang, indem er tanzte. Wahrscheinlich sah ich mit meinem sperrangelweit offenen Mund und den runden Augen zumindest komisch, wenn nicht überhaupt blöd aus. Ohne mit dem Singen und Tanzen aufzuhören, begann mir Orest Zeichen zu machen, blinzelte mir zu, doch ich verstand nichts. Die Stammgäste, die hier auf Urlaub waren, betrachteten mit Neugier seine ungeschickten Verrenkungen, aber mit noch mehr Neugier betrachteten sie mich, der ich dastand, eine Pinie stützend, wie ein Atlant, der eine jeden Moment einzustürzen drohende Gebäudefassade stützt. Obwohl es vielleicht umgekehrt war und die Pinie mich stützte, der ich nahe daran war umzufallen, in der Erde zu versinken, mich in den Oleanderhain zu verkriechen. Vielleicht um die Spannung und das Mißverständnis etwas zu entschärfen, kam jetzt Orest, singend und tanzend, von der Bühne herunter. Jetzt hielt er das Mikrophon in der linken Hand und mich in der rechten, wir tanzten. Muß ein ungewöhnlich unterhaltsames Spektakel gewesen sein. Er tanzte mit mir in einem schwindelerregenden Tangorhythmus bis zum letzten Tisch, bugsierte mich um eine dunkle Ecke herum und flüsterte mir zu: »Wir reden später.«

Wir trafen uns gegen Morgen, als die todmüden Kellner die letzten Tischtücher wegtrugen, die Tellerwäscher das letzte Geschirr wuschen und die Kehrleute kehrten. Wir setzten uns in eine abgelegene Ecke, an einen Tisch, auf dem aus einer Tonvase eine einsame Samtblume lächelte. Das Lied »Wenn ich Samtblumen seh'« kam mir in den Sinn, und ich konnte den Wolf gut verstehen, der unbändige Lust zu singen hatte, während er auf der Hochzeit unter dem Tisch saß. Aber ich stimmte kein Lied an. Dafür stellte ich eine Frage. Ich fragte nicht einmal, warum er hier war, und warum mit diesem Sombrero, mit dem er äußerst lustig aussah, besonders wenn man wußte, wie er früher ausgesehen hatte, zu Zeiten, die man üblicherweise andere nennt und der Vergangenheit zurechnet. Ich fragte nicht, wie er es gedreht hatte, Lieder und Tänze zu lernen, die für uns Bewohner gemäßigter Breiten und kontinentalen Klimas völlig uneigentümlich waren. Es war nicht auszuschließen, daß die Musik aus der Konserve kam, aber tanzen – woher konnte er so gut tanzen? Ich fragte was anderes. Was mich viel mehr interessierte. Was, während er tanzte, hin und her wabbelte. Der Bauch, gewölbt in Erwartung einer Niederkunft, die Schenkel stattlich und feist, um das Bekken ein Schwimmreifen, ein doppeltes und sogar Ansätze eines dreifachen Kinns. »Pizza, mein Freund, Pizza. Pizza und Pasta.

Du kannst herumhopsen, wie du möchtest, da hilft einfach nichts. Aber glaub mir, ich mach mir nichts draus. Ich mach mir überhaupt aus nichts etwas. Die Saison hier dauert lang. Lang genug, als daß sich mehr als ein Schwimmreifen anlegt.« Und mit einem Ruck schüttelte er den Sombrero ab, um sich ein paar verspätete Schweißtropfen aus der Stirn zu wischen.

Adiós,
amigo.
Vamos
y
venceremos!

»Aus der Heimat geschundenem Leib«
»Klage erheben wir, Söhne und Töchter«
»Mit uns klagt Oleander und Haselstrauch«
»Schneeball, Holunder und Mistelkraut«
»Der Schneeball kommt mit, so ist's recht«
»Den Holunder in die Ferne wir tragen«
»Auf, Brüder, zum letzten Gefecht«
»Die Entscheidungsschlacht wollen wir wagen«
»Schneeball laßt pflanzen uns auf Granada«
»Wir kommen mit einer Armada«
»Korsika wird nur mehr trinken Saft aus Holunder«
»Keinen Bordeaux und keinen Burgunder«
»Schwestern vom Gunst- und Brüder vom Hochschulgewerbe!«
»Und Ihr, meines Dorfes verlotterte Pfaffen«
»Ihr alle, die Euch der Dreistigkeit Erbe«
»Weit gebracht hat, bis zu den Affen!«
»Krankenschwester, dein Lohn ist schmal wie das Blatt einer Feige«

»Ihr alle, die Ihr schuftet, tagaus und tagein«
»Der Kelch unsres Zorns ist voll bis zur Neige«
»Jetzt kommt der Tag, wir sind bald daheim«
»Auf Granada der Schneeballstrauch bleibt wie ein Wunder«
»Die Korsen und Korsinnen schwör'n auf Holunder«

»Die Jahre ziehen ins Land, die gute Mutter weise«
»Den lieben Sohn nimmt auf die Reise«
»Holunder auf Granada? – fragt sich baff der Sohn«
»Na und, Karpatenbüffel in Kolumbien, was macht das schon«
»Zum Bau des Vaterlandes sind wir bereit«
»An jedem Ort, jedem Tag, und jederzeit.«

Abschied vom Meer

»Meer, ade«, sprach ich, wühlte in der Hosentasche und warf eine Kopeke ins Wasser.

»Bis zum nächsten Mal, Meer«, sprach er mit seiner Baßstimme und warf auch eine Münze, die größte, die er in der Geldbörse fand. Seine Eitelkeit kannte keine Grenzen. Er dachte aufrichtig, es wäre genug, die größte Münze zu werfen, und beim nächsten Mal gehörte er zu den Touristen der Busineß-Class, die mit dem Flugzeug anreisen und auf die ein Hotel mit fünf Neonsternen, eine Präsidentensuite und ein individueller Meereszugang warten; es wäre genug, länger zu beten, länger als die anderen, und der Herr bemerkte dies unverzüglich, bemerkte es und belobigte: »Gut so.« Belobigte und fragte: »Was kann ich für dich tun?« Wenn ihm jemand in dem Moment gesagt hätte, er habe vom Meer nur geträumt, so wäre er Hals über Kopf zum Wasser gelaufen, die nutzlose Münze zu suchen, sie dem Meer wieder wegzunehmen, dem Hai aus dem Rachen zu ziehen, am Strand aus dem Sand wieder auszubuddeln.

»Hauptsache, es hat sie kein Hai verschluckt.« – »Und keine Krabbe eingegraben.« – »Sonst kann sie der Herr nicht sehen.« – »Und entsprechend würdigen.« – »Im Bauch des Hais ist es finster.« – »Und auch der Sand ist nicht durchsichtig.« – »Und wir kommen vielleicht nie wieder.« – »Es wäre ein echtes Drama.« – »Eine Tragödie.« – »Wäre das kein Drama?« – »Wäre das keine Tragödie?« – »Ein Drama.« – »Multipliziert mit einer Tragödie.« – »Dividiert durch eine Komödie.«

Jeder von uns kaufte zur Erinnerung ein Souvenir. Ich kaufte mir ein schwarzes T-Shirt, auf der Vorderseite eine bedrohlich wirkende weiße Riesenkrabbe mit offenen Scheren und die – damit es alle von Japan bis Norwegen, von Rußland bis zum Kaukasus und vom Persischen Golf bis nach Antananarivo verstehen konnten – natürlich englische Aufschrift: I'M ANGRY. Auf der anderen Seite des T-Shirts, auf dem Rücken, war dieselbe Krabbe, diesmal lächelnd, und die Aufschrift lautete: IT WAS A JOKE – als hätte jemand daran gezweifelt. Er dagegen wollte weder T-Shirt noch Kappe, noch Socken. »Wozu brauche ich das? Ein T-Shirt kannst du überall kaufen.« Er war der Meinung, ein derart naives Argument genügte. Er kaufte eine Packung Meerestiere aus Gummi: Krabbe, Seehund, Krake, Seepferdchen, Seestern, Seeigel und Meduse. Der Zug war noch nicht losgefahren, als er die Verpackung aufriß und den Inhalt auf das Tischchen herausschüttelte. Vom Wasser ferngehalten und auf einen Haufen geworfen, blickten sich die Tiere traurig und mitleidheischend um. Auch wenn sie aus Gummi und am Fluß Huanghe hergestellt worden waren, so blieben sie dennoch Meereswesen. Meeres- und Ozeanwesen. »Gib ihnen wenigstens Wasser«, scherzte ich, er aber nahm meinen Scherz ernst: »Gescheiter Gedanke.« Aus dem Sportsack, den er sich zugelegt hatte, als er noch ohne mich in der Stadt war, holte er einen Eimer, einen gelben Plastikeimer mit rotem Henkel. Eine Minute später kam er aus der Toilette zurück, höchst zufrieden. Im Eimer gluckste angenehm das Wasser. Mit strahlendem Blick, den er immer nur dann bekommt, wenn er eine gute Tat vollbringt, warf er die frischgebackenen Meeresfreunde hinein. Da drinnen war es zwar eng, aber lustig. Um so mehr, als er fast während der ganzen Fahrt Spaß hatte und sich mit ihnen unterhielt. Mir war das recht. Ich konnte mich den eigenen Angelegenheiten widmen, mich zurücklehnen in meinen Polstersitz, den Kopf gegen die Kopfstütze, den Nacken und die Nackenmuskeln entspannt, die ja nur in der Nacht ihre Ruhe hatten, und das nicht immer, sondern nur, wenn ich mich schlafen legte. Und vielleicht noch am Meer – erstmals im Leben auch am Tag –, wenn ich, auf der Liege liegend, nach Herzenslust faulenzen konnte, unter den flatternden Volants des blauen Sonnenschirms, der das großzügig verschwendete Ultraviolett der sengenden Sonne wie ein Sieb nur sehr sparsam durchließ, auch wenn dieses sparsam Durchgelassene ausreichte, um meinen weißen Körper – mit dem ich meine Konflikte hatte – mit einer leichten Bräune zu überziehen, ohne ihn auszutrocknen oder zu häuten. Ich konnte mich in die Angelegenheiten, die sich inzwischen gehäuft und gestapelt hatten, versenken, ganz für sie da sein. Ich schloß die Augen und betrat mein Arbeitszimmer. Mein Arbeitszimmer hatte ich immer dabei. Ich hatte kein Arbeitszimmer auf Erden, auf dieser hoffnungslos flüchtigen Erde, wo alles vergänglich ist, wo alles schneller und schneller vergeht, wo Werte und Helden vergehen, Tag und Nacht, Schwarz und Weiß, Stuhl und Tisch, und, wie sich herausstellt, sich sogar das Design von Stuhl und Tisch ändert. Mein Arbeitszimmer war immer bei mir, wie das Schneckenhaus bei der Schnecke. Im Unterschied zum Schneckenhaus aber war mein Arbeitszimmer nicht sichtbar. Es war nicht auf, sondern in mir. Saß mir nicht im Genick, sondern mittendrin. Dort, wo das Herz sitzt? Eher dreißig bis vierzig Zentimeter höher, aber in mir. Geborgen vor Drohungen und Begierden, vor Unglück und vor dem bösen Blick. Ich betrat mein Arbeitszimmer, wann ich es brauchte, egal wo. Trat ein, setzte mich an den Tisch und begann zu arbeiten.

Terroranschlag

Von der Arbeit lenkte mich ein heftiges Geratter ab. Der Arbeitstisch ruckte nach vorn, die ausgebreiteten Bücher und Papiere flogen auf den Boden, der Sitz, auf dem ich saß, rutschte gegen den Tisch, und für einen Augenblick blieb mir der Atem weg. Ich öffnete die Augen. Auf dem Boden lag der umgeworfene Eimer, das Wasser schlängelte sich im Zickzack durch den Waggon, das Seepferdchen lag auf der Seite und blickte mich mit flehenden Augen an. Der Zug stand.

Der Großraumwaggon, in dem wir fuhren und der in der Mitte durch eine Glaswand geteilt war – eine Hälfte für die Raucher, die andere für die, die nicht rauchten –, war beinahe leer. Ich starrte aus dem Fenster. Kein Bahnhof weit und breit. Wir standen mitten in einem Feld, einem verlassenen Feld, mit der uneingebrachten Ernte von überreifem Roggen, dessen pralle Ähren im Winde wogten und dabei ein Rauschen rauschten, in dem ein Stöhnen zu vernehmen war. Ich stieg aus dem Waggon, schaute nach vorne, trat in die zweite Gleisspur, die parallel zur ersten verlief, und marschierte über die von schwarzem Öl und Staub rußigen Eisenbahnschwellen schnurstracks bis zum Anfang des Zugs. Bald versammelten sich hier nach und nach die wenigen Fahrgäste, die mit diesem Zug unterwegs waren.

Vor uns tat sich ein Bild auf. Ich dachte, auf Erden könnte man unmöglich auf so etwas stoßen. Wenn ich ähnliches auf dem blauen Bildschirm des Schwarzweißfernsehers sah, glaubte ich fest, daß man da Landschaften vom kriegerischen Mars zeigte, oder überhaupt von einem Planeten, der in einer anderen Milchstraße lag, wo man im immerwährenden, vom ersten Anfang bis zum Jüngsten Gericht dauernden Krieg mit Asteroiden und ferngesteuerten Kometen, deren lange Schwänze dem Gegner nicht unerhebliche Kalamitäten verursachten, feuerte – jedenfalls von einem Ort, der von unserem Sonnensystem weit weg lag. Die Geleise lagen chaotisch herum, und in den Himmel ragten, wie bizarre Chimären, mit offenen zackigen Blättern die metallenen Blumen des globalisierten Terrorismus. Es terrorisierte jeder jeden, der Leopard terrorisierte die Antilope. Der Mensch – die Natur. Die Dummheit – die Blindheit, und die Blindheit – die Vernunft.

Und alles war umgeben von einem unangenehmen Geruch, es wurde einem übel. Die Züge hatten hier Endstation. Jetzt wußte ich, dachte ich beiläufig, was ich dem Geographielehrer antworten würde, der uns seinerzeit mit der Frage quälte: »Nun, wo ist es, das Ende der Welt, Stepanenko? Wo endet die Welt, mein Dummerchen?« – »Hier endet sie, in diesem Gestrüpp.« – »In was für einem Gestrüpp?« – »Metallgestrüpp, Heliotrop Meridianowitsch.« Jetzt wüßte ich, was ich dem Lehrer für Geschichte der Religion und des Atheismus antworten würde, der uns mit der Frage auf die Nerven ging: »Na, wann ist es soweit, wann kommt *euer* Ende der Welt?« Immer sagte er mit Nachdruck »euer« dazu, keine Ahnung, warum, vielleicht weil *sein* Ende der Welt, sein *individuelles* und *persönliches* Ende der Welt nicht mehr in weiter Ferne lag. »Hier ist es«, würde ich antworten, »hier und jetzt bricht es an. Es bricht jedes Mal an, wenn so etwas passiert.« Jetzt wüßte ich, was ich dem Lehrer für christliche Ethik antworten würde, dem Vertreter einer jener Strömungen, von denen das Christentum so viele hat, wenn er fragte:

»Kennt ihr das Paradies?« – »Nein«, antworteten wir naiv im Chor, worauf er hinzusetzte: »Freut euch für jeden und einer für den anderen, denn der Tod ist der Weg ins Paradies! Wie schön ist es dort – ewig zwitschern die Vögel, es duftet nach exquisitesten Essenzen.« – »Speiübel wird einem dort. Es riecht nach verbranntem Blut und verkohltem Menschenfleisch«, hätte ich ihm jetzt entgegengehalten, aber er hätte mich nicht gehört, er war weit weg, im Paradies, unter zwitschernden Vögeln und bunten Blumen, spazierte mit Strohhut und fütterte Bienen – in seinem Leben war er begeisterter Hobbyimker gewesen. Möglicherweise hatte er dort Leute getroffen, die wie er waren, bloß keine Honigsammler, sondern Horrorbauern:

»Ist das hier das Paradies«, fragten sie.

»Ja, das Paradies«, antwortete er.

»Dann sind wir ja richtig«, sagten sie.

»Haben Sie Passierscheine«, fragte er.

Sie zeigten ihm ihre blutbefleckten Hände und zerfetzten Körper unter den neuen Soldatenkitteln.

»Da sind Sie nicht richtig«, sagte er und versperrte ihnen den Weg.

»Es wurde uns versprochen«, ließen sie nicht locker.

»Was hat man euch versprochen und wer vor allem«, fragte er weiter.

»Jedem von uns wurden hundert der schönsten Jungfrauen versprochen.«

»Hier ist kein Bordell«, belehrte er sie, »hier ist das Paradies. Man kann hier seiner Lieblingsbeschäftigung nachgehen. *Friedlichen* Beschäftigung«, unterstrich er, wobei er einen mißtrauischen Blick auf ihre paramilitärischen Anzüge warf.

Genauso weit entfernt von hier, nur in diametral entgegengesetzter Richtung, hielt sich der Lehrer für die Geschichte der Religion und des Atheismus auf, hielt sich in einer der schwarzen Lagunen auf, von denen das unendliche Universum voll ist, so voll, daß es für alle reicht von seiner Sorte – pro Stunde hatte er sich zwei- oder dreimal in den Abstellraum absentiert, seine Hände hatten gezittert, die geplatzten Gefäße in seinem Gesicht ein immer gespenstischer werdendes Geflecht gebildet, seine unanständig geschwollene Nase aber hatte den hoffnungslosen Säufer verraten. Ich war sicher, er saß dort auf einem kalten Metallstuhl in stockdunkler Nacht, in unbedarfter Finsternis, mit dem aufgeschlagenen Codex eines Erbauers des Kommunismus in der einen Hand und der ebenso aufgeschlagenen Bibel in der anderen, saß da, wie eine Waage, wie Justitia mit verbundenen Augen, und quälte sich mit der Frage, welche Waagschale schließlich schwerer wog. Ich hörte ihn, wie er in der Dunkelheit flüsterte: »Das ist doch nicht möglich!« Die Luft um seinen Mund füllte sich mit leichtem Äthylaroma: »So ein Schwindel!«

Acht Jahre schon lag Heliotrop Meridianowitsch Ekvatorenko in der Familiengruft im Dorf Stary Doliny, Bezirk Karpatsky, Gebiet Rankiv, der Körper zu tief, die Seele zu hoch, und auch Zeit war zu viel vergangen, als daß er meine verspätete Antwort, die er seinerzeit nicht erleben durfte, gehört hätte. Das war es, das Ende der Welt. Nicht das, von dem der Evangelist Johannes schreibt, sondern jenes, nach dem mich vor vielen Jahren, in der Klasse mit den offenen Fenstern, denn es war Frühling, die Vögel zwitscherten, und die Linden entlang der Straße bekamen hellgrüne Blätter, der Geographielehrer der allgemeinbildenden Mittelschule Heliotrop Meridianowitsch Ekvatorenko gefragt hatte. Er freute sich damals und war gut gelaunt, alle paar Minuten sah er aus dem Fenster des zweiten Stocks, streckte, wie die ersten Sonnenblumen, seinen kahlen Kopf der Sonne entgegen, und die Sonne verwöhnte ihn, indem sie ihn mit Sommersprossen besprengte, und da vergaß er für lange Momente sich selbst, vergaß die Klasse und die Schule, in den Bänken uns Schüler, die er *meine kleinen Heuschrecken* nannte, und das ganze von Sorge und Weh erfüllte Leben eines Mittelschullehrers.

Ich ging durch Schwaden von dichtem Rauch, den der Wind vorne zusammenballte, und es schien, der ätzende Rauch würde nie enden, als türmte sich die Schwade, die sich hinten auflöste, vorne wieder auf. Da und dort tauchten Hinweisschilder auf, verrußt und abgeblättert, auf denen man prominente Namen erkennen konnte: Maidan der Unabhängigkeit, Boulevard der Brüderlichkeit, Novemberallee, Park der Helden von Kruty, worunter die verwischten ehemaligen Bezeichnungen kaum mehr zu sehen waren: Platz der Wiedervereinigung, Prager Chaussee – 68 km, Oktoberkorso, Pavlik-Morozov-Gasse. Irgendwann mußte, was hinten bleibt, hinten bleiben, andernfalls es nicht gäbe, was vorne kommt. »Ein Terroranschlag!« sagte oder krächzte eine Stimme im Nebel, vielleicht die Stimme eines Raben, der sich beeilte, die Nachricht weiterzugeben. Nun, man hatte mich nicht ganz grundlos verdächtigt. Nicht umsonst war ich hinter Gittern gewesen. Ganz und gar nicht umsonst!

Der türkische Pavillon,
in dem der Held orientalische Schnabelschuhe kauft, Abu Kassims gedenkt und mit Roxolana spricht.

– Herzlich willkommen! – noch vor der Stimme spürte ich eine Berührung: Jemand faßte mich sanft unter dem Arm. Und weil ich noch schwieg, sagte die Stimme:

– Das ist Istanbul.

Verwundert runzelte ich die Stirn.

– Konstantinopel.

Ich schwieg weiter:

– Rexopolis.

Ich nickte. Da ich begriffen hatte, daß er meine Verwunderung auf seine Weise deutete, und um die weitere Aufzählung von Namen, vor denen ich mich instinktiv fürchtete, zu vermeiden, nickte ich hastig. Er zerfloß zu einem bezaubernden Lächeln:

– Iyi günler! Merhaba!

Der Pavillon war in zwei Teile geteilt. Mittendurch floß ein künstlich angelegter Bach, der rechter Hand mit einem kleinen See kommunizierte, in dem Rotkarpfen schwammen. Jedes Mal, wenn jemand vorbeiging, drängten sie sich auf einen Haufen zusammen und schwammen am Ufer entlang, womit sie zu verstehen gaben, daß sie gefüttert werden wollten. Ich wagte nicht, die Tradition zu mißachten, ich bemühe mich, sie nie zu mißachten – schlucke gegrillte Heuschrecken und gehe dann hinaus, um mich unbemerkt zu übergeben, lege mich ins Bett mit der Frau (der zwölften) des Eingeborenenkönigs, der auf diese Art seine Gastfreundschaft zeigt, dabei allerdings verschweigt, daß die Frau achtundfünfzig ist und er die letzten vierzehn Jahre nicht mehr mit ihr geschlafen hat, ich stelle mir dann vor, es wäre Ljubov, und so schaffe ich eine Erektion – man will ja sich und die anderen nicht blamieren – und einen fingierten Coitus interruptus, bevor ich aus der Hütte laufe, was ich mit den Insekten rechtfertige, die mir in der Dunkelheit zusetzen, aber dieses Mal würde es nicht so weit kommen, und es kam auch nicht so weit: Ich war im Zentrum der Zivilisation, in einem der Zentren der Zivilisation, was auch immer man darunter verstehen mochte – früher einmal hatten schon die Saporoscher Kosaken hier ein Gastspiel gegeben und Baida Wischnewetsky hatte hier, auf einem Haken aufgehängt, die Bandura gespielt.

Der Bach hieß BOSPORUS, und über dem See, in den er mündete, stand eine Tafel mit der bombastischen Bezeichnung MARMARAMEER. Marmarameer, warum nicht? Ich ging durch die Kaufbuden von Byzantion, dem europäischen Viertel der Stadt, ging in die Tiefe der Geschichte, sah die Pracht und die Macht von Byzanz, und staunte nicht wenig, daß vor so langer Zeit eine so große Stadt existieren konnte, der keine andere damalige Metropole auch nur entfernt das Wasser reichen konnte. Ich sah die Kreuzritter, die das alles verheerten, verheerten und zerstörten – stop! So konnte es nicht gewesen sein, das sind bloß Lücken in meinem geschichtlichen Gedächtnis, wofür in meinem Reifeprüfungszeugnis eine Vier steht, wie ich beschämt zugeben muß. »Moment mal, wollten sie nicht das Grab des Herrn befreien?« – »Aber das Grab des Herrn ist doch nicht in Byzanz!« – »Richtig.« – »Das Grab des Herrn ist in Jerusalem.« – »Sieht so aus.« – »Irgendwas stimmt da nicht.« – »Sage ich doch.« – »Ein Kalif war aufgetaucht, und da waren sie aufgebrochen, ihn zu vertreiben – ihn Mores zu lehren und zu vertreiben.« – »Aus irgendeinem Grund aber verschlug es sie nach Konstantinopel.« – »Aus irgendeinem Grund.« – »Waren sie vom Weg abgekommen.« – »Ja, scheint so.« Ich für meine Person konnte sie nicht aufhalten, ich mußte selber fort, ich konnte nicht und hatte kein Recht, eine Kollision der Zeiten zu provozieren und dabei in einer Epoche zu verschwinden, zu der ich nur eine sehr mittelbare Beziehung hatte – wenn überhaupt, dann über Romane und Legenden, über Volkslieder, die ich manchmal vor mich dahin brummte. Und ich lief weg, rannte aus dem Schlachthaus Nummer eintausendzweihundertvier und atmete tief durch – meine Anspannung hatte aber zu früh nachgelassen, es war ein sonderbares Labyrinth: Wann immer man glaubte, da wäre sein Ende, war es nur eine weitere Verzweigung, und all diese Arme hatten kein Ziel und kein Ende. Ich betete in der Hagia Sophia und ging weiter.

Bald gelangte ich auf eine Hauptstraße, von der ich rechts abbog – da gab es weniger Menschen und mehr Geheimnisse.

Vor mir stand ein Laden. Über dem Laden hing ein Schild »Papuççu«, es schaukelte und knarrte im Wind. Im Schaufenster standen Schuhe, braune, schwarze und weiße. Mir fiel Abu Kassim ein. Früher einmal hatten mich die Taten dieses Mannes begeistert, dieses Mäzens und Abenteurers, barmherzigen Samariters oder, besser gesagt, Moslems, der bereit war, seinen letzten Kaftan zu geben, heute kommt so was nicht mehr vor. Ich wollte eine Kerze für die ewige Ruhe seiner frommen Seele spenden, die – er hatte bereits seine ganze Habe verschenkt – auch noch die letzten Papuççi hergab und in bloßen Fußlappen weiterwanderte. Besser noch als eine Kerze wären also neue Papuççi gewesen, neue, schön glänzende Schnabelschuhe, die ich auf sein Grab hätte stellen können. Ich ging in den Laden und kaufte ein Paar. Aber wo war das Grab? Ich begab mich in die öffentliche Bibliothek, blätterte alle Enzyklopädien, Handbücher, Register und Kataster durch, die es dort gab, aber nirgendwo wurde er auch nur erwähnt. Ich war auf allen historischen Friedhöfen der Stadt, sein Grab jedoch entdeckte ich nicht. Wo war es? Vielleicht war es zerstört worden? Von wem und wann? Weshalb? Warum achteten die Menschen nicht ihre Mäzene? Ich klapperte alle Buchhandlungen ab, und erst bei einem Antiquar aus Izmir fand ich einen verstaubten Band seiner Biographie, verfaßt in Versen und mit folgender Kurzbeschreibung: Abu Kassim (1856–1916), türkischer Magnat, Grundbesitzer, Dichter, Mäzen, Verfasser des Poems: »Wie Gott Abu Kassim zur Vernunft kommen ließ und wie Abu Kassim danach Gutes tat«. So ist die Welt: Sie erinnert sich an Hero Strat, aber sie erinnert sich nicht an Abu Kassim. Der Band schloß mit Zeilen, die sein langes Leben und seine Seligsprechung thematisierten: »Lebte lang in Gottvertrauen, mußt in einer Höhle hausen, bis er dann – mit Schnabelschuhen nur – viel beklaget und beweint, als ein Heiliger der Türken, in das dunkle Grabe fuhr.« Leider berichtete das Werk nichts über den Urheber von Abu Kassims Lebensbeschreibung. Ein anonymer Autor hatte sie verfaßt. Offensichtlich ein Mönch aus einem der zahlreichen Klöster zwischen Athos und Manjawa, ein barmherziger Diener des Herrn, für den die lobheischende Zurschaustellung seines Namens nichts als Sünde und Irreführung bedeutet hätte.

Die Papuççi schließlich sollten mir durchaus zugute kommen, denn meine Treter gingen schon aus dem Leim, und ich hatte nichts, womit ich sie hätte kleben können. Ich streifte sie ab und warf sie den Rotkarpfen vor, die sie im Nu zerstückelten und verschluckten. Ich schlüpfte in die Papuççi. Ich wollte Papuççi tragen, aber da begannen Wildkatzen herauszuspringen, die mir die Füße und Zehen bis aufs Blut zerkratzten, mit steil nach oben gerichtetem Schwanz und elektrisiertem Fell – markerschütternd miauten sie und stoben in alle Richtungen auseinander. Immer neue kamen heraus, wie die Fahrgäste aus einem Neunzehnhundertdreiundneunziger-Modell der Straßenbahn in der Stadt LVIV, es gibt so eine Stadt, am anderen Ende der Welt, wohin keine Züge gehen, auch keine Busse, und die zu erreichen man auf die Kamelkarawane angewiesen ist, die einmal im Monat vorbeikommt. Ich ließ die Schnabelschuhe stehen – was konnte ich schon tun? – und ging barfüßig los; hatte es nicht Abu Kassim auch so gemacht, hatte er nicht das letzte verschenkt?

Auf dem Thron saß die schöne Herrscherin. Die markanten slawischen Züge ihres liebreizenden Gesichts ließen mich »Nastja« flüstern. »Ich bin Roxolana!« fiel sie mir streng, mit der Stimme einer Venus im Pelz, ins Wort; ob es eine Vorsichtsmaßnahme war – ringsum standen Eunuchen mit Krummsäbeln – oder ob sie auf die Dummheit reagierte, die mir entschlüpft war, weiß ich bis heute nicht. »Ich bitte um Verzeihung, Serenissima!« – »Setz dich, Pajazzo«, gab sie sich milder, und ich setzte mich. »Welcher Wind bringt dich her?« – »Rückenwind.« –

»Natürlich.« – »Welche Pracht.« – »Wir stehen auf dem Gipfel des Ruhmes.« – »Das sieht man.« Und da senkte sie ihre Stimme und begann zu murren: »Das Land braucht Reformen.« – »Ja, Erlauchteste.« – »Wir wissen nicht mehr, wo unsere Besitzungen anfangen und wo sie enden.« – »Ich weiß es auch nicht.« – »Mein Mann ist ständig auf Kriegszügen.« – »Ein Ritter.« – »Schwafle doch keinen Unsinn!« – »Worum geht es dann?« – »Ich sehe ihn selten.« – »Ist das so schlecht?« – »Alle Institutionen erfordern umgehend Veränderungen. Man weiß nicht, was man als erstes in Angriff nehmen soll.« – »Das Allernotwendigste, Weiseste.« – »Die Institution des Eunuchentums muß reformiert werden.« – »Sie müssen es wissen, Liebreizendste.« – »Man muß diesen barbarischen Brauch über Bord werfen.« – »Zum Wohl des Landes.« – »Das Land bin ich. Siehst du nicht, wie sie ohne jeden Nutzen herumstehen?« – »Und ist da wirklich gar nichts zu machen?« – »Wie denn?« – »Keine Ahnung.« Sofern meine Netzhaut alles ordnungsgemäß erfaßte und die richtigen Signale an die entsprechenden verantwortlichen Gehirnzentren sandte – und diese Gehirnzentren den gesandten Signalen die gebührende Aufmerksamkeit schenkten –, so deutete die Herrscherin Bewegungen an, wie man sie beim Entkleiden macht. »Du bist unsere ruhmreiche Jeanne d'Arc«, sagte ich und bemerkte gar nicht, daß ich sie plötzlich duzte. »Wer, sagst du?« – »Unser Nationalstolz.« – »Und was hast du vorher gesagt?« – »Jeanne d'Arc.« – »Wer ist denn das?« – »Eine Heldin.« – »Kurtisane also.« – »Eine Heldin, die Frankreich rettete.« – »Das höre ich zum ersten Mal.« – »Sie lebte schon früher. Hundert Jahre vor dir.« – »Und was habe ich mit ihr zu tun?« – »Nun, so wie sie Frankreich, so hast du die Ukraine gerettet.« – »Ich – die Ukraine? Daß ich nicht lache!« – »So steht es in den Büchern.« – »In den Büchern steht vieles.« – »In den Geschichtsbüchern – über dich!« – »Es gibt Bücher über mich?« – »Sogar

Opern. Man wird sie allerdings erst im zwanzigsten Jahrhundert schreiben, wenn es weder dich noch das Osmanische Reich mehr geben wird.« – »Du willst behaupten, ich bin schon so alt? Dir fehlt es an Takt, mein Lieber.« – »Um Himmels willen! Du bist nicht alt. Du wirst für immer jung bleiben und ewig leben. Man wird dir Denkmäler errichten. Man wird Straßen nach dir benennen. Und Plätze.« Während ich sprach, machte sie sich langsam an ihrer Kleidung zu schaffen, und sie hätte sich ausgezogen, doch in diesem Moment kam der Sultan herein und bat uns zu Tisch, zu einem gegrillten Karpfen aus dem Marmarameer.

Pavillon,
in dem der Dschinn aus der Flasche erscheint und der Held auf dem Wunderteppich fliegt.

Sei mir gegrüßt, du Stadt des Friedens!

Salaam Alaikum!

Sie lag im Zwischenstromland. Überhaupt lag sie dazwischen – zwischen den Flüssen, zwischen den Kulturen, zwischen den Zeiten, zwischen Persien und der Türkei. An der Einfahrt explodierten Automobile und brannten Fackeln. Als Vorhang, den man beiseite schieben mußte, diente dichter und dunkler Rauch. Ich faßte all meinen Mut zusammen und begab mich ins Innere. Alles war mit Teppichen ausgelegt. Eine Wasserpfeife stand da, und der Kalif saß da, der sie rauchte. Mit einer einladenden Geste bat er mich, neben ihm Platz zu nehmen, und hielt mir den langen, biegsamen Pfeifenschlauch hin:

»Abu Jafaar Abdallah Ibn Muhamed Ibn Ali Al-Mansur.« – »Theophil, Sohn des Jesus, der war ein Sohn Josefs, der war ein Sohn Jakobs, der war ein Sohn Mattats, der war ein Sohn Eliasers, der war ein Sohn Eliuds, der war ein Sohn Achims, der war ein Sohn Zadoks, der war ein Sohn Asors, der war ein Sohn Eljakims, der war ein Sohn Abihuds, der war ein Sohn Serubbabels, der war ein Sohn Schealtiëls, der war ein Sohn Jechonias, der war ein Sohn Jojachins, der war ein Sohn Josias, der war ein Sohn Amons, der war ein Sohn Manasses, der war ein Sohn Hiskias, der war ein Sohn Ahas', der war ein Sohn Jotams, der war ein Sohn Osijas, der war ein Sohn Jorams, der war ein Sohn Joschafats, der war ein Sohn Asas, der war ein Sohn Abijas, der war ein Sohn Rehabeams, der war ein Sohn Salomos, der war ein Sohn Davids, der war ein Sohn Isais, der war ein Sohn Obeds, der war ein Sohn Boas', der war ein Sohn Salmons, der war ein Sohn Nachschons, der war ein Sohn Amminadabs, der war ein Sohn Rams, der war ein Sohn Hezrons, der war ein Sohn Perez', der war ein Sohn Judas, der war ein Sohn Jakobs, der war ein Sohn Isaaks, der war ein Sohn Abrahams, der war ein Sohn Gottes.«

Aus der entkorkten Flasche erschien ein Dschinn. »Was wünschest du, Gebieter?« – »Ich habe einen Gast.« – »Ich verstehe, mein Gebieter.« Der Teppich, auf dem wir saßen, erhob sich in die Lüfte. »Du hast dir ein Epigraph genommen?« – »Kassiopeia, die Frau des Äthiopierkönigs.« – »Ich weiß, Perseus, Pegasus und Andromeda.« – »Mir ging es vor allem um Pegasus.« – »Und auch um Andromeda. Ich würde sogar sagen: vor allem um Andromeda. Ist denn Pegasus nicht das Mittel zu ihrer Rettung?« – »Um seine Rolle innerhalb dieser Triade.« – »Ich kann es mir denken.« – »Um es kurz zu sagen, ich wollte ausdrücken, daß das Leben ohne Poesie unmöglich ist. Und um so weniger die Liebe.« – »Ich schlage dir eine andere Parabel vor: Wesir – Schehrezâd – Märchen.« – »Die Geschichten aus den ›Tausendundein Nächten‹?« – »Die Geschichte der Vorgeschichte von den ›Tausendundein Nächten‹. Schehrezâd, die Tochter des Wesirs, wird zur Frau des Königs ...« – »Um dem Frauenmorden ein Ende zu setzen.« – »Und sie macht das, indem sie Geschichten erzählt, so spannend, daß ihr Mann jedes Mal nach einer Fortsetzung verlangt.« – »Und das im Verlauf von tausendundeiner Nacht.« – »In deren Verlauf sie ihm drei Knirpse gebiert.« – »Und er läßt vom Morden ab.« – »Ist diese entzückende Geschichte nicht eine würdige Huldigung an die Kunst.« – »Es ist der Übergang von der Poesie zur Prosa.« – »Von der Lyrik zum Epos. Die Poesie bleibt. Es ist eine Phobie, unter der du leidest. Du denkst, wenn du der Lyrik abschwörst, begehst du Verrat an der Poesie. Da irrst du.« – »Was schlägst du vor?« – »Sei treu als Mann, verrate Andromeda nicht und lausche den Geschichten, die Schehrezâd dir erzählt.«

Chinesischer Pavillon,
in dem der Held Tee trinkt
und dem Disput von Philosophen lauscht.

Wasser plätscherte, aus der Ferne erklang die Andeutung einer seidenen Saiten entströmenden Melodie. Plastikdrachen spieen Feuer, und künstliche Pflanzen rankten sich in die Höhe. Eine glasierte Vase stand da mit einer idyllischen Schilflandschaft. Man servierte Tee. Grünen Tee mit angenehm herbem Geschmack. Nicht weit von uns, hinter einem Wandschirm aus grobem Sackleinen, saßen Menschen bei beschwerlicher Arbeit. Sie bauten Spielsachen zusammen, Spielzeugautos und echte Notebooks, wirkliche Staubsauger und Fernseher, sie nähten Bekleidung und produzierten Papier. Und es flossen die Wassermassen des Jangtsekiang und des Huanghe. Und es fuhren auf ihnen die mit Waren beladenen Schiffe – nach New York und New Jersey, London und Liverpool, Madrid und Marokko, Romny und Rom, Prag und Warschau, Wien und Woodstock, Mailand und Helsinki, Kiew, Donezk und Kalusch.

Am Nachbartisch wurde heftig disputiert.

– In unserem Land sind alle Menschen redlich.

– Die Menschen sind überhaupt redlich.

– Wenn der Vater ein Schaf stiehlt, so sorgt der Sohn dafür, daß die Tat der Allgemeinheit bekannt wird.

– Redlichkeit ist etwas anderes: Wenn der Vater ein Schaf stiehlt, so verheimlicht das der Sohn. Wenn der Sohn ein Schaf stiehlt, verheimlicht der Vater dies ebenfalls – aus Dankbarkeit, daß der Sohn geschwiegen hat, als der Vater ein Schaf stahl.

– Redlichkeit liegt anderswo: darin, daß man weder stiehlt noch nicht stiehlt. Dann mündet alles in Harmonie.

– Aber was ist Harmonie?

– Ich schlage vor, die Harmonie auf ein anderes Mal zu verschieben. Um die Themen nicht zu vermischen.

– Heute sprechen wir über die Redlichkeit.

Ich ließ sie weitersprechen. Dem Beispiel des, wie mir schien, Weisesten von ihnen folgend (obwohl sie mir alle den Eindruck von Weisen machten), mischte ich mich nicht ein und unterbrach nicht. Nichtbeteiligung war die beste Art, ihnen meine Achtung zu erweisen. Die höchste Achtung erweist der, den man dabei gar nicht bemerkt.

Japanischer Pavillon,
in dem der Held mit einer Honda unterwegs ist.

Die Kirsche blühte. Die Samurais brachen auf. Eine Garage öffnete sich, und heraus fuhr ein Honda. Eine Tür ging auf, und man forderte mich auf einzusteigen. Ich machte es mir auf dem Vordersitz neben dem Fahrer bequem. Wir fuhren, und zu beiden Seiten zogen Vulkane und Kurgane, schneebedeckte Berggipfel und sandverwehte Fischerdörfer vorüber. Wir folgten den Hinweisschildern, von Hokkaido nach Honshu, von Honshu nach Kyushu, von Kyushu nach Okinawa, von Okinawa bogen wir auf den Highway ein, der nach Tokio und Kioto führte, aus dem kalten verschneiten Winter in die singenden Subtropen, durch Taifune und Monsune mit einladenden, fast zärtlichen Namen – wir flüchteten vor den Tsunamis zu Sonne und Stille, und zu beiden Seiten breiteten Rotkiefern ihre Schirmdächer aus, wir badeten in Buchten und erholten uns auf Matten aus Reisstroh und Sumpfgras, aßen Sushi und tranken Sake, und der Fahrer setzte mich freundlicherweise beim nächsten Pavillon ab.

Pavillon ALHAMBRA,
in dem der Held durch Gärten lustwandelt
und das Museum des Heldenruhmes besichtigt.

Bis jetzt war sie eine gesicherte Festung, die keiner hätte einnehmen können. Bis jetzt hatte sie, wie schon vor vielen Jahrhunderten, mächtige Mauern, die kein Eroberer hätte erklimmen können. Kein Eroberer, außer dem einen: Sein Name war Zeit. Seine grünen Soldaten, die Pinien und südländischen Kiefern, Gebüsch und Gestrüpp, hielten die Belagerung Jahr für Jahr, Jahrhundert für Jahrhundert, aufrecht und kletterten die alten Mauern empor. Sie ist wohl das einzigartige Rätsel der Architektur eines Gehirns, das außen drei militärische Mauerringe erdachte, die innen paradiesähnlichen Frieden bergen sollten. Ich ging durch das Tor der Gerechtigkeit. Ich ruhte in den Gärten und hörte das Wasser plätschern. Ich stieg über Treppen auf Türme, und nur der Ehrenturm, seine Spitze, war gebrochen. Ich ging hinein. Ich verweilte im Myrtenhof – nur weil dort die Myrte blühte, hatte ich mich verführen lassen. Drinnen ein Rechteck des Himmels, zu beiden Seiten Myrtensträucher. Vorne ein Eingang. Ich ging hinein. Heute ist es ein Museum. Heute hängt im Museum ein Bild von Honoré Daumier, auf dem ihr Befreier in voller Kampfesausrüstung dargestellt ist. Das Bild ist eine Gabe der Neuen Pinakothek, in der es sich lange befunden hatte. Ich verneigte mich vor ihm, meinem El Cid, der, von einem löchrigen Schild geschützt und bewaffnet mit einem stumpfen Speer, die Sarazenen vertrieben, die in den Karpaten geraubten Mädels aus der maurischen Gefangenschaft befreit, und Dusja, das Mädchen mit dem allergrößten Sex-Appeal, geehelicht hat. Nicht weit von dem Bild entfernt stand die ausgestopfte Rosinante, das Pferd, auf dem der Hidalgo seine Heldentaten vollbrachte. Als das Pferd das Zeitliche segnete, wurde es ausgestopft und mumifiziert – das Schicksal hatte es besser mit ihm gemeint als mit dem Pferd von Fürst Igor, das die Unheilsnachricht überbracht hatte und spurlos verschwunden war. »Hallo, mein Freund«, klopfte ich ihm auf die Schultern. »Dort ist dein Herr«, zeigte ich auf ein in Ölfarben gepinseltes Bild. Mir kam vor, Rosinante nickte und fletschte voll Freude die gelben Zähne.

Pavillon,
in dem der Held die
BIBLIOTHEK VON ALEXANDRIA
besucht.

Dialog Nr. 1

– Ich möchte mich gerne einschreiben. Ich habe viel von Ihrer Bibliothek gehört, und es wird mir eine große Ehre sein, Benutzer zu werden.

– Ihren Paß.

– Bitte schön.

– Ukraine? Wo befindet sich das?

– Nördlich des Pontos.

– Thrakien?

– Nördlicher. Nördlicher und östlicher.

– Haben Sie irgendeinen anderen Ausweis?

– Nein.

– Ein Foto?

– Da, bitte.

– Sie müssen sich beeilen.

– Ich habe es nicht eilig.

– Sie sind nicht gerade zur günstigsten Zeit gekommen.

– Ich wollte mich bloß einmal umsehen.

– Einiges werden Sie schon noch zu sehen bekommen.

Dialog Nr. 2

– Was tust du da?

– Ich mache den Ofen an.

– Manuskripte brennen nicht.

– Hahaha! Daß ich nicht lache! Weißt du, wie viele ich schon verbrannt habe?

– Wie kannst du nur!

– Befehl ist Befehl.

– Welcher Befehl?

– Sie widersprechen der einzig wahren Lehre.

– Du bist Herostrat.

– Mich hat noch nie jemand so genannt.

– Ein Fanatiker.

– Ich führe nur aus.

– Bücher leben.

– Ich habe sie noch nie schreien gehört.

– Sie sind eine Schatzkiste.

– Schatzkisten sind dazu da, geplündert zu werden.

– Gefüllt zu werden.

– Du lenkst mich ab.

– Jedes Buch ist eine eigene Welt.

– Zum Sich-darin-Verirren.

– Ohne Buch verarmt der Mensch.

– Mein Gebieter hat nur ein Buch. Der Herr ist der Beschützer meines Gebieters.

– Dieses eine wurde auch von jemandem geschrieben. Und der es geschrieben hat, konnte sich irren.

– Gott hat es geschrieben.

– Gott schreibt keine Bücher.

– Mein Gebieter ist am reichsten.

– Armselig ist er.

– Er ist weise. Er kümmert sich um seine Untertanen. Er bewahrt sie vor Unflat. Alles ist schon gesagt.

– Nichts ist gesagt.

– Alles ist schon gesagt in dem Buch, das mein Gebieter hat. Alle anderen Bücher sind entweder leeres Geschwätz oder Wiederholungen von schon Gesagtem. Man muß sie vernichten. Sie führen ins Nichts. Sie führen zum Teufel.

– Sie führen durch das Leben.

– Sie sind eine Ausgeburt der Hölle.

– Sie machen das Leben erträglich.

– Erträglich ist der Ergebene.

– Sie beflügeln.

– Der Mensch ist kein Vogel.

– Der Mensch ist ein Vogel.

– Der nicht fliegt.

– Bücher schaffen einen Traum. Eine Legende. Eine Biographie.

Der OSTARRICHI-Park,
in dem es Goten, Vandalen, Markomannen, Burgunder und Langobarden gibt.

– Ihr werdet eine Stadt erbauen.

– Buuuhh!

– Und werdet sie Paris nennen.

– Buuuhh! Buuuhh!

– London.

– Buuuhh!

– Berlin.

– Buuuhh!

– Wien.

– Wuuuhh!

– Ihr werdet es warm haben.

– Buuuhh!

– Ihr werdet euch nicht in die Felle erlegter Tiere hüllen und am Feuer erwärmen müssen.

– Buuuhh!

– Ihr werdet in behaglichen Wohnungen leben.

– Buuuhh!

– Ihr werdet nicht bei Frost mitten auf dem Felde kacken.

Allmählich begannen sie mir auf die Nerven zu gehen. Ihr Gebuhe brachte mich aus dem Gleichgewicht und machte mich zornig.

– Ihr werdet es besser als die Römer haben, die ihr beneidet.

– Buuuhh!

– Ihr werdet gelehrte Dispute veranstalten.

– Buuuhh!

– Und alles am Verhandlungstisch regeln.

– Buuuhh!

– Ihr werdet lesen und schreiben können.

– Buuuhh!

– Ihr werdet einen Gedanken formulieren können.

– Buuuhh!

– Ihr werdet einen Wortschatz haben.

– Buuuhh!

– Ihr werdet die Fundamente des Parlamentarismus schaffen.

– Buuuhh!

– Ihr werdet eine hochentwickelte Demokratie aufbauen.

– Buuuhh!

– Ihr werdet in den Weltraum fliegen.

Da stand einer von denen, aus deren Bart das Schmalz träufelte, auf und trat mit gebratener Keule, von der das Fett heruntertropfte, an mich heran. Er blieb stehen, deutete mit der fetttriefenden Keule auf mich und sagte:

– Er verkauft uns für dumm.

Da stand ein anderer auf, der in der Hand eine hölzerne Abscheulichkeit hielt, die an ein Musikinstrument erinnerte:

– Er ist Dichter.

Worauf der erste drohend brüllte:

– Besinge meine Heldentaten. – Dabei entblößte er seine narbenübersäte, behaarte Brust.

Pavillon,

in dem der letzte Versuch einer Bekehrung stattfindet.

Der Museumsdirektor kam heraus und ging auf mich zu.

– Ich begrüße unseren Gast. Herzlich willkommen in unserem Museum.

– Wie heißt Ihr Museum?

– TRYPILLJA. Museum für alte Kultur und archaischen Alltag.

– Wo befindet sich das, Trypillja.

– Da, wo wir stehen. Hier.

– Wir stehen auf der Kultur...

– Auf den Überresten der Kultur. Einiges konnten wir restaurieren. Lassen Sie uns doch hineingehen.

– Sehr gern.

– Sehen Sie meinen Strohhut?

– Ein schöner Strohhut.

– Unser Museum betritt man mit einem Trypilljer Strohhut. So ist es Tradition.

Ich setzte einen Trypilljer Strohhut auf. Wir traten ein.

– Aus diesem Krug tranken unsere Vorfahren Milch. Und das ist ein Nachttopf, in den sie pißten. Stellen Sie sich vor, schon vor dreitausend Jahren haben unsere Vorfahren in einen Nachttopf gepißt.

– Und am Tag?

– Ringsum war überall Gebüsch. Nicht so wie heute.

Als wir mit der Ausstellung fertig waren, führte er mich bis zur Tür am anderen Ende des Museums:

– Hier ist der Ausgang. Alles Gute!

Letzter Pavillon,

in dem es zur schmerzlichen Szene des Wiedererkennens kommt.

Endlich stand ich auf einer Wiese, wo mich das Weiß der roten Schneeballsträucher umgab. Nachtigallen trillerten, Maikäfer flogen, und Kirschbäume blühten. Es blühten Kirsche und Malve. Es summten die Bienen, und im frischen Gras lag ihr Hirte, der Bär. Eine kleine Hütte, von Stroh bedeckt, stand vor mir. Tonkrüge schlummerten auf den Staketen des Zauns und dröhnten bisweilen, wenn der Wind ihre Ruhe störte. An den Hälsen der Kühe klingelten Glocken. Die Holztür war offen. Ich ging hinein. Ich stieß gegen den Türbalken. Ich bückte mich und schlüpfte in die gestickte Welt. Ich aß Suppe mit Galuschki und Piroggen mit Käse. Trank. Und das war es auch schon.

Ja, das war es auch schon, dachtest du, ich bin am Ziel.

Ja, das war es auch schon, dachte ich, du bist am Ziel.

Okay.

Ich begriff, daß es eine Falle war. In diesem Augenblick wurde mir bewußt, daß es eine Illusion war, eine größere als das Buch. Eine größere, als ich dachte. Ich stürzte zum Ausgang. Als ob mich jemand hätte aufhalten können. Aber da war niemand, und hinter der Schwelle gähnte die Leere. Ich tat einen Schritt vorwärts.

Das Blatt

Das Menschenmeer brodelte und toste. Nach und nach begannen die Menschen sich zu zerstreuen. Bald wurde der Platz vor dem Haus leer. Ich stand allein und blickte um mich. Ich erkannte die Linde. Sie wuchs, und ihre Äste berührten mein Fenster. Ich erkannte den Kiosk, an dem ich abends Snickers und löslichen Maxwell-Kaffee gekauft hatte. In der gepflasterten abschüssigen Straße, die unten eine scharfe Linkskurve machte, wuchsen Kastanienbäume – ihre vor der Zeit rostig gewordenen Blätter verwelkten langsam. Eine Katze rieb sich an meinen Beinen. Sie schmiegte sich an, miaute fast unhörbar und bettelte um etwas Eßbares. Sie hatte gestreiftes Fell und ein schwarzes Lederhalsband, das ihr von den früheren Besitzern geblieben war. Es war dieselbe Katze, der ich hin und wieder einen Napf mit Milch hinausgestellt und manchmal einen tiefgefrorenen Seehecht gekauft hatte. Unten verlief ein Zaun aus Metall, ein Kindergarten drängte sich an den Zaun, und jenseits der anderen Straßenseite lag die Stadt. In der Hand hielt ich ein Stück Papier. Ein abgerissenes, gefaltetes Blatt, vollgeschrieben mit kalligraphischen Lettern.

Jewgenij Grischkowez

Das Hemd

Roman

Aus dem Russischen von Beate Rausch

272 Seiten

ISBN 978-3-250-60122-7

MERIDIANE 122

Ein Tag im Leben eines Neu-Moskauers, zugereist aus der russischen Provinz – ein Tag im Leben seines Hemdes. Am Morgen danach liegt es zerknittert in der Ecke und hat einiges hinter sich: Saschas hektischen Arbeitstag, wilde Autofahrten, aberwitzige Tagträume, Gespräche bis tief in die Nacht und – das Bangen des heftig Verliebten. Und morgen gibt es ein neues Hemd, ein neues Glück. Sascha ist ein Dandy des 21. Jahrhunderts und zugleich ein Russe, wie er im Buche steht: ein treuer Freund, ein leidenschaftlich Getriebener, ein trinkfreudiger Philosoph, der am Abend genauso mitgenommen ist wie sein Hemd.

Jewgenij Grischkowez, der Shootingstar der jungen russischen Literatur, beschreibt den Moskauer »Bloomsday« seines Helden mit erzählerischer Rasanz.

»Großartige Unterhaltung mit Tiefgang.« *Fokke Joel, Die Zeit*

Ammann Verlag

Zyta Rudzka

Doktor Josefs Schönste

Roman

Aus dem Polnischen von Esther Kinsky

320 Seiten

ISBN 978-3-250-60124-1

MERIDIANE 124

Als sie Doktor Josef zum ersten Mal gegenüberstand, war die kleine Czechna gerade mal zwölf Jahre alt. Und noch heute als Greisin betont sie, wie sehr der Lagerarzt von ihrer Schönheit fasziniert war: »Wissen Sie denn nicht, wen Sie vor sich haben? Vor Ihnen sitzt Miss Auschwitz.« Jetzt teilt Frau Czechna ihr Schicksal mit ihren Leidensgenossen in der Seniorenresidenz. Schon einmal haben sie alles hinter sich gelassen, schon einmal waren sie als namenlose Kreaturen der Gnade Stärkerer ausgeliefert. Inzwischen ist es die Arroganz des Pflegepersonals, gegen die sich Frau Czechna und ihre Freunde zu behaupten haben. Ob sarkastisch, larmoyant, übermütig oder eitel – die Schönheit dieser Alten liegt in ihrem Eigensinn. Ein bewegendes Buch über Alter und Erinnerung, Leben und Überleben, Mutterwitz und Menschenwürde.

»In Zyta Rudzkas Prosa wird dank der poetischen Magie ihrer Sprache selbst das Häßliche schön.« *Marta Mizuro*

Ammann Verlag

German Sadulajew

Ich bin Tschetschene

Roman

Aus dem Russischen von Franziska Zwerg

160 Seiten

ISBN 978-3-250-6016-4

MERIDIANE 136

Es ist schwer, ein Tschetschene zu sein. Er muß seinem Feind eine Unterkunft für die Nacht anbieten, er muß für den Ruf eines Mädchens sterben, er darf auch vor tausend Gegnern nicht weglaufen. Und er darf niemals weinen, außer wenn seine Mutter stirbt. Doch wer in Rußland keinen Wohnsitz anmelden kann, wer ständig als »Schwarzarsch« beleidigt und als Terrorist verdächtigt wird, nur weil er in Tschetschenien geboren ist, der weiß auch, daß es unmöglich ist, kein Tschetschene zu sein.

Sadulajews Roman ist der erste literarische Versuch, die tschetschenische Tragödie aus dem Inneren heraus zu begreifen. Wer die Schrecken des Krieges erlebt hat, kann kein normales Leben mehr führen.

»Ein literarisches und gesellschaftliches Ereignis, ein poetischer Text mit absolut hypnotischer Wirkung, der Rußland und Tschetschenien zu versöhnen sucht und beide Seiten zur Scham zwingt über das, was geschehen ist.« *Wsgljad*

Ammann Verlag

Dace Rukšāne

Warum hast du geweint

Roman

Aus dem Lettischen von Matthias Knoll

260 Seiten

ISBN 978-3-250-60106-7

MERIDIANE 106

Das Weinen zieht sich durch den Roman der jungen Lettin Dace Rukšāne wie ein roter Faden, ein Motiv, das für starke Gefühle steht. Katrina setzt sich dem Leben mit voller Wucht aus, wird dafür aber auch von nichts verschont. Kein Wunder, daß sie aus dem Weinen nicht mehr herauskommt. Dabei ist die Welt so schön: Wlad weiß, wo die roten Margeriten blühen, Sergej liebt den Akzent der lettischen Frauen – und vor allem ist da Oleg. »Olegs Lippen schmecken nach Honig. Olegs Hals duftet nach Bienenstock. Oleg hat einen klebrigen Bauch und süße Leisten. Olegs Schoß ist ein zarter Nektartropfen. Oleg klebt an Katrina fest und geht nicht mehr ab.« Dace Rukšāne führt uns dorthin, wo das Gefühlte ins Groteske kippt und wo Erotik und Verzweiflung so dicht beieinander liegen, daß man gar nicht anders kann, als ihnen ein befreiendes Lachen dazwischenzuschicken.

»Der Skandal dieses Buchs liegt in der poetischen Kampfansage an alles Prüde, Verstockte, lang Verstummte und Verschwiegene.«

Christine Lemke-Matwey, Tagesspiegel

Ammann Verlag

Ismail Kadare

Der Raub des königlichen Schlafs

Kleine Romane und Erzählungen
Aus dem Albanischen von Joachim Röhm
480 Seiten
ISBN 978-3-250-60048-0
MERIDIANE 48

Das Gerücht, man plane einen Schönheitswettbewerb für Männer, war bereits seit Anfang März im Umlauf, doch es breitete sich nur sehr langsam aus …« Kadares kleine Romane und Erzählungen bilden eine eigene Schönheitskonkurrenz: Schillernd, bunt und prächtig balancieren sie auf der Grenze zwischen Mythos und Wirklichkeit. Der albanische Meistererzähler erweist sich als Chronist des spannungsreichen Ineinanders der Völker und Kulturen auf dem Balkan. Kadare erfaßt diese besondere Atmosphäre in verschiedenen historischen Konstellationen: vor sozialistischer Kulisse, als Panorama des Osmanischen Reiches, im Spiegel der griechischen Antike. Seine Erzählungen zeigen stets die Geschichtlichkeit des Menschen und sind immer wieder eine fesselnde Lektüre.

»Man staunt einmal mehr, über welch stupende poetische Gabe und über welch unerschöpflichen Reichtum an Stoffen und Formen Kadare verfügt.« *Andreas Breitenstein, Neue Zürcher Zeitung*

Ammann Verlag